Le Baiser

Danielle Steel

Le Baiser

FRANCE LOISIRS

Titre original : *The Kiss*.

Traduit par Marie-Pierre Malfait

Edition du Club France Loisirs,
avec l'autorisation des Presses de la Cité.

France Loisirs,
123, boulevard de Grenelle, Paris.
www.franceloisirs.com

© Danielle Steel, 2000
© Presses de la Cité, 2002, pour la traduction française
ISBN 2-7441-5823-2

« Le courage n'est pas l'absence de peur ou de désespoir, le courage est la force de les conquérir. »

A mes merveilleux enfants qui sont mon cœur, mon âme, mon courage,
A Beatrix, Trevor, Todd, Nick, Sam, Victoria, Vanessa, Maxx et Zara.

Avec tout mon amour,
Maman
d.s.

Un instant unique
Gravé dans le temps
Qui brille comme une étoile
Dans un ciel opaque
Une éternité, un fragment de seconde,
Un million d'années
Réduits en une seule,
Quand tout se fige
Que la vie explose
En rêves infinis
Et que tout est à jamais
Bouleversé
En un battement de paupières.

1

Debout devant la fenêtre de sa chambre, Isabelle Forrester contemplait le jardin de sa maison de la rue de Grenelle, dans le septième arrondissement de Paris. Cela faisait vingt ans que Gordon et elle habitaient cette demeure du dix-huitième siècle ; c'était là que leurs deux enfants avaient vu le jour. De lourdes portes en bronze donnaient sur la rue, dissimulant la maison construite en U autour d'une cour intérieure. D'architecture ancienne, l'intérieur était à la fois raffiné et chaleureux, avec des plafonds très hauts, de splendides boiseries, de délicates moulures et un parquet d'une belle couleur ambrée. Autour d'elle, tout étincelait de propreté. Isabelle gérait la maisonnée avec goût et rigueur, douceur et fermeté. Le jardin était impeccablement entretenu et les roses blanches qu'elle avait plantées des années plus tôt étaient considérées comme les plus belles de Paris. Les pièces regorgeaient des antiquités que Gordon et elle avaient dénichées au fil du temps, à Paris ou au cours de leurs voyages. Un certain nombre de ces objets avait appartenu aux parents d'Isabelle.

La maison brillait de mille feux : les boiseries étaient soigneusement cirées, l'argenterie polie, les chandeliers de cristal fixés au mur miroitaient dans le radieux soleil du mois de juin qui filtrait à travers les rideaux de la chambre à coucher. Isabelle se détourna de la roseraie avec un petit soupir. L'idée de devoir quitter Paris cet après-midi la perturbait. Elle ne sortait presque jamais, les occasions se faisaient rares. Et pour une fois qu'elle projetait de se rendre quelque part, un vif sentiment de culpabilité l'accablait, à cause de Teddy.

Sophie, la fille d'Isabelle, était partie la veille au Portugal avec des amis. Elle avait dix-huit ans et s'apprêtait à entrer à l'université à l'automne. C'était son fils, Théodore, âgé de quatorze ans, qui l'obligeait à rester à la maison. Né trois mois avant terme, ses poumons n'avaient pas eu le temps de se développer correctement et il souffrait d'une forte déficience cardiaque. Il suivait sa scolarité à domicile et n'avait jamais mis les pieds dans une école. A quatorze ans, il avait passé quasiment toute sa vie cloué au lit. Dans la maison, il se déplaçait en fauteuil roulant, lorsqu'il se sentait trop faible pour marcher. Quand le temps était clément, Isabelle l'emmenait au jardin et, s'il se sentait suffisamment bien, il marchait un peu ; sinon, il restait assis dans son fauteuil, profitant du grand air. Sa bonne humeur était inaltérable et son regard s'éclairait dès l'instant où sa mère pénétrait dans sa chambre. Il avait toujours une blague ou une anecdote à lui raconter. Le lien qui les unissait défiait les mots, le temps qui passe et les épreuves qu'ils avaient dû surmonter ensemble. Parfois, il semblait à Isabelle qu'ils étaient deux êtres dotés d'une seule âme. Elle lui insufflait la vie et la force, elle lui parlait pendant des heures, lui faisait la lecture, le serrait dans ses bras quand il ne se sentait pas bien ou qu'il était trop essoufflé pour parler ; elle s'efforçait de le faire rire. Teddy voyait la vie avec les yeux d'Isabelle. Pour elle, il était comme un oisillon fragile dont on aurait brisé les ailes.

Gordon et elle avaient envisagé une greffe pulmonaire mais selon les médecins, Teddy était trop fragile pour supporter l'intervention qui aurait eu lieu, de surcroît, aux Etats-Unis ; le voyage aurait pu lui être fatal. Délimité par les portes de l'élégante demeure de la rue de Grenelle, l'univers de Théodore tournait autour de sa mère et de sa sœur. Son père éprouvait un profond embarras envers sa maladie. Depuis toujours, Teddy était suivi par des infirmières mais la plupart du temps, c'était sa mère qui s'occupait de lui. Cela faisait longtemps qu'Isabelle avait renoncé à ses amis, à ses aspirations, à un semblant d'épanouissement personnel. Depuis quelques années, elle ne sortait que le soir en compagnie de Gordon et encore, ces incursions dans le monde extérieur se faisaient de plus en plus rares. Son seul but dans la vie consistait à veiller sur Teddy et à le rendre heureux. Au fil des années, Isabelle avait eu moins de temps, moins d'attention à consacrer à sa fille Sophie, mais cette dernière semblait le comprendre. Isabelle se montrait toujours aimante ; simplement Teddy passait avant tout. Sa vie en dépendait. Au cours des quatre derniers mois, depuis le début du printemps, l'état de santé de Théodore s'était amélioré, ce qui avait permis à Isabelle d'envisager cette petite escapade à Londres. Une escapade qu'elle attendait avec impatience. C'était une idée de Bill Robinson et au début, elle lui avait paru tout à fait irréalisable.

Isabelle et Bill avaient fait connaissance quatre ans plus tôt, au cours d'une réception donnée par l'ambassadeur des Etats-Unis en France. Ce dernier avait fait ses études à Princeton en même temps que Gordon. Bill était conseiller politique ; il faisait partie des hommes les plus influents de Washington — et probablement des plus riches. Selon Gordon, l'actuel occupant du Bureau Ovale devait sa victoire à William Robinson. Il avait hérité d'une immense fortune et manifesté, dès ses plus jeunes années, une forte attirance pour la politique et le pouvoir qu'elle conférait, même si lui-même préférait rester en coulisses. Il vendait du pouvoir, façonnait les hommes politiques, avant de les propulser sur le devant de la scène. Lors de leur rencontre, c'était son calme et sa simplicité qui avaient séduit Isabelle. A le voir, on avait du mal à croire qu'il fût aussi riche et aussi puissant. Discret de nature, Bill faisait preuve d'une incroyable modestie. Décontracté, il paraissait étonnamment jeune et possédait un sens de l'humour acéré. Placée à côté de lui au dîner, Isabelle avait beaucoup apprécié sa compagnie. Elle avait été à la fois surprise et ravie de recevoir une lettre de lui la semaine suivante. Un peu plus tard, il lui avait envoyé un livre d'art dont ils avaient parlé durant ce dîner et qu'Isabelle recherchait désespérément depuis des années. Compte tenu de ses occupations professionnelles, elle avait été étonnée qu'il s'en souvienne et infiniment touchée qu'il se soit donné la peine de le lui envoyer. Les livres d'art et les ouvrages anciens constituaient une véritable passion pour lui.

Au cours du repas, ils avaient discuté d'une série de tableaux volés par les nazis pendant la Seconde Guerre mondiale et qu'on venait de retrouver aux Pays-Bas. Cela les avait conduits à aborder les contrefaçons et les vols d'œuvres d'art. De fil en aiguille, ils avaient parlé de la restauration de tableaux anciens, un domaine qu'Isabelle connaissait bien puisqu'elle s'était spécialisée dans ce secteur avant sa rencontre avec Gordon. Elle était alors stagiaire au Louvre. Lorsqu'elle avait cessé son activité à la naissance de Sophie, tous les spécialistes la considéraient comme une restauratrice douée et talentueuse.

Son passé avait fasciné Bill et elle-même avait pris un plaisir immense à sa conversation tout au long du dîner. Au fil des mois qui avaient suivi leur rencontre, une amitié à la fois étrange et agréable s'était instaurée entre eux, faite de correspondance et de conversations téléphoniques. Isabelle avait déniché des ouvrages d'art très rares qu'elle lui avait envoyés. Lors d'un de ses passages à Paris, Bill l'avait appelée pour l'inviter à déjeuner. Après un moment d'hésitation, elle avait fini par accepter, délaissant exceptionnellement Théodore. Leur amitié était née quatre ans plus tôt, alors que Teddy avait dix ans, et elle n'avait cessé de grandir. Il l'appelait de temps en temps, quand il travaillait tard et que l'aube pointait pour Isabelle. Elle lui avait confié un jour qu'elle se levait à cinq heures tous les matins pour s'occuper de Teddy. Six mois avaient passé avant qu'il lui demande si ses appels ne contrariaient pas Gordon. En réalité, Isabelle n'avait jamais parlé à son mari de leurs conversations téléphoniques. L'amitié de Bill était comme un trésor qu'elle chérissait en secret.

— Pourquoi serait-il contrarié ? avait-elle demandé d'un ton faussement étonné.

Elle n'avait aucune envie qu'il cessât de l'appeler, elle aimait tant discuter avec lui. Ils partageaient tous deux de nombreuses passions. Etrangement, Bill était devenu son seul lien avec le monde extérieur. Cela faisait déjà bien longtemps que ses amis avaient cessé de l'appeler. Elle avait conscience d'être devenue de moins en moins disponible, consacrant tout son temps à Teddy. Au fond d'elle-même toutefois, elle savait que Gordon n'aurait pas apprécié l'amitié qui s'était tissée entre eux. Elle avait parlé à son époux des premiers livres d'art que Bill lui avait envoyés et Gordon avait paru étonné, même s'il n'avait fait aucun commentaire. Devant cette réaction d'indifférence teintée de surprise, elle avait préféré passer sous silence leurs conversations téléphoniques. Elles auraient été plus difficiles à justifier même si elles étaient tout à fait innocentes. Jamais ils ne parlaient de leur vie privée et ils évoquaient rarement leurs conjoints respectifs. Pour Isabelle, Bill était une voix amicale qui résonnait à son oreille dans les heures sombres du petit matin. Comme le téléphone ne sonnait jamais dans les chambres à coucher pendant la nuit, Gordon ignorait tout de ces appels. Anticipant sa désapprobation, Isabelle avait choisi de se taire afin de conserver précieusement l'amitié et les conversations de Bill.

Au début, les appels de Bill étaient espacés de plusieurs semaines puis, petit à petit, ils devinrent plus rapprochés. Ils déjeunèrent de nouveau ensemble un an après leur rencontre. Une fois même, alors que Gordon s'était absenté, Bill l'avait invitée à dîner dans une charmante brasserie non loin de la rue de Grenelle. A sa grande surprise, il était minuit passé lorsqu'elle était rentrée chez elle. Les sujets qu'ils abordaient ensemble nourrissaient son esprit ; les appels de Bill et ses rares visites l'aidaient à vivre mieux. Exception faite de ses enfants, Isabelle n'avait personne à qui parler.

Depuis plusieurs années, Gordon dirigeait la plus grande banque d'investissement américaine installée à Paris. Agé de cinquante-huit ans, il était de dix-sept ans l'aîné d'Isabelle. Au fil des ans, après la naissance de Teddy, ils s'étaient éloignés l'un de l'autre. Gordon ne supportait pas l'aura morbide qui planait sur l'enfant, comme une épée de Damoclès prête à tomber d'un instant à l'autre. Il avait toujours gardé ses distances avec son fils, tant était profonde, presque phobique, son aversion pour la maladie. Conscient de cette retenue, Teddy avait d'abord cru que son père le haïssait. En grandissant cependant, il avait jugé la situation sous un angle différent. A dix ans, il avait compris que son père était terrifié par sa maladie et que la seule échappatoire possible restait l'indifférence. De fait, Gordon agissait comme si le petit garçon n'existait pas. Loin de lui en tenir rigueur, Teddy abordait ouvertement le sujet avec Isabelle, le regard voilé d'une certaine nostalgie, un peu comme s'il avait parlé d'un pays qu'il aurait aimé visiter mais dont l'accès lui était à jamais interdit. Le père et l'enfant étaient de parfaits étrangers l'un pour l'autre. Ignorant l'existence de son fils, fuyant la présence de sa femme, Gordon se consacrait entièrement à son travail, évitant autant que possible de passer du temps à la maison. Seule sa fille Sophie l'intéressait un peu plus. Cette dernière lui ressemblait beaucoup. Tous deux étaient du même avis sur de nombreux sujets et montraient un certain détachement dans leur comportement et leur conception de la vie. Chez Gordon, cette froideur s'expliquait facilement : depuis des années, il s'efforçait de tenir à distance sa vie émotionnelle, qu'il considérait comme un tissu de faiblesses. Quant à Sophie, elle semblait posséder naturellement ce trait de caractère que son père s'était forgé de toutes pièces. Toute petite déjà, elle était beaucoup moins affectueuse que son frère. Au lieu de se tourner vers quelqu'un quand quelque chose n'allait pas, elle préférait se débrouiller seule. Jamais elle n'avait confié ses soucis à Isabelle. Elle possédait un sens aigu de l'indépendance accompagné d'une fierté hautaine. Isabelle se demandait parfois si cela n'était pas dû au fait qu'elle avait été obligée de consacrer tant de temps à son frère. Afin de ne pas se sentir privée de ce qu'elle ne pouvait plus recevoir, elle avait fini par se convaincre qu'elle n'avait besoin de personne et s'était ainsi créé un petit univers adapté à sa nouvelle situation. Jamais elle ne s'épanchait sur l'épaule de sa mère, jamais elle ne lui confiait ses sentiments ; sa vie intime demeurait un sujet tabou. Et s'il lui arrivait malgré tout de s'ouvrir à quelqu'un, elle préférait se tourner vers ses amis. Isabelle en était parfaitement consciente. Elle avait toujours nourri l'espoir qu'elles auraient davantage à partager lorsque Sophie aurait grandi, qu'elles finiraient par devenir amies. Jusqu'à présent cependant, la relation qu'elle entretenait avec sa fille était loin d'être facile.

Toutefois, la froideur que nourrissait Gordon à l'égard de sa femme était bien plus blessante. Sophie, elle, avait voulu se démarquer par une volonté d'indépendance farouche. Sans doute était-ce là sa façon de prouver qu'elle n'avait besoin ni du temps ni de l'énergie que sa mère ne pouvait lui offrir à cause de Teddy. En ce qui concernait Gordon, en revanche, les causes de son détachement semblaient plus profondes ; Isabelle y voyait parfois un vif ressentiment, comme s'il la tenait pour responsable de ce cruel revers de fortune qui leur avait donné un enfant handicapé.

Gordon portait sur la vie un regard dépourvu d'émotion ; on eût presque dit qu'il préférait la voir défiler de loin plutôt que d'y participer activement, contrairement à Teddy et Isabelle, dotés tous deux d'une nature passionnée. La flamme qu'elle partageait avec son fils permettait à ce dernier de supporter ses souffrances quotidiennes. Et la dévotion qu'elle lui vouait avait achevé de l'éloigner de Gordon. Sur le plan affectif, cela faisait des années que son mari ne s'intéressait plus à elle ; son indifférence remontait quasiment à la naissance de Teddy. Bien avant sa rencontre avec Bill, Gordon avait délaissé la chambre conjugale, arguant qu'elle se couchait trop tard et se levait trop tôt, perturbant son sommeil. Isabelle avait senti qu'il y avait autre chose, mais elle n'avait pas osé aborder le sujet, de peur d'aggraver la situation. Au fond d'elle pourtant, elle savait que les sentiments de Gordon s'étaient étiolés au fil du temps.

Isabelle était incapable de se souvenir de la dernière fois où ils avaient échangé une caresse ou un baiser, de la dernière fois où ils avaient fait l'amour. Elle acceptait la situation sans se poser de question ; en fait, elle avait appris depuis longtemps à vivre sans l'amour de son mari. Ce dernier continuait de penser que la maladie de Teddy était due à sa négligence, alors même que les médecins lui avaient affirmé qu'elle n'était responsable de rien : ni de sa naissance prématurée ni de son infirmité. Ils n'en avaient jamais parlé calmement tous les deux, et Isabelle ne voyait aucun moyen de répondre aux accusations silencieuses qu'il faisait peser sur elle en permanence ; c'était un peu comme si la seule vue d'Isabelle rappelait à Gordon l'existence de son fils malade dans une chambre voisine. De même qu'il avait rejeté Teddy à sa naissance, épouvanté par son handicap, il avait fini par rejeter Isabelle, érigeant entre lui et sa femme une épaisse muraille censée lui épargner toutes ces images de souffrance qui le faisaient frémir d'horreur en même temps qu'elles trahissaient une faiblesse qu'il s'efforçait de refouler depuis l'enfance. Isabelle n'essayait même plus de franchir cette muraille. Ses tentatives de rapprochement s'étaient toutes soldées par un échec. De guerre lasse, elle avait appris à vivre dans cet abîme de solitude.

Gordon avait toujours été ainsi : froid, rigoureux à l'extrême. On le disait impitoyable en affaires. Mais, malgré sa réserve naturelle, il s'était montré tendre aux débuts de leur mariage. Curieusement, son tempérament distant avait été comme un défi pour Isabelle, chaleureuse et humaine. Ainsi, elle avait fait de chaque sourire, de chaque geste de tendresse, une victoire personnelle d'autant plus importante qu'il ne témoignait de telles attentions à personne d'autre qu'elle. Elle était très jeune à l'époque et Gordon la fascinait. Face à cet homme influent qui contrôlait parfaitement sa vie, elle se sentait toute petite. Gordon, lui, avait été séduit par de nombreux aspects de sa personnalité, décelant en elle les qualités de la parfaite épouse. Il y avait d'abord ses origines sociales, son héritage aristocratique et ses relations qui l'avaient beaucoup aidé dans son travail. Sa famille ne possédait plus de fortune depuis plusieurs années mais son influence dans les cercles sociaux et politiques était demeurée intacte. En l'épousant, il avait aussitôt joui d'une aura de respectabilité à laquelle il était particulièrement attaché ; elle lui avait également permis d'accéder à une réussite professionnelle fulgurante. En plus de son rang social enviable, Isabelle possédait une espèce d'innocence enfantine qui lui avait ouvert le cœur de Gordon. Jeune fille, il émanait d'elle une douceur naturelle à laquelle aucun homme n'aurait pu résister. Elle était généreuse, attentionnée, dépourvue de toute méchanceté. L'élégance hautaine de Gordon, les attentions qu'il lui prodiguait, la cour délicieusement subtile qu'il lui avait faite, tout cela avait suscité en elle une sorte d'adoration mêlée de respect. Elle avait été fascinée par son intelligence, impressionnée par son pouvoir et sa réussite. Fort des dix-sept années qui les séparaient, Gordon avait su conquérir son cœur avec une grande habileté. La famille d'Isabelle n'avait pas caché son contentement lorsqu'il l'avait demandée en mariage. Aux yeux de tous, Gordon passait pour le mari idéal. Malgré sa dureté en affaires, il semblait manifester une gentillesse extrême à l'égard de sa jeune épouse. A long terme, hélas, son comportement s'était radicalement modifié.

Quand Isabelle avait fait la connaissance de Bill Robinson, elle n'était plus qu'une femme entièrement dévouée à son enfant malade, mariée à un homme qui lui adressait à peine la parole ; une femme qui se sentait de plus en plus seule. Si l'on exceptait le médecin de Teddy ou son infirmière, il lui arrivait certains jours de ne parler qu'à un seul autre adulte : Bill. D'ailleurs, ce dernier semblait être le seul à se soucier d'elle. Gordon lui demandait rarement si elle allait bien. Au mieux, si elle insistait un peu, il daignait l'informer qu'il dînait dehors ou qu'il partait en voyage d'affaires le lendemain. Cela faisait longtemps qu'il ne lui racontait plus ses journées. Leurs brefs échanges ne faisaient qu'accentuer la solitude qu'il lui imposait. Par bonheur, les heures qu'elle passait au téléphone avec Bill lui ouvraient un horizon plus vaste, plus enrichissant. Leurs conversations étaient comme une bouffée d'air frais pour elle, une bouée de sauvetage à laquelle elle s'accrochait farouchement lorsque les nuits s'étiraient tristement. Au fil des années, Bill était devenu son meilleur ami, en même temps que Gordon s'éloignait d'elle pour devenir un parfait étranger.

Elle avait essayé de l'expliquer à Bill une fois, au cours d'une de leurs conversations matinales. Leur rencontre datait alors de deux ans, l'état de santé de Teddy s'était terriblement dégradé et elle se sentait à la fois déprimée, épuisée et vulnérable. La veille au soir, Gordon lui avait froidement déclaré qu'elle perdait son temps avec Teddy : tout le monde savait qu'il mourrait bientôt, elle ferait mieux de s'habituer à cette idée. Il avait conclu que sa mort serait un véritable soulagement pour tous. Des larmes nouaient sa gorge, noyaient son regard lorsqu'elle rapporta ses propos à Bill, ce matin-là. La dureté de Gordon, sa cruauté envers Isabelle avaient horrifié ce dernier.

« Je crois que Gordon m'en veut terriblement de toutes les années passées au chevet de Teddy. Je l'ai négligé, c'est certain. »

Elle continuait pourtant à jouer l'épouse parfaite en société, mais les occasions étaient plus rares que ne l'aurait souhaité Gordon. Avec les années, il avait réussi à la convaincre qu'elle avait échoué dans ce rôle-là aussi. Bill avait compris avec stupeur qu'elle avait accepté ce verdict implacable.

« Etant donné les circonstances, il semble tout à fait logique que Teddy soit votre priorité, Isabelle », avait-il déclaré avec douceur.

Depuis plusieurs mois, il consultait des médecins dans l'espoir de trouver un traitement miracle pour Teddy. Hélas, les diagnostics des spécialistes n'étaient guère encourageants. Selon Isabelle, l'enfant souffrait d'une maladie dégénérative qui altérait son cœur. Ses poumons fonctionnaient mal et son organisme se détériorait lentement. De l'avis général, Teddy avait peu de chance de vivre au-delà de vingt ans. Bill se sentait profondément malheureux lorsqu'il songeait à ce qu'Isabelle endurait, aux souffrances qui l'attendaient encore.

Leur amitié s'était épanouie de plus belle au cours des années qui avaient suivi. Ils avaient continué à se parler souvent au téléphone et Isabelle lui envoyait de longues lettres pleines de sagesse qu'elle écrivait pendant ses nuits blanches passées au chevet de Teddy. Teddy qui était devenu le centre de sa vie, Teddy qui l'avait non seulement éloignée de Gordon mais aussi de Sophie. Tout cela, Isabelle ne pouvait le confier qu'à Bill, au fil de leurs longues conversations en plein cœur de la nuit.

Les moments qu'ils partageaient transcendaient leur vie quotidienne ; la pression qu'exerçait sur Bill l'arène politique se dissolvait comme par magie lorsqu'il bavardait avec Isabelle. De son côté, Isabelle se sentait propulsée dans une autre époque, dans un endroit où Teddy ne serait pas malade, où Gordon et Sophie ne l'auraient pas rejetée. Elle avait l'impression de quitter l'existence qu'elle menait pour se plonger dans les lieux et les sujets qui l'avaient jadis passionnée. Bill lui proposait une nouvelle ouverture sur le monde et ils bavardaient avec entrain, riant et plaisantant. Il lui parlait parfois de sa vie, de ses amis et, de temps en temps, de son épouse et de leurs deux filles, toutes deux étudiantes à l'université. Il s'était marié à l'âge de vingt-deux ans et, trente ans plus tard, son mariage ressemblait à une coquille vide. Cynthia, sa femme, avait fini par haïr le monde de la politique, les gens qu'il fréquentait, les missions qu'on lui confiait, les mondanités auxquelles ils devaient assister et tous ces voyages qui l'éloignaient si souvent de son foyer. Elle vouait un profond mépris aux hommes politiques. Et à Bill, du même coup, qui leur avait consacré sa vie.

Maintenant que leurs filles avaient quitté la maison, Cynthia ne s'intéressait plus qu'à ses amis du Connecticut, aux soirées organisées par son petit cercle et à ses tournois de tennis. Que Bill participât ou non à ses activités lui importait peu. Elle menait sa barque seule, nourrissant toutefois une vive amertume à l'encontre de son mari. Elle avait vécu trente ans de sa vie aux côtés d'un homme « courant d'air » qui faisait passer les rassemblements politiques avant tout ce qu'elle privilégiait, elle. Il n'était jamais là pour les remises de diplôme, les fêtes de famille et les anniversaires. Au lieu d'être parmi les siens, il préférait soutenir ses candidats pendant leur campagne électorale. Depuis quatre ans, il était devenu un habitué de la Maison-Blanche, mais cela n'impressionnait pas Cynthia ; au contraire, elle se plaisait à lui répéter que toutes ces histoires l'ennuyaient profondément. Elle avait rejeté l'homme en même temps que cette carrière politique qu'elle détestait. Leur mariage n'était plus qu'une mascarade. L'année précédente, Cynthia s'était fait faire un lifting. Bill n'ignorait pas qu'elle entretenait des liaisons discrètes. C'était une manière de se venger de l'unique faux pas qu'il avait commis dix ans auparavant avec l'épouse d'un membre du Congrès. Ç'avait été sa seule infidélité, mais Cynthia n'était pas du genre à pardonner.

Contrairement à Isabelle et Gordon, Cynthia et lui partageaient encore le lit conjugal, même si cela faisait des années qu'ils n'avaient pas fait l'amour. Cynthia tirait une certaine fierté à ne plus éprouver d'attirance physique pour son mari. Constamment bronzée, elle était en pleine forme ; ses cheveux avaient blondi au fil des ans et elle était presque aussi jolie qu'au jour de leur mariage, trente ans plus tôt, même si elle dégageait à présent une certaine dureté que Bill ressentait plus qu'il ne la voyait. Les murs qu'elle avait érigés entre eux étaient insurmontables ; Bill avait depuis longtemps renoncé à les franchir. Il consacrait toute son énergie à son travail et appelait Isabelle dès qu'il avait besoin d'être réconforté, de s'épancher ou de rire. C'était à elle qu'il confiait ses moments de fatigue ou de découragement. Toujours prête à l'écouter, elle dégageait une douceur qu'il n'avait jamais sentie chez sa femme. Lorsqu'il était tombé sous le charme de Cynthia, il avait été touché par son enthousiasme, sa beauté et sa vitalité. Il aimait aussi son sens de l'humour et son espièglerie. Elle était tellement drôle, tellement gaie quand ils s'étaient rencontrés... Hélas, tout avait changé depuis. A tel point que s'il venait à disparaître aujourd'hui, elle ne le regretterait probablement pas. A l'instar de leur mère, ses filles, bien que gentilles, ne s'intéressaient guère à lui. Chez lui, il se heurtait à une indifférence générale et se sentait comme un étranger dans sa propre maison. Un apatride qui aurait perdu ses racines. Et puis maintenant, il avait un morceau de son cœur à Paris, dans une maison de la rue de Grenelle. Il n'avait jamais dit à Isabelle qu'il l'aimait, elle non plus d'ailleurs, mais il sentait qu'il était profondément attaché à elle, et cela depuis plusieurs années. Il savait aussi qu'Isabelle lui vouait une grande admiration.

Les sentiments que Bill et Isabelle nourrissaient l'un pour l'autre n'avaient jamais apparemment dépassé le stade de l'amitié. Aucun d'eux ne voulait reconnaître que leur relation allait au-delà d'une simple admiration mutuelle, d'un bien-être partagé et d'un réel plaisir à discuter. Toutefois, Bill avait peu à peu remarqué qu'il s'inquiétait s'il ne recevait pas de lettres d'Isabelle ; et lorsqu'elle ne pouvait pas prendre ses appels en raison de l'état de santé de Teddy ou qu'elle accompagnait Gordon dans un de ses déplacements, il se languissait d'elle. Plus qu'il ne voulait bien l'admettre. Elle était un point d'attache pour lui, quelqu'un sur qui il pouvait compter. Et ce sentiment était réciproque. En dehors de son fils de quatorze ans, il était la seule personne avec qui elle pouvait parler. Jamais elle n'avait connu cela avec Gordon.

Celui-ci ressemblait davantage à un Anglais qu'à un Américain. Bien que de parents américains, il avait été élevé en Angleterre et avait étudié à Eton avant d'être envoyé aux Etats-Unis, à Princeton. Tout de suite après avoir obtenu son diplôme, il avait regagné

l'Angleterre avant de s'installer à Paris pour des raisons professionnelles. Malgré ses origines, la Grande-
Bretagne avait profondément marqué sa personnalité.

Isabelle était en visite chez son grand-père, dans sa
maison de vacances du Hampshire, quand elle avait
rencontré Gordon. Elle avait vingt ans, lui presque
quarante. Il avait connu beaucoup de femmes dans sa
vie ; certaines plus attirantes que d'autres, mais
aucune ne lui avait donné envie de s'engager durable-
ment, a fortiori de se marier. La mère d'Isabelle était
anglaise et son père français. Elle vivait depuis toujours à Paris et allait voir ses grands-parents chaque
été. Elle parlait un anglais parfait et dégageait un
charme ensorceleur. C'était une jeune femme séduisante, cultivée, discrète, attentionnée. La chaleur, la
lumière qui l'auréolaient, sa délicatesse d'elfe avaient
aussitôt conquis Gordon. Pour la première fois de sa
vie, il se sentait amoureux. En outre, la promotion
sociale que laissait entrevoir leur union représentait
pour lui un attrait irrésistible. Bien que respectable,
la famille de Gordon était nettement moins illustre
que celle d'Isabelle. Sa mère était issue d'une célèbre
famille de banquiers britanniques, apparentée à la
reine. Son père était un homme d'Etat français infiniment distingué. En résumé, Gordon estimait cette
union tout à fait digne de lui. Isabelle faisait preuve
d'une douceur, d'une réserve et d'une simplicité qui
lui convenaient en tous points. La mère de cette der-

nière était déjà morte lorsqu'ils firent connaissance et son père leur donna sans hésiter sa bénédiction. A ses yeux, Gordon était le mari idéal pour sa fille. Il ne leur fallut qu'un an pour se fiancer puis se marier. Gordon maîtrisait parfaitement la situation. Dès le début, il fit clairement comprendre à la jeune femme qu'il se chargerait de prendre toutes les décisions dans leur couple. Par bonheur, Isabelle ne demandait pas mieux. Etant donné sa jeunesse, Gordon avait rapidement compris qu'elle ne lui opposerait aucune résistance. Il lui imposa leurs fréquentations et leur lieu de vie — il avait acheté la maison de la rue de Grenelle sans même consulter son épouse. En tant que directeur de banque, il jouissait déjà d'un statut social enviable ; son mariage avec Isabelle accrut encore sa respectabilité. En contrepartie, il lui offrit une vie tranquille, privilégiée. Ce ne fut qu'au fil du temps qu'elle prit conscience des contraintes qu'il lui imposait.

Gordon commença par faire le tri de ses amis. Dans le cadre de son travail, il lui demanda d'organiser de somptueuses réceptions et Isabelle devint bientôt experte en grands dîners. Habile et compétente, douée d'un remarquable sens de l'organisation, elle suivait volontiers les instructions qu'il lui donnait. Elle commença à ouvrir les yeux sur l'intolérance de Gordon une fois qu'il eut chassé de leur vie un certain nombre de leurs amis. En termes très clairs, il lui signifia que ces derniers n'étaient pas dignes d'elle. De son côté, Isabelle aimait rencontrer de nouvelles têtes, vivre des expériences inédites et profiter pleinement des surprises que réservait la vie. Etudiante aux Beaux-Arts, elle avait accepté un poste de restauratrice de tableaux au Louvre, malgré les protestations de Gordon. C'était là sa seule parcelle d'indépendance. Elle adorait son travail, ainsi que les gens qu'elle y rencontrait.

Plein de mépris pour ce style de vie trop bohème à son goût, Gordon insista pour qu'elle cessât de travailler lorsqu'elle fut enceinte de Sophie. Après la naissance du bébé, et malgré les joies que lui procurait la maternité, Isabelle découvrit que le musée, avec ses défis et ses satisfactions, lui manquait. Gordon lui interdit catégoriquement de reprendre le travail. Elle retomba enceinte très vite et cette fois, perdit le bébé. Elle mit beaucoup de temps à se remettre de sa fausse couche. Lorsqu'elle tomba enceinte pour la troisième fois, elle connut une grossesse difficile qui se termina par la naissance prématurée de Teddy et les soucis considérables qui en découlèrent.

Ce fut à cette époque que Gordon et elle commencèrent à s'éloigner l'un de l'autre. Son travail à la banque l'accaparait énormément. Il éprouvait une certaine irritation à constater qu'Isabelle ne pouvait plus organiser de dîners aussi souvent qu'avant à cause de leur enfant malade. Il lui reprochait de ne plus se consacrer aussi pleinement aux devoirs sociaux et domestiques que sa fonction leur imposait. A la vérité, les années qui suivirent la naissance de Teddy lui laissèrent très peu de temps à consacrer à Gordon et Sophie ; elle avait parfois l'impression que le père et la fille complotaient contre elle, ce qui lui paraissait terriblement injuste. Son existence entière s'organisait autour de son enfant souffrant. Malgré la présence des infirmières, elle refusait de le laisser seul. Ayant perdu son père entre-temps, elle n'eut personne pour la soutenir pendant la petite enfance de Teddy. Gordon détestait parler des problèmes de santé de son fils, des échecs et des succès médicaux liés à sa maladie. Comme s'il désirait punir Isabelle, il mit un terme presque immédiat à leur intimité. Celle-ci finit par croire qu'il ne l'aimait plus. Elle ne possédait aucune preuve concrète, jamais il ne menaça de la quitter, pas au sens physique du terme, en tout cas. Pourtant, elle éprouvait la sensation confuse qu'il l'avait abandonnée pour s'enfuir loin, très loin.

Après Teddy, Gordon n'avait manifesté aucune envie d'avoir un autre enfant. Quant à Isabelle, elle n'avait plus de temps à elle. Elle donnait tout ce qu'elle pouvait à son fils. Gordon lui reprochait souvent de le délaisser. Elle avait l'impression d'avoir commis une faute inavouable et se sentait presque responsable de la maladie de Teddy. Rien de ce que faisait l'enfant ne suscitait la fierté de Gordon : ni ses dons artistiques, ni sa sensibilité, ni sa finesse d'esprit ni même son incroyable sens de l'humour en dépit des souffrances qu'il endurait. La ressemblance entre le fils et la mère semblait au contraire irriter davantage Gordon. On aurait parfois juré qu'il ne nourrissait plus que du mépris pour elle, ainsi qu'une colère profonde, insidieuse, qu'il n'exprimait jamais avec des mots.

Des années plus tard, Isabelle apprit par une cousine de Gordon qu'il avait eu un petit frère également atteint d'une maladie invalidante et décédé à l'âge de neuf ans. Il n'avait jamais parlé de ce frère à quiconque, pas même à Isabelle. C'était un sujet tabou. Bien que sa mère l'ait adoré quand il était enfant, Gordon l'avait vue se consacrer entièrement à son frère jusqu'à la mort de ce dernier. La cousine n'avait pas pu lui dire de quelle maladie il s'agissait, ni ce qui s'était réellement passé, mais elle savait que la mère de Gordon était tombée malade peu de temps après la mort de son fils. Elle avait beaucoup souffert avant de s'éteindre. Face à cette épreuve, Gordon avait manifestement eu l'impression d'avoir été trahi à la fois par sa mère et par son frère qui lui avaient arraché leur attention et leur tendresse avant de l'abandonner définitivement.

D'après les rumeurs qui couraient dans la famille, le père de Gordon était mort de chagrin quelques années plus tard. Le pauvre homme ne s'était jamais remis de cette double perte. Gordon avait eu le sentiment d'avoir perdu toute sa famille à cause de cet enfant malade. Tout comme il avait perdu Isabelle à cause de la maladie de Teddy. Ces révélations avaient permis à la jeune femme de mieux comprendre son attitude, mais lorsqu'elle avait essayé d'en parler à son mari, il avait éludé la question, arguant que tout cela n'était que pure invention. A l'entendre, il ne s'était jamais senti proche de son frère et n'avait par conséquent éprouvé aucun sentiment d'abandon à sa mort. La disparition de sa mère n'était plus qu'un vague souvenir et il gardait de son père l'image d'un homme difficile à vivre. Malgré ses réticences, Isabelle avait insisté pour approfondir le sujet ; la lueur de panique qui avait alors traversé le regard de Gordon l'avait frappée. C'était le regard d'un enfant blessé plutôt que celui d'un homme en colère. Son passé expliquait peut-être pourquoi il s'était marié aussi tard et pourquoi il observait une telle distance par rapport aux autres. Son indifférence pour Teddy prenait sans aucun doute sa source dans ce passé traumatisant. Malgré tout, cette révélation ne les aida pas à se rapprocher l'un de l'autre. La porte ne se rouvrit jamais entre eux, Gordon veillant à ce qu'elle restât soigneusement fermée.

Elle tenta d'expliquer tout cela à Bill, mais il refusa d'excuser le comportement de Gordon ; pour lui, ce dernier manquait tout simplement de cœur pour la rejeter ainsi de sa vie. Isabelle était une des femmes les plus intéressantes qu'il ait jamais rencontrées ; sa douceur et sa gentillesse la rendaient encore plus séduisante. Malgré ce qu'il ressentait pour elle, Bill ne lui avait jamais fait d'avances ; en fait, il s'efforçait de ne pas songer à ce que serait une liaison avec elle. Dès le départ, Isabelle lui avait fait comprendre qu'une telle chose était impossible. S'ils voulaient être amis, ils devaient respecter leurs couples. Isabelle demeurait loyale envers Gordon, malgré les affronts et l'indifférence qu'il lui faisait subir. Il restait son mari et, au grand dam de Bill, elle continuait à le considérer comme tel. La notion de divorce ou d'infidélité était tout simplement inconcevable pour elle. L'amitié de Bill lui suffisait. Le sentiment de solitude qu'elle éprouvait aux côtés de Gordon faisait à présent partie intégrante de son mariage. Elle ne cherchait rien d'autre qu'une solide amitié et était reconnaissante à Bill du réconfort qu'il lui apportait. Il lui prodiguait de précieux conseils dans divers domaines, partageait la même opinion qu'elle sur de nombreux sujets et grâce à lui, grâce à leurs conversations, elle pouvait oublier — temporairement du moins — les soucis du quotidien. Isabelle considérait l'amitié de Bill comme un cadeau extraordinaire. C'était tout.

L'idée du voyage à Londres était venue tout à fait par hasard, au détour d'une de leurs conversations matinales. Elle avait parlé d'une exposition à la Tate

Gallery qu'elle brûlait d'envie de voir. Bill lui avait alors suggéré d'aller passer une ou deux journées à Londres pour aller à l'exposition et profiter un peu de son temps libre, sans avoir à se soucier, pour une fois, ni de son mari ni de ses enfants. C'était une idée quasiment révolutionnaire pour Isabelle ; jamais encore elle n'avait pris une telle initiative. Au début, elle avait refusé tout net.

« Pourquoi ? » avait demandé Bill en allongeant ses grandes jambes pour poser les pieds sur son bureau.

Il était minuit pour lui. Il travaillait depuis huit heures du matin, mais il s'était attardé un peu pour pouvoir l'appeler.

« Cela vous ferait un bien fou, et puis Teddy se porte mieux depuis deux mois. En cas de problème, vous seriez chez vous en deux heures. »

Il avait raison. Toutefois, en vingt ans de mariage, jamais elle n'était partie sans Gordon. Leur couple était incroyablement « vieille France », à l'opposé de l'union très libre qu'il vivait avec Cynthia depuis quelques années. Dorénavant, ils voyageaient davantage chacun de leur côté qu'ensemble. Il n'essayait même plus de passer des vacances avec elle, en dehors d'une semaine de temps à autre dans les Hamptons. De toute façon, Cynthia semblait beaucoup plus heureuse sans lui. La dernière fois qu'il avait proposé un voyage à deux, elle avait trouvé mille excuses pour finalement partir en Europe avec une de leurs deux filles. Le message était clair. Le sens de leur mariage avait disparu depuis longtemps, même si aucun d'eux n'était prêt à le reconnaître. Elle menait sa vie de son côté, fréquentait qui bon lui semblait, tout en sachant rester discrète. Quant à Bill, il pouvait s'investir totalement dans cette vie politique qu'il aimait tant, et il était heureux de ses conversations téléphoniques avec Isabelle. C'était l'étrange modus vivendi qu'ils respectaient tacitement.

Il avait fallu plusieurs coups de téléphone pour que Bill réussisse à convaincre Isabelle de se rendre à Londres. Une fois sa décision prise, un sentiment d'excitation s'empara d'elle. Elle était impatiente de découvrir l'exposition et de faire quelques courses à Londres. Elle avait prévu de descendre au Claridge et essaierait peut-être de voir une vieille amie d'école qui vivait là-bas.

Quelques jours plus tard, Bill s'aperçut qu'il avait besoin de voir l'ambassadeur américain en Angleterre. Ce dernier avait généreusement financé la dernière campagne présidentielle et Bill désirait lui demander son soutien pour un autre candidat ; il voulait lui en parler suffisamment tôt afin de pouvoir savoir sur quoi compter de sa part. Grâce à ce soutien, le candidat de Bill aurait tout de suite plus d'atouts. C'était une heureuse coïncidence qu'Isabelle se trouvât à Londres en même temps que lui. Cette dernière le taquina un peu lorsqu'il lui apprit la nouvelle.

« Aviez-vous tout manigancé à l'avance ? » demanda-t-elle avec son accent britannique auquel se mêlait une légère intonation française que Bill trouvait absolument charmante.

A quarante et un ans, elle était encore très belle et paraissait beaucoup plus jeune. Elle avait des cheveux bruns avec des reflets auburn, un teint de porcelaine et de grands yeux verts piquetés d'ambre. A sa demande, deux ans plus tôt, elle lui avait envoyé une photo sur laquelle elle était entourée de ses enfants. Il la contemplait souvent, sourire aux lèvres, pendant leurs conversations nocturnes ou matinales.

« Bien sûr que non », protesta-t-il, malgré la pertinence de sa question.

Il était évidemment au courant de ses projets de voyage lorsqu'il avait pris rendez-vous avec l'ambassadeur à Londres. Il avait cherché à se convaincre que cette date coïncidait parfaitement avec son emploi du temps. Mais au fond de son cœur, il savait ce qu'il en était réellement.

Il adorait voir Isabelle et attendait avec impatience les rares occasions de la rencontrer à Paris. Quand leur dernière entrevue commençait à dater, il trouvait n'importe quel prétexte pour faire le voyage, ou bien se débrouillait pour s'arrêter brièvement à Paris avant de poursuivre vers une autre destination. Ils déjeunaient ensemble environ trois ou quatre fois par an. Elle ne parlait jamais de leurs rendez-vous à Gordon mais répétait souvent à Bill, comme pour mieux l'en convaincre — et s'en convaincre aussi —, que leurs rencontres n'avaient rien de secret ni de répréhensible. Leur relation était faite de courtoisie, de franchise et de délicatesse. Quand ils se voyaient, ils veillaient à se comporter en amis — n'était-ce pas ce qu'ils étaient l'un pour l'autre ? Malgré tout, Bill était conscient des sentiments plus profonds qu'elle lui inspirait, des sentiments qu'il ne pouvait confier à personne, surtout pas à Isabelle.

Il était impatient de partir à Londres. Son rendez-vous à l'ambassade ne durerait que quelques heures ; en dehors de cet impératif, il projetait de passer le plus de temps possible en compagnie d'Isabelle. Il lui avait affirmé qu'il avait également très envie de voir l'exposition à la Tate Gallery et Isabelle était enchantée à l'idée de partager ce moment avec lui. Après tout, c'était d'abord pour cette raison qu'elle se rendait à Londres. Rencontrer Bill était une joie supplémentaire. Elle avait longuement réfléchi à leurs rapports. Ils étaient de très bons amis, rien de plus, et personne n'était au courant de leur amitié pour la seule raison que c'était plus simple ainsi. Ils n'avaient rien à cacher. En présence de Bill, elle revêtait un manteau de respectabilité auquel elle semblait désespérément attachée. Depuis très longtemps, elle avait établi entre eux une espèce de frontière qu'il veillait à respecter, dans son intérêt à elle. Jamais il n'aurait entrepris quoi que ce fût qui aurait pu la contrarier ou l'effrayer. Leur relation lui était bien trop précieuse.

Dans sa maison de la rue de Grenelle, Isabelle consulta sa montre et poussa un soupir. Il était l'heure de partir et tout à coup, l'idée de devoir quitter Teddy lui répugnait. Elle avait laissé mille et une instructions à l'intention des infirmières qui s'occuperaient de lui pendant son absence. Ces dernières le connaissaient depuis toujours et, pour l'occasion, elles dormiraient avec lui dans sa chambre. Sur la pointe des pieds, Isabelle s'approcha de la pièce contiguë à la sienne. Elle voulait voir Teddy une dernière fois avant de partir. Elle lui avait déjà dit au revoir mais soudain, son cœur se serra dans sa poitrine. Etait-ce vraiment une bonne idée, ce séjour à Londres ? Teddy dormait paisiblement et l'infirmière sourit en lui adressant un petit signe de la main. C'était une des préférées d'Isabelle, une grande Bretonne au visage gai et souriant. Isabelle lui rendit son petit signe avant de quitter la pièce, refermant la porte derrière elle. Tout était réglé, il était temps pour elle de se mettre en route.

Elle prit son sac à main et sa petite valise, lissa du plat de la main son tailleur noir et jeta encore un coup d'œil à sa montre. Elle savait qu'à cet instant précis, Bill se trouvait dans son avion, venant de New York où il avait passé quelques jours pour son travail.

Elle posa sa valise sur la banquette arrière de la voiture et son sac Kelly sur le siège du passager, à côté

41

d'elle. Un sourire éclairait son regard tandis qu'elle remontait la rue de Grenelle. Elle alluma la radio avant de prendre la direction de l'aéroport Roissy-Charles-de-Gaulle.

Au même instant, Bill Robinson regardait par le hublot du Gulfstream dont il était propriétaire. Il souriait en pensant à Isabelle. Il se poserait à Londres en même temps qu'elle. Un sentiment d'excitation intense l'habitait.

2

Bill Robinson traversa le poste de douane de Heathrow d'un pas pressé. Il ne voulait pas perdre un instant. Il ne lui fallut que quelques minutes pour récupérer son sac et, tenant son attaché-case dans l'autre main, il se dirigea vers le chauffeur de l'hôtel Claridge discrètement posté sur le côté, tenant une petite pancarte à son nom. Depuis trente ans, il descendait au Claridge chaque fois qu'il venait à Londres, et avait insisté auprès d'Isabelle pour qu'elle y séjournât aussi. Souvent considéré comme le plus bel hôtel de Londres, le Claridge était encore chargé de traditions. En tant qu'habitué, Bill l'appréciait aussi parce que tout le personnel le connaissait.

En rangeant ses bagages dans le coffre de la limousine, le chauffeur jeta un coup d'œil en direction de son client, un grand Américain aux cheveux grisonnants. Il émanait de lui une impression de pouvoir et de réussite. Bill avait des yeux bleu vif, brillants de sympathie ; jadis blond clair, ses cheveux se parsemaient de fils d'argent. Ses traits étaient fermes et volontaires, sa mâchoire carrée. Il portait un pantalon gris, un blazer, une chemise bleue agrémentée d'une cravate Hermès bleu foncé et des mocassins noirs soigneusement cirés. Il était d'une élégance sobre et subtile. Installé sur la banquette arrière, il ouvrit un journal ; ses mains, longues et puissantes, devaient plaire aux femmes. Il portait une montre Patek Philippe que Cynthia lui avait offerte des années plus tôt. Il dégageait une impression de raffinement discret qui retenait l'attention. Pourtant, Bill Robinson avait toujours préféré rester dans l'ombre. Malgré ses nombreuses relations dans le monde politique et les opportunités professionnelles qui s'étaient présentées à lui, à aucun moment il n'avait ressenti le besoin d'avancer sur le devant de la scène. Il aimait sa situation actuelle. Connaissant le pouvoir et l'espèce de frénésie qui régnait dans ce milieu, il appréciait les changements constants de la scène politique et n'avait nulle envie de notoriété publique. En outre, la discrétion lui semblait une qualité essentielle dans l'accomplissement de sa fonction. C'était d'ailleurs une des raisons de sa réussite.

Il partageait ce trait de caractère avec Isabelle. Dans le cas de la jeune femme, il se manifestait par une certaine dose de timidité ; dans celui de Bill, c'était un outil qui lui permettait d'exercer son pouvoir à huis clos. On le remarquait immédiatement lorsqu'il pénétrait dans une pièce, par son allure, sa façon de s'imposer sans même prononcer un seul mot, mais il inspirait le respect davantage par sa discrétion que par ses paroles ou ses actes. De la même manière, les gens remarquaient Isabelle sans qu'elle ait à prononcer le moindre mot. Elle était mal à l'aise dès que l'attention se portait sur elle et ce n'était que dans les conversations à deux, comme les leurs, qu'elle se sentait libre de se dévoiler. C'était une des choses qu'il aimait chez elle, cette façon qu'elle avait de s'ouvrir à lui. Il connaissait chacune de ses émotions, chacune de ses réactions et de ses pensées ; elle n'hésitait pas à lui confier ses secrets les plus intimes. Il savait même qu'elle n'avait jamais partagé ces choses-là avec Gordon.

Au Claridge, Bill alla retirer sa clé. Thomas, le concierge, le reconnut aussitôt et lui réserva un accueil chaleureux. Puis il parla poliment du temps et des récentes élections avec le directeur adjoint qui l'accompagna jusqu'à sa chambre. Il avait réservé une grande suite lumineuse au troisième étage, décorée de chintz fleuri, de soie bleu pâle et d'objets anciens. A peine le directeur fut-il parti qu'il décrocha le téléphone, balayant la pièce du regard. Un sourire naquit sur ses lèvres dès qu'il entendit la voix familière.

— Avez-vous fait bon voyage ?

— Oui, tout s'est bien passé, répondit Isabelle dans un sourire.

Elle était arrivée vingt minutes plus tôt.

— Et le vôtre ?

— Il fut excellent.

Il ressemblait à un petit garçon, avec ce sourire aux lèvres. C'était précisément cet air de garçonnet très américain qui séduisait les femmes.

— Si ce n'est qu'il m'a paru durer une éternité... j'avais hâte d'arriver, ajouta-t-il.

Ils émirent tous deux un petit rire nerveux. Six mois s'étaient écoulés depuis leur dernière rencontre à Paris. Il avait prévu de revenir plus tôt mais des complications professionnelles l'en avaient empêché et à présent, il brûlait d'envie de la voir.

— Etes-vous fatiguée ? Désirez-vous vous reposer un peu ?

— Après un voyage d'une heure ? fit Isabelle d'un ton rieur. Non, je me sens tout à fait bien. Et vous ?

— Je meurs de faim. Que diriez-vous d'aller déjeuner quelque part ?

Il était trois heures de l'après-midi.

— Excellente idée. Nous pourrions aller nous promener ensuite. Je suis restée assise trop longtemps.

Elle était heureuse de le voir, Bill l'entendit à sa voix. Leurs rendez-vous les emplissaient tous deux d'impatience et quand enfin ils se retrouvaient, ils parlaient des heures durant, sans jamais se lasser, exactement comme au téléphone. Il n'y avait aucune gêne entre eux, même lorsqu'ils ne s'étaient pas vus pendant plusieurs mois.

— Comment allait Teddy quand vous êtes partie ?

Son ton était plein de sollicitude, comme d'habitude. Il savait à quel point l'état de santé de son fils la préoccupait.

— Il dormait encore, mais il a passé une bonne nuit. Et Sophie a appelé du Portugal hier soir. Elle s'amuse bien avec ses amis. Comment vont vos filles ?

— Bien, je suppose. Elles doivent venir à Paris dans quelques semaines avec leur mère. On ne me tient au courant de rien. Je les localise grâce aux relevés de ma carte American Express. Cynthia a prévu de les emmener dans le sud de la France avant d'aller voir ses parents dans le Maine.

Il les rejoindrait ensuite dans les Hamptons à la fin de l'été, comme d'habitude. Mais avant cela, il retournerait travailler à Washington. Cynthia ne lui demandait plus de les accompagner, elle savait que c'était peine perdue ; en fait, elle serait tombée des nues s'il avait décidé de se joindre à elles.

— Quel est le numéro de votre chambre ? demanda-t-il en jetant un coup d'œil à sa montre.

Ils avaient le temps de déjeuner rapidement et ce soir, il l'emmènerait dîner au Harry's Bar.

— 314.

— Nous sommes au même étage, fit-il observer. Je suis au 329. Je passerai vous chercher en descendant. Disons dans dix minutes ?

— Parfait, répondit Isabelle en souriant timidement.

Il y eut un bref silence.

— Je suis heureuse de vous voir, Bill.

Son accent français ressortit tout à coup et Bill se sentit soudain très jeune. Isabelle tenait une place toute particulière dans son cœur. Elle incarnait à ses yeux l'idéal féminin. Elle était douce, généreuse, patiente, compréhensive, attentive, drôle, gentille... Un cadeau tombé du ciel.

Isabelle pensait la même chose de Bill. Il était le roc auquel elle s'accrochait farouchement alors que tout s'effondrait autour d'elle, au fil du temps. Elle ne pouvait plus compter sur personne, la santé de Teddy l'angoissait constamment, elle pouvait le perdre d'un jour à l'autre ; quant à Gordon, il habitait sous le même toit qu'elle, il était encore son mari et pourtant elle avait l'impression qu'il ne faisait plus partie de sa vie. A l'exception de quelques apparitions publiques, il n'avait plus besoin d'elle dans sa vie. Ces temps-ci, Isabelle se sentait plus seule que jamais. Sauf lorsqu'elle était avec Bill, ou au téléphone avec lui. Il était son confident, sa source de joie, de rire et de réconfort. Son meilleur ami.

— Moi aussi, je suis heureux de vous voir. Je passe vous prendre dans dix minutes. Nous en profiterons pour organiser notre séjour.

Ils avaient prévu d'aller à la Tate Gallery le lendemain et Isabelle avait parlé de galeries privées qu'elle désirait visiter. Bill avait décidé de l'inviter à dîner les deux soirs. Il aurait aimé l'emmener au théâtre, car il savait que c'était une de ses passions, mais en même temps, il avait tant de choses à lui dire qu'il ne se voyait pas devoir se taire pendant plusieurs heures. On était mardi après-midi et ils seraient ensemble jusqu'à jeudi soir. Isabelle lui avait dit qu'elle prolongerait peut-être son séjour jusqu'à vendredi matin, tout dépendrait de l'état de santé de Teddy. Quoi qu'il en soit, elle tenait à être rentrée à Paris pour le week-end. C'était une véritable course contre la montre, mais ces quelques jours représentaient un cadeau extraordinaire. C'était une grande première pour eux et Bill était venu à Londres sans aucune arrière-pensée, sans intention particulière ni projet précis. Il avait simplement hâte d'être avec Isabelle. Ce qu'ils partageaient tous les deux était d'une pureté, d'une innocence absolument merveilleuse.

Tout en pensant à elle, il se lava le visage et les mains puis se rasa rapidement. Dix minutes plus tard, il longeait le couloir, à la recherche de la chambre d'Isabelle. C'était un vrai labyrinthe, mais il la trouva finalement. Il frappa à la porte, l'attente lui parut interminable. Elle ouvrit enfin et se tint devant lui, immobile, un timide sourire aux lèvres.

— Comment allez-vous ? demanda-t-elle tandis que sa peau laiteuse rosissait légèrement.

Sa longue chevelure noire et brillante flottait sur ses épaules ; elle le regardait droit dans les yeux.

— Vous semblez en pleine forme, reprit-elle en s'avançant vers lui pour le serrer dans ses bras.

Il l'embrassa sur la joue. Son teint était légèrement hâlé, à la suite d'un week-end passé chez lui, à Greenwich, quelques semaines plus tôt. Le contraste était frappant avec le teint diaphane d'Isabelle. Il y avait bien des années qu'elle n'avait pas passé l'été à lézarder au soleil dans le sud de la France. Gordon continuait à s'y rendre de temps en temps, chez des amis ou avec Sophie, pendant qu'Isabelle restait à la maison avec leur fils.

— Vous aussi, fit observer Bill d'un ton admiratif.

Chaque fois qu'il la voyait, sa beauté le bouleversait. Il lui arrivait parfois d'oublier à quel point elle était belle, tellement il était absorbé par ses paroles et les idées qu'ils échangeaient. Plus que son apparence extérieure, c'était la beauté de son âme qui le captivait. Elle n'en demeurait pas moins incroyablement séduisante. Avec la grâce d'une biche, elle se mit à côté de lui et glissa un bras sous le sien. On aurait presque cru une adolescente. Bill admira son élégant tailleur noir, le sac à main Hermès et les escarpins à talons hauts. Elle ne portait que son alliance et de petits diamants aux oreilles. En la voyant, on avait du mal à imaginer qu'elle avait des soucis, des responsabilités. Elle arborait un sourire radieux et une lueur de joie et d'excitation éclairait son regard.

— Mon Dieu, Isabelle, vous êtes magnifique.

Depuis qu'il avait fait sa connaissance, elle n'avait pas changé ; elle semblait encore plus mince que lors de leur dernière rencontre, six mois plus tôt. Le temps n'avait pas de prise sur sa beauté classique. Tandis qu'ils descendaient l'escalier bras dessus, bras dessous, discutant avec entrain de leur voyage, des galeries qu'ils désiraient voir, de l'exposition de la Tate, Bill se fit l'effet d'un collégien. Il lui parla ensuite de ses filles ; il aimait lui raconter des anecdotes amusantes et elle riait encore lorsqu'ils passèrent devant le concierge.

— Je redoutais tellement qu'un empêchement de dernière minute nous force à annuler ce voyage, confessa Bill. J'avais peur que la santé de Teddy vous retienne à la maison.

Il lui confiait toujours ce qu'il avait sur le cœur, et c'était réciproque. Teddy aurait pu l'obliger à annuler son séjour à Londres. Ou même Gordon, s'il avait décidé qu'elle devait rester à la maison. Mais ce dernier n'attachait aucune importance à sa petite escapade et Teddy s'était réjoui pour elle. Il ignorait tout de Bill, mais il aimait par-dessus tout voir sa mère sourire et avait aussitôt compris qu'elle brûlait d'envie de passer quelques jours à Londres.

— J'ai eu peur, moi aussi, admit-elle. Mais il est en pleine forme en ce moment ; en fait, cela fait cinq ans qu'il ne s'est pas senti aussi bien.

La puberté avait été un cap difficile pour lui et son

état de santé s'était dégradé ces dernières années ; il continuait à grandir et pendant ce temps, son cœur et ses poumons s'efforçaient tant bien que mal de suivre sa croissance.

— Il voulait vraiment que je parte, ajouta-t-elle.

Bill avait l'impression de connaître Teddy depuis des années et il espérait pouvoir le rencontrer un jour, même si cela lui paraissait fort improbable.

Ils sortirent dans Brook Street, Isabelle au bras de Bill. C'était une journée radieuse, exceptionnellement chaude pour le mois de juin.

— Où voulez-vous aller ? demanda-t-il en dressant mentalement la liste des endroits où ils pourraient se rendre.

Pour sa part, il souhaitait seulement être auprès d'elle. C'était comme des vacances. Il n'avait pas l'habitude de s'accorder des après-midi oisifs, de prendre son temps pour déjeuner ni de flâner dans les rues en charmante compagnie. Son existence s'organisait essentiellement autour de son travail et de la politique. Il ne s'accordait jamais de pause, sauf quand il voyait Isabelle. Auprès d'elle, le temps semblait suspendre son vol et c'était tout son rythme de vie qui s'en trouvait bouleversé. Son entourage aurait eu du mal à le reconnaître en le voyant là, détendu et souriant, aux côtés d'une séduisante jeune femme brune.

— Si nous allions manger une pizza ? reprit-il d'un ton désinvolte.

Isabelle acquiesça d'un signe de tête. Un sourire illuminait son visage. Elle était tellement heureuse qu'elle avait du mal à se concentrer sur ce qu'il disait.

— Qu'est-ce qui vous fait sourire ? la taquina-t-il tandis qu'ils déambulaient lentement sur le trottoir, sans but précis.

Ils avaient du temps devant eux, pour une fois.

— Je suis heureuse, tout simplement. Je n'avais jamais fait ça avant. Mes soucis me semblent tellement loin, ici.

Teddy était entre de bonnes mains et tout allait bien.

— C'est tout ce que je souhaitais. Je veux que vous vous détendiez, que vous oubliiez vos tracas.

Ils prirent un taxi pour se rendre dans un petit restaurant de Shepherd Market, près de l'ambassade des Etats-Unis. Bill y avait souvent déjeuné entre deux rendez-vous. La salle ouvrait sur un jardin et le propriétaire les accueillit chaleureusement. Tous deux d'une élégance raffinée, ils dégageaient un charme extraordinaire. Le maître des lieux les conduisit à une table tranquille, au fond de la salle. Puis il tendit la carte des vins à Bill, leur présenta les menus et s'éclipsa.

— C'est merveilleux, murmura Isabelle en s'appuyant contre le dossier de sa chaise.

Elle posa son regard sur Bill. La dernière fois qu'elle l'avait vu, c'était à Paris, juste avant Noël. Il lui avait offert un magnifique foulard Hermès, ainsi que la première édition d'un livre dont ils avaient parlé au téléphone. C'était un ouvrage très rare, habillé d'une somptueuse reliure en cuir, et Isabelle en prenait grand soin, comme de tous les autres cadeaux qu'il lui avait faits en quatre ans.

— Vous me gâtez trop, ajouta-t-elle.

— C'est fait exprès, murmura Bill en lui tapotant la main.

Ils choisirent une pizza, commandèrent des salades et une bouteille de corton-charlemagne.

— Ainsi, vous avez décidé de m'enivrer en pleine journée, plaisanta Isabelle.

Bill savait qu'elle buvait à peine, mais il avait choisi un vin qu'elle appréciait et un excellent millésime.

— Aucun risque, sauf si vous avez pris de mauvaises habitudes durant ces six mois. Je suis bien plus enclin à boire que vous, ajouta-t-il, bien qu'elle ne l'ait jamais vu abuser de l'alcool.

C'était un homme de mesure qui ne souffrait d'aucun vice si l'on exceptait sa tendance à travailler trop.

— Alors, quel est le programme de cet après-midi ?

— A vous de décider. Moi, je suis heureuse d'être là, tout simplement.

Elle avait l'impression d'être un oiseau qui se serait échappé d'une cage dorée. Lorsque Bill proposa de faire le tour des galeries et des antiquaires, elle

approuva avec enthousiasme. Ils bavardèrent avec
entrain pendant tout le repas et il était seize heures
trente lorsqu'ils quittèrent le restaurant. Bill héla un
taxi. Une limousine de l'hôtel restait à leur disposi-
tion, mais ils préféraient marcher librement dans les
rues de Londres. Après avoir arpenté quelques galeries
et plusieurs boutiques, ils rentrèrent à pied au Claridge. Il était dix-huit heures.

— Que diriez-vous de dîner à vingt et une heures ?
proposa Bill. Nous pourrions prendre un verre au bar
de l'hôtel avant d'aller au Harry's Bar.

Ils avaient découvert, au fil d'une conversation,
qu'il s'agissait de leur restaurant préféré. C'était un
endroit élégant et cela ne les gênait aucunement d'y
être vus ensemble. De toute façon, ils n'avaient rien à
cacher. Si jamais Gordon l'apprenait, Isabelle n'aurait
aucun scrupule à reconnaître qu'elle avait dîné avec
Bill Robinson. Elle ne lui en parlerait pas spontané-
ment, mais elle n'éprouvait aucun sentiment de culpabilité, aucun besoin de se justifier.

— Je passerai vous chercher à vingt heures,
conclut Bill.

Il glissa un bras autour de ses épaules en montant
dans l'ascenseur. A les voir ainsi, personne n'aurait
imaginé qu'ils n'étaient pas mariés — pas même
amants. Ils paraissaient tellement complices, tellement
proches l'un de l'autre... Absorbés par leur conversation, ils se moquaient bien de ce qu'on pouvait penser
d'eux. Bill la raccompagna jusqu'à sa chambre.

— J'ai passé un excellent après-midi, confessa Isabelle avant de se hisser sur la pointe des pieds pour poser un baiser sur sa joue. Vous êtes extrêmement gentil avec moi, Bill. Merci, ajouta-t-elle d'un ton solennel qui le fit sourire.

— Je me demande bien pourquoi, d'ailleurs. Vous êtes une créature affreuse, ennuyeuse comme la pluie. Mais il faut bien que je me montre charitable de temps en temps. Vous savez... il y a les épouses des hommes politiques, les estropiés en tous genres... et le temps que je vous consacre. Mon lot de bonnes actions.

Isabelle rit de bon cœur et il effleura son bras d'une légère caresse comme elle ouvrait sa porte.

— Reposez-vous un peu avant le dîner, Isabelle. Cela vous fera du bien.

Il était conscient du stress qu'elle subissait dans sa vie de tous les jours et il tenait à ce qu'elle profitât de son séjour pour se détendre un peu. D'après ce qu'elle lui racontait, personne ne veillait sur elle et il avait envie de jouer ce rôle, fût-ce brièvement. Isabelle lui promit de dormir un peu. Une fois seule dans sa chambre, elle s'allongea sur son lit et pensa à Bill, à l'irruption qu'il avait faite dans sa vie. Leur rencontre avait été un pur hasard, une chance inouïe.

Elle se demandait parfois ce qui le poussait à rester avec sa femme. Il était clair qu'il n'y avait plus aucun échange entre eux et Bill méritait bien plus que cela.

Il n'aimait guère aborder ce sujet. Il semblait accepter pleinement ce qu'était devenu son mariage avec Cynthia et préférait ne pas bouleverser cet équilibre. A l'évidence, il désirait éviter tout scandale et c'était par discrétion qu'il ne remettait pas en cause leur situation. Car sa réussite professionnelle dépendait de sa capacité à agir dans l'ombre. Un divorce aurait forcément attiré l'attention sur lui, surtout s'il s'agissait d'un divorce houleux. Bill lui avait confié que Cynthia s'accommodait parfaitement de cet état de choses. Attachée aux avantages matériels qu'on accordait à l'épouse de William Robinson, à Washington ou ailleurs, elle n'aurait pas supporté de retomber dans l'anonymat. Et bien qu'elle prétendît détester le milieu de la politique, elle aimait l'idée d'être mariée à un homme capable d'exercer une influence sur le président des Etats-Unis. Isabelle était désolée pour lui. Il méritait davantage que ce que lui donnait Cynthia. D'un autre côté, Bill éprouvait le même sentiment de compassion pour Isabelle. L'existence qu'elle menait aux côtés de Gordon ne ressemblait certainement pas au mariage qu'elle avait souhaité vingt ans plus tôt, mais elle aussi s'était résignée à accepter sa situation. En fait, elle n'y songeait même plus. Allongée sur l'immense lit du Claridge, elle se réjouissait à l'avance de la soirée qui l'attendait, en compagnie de Bill. A ce moment précis, Gordon appartenait à un monde lointain, irréel. Bill, lui, savait la faire rire et la mettre à l'aise. Elle se sentait en sécurité auprès de lui. Son escapade à Londres s'annonçait à la hauteur de ses espérances.

Elle s'assoupit un petit moment, puis se leva à dix-neuf heures et alla prendre un bain. Elle choisit de porter une robe de soirée près du corps en dentelle noire, assortie d'une étole en soie et d'escarpins en satin noir. Elle attacha à son cou un collier de perles, fixa à ses oreilles des boucles en perle et diamant qui avaient appartenu à sa mère. La robe était à la fois sobre et féminine. A l'image d'Isabelle, elle dégageait un charme sensuel d'une exquise subtilité. Elle releva ses cheveux en chignon et se maquilla soigneusement. Lorsqu'elle recula d'un pas pour contempler le résultat, elle ne vit rien d'extraordinaire.

La réaction de Bill la prit de court lorsqu'il passa la prendre à vingt heures précises, juste après qu'elle eut appelé l'infirmière de Teddy. A son grand soulagement, tout allait bien. Gordon n'était pas à la maison et Teddy dormait à poings fermés. Il avait passé une bonne journée. Isabelle était doublement heureuse : elle pourrait profiter pleinement de sa soirée avec Bill.

— Oh là là ! s'exclama Bill en reculant d'un pas pour mieux l'admirer.

L'étole en soie drapait délicatement son buste, dévoilant une épaule à demi nue, tandis que la robe en dentelle épousait les courbes de son corps. Raffinée à l'extrême, elle était beaucoup plus séduisante qu'elle ne le croyait, ce qui faisait partie intégrante de son charme.

— Vous êtes éblouissante. De qui est la robe ? demanda-t-il d'un ton de connaisseur qui fit rire Isabelle.

— Saint Laurent. Mais vous m'étonnez : depuis quand vous intéressez-vous à la mode ?

C'était la première fois qu'il formulait ce genre de remarque. Les choses étaient différentes, ici. Ils avaient le temps, deux jours rien que pour eux, un véritable luxe.

— Depuis que vous en êtes l'ambassadrice. C'était un tailleur Chanel aujourd'hui, n'est-ce pas ? demanda-t-il d'un air satisfait qui lui arracha un nouvel éclat de rire.

— Je suis très impressionnée. Je vais devoir faire attention à ce que je porte, désormais, afin de satisfaire vos exigences.

— Oh, vous n'avez aucun souci à vous faire. Vous êtes splendide, Isabelle, assura-t-il avec ferveur.

Dans l'ascenseur, ils poursuivirent leur conversation à voix basse. Elle lui raconta qu'elle avait eu l'infirmière de Teddy au téléphone et que ce dernier se portait bien. Une expression radieuse illuminait son visage et Bill ne put que s'en réjouir. Il tenait tellement à ce qu'elle passât un agréable séjour. Jusqu'à présent, le destin semblait jouer en leur faveur. Il avait passé beaucoup de temps à songer à ce qu'il souhaitait faire avec elle durant ces deux jours. Avant tout, il voulait que cette escapade restât à jamais gravée dans leur mémoire, car une telle occasion ne se représenterait peut-être jamais. Il préférait ne pas y penser, glacé à cette seule pensée.

Bill entra dans le bar du Claridge à la suite d'Isabelle. De nombreuses têtes se tournèrent vers eux. Ils formaient un très beau couple, tous les deux. Après avoir choisi une table dans une alcôve, Bill commanda un whisky-soda, et un verre de vin blanc pour Isabelle. Elle but à peine tandis qu'ils discutaient art, politique et théâtre. Bill parla de la propriété que sa famille possédait dans le Vermont, puis ils évoquèrent les endroits où ils aimaient aller lorsqu'ils étaient enfants. Isabelle raconta ses vacances chez ses grands-parents, dans le Hampshire. Elle se remémora aussi ses quelques rencontres avec la reine, très impressionnantes. Bill était fasciné par ses anecdotes, tout comme les siennes captivaient Isabelle. Leurs réactions, leurs idées, leur conception de la vie étaient étonnamment semblables ; les mêmes choses avaient marqué leur vie : les personnes, les lieux, l'importance de la famille. Plus tard, alors que la limousine les conduisait au restaurant, Isabelle fit observer qu'il était surprenant que deux personnes attachées comme eux aux liens familiaux mènent des vies de couple aussi peu satisfaisantes. Comment avaient-ils fait pour choisir des conjoints aussi distants ?

— Cynthia était très différente quand nous étions à l'université. Elle est devenue cynique au fil des années. C'est peut-être ma faute, ajouta Bill d'un air songeur. Je crois surtout que nous sommes très dissemblables ; je n'ai pas dû satisfaire à ses attentes et je pense qu'elle m'en tient rigueur, ou du moins qu'elle est déçue. Elle aurait voulu que je sois plus mondain, dans le Connecticut et à New York. Jamais elle ne s'est intéressée au monde de la politique, alors qu'il m'a fasciné dès le début. Et maintenant que j'évolue dans des cercles extrêmement fermés, elle en a assez, ce milieu la répugne. Avec le temps, nous nous sommes éloignés l'un de l'autre.

Isabelle soupçonnait autre chose. Quelques années plus tôt, Bill lui avait laissé entendre que sa femme avait sans doute un amant. Il lui avait aussi parlé de la seule et unique infidélité qu'il avait commise. Mais même en dehors de ces considérations, dans tout ce qu'il disait et ce qu'il taisait, Isabelle sentait que Cynthia n'était pas quelqu'un de tendre. Elle ne se contentait pas de se montrer distante avec lui, elle le punissait dès qu'ils étaient ensemble pour ce qu'il lui faisait subir, à ses yeux en tout cas. Isabelle ne l'avait jamais entendu parler de douceur ou de complicité entre eux. Pourtant, Bill semblait avoir du mal à admettre que sa femme n'était plus amoureuse de lui. D'ailleurs, Isabelle se demandait si elle l'avait jamais aimé. Elle se posait la même question au sujet de

Gordon. Malgré tout, elle n'osait pas questionner Bill. Quoi qu'il y eût encore entre sa femme et lui, elle ne voulait ni l'obliger à affronter une douloureuse réalité ni le mettre dans l'embarras.

— A vrai dire, j'ai l'impression que Gordon est beaucoup plus froid que Cynthia, reprit Bill.

Isabelle ne le détrompa pas, consciente d'être, en grande partie, responsable de cet état de fait.

— Je crois que je l'ai énormément déçu, déclara-t-elle tandis que la limousine roulait en direction du Harry's Bar. Il m'imaginait plus sociable, plus expansive. Je suis tout à fait prête à organiser des réceptions mais j'ai beaucoup de mal à aller vers les autres et encore plus à me mettre en avant. Au début de notre mariage, j'avais l'impression d'être une marionnette dont Gordon tirait les fils. Il me disait comment parler, comment me comporter, quelles idées avoir. Lorsque Teddy est né, je n'ai plus eu le temps ni la patience de me plier à ce jeu. Déjà lorsque Sophie était bébé, j'étais beaucoup plus intéressée par elle que par tous ces gens qu'il désirait que j'épate. Tout ce que je voulais, moi, c'était une famille, un vrai foyer. C'est probablement là que je l'ai déçu. Gordon est bien plus ambitieux que moi.

Ces explications ne satisfaisaient pas entièrement Bill. La froideur et la cruauté qu'Isabelle décrivait chez Gordon semblaient savamment dosées pour que la jeune femme se sentît responsable du malaise qui régnait dans leur couple. Gordon lui faisait croire qu'il serait resté proche d'elle si elle avait su tenir correctement son rôle d'épouse. Bill, quant à lui, était persuadé que les raisons de son éloignement n'étaient absolument pas liées à Isabelle, ni même à Teddy ; pour lui, Gordon dissimulait des choses dont la jeune femme ne soupçonnait même pas l'existence. Mais il n'avait aucune intention de la blesser en abordant le sujet ; elle était déjà bien trop encline à se culpabiliser. Malgré la froideur de Gordon à son égard, elle lui demeurait loyale et trouvait toujours des excuses à son attitude blessante. Aux yeux de Bill, la grandeur d'âme dont elle faisait preuve à l'égard de son mari était totalement infondée, mais cette qualité faisait partie de sa personnalité.

— Je ne vois vraiment pas de quelle manière vous pourriez décevoir quelqu'un, Isabelle. Je n'ai jamais connu de femme aussi ouverte, aussi compréhensive que vous, et je suis sûr que vous étiez ainsi avec lui. Vous n'êtes pas responsable de l'état de santé de Teddy, vous savez.

— Gordon est persuadé que c'est moi qui ai provoqué sa naissance prématurée. Le médecin a affirmé que je n'y étais pour rien, mais je n'ai jamais réussi à l'en convaincre.

Ce qui rendait le personnage encore plus déplaisant aux yeux de Bill. Les deux hommes s'étaient croisés à deux reprises, et Bill n'avait apprécié Gordon à aucune de ces occasions. Il l'avait trouvé prétentieux, arrogant, et le ton sarcastique avec lequel il parlait à Isabelle lui avait fortement déplu. Il la traitait comme une enfant, n'hésitant pas à la rabrouer vertement en public. Visiblement impressionné par Bill, Gordon avait tout fait pour obtenir ses faveurs. Il savait se montrer charmant avec ceux qui pouvaient lui être utiles. En même temps, on avait l'impression qu'il éprouvait le besoin de punir Isabelle pour tout ce qu'elle était. Sa gentillesse, sa compassion et sa pudeur ne lui inspiraient que du mépris. Sous ce vernis, Bill le soupçonnait d'être intimidé par les origines sociales de son épouse ; peut-être souffrait-il d'un complexe d'infériorité lié à la parenté d'Isabelle avec la famille royale, ce qui aurait expliqué son besoin constant de la rabaisser. Hélas, ce constat ne le réconfortait guère. Pour ménager Isabelle cependant, il feignait de porter à Gordon un soupçon de respect quand elle parlait de lui. Il ne voulait pas qu'elle se sentît obligée de prendre sa défense. La loyauté qu'elle lui portait était évidente et, après tout, Gordon demeurait son mari. En revanche, elle ne prétendait plus être heureuse auprès de lui. Elle acceptait leur mariage avec philosophie, tout en évitant de s'apitoyer sur son sort. Elle était juste heureuse de pouvoir se confier à Bill, toujours prêt à l'écouter, et aimait par-dessus tout qu'il la fasse rire.

Le Harry's Bar était bondé ce soir-là, et ils purent

à peine franchir le pas de la porte. Des femmes en robes de soirée jouaient des coudes devant le bar, accompagnées d'hommes vêtus de costumes sombres, chemises blanches et cravates foncées. C'était une foule chic et sophistiquée dans laquelle Isabelle se fondit parfaitement. Vêtu d'un costume bleu marine qu'il avait acheté juste avant de venir, Bill était lui aussi d'une élégance distinguée.

Le maître d'hôtel le reconnut aussitôt. Après avoir gratifié Isabelle d'un sourire, il les conduisit à la table préférée de Bill. Tous deux reconnurent plusieurs visages parmi les convives : quelques actrices, une grande star de cinéma, plusieurs grands noms de la littérature, un groupe d'hommes d'affaires du Bahreïn, deux princesses saoudiennes ainsi que des Américains très en vue dont l'un avait fait fortune dans le pétrole. Plusieurs personnes s'arrêtèrent à leur table pour saluer Bill. Il présenta Isabelle très simplement — « Mme Forrester » — sans expliquer qui elle était pour lui. Au milieu du repas, elle remarqua un grand banquier français qu'elle avait rencontré quelques années plus tôt. Sans doute connaissait-il Gordon, mais il ne sembla pas remarquer sa présence.

— Je me demande ce que s'imaginent les gens à notre sujet, dit-elle avec une pointe d'amusement dans la voix.

Elle n'éprouvait aucune culpabilité à dîner en tête à tête avec Bill au Harry's Bar, même si c'était tout à fait exceptionnel pour elle.

— Ils vous prennent sans doute pour une actrice française et moi pour un rustre d'Américain que vous aurez rencontré quelque part, répondit Bill en riant.

Le serveur remplit leurs coupes de champagne pour accompagner le dessert. Le repas avait été exquis et ils avaient goûté à deux vins excellents. Ils se sentaient délicieusement rassasiés, heureux et détendus.

— Ça m'étonnerait, fit Isabelle d'un ton rieur. Tout le monde ici sait qui vous êtes, Bill, malgré ce que vous semblez croire. En revanche, ils ignorent tout de moi.

— Je pourrais faire une annonce publique, si vous voulez. Ou bien nous pourrions nous arrêter à toutes les tables en sortant et je vous présenterais comme étant ma meilleure amie. Cette explication les satisferait-elle, à votre avis ?

Aux yeux des autres convives, ils étaient un couple séduisant qui passait un bon moment. On ne pouvait s'empêcher de sourire en les regardant.

— Peut-être. Cynthia serait-elle jalouse si elle apprenait que vous avez dîné en compagnie d'une autre femme ?

— Vous voulez une réponse sincère ? fit Bill en lui souriant.

Il lui parlait toujours franchement, c'était une promesse qu'il s'était faite des années plus tôt. Jamais il ne lui mentirait, même si certaines vérités étaient dures à entendre. Pour autant qu'il le sût, Isabelle faisait preuve de la même franchise à son égard. Elle appréciait par-dessus tout la pureté et la sincérité de leur relation.

— Tout à fait honnêtement, Isabelle, je crois que cela lui serait complètement égal. Cela fait longtemps qu'elle a dépassé ce stade. Tant que je ne la ridiculise pas en public, elle me laisse vivre ma vie. De son côté, elle ne supporterait pas que je la questionne sur ses faits et gestes. Je pense d'ailleurs qu'elle a beaucoup plus de choses à cacher que moi.

Des rumeurs circulaient depuis plusieurs années. Au début, Bill avait questionné Cynthia mais très vite, il avait renoncé à en savoir davantage.

— Tout cela me paraît très triste, commenta Isabelle en le regardant. Ce n'est pas ça, le mariage.

— C'est vrai. Mais le mariage peut recouvrir de nombreux aspects. Nos mariages à nous ne représentent certes pas ce qui fait rêver les gens. Ils reflètent plutôt ce à quoi on se résigne après de longues années, pour diverses raisons.

— Vous avez sans doute raison, admit Isabelle d'un air songeur pendant que le serveur leur préparait un verre de château-yquem. Vous aimez ça, vous, la résignation ?

Le vin qu'elle avait bu la rendait plus directe que d'ordinaire.

— Je n'ai pas le choix. Si je ne me résigne pas, il ne me reste plus qu'à divorcer. Et nous avons chacun nos raisons pour ne pas opter pour cette solution. Cynthia reste attachée à l'aura de respectabilité et au train de vie que mes fonctions lui offrent. Quant à moi, je préfère éviter les remous que provoquerait forcément une séparation. C'est aussi simple que ça. Et puis, les filles seraient bouleversées si nous divorcions. Si c'est pour me retrouver seul, je n'en vois pas l'utilité.

Isabelle savait qu'il avait depuis longtemps accepté sa situation. Mais pourquoi une telle résignation ? A cinquante-deux ans, il était encore assez jeune pour tourner la page, et il méritait vraiment d'être heureux. Il donnait tellement, et recevait si peu en échange. Mais Bill pensait la même chose d'elle.

— Vous ne trouverez jamais personne tant que vous resterez marié, fit-elle observer avant de prendre une petite gorgée de vin.

— Seriez-vous en train de me pousser au divorce ? demanda Bill d'un ton surpris.

C'était la première fois qu'elle lui parlait de façon aussi claire.

— Je ne sais pas, répondit Isabelle. Simplement, j'ai parfois l'impression que nous sommes en train de gâcher notre vie. Personnellement, je suis bloquée à cause de Teddy, mais de toute manière, je ne pense pas que j'aurais le courage de divorcer. Il n'y a jamais eu de divorce dans ma famille. Et puis, à mon âge, il est trop tard pour repartir à zéro. Mais c'est différent pour un homme.

Ses paroles déconcertèrent Bill. Jamais encore elle n'avait laissé entendre qu'elle avait déjà songé au divorce.

— Ce n'est pas vrai, objecta-t-il. En outre, vous avez onze ans de moins que moi. Si quelqu'un doit envisager de refaire sa vie, c'est vous, Isabelle. Cela fait des années que votre mariage avec Gordon n'a plus de sens. Vous méritez beaucoup mieux que ça.

Elle avait ouvert une porte et il était heureux de pouvoir lui parler aussi franchement.

— C'est impossible, vous le savez bien. Notre entourage serait horrifié et je ne voudrais surtout pas perturber l'existence de Teddy. Il est trop fragile pour supporter un tel bouleversement. De plus, Gordon n'accepterait jamais de divorcer. Il me tuerait plutôt que de devoir me redonner ma liberté, cela ne fait pas l'ombre d'un doute.

Ce soir, elle se faisait l'impression d'une prisonnière libérée sur parole. Jamais encore elle ne s'était rendu compte à quel point sa demeure parisienne était déprimante, son horizon limité, à quel point Gordon la délaissait. Tout à coup, attablée au Harry's Bar en compagnie de Bill, elle prit conscience de ce qu'elle n'avait jamais eu. Mais c'était en grande partie parce que sa vie tout entière s'organisait autour d'un enfant malade. Elle n'était pas encore prête à admettre qu'elle se sentait seule tout simplement parce que son mari ignorait son existence depuis des années.

— C'est la première fois que vous tenez de tels propos, fit remarquer Bill en posant sa main sur celle d'Isabelle.

Jusqu'à présent, elle avait réussi à cacher le désespoir profond qui l'habitait, trouvant des excuses à tout ce qui se passait dans son couple. Jamais elle n'avait évoqué aussi ouvertement le côté destructeur de Gordon. Elle semblait à présent tout à fait consciente de la cruauté qu'il exerçait non seulement à son encontre, mais aussi à l'encontre de leur fils.

— Pourquoi me racontez-vous cela maintenant, Isabelle ? Vous a-t-il menacée ?

Elle ne lui avait jamais dit que Gordon la tuerait si elle décidait de le quitter... En avait-elle parlé avec son mari récemment ? Bill plongea son regard dans le sien. Elle souriait. Mais son sourire dissimulait mal le mélange de gravité, de solennité et de tristesse qui assombrissait son regard. Son avenir était tout tracé, sans surprise. Cela faisait bien longtemps qu'elle avait cessé d'espérer une vie meilleure.

— J'ai l'impression que j'ai un peu bu, dit-elle d'un ton penaud. C'est votre faute...

C'était ce sentiment de liberté inédit qui la grisait ; elle n'avait plus aucune envie de respecter le vœu de silence qu'elle avait fait autrefois. Il avait suffi qu'elle traverse la Manche pour que sa loyauté envers Gordon commence à vaciller. Et puis, Bill la connaissait si bien... Elle ne pouvait rien lui cacher.

— Comme j'aimerais que cela soit vrai, plaisanta ce dernier en portant son verre à ses lèvres. J'adorerais vous voir ivre, Isabelle. On essaie ?

— Vous êtes horrible. Vous me parlez de votre aversion pour le scandale et voilà que vous me poussez aux pires excès. Si vous continuez à remplir mon verre, vous allez devoir me porter pour sortir d'ici.

— Aucun souci : je vous mettrai sur mon épaule et j'expliquerai à tout le monde que je vous ai trouvée sous ma table. Je suis sûr que personne ne bronchera.

— Et après, que ferez-vous ? lança Isabelle en pouffant, amusée par le tableau qu'il venait de dépeindre.

Elle se sentait bien et aurait aimé que cette soirée ne finisse jamais. Dans un coin de sa tête résonnait le tic-tac d'une horloge, témoin du temps qui passe. Après cette soirée, il leur en resterait encore une, plus deux journées. Deux soirées si elle décidait de rester jusqu'à vendredi. Et ensuite, ils reprendraient tous deux le cours de leur vie. Comme Cendrillon au bal du prince, elle n'avait aucune envie que le carrosse se transforme en citrouille. Pas encore.

— Je crois que je vous ferai boire un bon café pour vous dégriser un peu, juste ce qu'il faut pour vous emmener danser chez Annabel.

L'idée venait de lui traverser l'esprit et Isabelle éclata de rire.

— Quelle bonne idée ! Je n'y suis pas retournée

depuis mon mariage. J'ai fêté mes dix-huit ans là-bas et mon père m'y a emmenée une autre fois, lorsque Gordon et moi étions fiancés. Je n'y ai pas remis les pieds depuis. Gordon déteste danser.

— Alors, c'est d'accord. Allons danser chez Annabel. A condition que vous terminiez votre verre.

Il la taquinait ; son verre était presque plein et elle n'en prendrait qu'une ou deux gorgées. Elle n'avait bu qu'un verre des deux vins qu'il avait choisis, une flûte de champagne et une petite gorgée de château-yquem. Malgré tout, elle n'avait pas l'habitude de boire autant. Ils étaient gais tous les deux, mais c'était davantage le plaisir d'être ensemble qui les enivrait.

— Je ne pourrai pas le terminer, avoua-t-elle d'une petite voix, ses grands yeux posés sur lui.

Bill lutta contre l'envie de la prendre dans ses bras. Il n'était pas stupide au point de compromettre la réputation d'Isabelle.

— Dans ce cas, allons-y, déclara-t-il d'un air déterminé tandis que le serveur leur apportait une assiette d'appétissantes friandises.

Isabelle avait passé une merveilleuse soirée et elle n'en demandait pas davantage. Mais la perspective d'aller danser chez Annabel l'enchantait.

— J'ai une idée, reprit Bill d'un ton espiègle, mangez deux chocolats à la place de votre verre de vin et je vous emmènerai chez Annabel.

— Vraiment ? fit Isabelle, à la fois surprise et amusée.

Elle mordit dans une truffe en le gratifiant d'un regard de défi.

— Et de un.

— Et de deux, fit Bill en lui tendant un autre chocolat.

— C'est affreux. Vous ne vous contentez pas de me faire boire, vous voulez en plus me faire grossir.

— Ce serait beaucoup plus long que de vous enivrer, répliqua Bill avec un sourire gentiment moqueur.

Il mangea à son tour une truffe au chocolat.

— Voilà, nous sommes quittes. Et maintenant, en route pour Annabel, ajouta-t-il en réclamant l'addition d'un petit signe de la main.

— Je crains de ne plus pouvoir danser après tout ça. En plus, vous êtes trop jeune et je suis trop vieille. Les hommes qui fréquentent ce club pourraient être mon père et celles qui les accompagnent ont toutes l'âge de Sophie.

— Vous ne déparerez pas et moi non plus, j'en ai peur. Nous ferons de notre mieux pour donner le change. Je ne suis pas très bon danseur, mais je suis sûr que nous allons beaucoup nous amuser.

Il avait l'air heureux et détendu en prononçant ces paroles et plusieurs regards convergèrent vers eux tandis qu'ils quittaient le restaurant. Ils formaient vraiment un couple magnifique.

Il ne leur fallut que quelques minutes pour se

rendre chez Annabel et là encore, de nombreuses personnes vinrent saluer Bill. Il y était venu six mois plus tôt en compagnie de l'ambassadeur, et y dînait de temps en temps avec des amis quand il était de passage à Londres. Isabelle arborait un sourire radieux. Elle se faisait l'impression d'une jeune débutante toute intimidée, et elle était très flattée que Bill l'ait invitée.

Il y avait beaucoup de monde chez Annabel et de nombreux couples correspondaient à la description d'Isabelle : des hommes plutôt âgés accompagnés de très jeunes femmes, mais il y avait aussi des couples de leurs âges. Certains dînaient, installés aux tables alignées contre les murs, pendant que d'autres buvaient un verre en bavardant dans le chaleureux salon. Alors qu'ils s'installaient à côté de la piste de danse, Isabelle fut frappée par ce qu'elle lut dans le regard de Bill. Jamais encore elle ne lui avait vu une telle expression. Elle mit cela sur le compte d'une légère griserie et de l'intimité soudaine qui les rapprochait ; malgré tout, il y avait bien de la tendresse et de l'affection dans son regard. Un moment plus tard, il l'entraîna sur la piste de danse sans mot dire. Une vieille chanson qu'Isabelle adorait emplissait la salle. A sa grande surprise, Bill s'avéra un excellent danseur. Ils évoluèrent tous deux en parfaite harmonie. Il l'étreignait fermement et Isabelle glissait sur la piste, envahie par un sentiment de paix et de sérénité tel qu'elle n'en avait pas éprouvé depuis des années. Les airs s'enchaînèrent et ils continuèrent à danser. Ce ne fut que bien plus tard qu'ils regagnèrent leur table. Bill commanda du champagne.

Isabelle but une petite gorgée du liquide doré. Pardessus les flûtes, leurs regards se fixèrent et Isabelle détourna les yeux. Les sentiments qui commençaient à poindre en elle l'effrayaient.

Son trouble n'échappa pas à Bill, qui se pencha vers elle d'un air inquiet.

— Quelque chose ne va pas ?

Il redoutait de l'avoir contrariée, d'une manière ou d'une autre, alors qu'en réalité, les émotions qui la submergeaient étaient si fortes qu'elle pouvait à peine parler.

— Non, tout va bien. C'est juste que... je passe une soirée si merveilleuse que j'aimerais qu'elle ne se termine jamais.

— Nous allons y veiller, murmura-t-il avec douceur alors que tous deux savaient pertinemment qu'une telle occasion ne se représenterait peut-être pas avant des années.

Elle ne pourrait pas venir régulièrement à Londres et si la santé de Teddy venait à se dégrader, il serait hors de question pour elle de s'absenter. D'un autre côté, elle avait davantage de scrupules à rencontrer Bill à Paris qu'ici. Gordon ne tolérerait pas qu'elle vît un autre homme que lui, fût-il un simple ami.

— Ne pensons pas à demain, Isabelle. Profitons de l'instant présent tant que cela nous est permis.

Elle hocha la tête en souriant, mais des larmes embuaient son regard. Ils venaient à peine de se retrouver et déjà Isabelle pensait à leur séparation prochaine. Bientôt, ils ne seraient plus que des voix au téléphone. Bill n'avait aucune envie de la laisser repartir vers son existence solitaire. Elle était jeune, belle, pleine de vie et elle méritait un compagnon qui apprécie tout ce qu'elle avait à offrir.

— Une dernière danse ? proposa-t-il.

Elle acquiesça d'un signe de tête et il la prit par la main pour l'emmener sur la piste. Cette fois, quand il l'attira dans ses bras, il lui sembla qu'elle se lovait plus étroitement contre lui. Il demeura silencieux et ferma les yeux. Il était en train de vivre un moment magique, absolument parfait, comme un diamant, étincelant dans un ciel de velours noir.

Ils quittèrent Annabel sans mot dire. Ils étaient presque arrivés à l'hôtel quand Isabelle rompit le silence.

— J'ai passé une soirée magnifique, murmura-t-elle, troublée par le charme de Bill et par son extrême gentillesse.

— Moi aussi, confia-t-il en glissant un bras sur ses épaules, savourant sa chaleur comme elle se blottissait contre lui.

Il n'y avait rien de superficiel entre eux ; le naturel

et la décontraction caractérisaient leurs rapports. En même temps qu'un sentiment de plénitude, Isabelle éprouvait une incroyable impression de paix auprès de Bill. Arrivés à l'hôtel, ils restèrent un moment immobiles dans la voiture pendant que le chauffeur attendait poliment dehors.

— Nous y allons ? fit Bill en s'écartant d'elle à contrecœur.

Le chauffeur leur ouvrit la portière.

Isabelle précéda Bill dans le hall d'entrée. Il était 2 heures du matin, et deux agents d'entretien étaient en train de lessiver le sol en marbre. Tandis que l'ascenseur montait au troisième étage, elle étouffa un bâillement.

— A quelle heure voulez-vous vous mettre en route, demain matin ? s'enquit Bill, regrettant malgré lui de ne pas pouvoir passer la nuit avec elle.

C'était tout à fait hors de question et jamais il n'aurait mis leur amitié en péril en lui proposant quelque chose qu'elle aurait probablement regretté par la suite. Il connaissait la loyauté inébranlable d'Isabelle.

— Que pensez-vous de dix heures ? Je ne crois pas que le musée ouvre ses portes avant.

Ils se tenaient devant la porte de sa chambre et elle semblait légèrement désorientée. A de nombreux égards, la soirée lui avait fait une forte impression.

— Petit déjeuner à neuf heures ? Je passerai vous prendre avant de descendre, proposa Bill, tout près d'elle.

— C'est parfait, approuva Isabelle dans un sourire. J'ai passé un moment délicieux ce soir... merci... murmura-t-elle tandis qu'il lui ouvrait la porte.

Il effleura ses cheveux d'un baiser.

— Personnellement, je me suis ennuyé à mourir, lança-t-il en la gratifiant d'un sourire taquin.

Elle entra dans sa chambre et se retourna vers lui.

— Bien fait pour vous, répliqua-t-elle en riant.

Sur un dernier signe de la main, Bill s'éloigna. Isabelle referma doucement la porte de sa chambre et ôta ses chaussures. Quelle chance d'avoir un ami comme Bill...

3

Le lendemain matin, Bill frappa à la porte d'Isabelle. Elle l'attendait, vêtue d'un tailleur en lin bleu marine impeccablement coupé. Un sac Kelly bleu marine et des chaussures en crocodile du même ton complétaient sa tenue. Un foulard en soie vert vif protégeait sa gorge et elle portait des boucles d'oreilles en émeraude et saphir. Elle était belle, jeune, pleine de vitalité et, comme d'habitude, très élégante.

— Vous êtes superbe, fit observer Bill tandis qu'ils descendaient l'escalier côte à côte. Vous avez bien dormi ?

— Comme un bébé. Et vous ?

— Je crois que j'avais un peu trop bu. Je ne sais pas si je me suis endormi ou simplement évanoui, plaisanta-t-il. Toujours est-il que je me sens en pleine forme aujourd'hui.

Il lui sembla en effet plein d'entrain lorsqu'ils pénétrèrent dans la salle de restaurant. Il avait pris soin de réserver une table et avait commandé un petit déjeuner pantagruélique.

— Je ne pourrai jamais manger tout ça, protesta Isabelle en contemplant les assiettes qui s'alignaient sur la table.

Il y avait des œufs, des gaufres, des saucisses et du bacon, des croissants, du porridge, des fruits frais et pressés et du café.

— De quoi nourrir un régiment, commenta Isabelle avec un sourire amusé.

— Je ne sais pas ce que vous avez l'habitude de manger au petit déjeuner, expliqua-t-il avec une moue penaude, alors j'ai commandé un peu de tout. Que prenez-vous, d'ordinaire ? demanda-t-il, avide du moindre détail la concernant.

— Du café et des toasts, mais c'est beaucoup plus drôle comme ça, décréta Isabelle en disposant sur son assiette des gaufres, des œufs et quelques tranches de bacon.

Sur une impulsion, elle ajouta des fraises. A sa grande surprise, elle mangea de bel appétit et Bill l'imita. Lorsqu'ils quittèrent l'hôtel, ils étaient tous deux de joyeuse humeur et plaisantèrent sur le festin qu'ils venaient de s'offrir.

— Heureusement que je vous vois rarement, lança Isabelle en montant dans la limousine qui les attendait. Je deviendrais vite obèse si nos chemins se croisaient plus souvent !

Bill l'observa à la dérobée. Pour sa part, il adorerait prendre son petit déjeuner tous les jours avec elle. Sa compagnie lui était tellement agréable... Rares étaient les fois où il l'avait trouvée de mauvaise humeur, même quand il l'appelait plusieurs fois la même semaine. Cynthia, elle, avait toujours clamé haut et fort qu'elle était un vrai bouledogue avant midi. Contrairement à Isabelle, qui bavarda avec animation pendant tout le trajet.

Elle lui parla des tableaux qu'ils allaient admirer à la Tate Gallery, retraça leur histoire, évoqua leurs origines, les techniques et les détails qui faisaient d'eux des œuvres remarquables. Elle s'était replongée dans ses livres et se réjouissait à l'idée de découvrir l'exposition en compagnie de Bill. Ce dernier se laissa volontiers gagner par son enthousiasme. Une fois franchi le seuil de la galerie, Isabelle se plongea dans chaque tableau, étudiant minutieusement le moindre détail, attirant l'attention de Bill sur tout ce qui valait la peine d'être remarqué. Découvrir un musée aux côtés d'Isabelle s'avéra une expérience totalement iné-dite et quand ils quittèrent la Tate Gallery à midi, Bill eut l'impression de sortir d'un cours intensif d'histoire de l'art.

— Votre culture est impressionnante. Pourquoi n'exploitez-vous pas vos précieuses connaissances, Isabelle ?

— Je n'ai pas le temps, expliqua-t-elle d'un ton

résigné. Je ne peux pas m'éloigner de Teddy trop souvent.

— Pourquoi n'essayez-vous pas de faire quelques travaux de restauration chez vous ? De cette manière, vous seriez toujours près de lui. D'après ce que vous dites, la maison doit être suffisamment grande pour que vous y installiez un petit atelier.

— Je ne crois pas que Gordon approuverait une telle initiative, répondit-elle avec une pointe de regret dans la voix. Il n'a jamais apprécié que je travaille. A ses yeux, l'existence que je menais quand je travaillais au Louvre était beaucoup trop bohème. Je ne crois pas que le jeu vaudrait toutes les migraines qu'il me causerait.

Cela faisait longtemps qu'elle avait renoncé à travailler, non seulement pour Gordon, mais aussi pour leur fils.

— Pourtant, je suis sûr que cela vous ferait du bien, fit observer Bill.

L'étendue de sa culture l'impressionnait et il appréciait la manière discrète dont elle l'en avait fait profiter. C'était comme si elle avait voulu partager sa passion avec lui, sans pour autant faire étalage de ses connaissances. Il y avait une grâce et une modestie surprenantes dans tous ses gestes, toutes ses paroles.

— Est-ce que vous peignez pour vous ?

— Je peignais un peu autrefois, oui. Je ne suis pas très douée, mais j'adorais ça.

— Vous pourriez vous y remettre, si vous aviez un atelier. Ce serait une excellente occupation.

L'idée arracha un sourire à Isabelle. Gordon serait furieux. Il ne cessait de lui faire des remarques désagréables quand elle travaillait, avant la naissance de Sophie, et il l'avait quasiment contrainte à abandonner son activité professionnelle dès que cette dernière avait vu le jour. Il estimait qu'elle avait franchi un cap ; en outre, son intérêt pour l'art ne correspondait pas à l'image qu'il se faisait d'elle. Il souhaitait une femme qui élève ses enfants et gère son foyer avec rigueur. Tout ce qu'elle avait été avant leur mariage, tout ce qu'elle avait connu et aimé jadis n'existait plus pour lui. Il l'avait faite sienne en l'épousant et avait clairement décidé de la diriger et de la traiter comme un de ses biens. L'idée de possession comptait beaucoup aux yeux de son mari.

— Gordon prendrait ça comme un affront personnel si je me remettais à peindre ou à restaurer des tableaux. Il m'a parfaitement fait comprendre, lorsque nous avons eu des enfants, que tout cela faisait partie de ma jeunesse, qu'il ne s'agissait pas d'une occupation respectable pour une femme mariée.

— Qu'est-ce que c'est, pour lui, une occupation respectable ? demanda Bill d'une voix teintée d'énervement.

Plus il le découvrait, et plus il détestait Gordon, ainsi que tout ce qu'il représentait. C'était un homme arrogant, superficiel et autoritaire qui, à l'évidence, ne vouait aucun respect à sa femme. Il ne semblait pas du tout intéressé par ce qu'elle aimait faire, ni même par sa personnalité. Il la traitait comme un objet qu'il aurait acquis dans le seul but d'améliorer son statut social. Une fois ses ambitions satisfaites, il s'était désintéressé d'elle. Bill trouvait son comportement terriblement injuste. Isabelle était une femme exceptionnelle et son mari n'en avait même pas conscience.

— Gordon attend de moi que je gère la maison, c'est tout. Que je m'occupe des enfants. Que je le laisse tranquille, sauf lorsque ma présence est requise, ce qui arrive de plus en plus rarement. Il accepterait à la rigueur que je m'investisse dans une œuvre de charité, à condition qu'elle ait obtenu son aval. Il s'arrangerait pour en trouver une gérée par des personnes qui pourraient lui être utiles ou qu'il jugerait dignes de lui. Gordon ne fait rien sans contrepartie ; il considère qu'il perd son temps sinon.

— Quelle triste conception de la vie, intervint Bill d'un ton acerbe.

— C'est pourtant grâce à cela qu'il a réussi. Actuellement, il est peut-être le plus grand banquier d'Europe, de France en tout cas, et il jouit d'une excellente réputation aux Etats-Unis. Que ce soit à Wall Street ou dans les principaux pays d'Europe, tout le monde sait qui il est.

— Et alors ? Que reste-t-il, à la fin de la journée,

Isabelle ? Une sacro-sainte carrière, et puis ? Quel genre d'être humain est-on ? Je me suis souvent posé cette question, ces dernières années. Moi aussi, je pensais que la vie se résumait à la reconnaissance que vous portent vos relations de travail. Mais, et après ? A quoi sert cette reconnaissance si votre vie de famille est inexistante, si votre femme se moque complètement de savoir si vous êtes mort ou vivant et si vos enfants ne se souviennent même plus du dernier repas que vous avez pris ensemble ? Personnellement, je veux inspirer d'autres souvenirs à mon entourage.

C'était une des nombreuses choses qu'elle appréciait chez Bill, la clarté et la simplicité de ses valeurs et de ses priorités. Elle savait aussi qu'il n'en avait pas toujours été ainsi pour lui ; il avait payé un lourd tribut aux leçons qu'il avait apprises. Son couple était aussi fragile que le sien et, bien qu'il aimât ses filles, il ne s'en sentait pas particulièrement proche. Il était resté loin d'elles trop longtemps, absorbé par la politique, occupé à fabriquer les futurs présidents, à une époque où la présence d'un père était essentielle pour deux petites filles. Depuis quelques années, il s'était efforcé de passer davantage de temps avec elles et leurs relations s'en étaient trouvées nettement améliorées. Ses deux filles appréciaient sa compagnie et étaient fières de lui. Et même s'il continuait à voyager beaucoup, il veillait à les appeler régulièrement. En revanche, les rapports de plus en plus distants qu'il entretenait avec Cynthia avaient sérieusement ébranlé leur vie de famille. Ils passaient très peu de temps tous ensemble et la plupart du temps Bill voyait chacune de ses filles en tête à tête. A de nombreux égards, Isabelle avait plus de chance que lui ; pour elle, seuls comptaient Teddy et Sophie, et depuis toujours elle leur consacrait tout son temps. Gordon, en revanche, ne connaissait pas ses enfants ; pas même Sophie, qui était pourtant sa préférée.

— Si vous voulez mon avis, Gordon n'a pas encore franchi ce cap, observa Isabelle, et je me demande s'il le franchira un jour. Ces choses-là ne l'intéressent pas. Sa position dans le monde de la finance le satisfait pleinement. Le reste ne compte pas pour lui.

— Il sera malheureux un jour. Mais là encore, ajouta Bill en lui jetant un regard contrit, je me retrouverai peut-être moi aussi dans la même situation. J'ai ouvert les yeux, certes, mais un peu tard. Je partage davantage de choses avec vous, Isabelle, qu'avec Cynthia ou mes filles. J'ai dû rater un train il y a très longtemps, j'en ai peur. Je n'étais jamais là quand elles avaient besoin de moi.

— Je suis sûre qu'elles ont compris pourquoi, fit Isabelle d'un ton apaisant. Vos filles sont presque des adultes à présent, elles ont encore toute une vie à partager avec vous.

— J'espère qu'elles pensent comme vous. Elles mènent leur propre existence maintenant, et leur mère leur a souvent répété que je n'étais qu'un sale égoïste. Peut-être a-t-elle raison, au fond, ajouta-t-il en souriant à son amie. Vous avez révélé le meilleur de moi-même. Cynthia n'y est jamais parvenue. Ce n'est pas quelqu'un de chaleureux. Je ne suis même pas sûr qu'elle ait désiré ma réussite. L'intimité que nous partageons, vous et moi, même si elle se limite la plupart du temps à des conversations téléphoniques, lui ferait peur. Elle n'a jamais voulu se livrer avec moi, elle ne s'est jamais intéressée à ce que j'étais vraiment. Tout ce qu'elle désirait, c'est que je reste auprès d'elle et que je l'accompagne dans ses nombreuses sorties. Mais ça, ce n'est pas moi. J'aime prendre du bon temps, certes, mais je ne m'étais encore jamais rendu compte à quel point j'étais en manque de vrai dialogue. Nous ne sommes pas sur la même longueur d'onde, Cynthia et moi. Résultat : même quand nous sommes ensemble, nous nous sentons terriblement seuls. Ça ne changera jamais.

— Peut-être que si, objecta Isabelle en s'efforçant de prendre un ton optimiste. Si vous changiez, vous. Si vous décidiez de vous ouvrir à elle, peut-être finirait-elle par en faire autant.

— Non, ça ne ressemble pas à Cynthia, répondit Bill tandis que son regard se durcissait. Et puis, ce n'est plus ce que je souhaite. C'est trop tard et, dans un sens, je crois que c'est mieux ainsi. Cela nous évite les déceptions et le chagrin. Tant que je l'accompagne de temps en temps à une de ses soirées, que je continue à régler les factures et que j'assiste aux remises de diplômes des filles, tout va bien. Nous vivons dans deux mondes séparés. Et je crois que cette situation nous rassure, d'une certaine manière.

Il se sentait très sûr de ses sentiments et savait aussi ce qu'il avait peur d'éprouver.

— C'est fou, tout de même, nous sommes en train de passer à côté de notre vie et nous en sommes pleinement conscients, soupira Isabelle comme ils montaient à l'arrière de la limousine.

Bill indiqua au chauffeur l'adresse du restaurant où ils allaient déjeuner. Isabelle le connaissait de réputation, mais elle n'avait jamais eu l'occasion d'y entrer. Ç'avait été le restaurant préféré de la princesse Diana.

— Vous vous êtes éloigné de Cynthia et de vos filles en parfaite connaissance de cause. De mon côté, j'ai laissé Gordon me balayer de sa vie sans protester. Pourquoi acceptons-nous si volontiers ce que les gens nous imposent ? Pourquoi les autorisons-nous à prendre des décisions qui nous concernent, sans même intervenir ?

Ce constat la stupéfia, comme si, pour la première fois, elle en prenait réellement conscience.

— Parce que c'est dans leur nature. Nous savions dès le début à quoi nous nous exposions en avançant sur cette voie. Cynthia était adorable quand je l'ai rencontrée à l'université ; elle était brillante, jolie et pleine d'entrain, mais pas affectueuse pour un sou. C'est probablement la femme la plus égoïste, la plus manipulatrice et calculatrice qui existe sur cette terre. Quant à Gordon, c'est un homme froid, cruel et autoritaire. Rien de ce que nous aurions pu faire les aurait changés. Le problème, c'est que nous étions prêts à accepter cette situation. Pourquoi avons-nous pensé que c'était là tout ce que nous méritions ? Voilà la vraie question.

— Mes parents étaient comme ça, eux aussi, confia Isabelle d'une voix douce en le fixant de ses grands yeux verts. Je les aimais, mais ils étaient réservés et très distants.

Bill hocha la tête.

— Les miens étaient pareils. Ils détestaient les enfants et avaient décidé de ne pas en avoir. Ils avaient la quarantaine passée quand je suis arrivé ; ils ne s'y attendaient absolument pas et par la suite, ils ne manquèrent pas une occasion de me rappeler qu'ils me faisaient une immense faveur en me gardant auprès d'eux. De mon côté, je n'avais qu'une envie : partir au plus vite à l'université. Ils sont morts tous les deux dans un accident d'avion. J'avais vingt-cinq ans. Je n'ai pas versé une seule larme. Quand la compagnie aérienne m'a appelé, j'ai eu l'impression qu'on m'annonçait le décès de personnes que je ne connaissais pas. Je ne savais pas quoi dire. Je n'ai jamais su qui ils étaient vraiment, juste deux êtres brillants qui m'avaient permis de vivre auprès d'eux durant dix-huit ans et n'avaient pas caché leur soulagement lorsque j'avais quitté la demeure familiale. J'ignore quelle aurait été leur réaction si je les avais serrés dans mes bras pour les embrasser ou si je leur avais dit que je les aimais. Je ne me souviens pas que ma mère m'ait pris dans ses bras pour me câliner quand j'étais enfant. Elle s'adressait toujours à moi de loin ; quant à mon père, il ne me parlait pas du tout. Cynthia est comme ça, elle aussi. Elle évite autant que possible de s'approcher de moi.

— Malgré tout, vous êtes étonnamment équilibré, fit remarquer Isabelle avec un soupçon de compassion dans la voix.

Son enfance avait dû être terrible. A de nombreux égards cependant, la sienne n'avait pas été très différente. Certes, on s'embrassait et on s'étreignait chez elle, mais sous ces démonstrations de pure forme, l'amour était quasi inexistant.

— Ma mère était très anglaise, reprit-elle, submergée par ses souvenirs. Je crois qu'elle désirait sincèrement m'aimer, mais elle ne savait pas comment s'y prendre. Elle était très froide, très collet monté. Sa mère était morte quand elle était encore bébé et son père s'était toujours montré distant avec elle. Il l'avait envoyée en pension à l'âge de neuf ans et l'y avait laissée jusqu'à ce qu'elle épouse mon père. Elle l'avait rencontré lors de sa présentation à la cour et je soupçonne mon grand-père d'avoir arrangé le mariage pour se débarrasser définitivement de sa fille. Il s'est remarié tout de suite après son départ, avec une femme qu'il fréquentait depuis des années, bien avant le décès de son épouse. La branche anglaise de ma famille recelait des fantômes, des secrets, des personnes dont nous n'avions pas le droit de parler. On nous demandait juste d'être polis, correctement habillés et de faire comme si tout allait bien. J'ignorais tout des sentiments de ma mère ; quant à mon père, il était tellement absorbé par la politique que nous existions à peine pour lui. Ma mère est morte quand j'étais adolescente. Mon père n'a jamais pris le temps d'avoir une vraie discussion avec moi, mais je crois que c'était un homme gentil. Leur vie de couple ressemblait à celle que je mène avec Gordon ; c'est sans doute pour cette raison que cela ne me choque pas. A bien y réfléchir, c'est le seul modèle que j'aie jamais connu.

— Je suppose que c'est pareil pour moi, commenta Bill avec philosophie, heureux de pouvoir en parler avec Isabelle. Si Cynthia s'était montrée plus chaleureuse que mes parents, je crois bien que j'aurais pris peur. J'avais vingt-deux ans quand nous nous sommes mariés et c'est comme si une partie de moi était en sommeil depuis des années.

Ce n'est qu'en parlant à Isabelle, quatre ans plus tôt, qu'il avait commencé à ouvrir les yeux, et sa conception de la vie s'en était trouvée radicalement transformée. La chaleur, la lumière qu'elle dégageait l'avaient attiré comme un papillon de nuit et, d'une certaine manière, c'est elle qui lui donnait le goût de vivre depuis lors, elle qui l'avait aidé à prendre conscience du fossé qui le séparait de Cynthia. Un fossé qui s'était creusé avec les années.

— Les choses auraient-elles été différentes si nous avions su à quoi nous attendre lorsque nous les avons épousés ?

— Je n'épouserais certainement pas Cynthia si je la rencontrais aujourd'hui, déclara Bill d'un ton catégorique. Je n'ai jamais pu avoir une conversation sérieuse avec elle. Elle déteste parler de ses sentiments et n'éprouve pas le besoin de discuter. Tout ce qui l'intéresse, c'est que son mariage ait l'air de fonctionner aux yeux des autres ; le reste, elle s'en moque. Je ne veux pas la présenter comme quelqu'un de superficiel car elle possède malgré tout de nombreuses qualités, mais je suis marié depuis trente ans à une étrangère.

— Et vous vous sentez prêt à le rester trente ans de plus ? demanda Isabelle.

— On dirait bien, n'est-ce pas ? éluda Bill.

La même question le taraudait pourtant depuis quelque temps. D'un certain côté, le divorce représentait un sérieux handicap pour lui. Dans son métier, il était essentiel d'être discret, de se montrer irréprochable à tous points de vue. Aucun président, aucun candidat à la présidence n'accepterait de travailler avec lui si Cynthia nuisait à sa réputation. Et il ne doutait pas un seul instant que ce serait le cas. Elle n'avait aucune envie de divorcer. Le statu quo actuel la satisfaisait pleinement.

— N'est-ce pas ce que vous avez vous-même l'intention de faire ? reprit-il au bout de quelques instants. Continuer à vivre un mariage sans amour jusqu'à la fin de vos jours ?

Il connaissait la réponse pour avoir abordé ce sujet auparavant.

— Je n'ai pas le choix.

— Nous avons tous le choix, c'est une question de courage. D'un autre côté, nous aurions beaucoup à perdre, vous et moi. Ma carrière souffrirait considérablement si je décidais de divorcer. Et vous, vous avez un enfant malade à charge. Je sais pourquoi nous acceptons nos situations sans bouger. Les raisons en sont évidentes. Malgré tout, je ne peux pas m'empêcher de penser, parfois, que nous ne sommes que des idiots. Si nous étions suffisamment courageux et si nous allions jusqu'au bout de nos idéaux, nous franchirions le cap. Hélas, je ne pense pas qu'aucun de nous le fera jamais.

Ce n'était pas un jugement, mais une simple constatation. Sa façon de percevoir les choses.

— J'ai bien peur que vous ayez raison, renchérit tristement Isabelle.

— J'espère seulement que nous ne le regretterons pas un jour. La vie est courte. Mes parents avaient un peu plus de soixante ans lorsqu'ils sont morts et je ne crois pas qu'ils aient jamais été heureux. Ils se sont contentés de faire ce qu'ils croyaient être leur devoir. Personnellement, je désire davantage. Le problème, c'est que je ne sais pas encore comment m'y prendre pour l'obtenir.

— Pour être franche, je préfère ne pas y songer, avoua Isabelle. J'ai fait un choix il y a vingt ans, et je m'y conforme depuis.

— C'est tout à votre honneur, fit Bill en lui prenant la main. Hélas, personne ne vous récompensera pour ça. En fait, tout le monde s'en moque. Notre endurance ne nous vaudra aucune médaille.

— Que voulez-vous dire par là ?

— Je ne sais pas trop. Parfois, j'en ai assez de devoir me trouver des excuses. De toute façon, je ne crois plus aux histoires que je me raconte. Pour être sincère avec vous, Isabelle, quand je suis avec vous, il m'arrive de me demander ce que nous fabriquons tous les deux.

— Vous voulez dire ce que nous faisons ensemble tous les deux ? murmura-t-elle, envahie par une angoisse soudaine.

Qu'essayait-il de lui faire comprendre ? Qu'il ne désirait plus la voir ? Elle posa sur lui un regard agrandi par l'appréhension.

— Non, ce que nous faisons avec nos conjoints respectifs. Vous et moi sommes les seuls à vivre ensemble en harmonie. Vous êtes la première personne à qui je peux tout dire. N'est-ce pas cela, la vie ?

Elle hocha la tête, l'air songeur.

— C'est ça, bien sûr. Mais je ne l'aurais pas compris à vingt et un ans, quand je me suis mariée. Tout ce qui m'importait, à l'époque, c'était d'obéir aux ordres qu'on me donnait. Gordon était comme mon père. Il me disait à quelle heure je devais me lever et me coucher, me soufflait ce que je devais dire, faire et penser. Je trouvais cela rassurant, alors. J'ignorais que j'avais le choix, qu'il y avait d'autres façons de voir la vie.

— Et maintenant ?

— Je n'ai toujours pas le choix, Bill. Vous le savez bien. Quelle serait l'alternative, pour moi ?

— Celle que vous désirez, précisément. Nous savons tous deux ce qu'il nous en coûterait de tourner la page. Et combien nous en coûte-t-il de subir nos vies telles qu'elles sont actuellement ? Vous arrive-t-il de vous poser la question ?

— Je préfère l'éviter, répondit Isabelle avec sincérité. Je reste pour Teddy et Sophie, qu'ils en soient conscients ou pas.

— Est-ce vraiment pour cela que vous restez ? En êtes-vous sûre ? répéta-t-il en la fixant avec intensité.

Son insistance était tellement inhabituelle qu'elle la prit de court. Quelque chose avait changé entre eux, mais quoi ? La vie qu'il menait, et peut-être aussi sa vie à elle, ne semblait plus le satisfaire.

— N'est-ce pas plutôt parce que vous avez peur que vous restez avec Gordon ? Pour moi en tout cas, c'est ça. Je suis mort de peur à l'idée de tout envoyer promener. On s'apercevrait alors que je ne suis qu'un être humain bien imparfait, un homme avec de vrais besoins, de vraies aspirations. Imaginez un peu...

— Qu'essayez-vous de me dire, au juste ? Que vous allez quitter Cynthia ? fit Isabelle, interloquée.

Elle l'avait toujours entendu dire qu'il ne divorcerait jamais. Tout comme elle, d'ailleurs.

— Ce que j'essaie de vous dire, je pense, c'est que j'aimerais avoir le courage de la quitter.

Et là, Bill décida de se jeter à l'eau. Même s'il risquait de la contrarier et que, furieuse, elle le quittait, il fallait absolument qu'il lui ouvre son cœur. C'était une nécessité vitale pour lui.

— Pour votre bonheur, j'aimerais aussi que vous ayez le courage de quitter Gordon. Mon cœur pleure quand j'entends votre voix au téléphone, vous me donnez l'impression d'une prisonnière maltraitée, dédaignée, méprisée. Et cela fait des années que ça dure. A chaque fois, je suis submergé par l'envie de venir vous délivrer, vous et Teddy, de vous éloigner tous les deux de cet homme, de cette maison. Gordon ne vous mérite pas, Isabelle, pas plus que Cynthia ne me mérite. Pire encore, ils n'ont jamais été dignes de nous. Cela fait des années qu'ils nous tuent à petit feu, tranquillement. Comme j'aimerais que la vie soit plus simple. Hélas, elle ne l'est pas. Elle est même horriblement compliquée en ce qui nous concerne. Si seulement nous pouvions repartir de zéro, tous les deux.

— Si seulement, renchérit Isabelle d'un ton posé. Hélas, c'est impossible. Vous le savez aussi bien que moi.

Isabelle se plaisait à imaginer Bill divorcé, mais elle savait aussi qu'une rupture aurait un effet désastreux sur sa carrière. Bill n'était pas dupe non plus.

— Si Cynthia fait un scandale, c'est toute votre carrière qui s'effondrera. Vous avez mis trente ans à la bâtir ; êtes-vous vraiment prêt à tout abandonner en échange de votre liberté ? Etes-vous sûr de vous, au nom de vos idéaux ? Et après, que ferez-vous ? Et moi ? Il y a très longtemps, Gordon m'a prévenue qu'il veillerait à ce que je n'aie rien si je décidais de le quitter un jour. Je n'ai rien reçu en héritage, mes parents ont tout légué à mon frère. A sa mort, ce sont ses fils qui ont hérité de sa fortune. Je suis totalement dépendante de Gordon. Si je décidais de partir, je serais incapable de subvenir aux besoins de mon fils. Les soins médicaux dont il a besoin coûtent très cher ; Gordon se désintéresse peut-être complètement de

Teddy et de moi, mais il assume sans ciller l'intégralité de nos frais. Que suggérez-vous, Bill ? Que j'entraîne Teddy avec moi dans la misère, sur un coup de tête, ou que je l'abandonne ? Non, c'est impossible et vous le savez bien. En outre, Teddy ne supporterait pas un tel bouleversement. Oh, l'idée de quitter Gordon parce qu'il ne m'aime pas ne me déplaît pas, au contraire. Mais il se trouve que l'amour est un luxe dans ma vie. Un luxe que ni moi ni Teddy ne pouvons nous offrir.

C'était un constat difficile à énoncer et à vivre, mais c'était, hélas, la vérité. Elle était entièrement dépendante de Gordon. Bill avait le cœur serré devant un tel renoncement, même si, en pratique, il se comportait de la même manière qu'elle. Tous deux avaient décidé de s'accommoder de leurs situations respectives, mais à quel prix...

— Il ne nous reste plus qu'à prendre les choses du bon côté, déclara tranquillement Bill tandis que la voiture s'immobilisait devant le restaurant.

C'était un restaurant italien très réputé, fréquenté par une clientèle sophistiquée.

— Vous avez peut-être raison, au fond. Peut-être n'avons-nous pas le choix, bien que cette idée me déplaise.

Dans le cas d'Isabelle, il ne voyait aucune issue possible, même s'il avait du mal à croire que la justice française autoriserait Gordon à les laisser totalement démunis, elle et son enfant malade.

— Si je le quittais, reprit sombrement Isabelle, je ferais preuve d'un égoïsme monstrueux. Gordon ne me donnerait pas un centime de plus que ce qu'on lui imposerait, et le mode de vie de Teddy s'en ressentirait énormément. Ce serait un acte purement égocentrique. Non, jamais je ne pourrai faire ça. Sa situation est déjà suffisamment précaire.

— Vous avez raison, approuva Bill. Ne pensez surtout pas que j'essaie de vous tenter. C'est juste que plus je vous vois, plus je rêve. Dans ces moment-là, j'entrevois ce que pourrait être la vraie vie, celle que nous n'avons pas eue.

— Peut-être sommes-nous ainsi justement parce que nous ne nous voyons pas souvent. Ce serait sans doute différent si nous étions mariés.

— Vous le croyez sincèrement ? demanda-t-il en la considérant intensément.

Elle hésita un long moment avant de secouer lentement la tête.

— Non. Mais on ne le saura jamais. Nous devrions même éviter d'y penser, conclut-elle en fermant mentalement une porte.

— Ainsi, nous ne pouvons même pas y songer, c'est un luxe défendu, comme l'amour ? fit Bill d'un air sombre.

— Je crois, oui. Si nous réclamons davantage que ce que nous avons déjà, nous risquons de souffrir tous les deux. Je pense que nous devrions apprécier ce que nous avons et ne pas nous montrer trop exigeants. Vous êtes mon ami le plus cher et je vous aime pour ça. Vous le savez déjà, Bill. Ne gâchons pas notre chance.

Elle ressentait la même chose que Bill. C'était tellement merveilleux d'être ensemble, de flâner, de parler, rire et danser, de partager les croissants au petit déjeuner. Mais après ? Que se passerait-il quand ils rentreraient chacun chez eux ? Elle empêcherait Bill de faire quelque chose qu'il regretterait. De toute façon, ils ne pouvaient espérer davantage que ce qu'ils avaient déjà. Comme lui, pourtant, elle aurait aimé qu'il en soit différemment, mais c'était, hélas, impossible. Alors que le chauffeur s'apprêtait à ouvrir la portière, Bill posa sur elle un regard empreint d'une détermination farouche.

— Je veux plus, déclara-t-il sans ambages.

Isabelle partit d'un éclat de rire.

— Eh bien, vous n'aurez pas plus. Vous êtes en train de faire un gros caprice.

— Je me sens vivant, pour la première fois de ma vie.

Il avait l'air en pleine forme, en effet, et Isabelle éprouvait la même chose. Comme si elle avait rajeuni de dix ans du jour au lendemain.

— J'y suis, ce sont les saucisses du petit déjeuner, répliqua-t-elle d'un ton taquin. J'ai bien peur qu'elles vous soient montées à la tête.

Décontenancée par les paroles de Bill, Isabelle s'efforçait de désamorcer la situation. D'un ton plus sérieux, elle ajouta :

— Nous pourrions essayer de passer quelques jours ensemble, comme ça, une fois par an. Ce serait peut-être suffisant.

C'était tout ce qu'elle avait trouvé, en lieu et place d'une vraie vie à deux.

— Vous savez aussi bien que moi que ça ne sera pas suffisant, maintint Bill d'un ton buté.

— Que proposez-vous alors ? Que nous partions vivre au Brésil ? Un peu de sérieux, Bill. Réfléchissez à ce que vous dites. Ne faites pas de folie, je ne pourrai pas vous suivre.

Il savait parfaitement qu'elle ne prendrait jamais de risques à cause de Teddy. Toute son existence était conditionnée par son enfant. Mais aurait-elle quitté son mari s'il n'avait pas été là ? Bill n'en était pas certain. Elle était bien trop sage pour commettre un acte aussi audacieux. Et Gordon avait beau la mépriser, elle lui restait fidèle malgré tout.

— Ne me dites pas que vous aimez vous faire maltraiter par Gordon.

— Ce n'est pas ce que je dis. En outre, Gordon ne me maltraite pas. Disons qu'il s'est éloigné de moi.

— Cela fait des années qu'il vous a abandonnée affectivement. Il règle les factures pour Teddy, d'accord, et quoi d'autre ?

— C'est suffisant. C'est tout ce dont j'ai besoin.

— C'est absurde. Vous n'avez que quarante et un ans. Vous avez besoin d'autre chose.

— Je n'y pense même plus, décréta-t-elle avec fermeté, luttant pour refouler les sentiments que lui inspirait Bill.

— Eh bien, vous devriez.

— Et vous, vous avez besoin d'un verre et d'un petit somme. Eventuellement avec l'aide d'un sédatif.

C'était la première fois qu'elle le voyait dans cet état. Jamais encore il ne lui avait dit de telles choses. Ses paroles la bouleversaient, certes, mais elle se sentait malheureusement impuissante. Il n'existait pas de solution à ses problèmes. Encore un jour, deux peut-être, et elle rentrerait chez elle. Il ne lui restait plus qu'à apprécier chaque instant qu'ils passaient ensemble, sans se montrer trop exigeante. Mais tout à coup, Bill refusait de se plier à cette réalité ; il semblait prêt à tout remettre en cause.

— Montrez-vous raisonnable, reprit-elle au bout de quelques instants.

— Pourquoi ? lança-t-il en sortant de la voiture.

— Vous savez pertinemment pourquoi. Que cela nous plaise ou non, nous n'avons pas le choix. Vous êtes en train de vous torturer tout seul. De me torturer aussi, par la même occasion. Vous êtes en droit de quitter votre femme si vous le désirez, et je crois même que vous devriez le faire. Hélas, ma situation personnelle est bien plus compliquée que la vôtre. Il en va du sort de Teddy.

Elle ne pouvait pas se risquer à s'en remettre à quelqu'un d'autre, pas même à Bill. Quoi qu'il advienne, Gordon resterait le père de Teddy et, à ce titre, il devait s'occuper de lui.

— Gordon serait un monstre s'il vous arrachait à Teddy.

Isabelle ne répondit pas tout de suite. Au bout d'un moment, elle plongea son regard dans celui de Bill et prit la parole d'un ton à la fois ferme et posé.

— Je n'ai pas l'intention de le provoquer. Je ne peux pas prendre un tel risque.

— Je comprends, dit-il simplement avant de la suivre à l'intérieur du restaurant.

Il ne reprit la parole que lorsqu'ils furent installés.

— Je n'aurais pas dû aborder ce sujet, excusez-moi. Je ne voulais pas vous blesser. C'est juste que tout ceci n'a pas de sens. Nous vivons tous les deux avec des gens qui ne nous rendent pas heureux alors que tout va si bien quand nous sommes ensemble, conclut-il, assailli par l'envie soudaine de tout quitter pour elle.

— Peut-être est-ce ainsi parce que nous ne sommes pas vraiment ensemble, répéta Isabelle. Qui sait, nous serions peut-être incapables de nous rendre heureux, à long terme.

Tout ce qu'ils avaient tu éclatait au grand jour et

c'était un véritable soulagement. Ils s'étaient réfugiés derrière leur amitié et soudain, Bill avouait sans fausse pudeur qu'il désirait davantage. De son côté, Isabelle tenait à lui faire comprendre qu'elle ne pourrait rien lui donner de plus, quels que soient les sentiments qu'elle éprouvât pour lui. L'enjeu était capital et elle n'avait aucunement l'intention de sacrifier la santé, voire la vie de Teddy pour une histoire d'amour. Elle aimait beaucoup Bill, elle l'admirait aussi, mais son fils passerait toujours en premier. Bill l'avait toujours respectée pour cela, et il continuerait à le faire.

— J'approuve tout à fait votre décision, Isabelle, déclara-t-il.

Un parasol protégeait leur table du soleil estival.

— Je ne mettrai jamais en danger la santé de Teddy. Mais je veux que vous sachiez à quel point je tiens à vous. Je n'ai aucune intention de vous placer dans une situation difficile. En fait, j'aimerais beaucoup vous aider, vous et votre fils. Et je n'ai pas envie de faire comme si tout cela ne me concernait pas, comme si je ne désirais pas davantage. Je tenais à vous le dire.

— Je sais déjà tout ça, Bill, murmura Isabelle avec douceur. Cela fait tellement longtemps que vous me choyez.

Depuis quatre ans, en dehors de ses enfants, il était tout pour elle.

— Pas suffisamment à mon goût. Je suis las de

l'hypocrisie qui emplit nos existences. Vous faites semblant d'être sa femme, je fais semblant de m'intéresser aux soirées « smoking de rigueur » que m'impose Cynthia. Je ne suis pas sûr de pouvoir continuer à feindre longtemps. Le jeu n'en vaut pas la chandelle, à mon avis.

— Il vous en coûtera beaucoup plus cher si vous refusez de le jouer, fit observer Isabelle.

Elle avait déjà réfléchi à tout ça et Bill la poussait à présent dans cette direction. Mais elle était bien décidée à garder la tête froide.

— Un jour peut-être, je ferai mes valises et je partirai. On ne sait jamais, conclut Bill d'un ton posé.

— Prenez le temps de bien y réfléchir avant, conseilla Isabelle.

Il approuva d'un hochement de tête puis lui prit la main. Elle avait de longs doigts fins et délicats.

— Vous êtes remarquable, dit-il en la gratifiant d'un regard chargé d'émotion. Vous êtes aussi beaucoup plus raisonnable que moi.

— C'est une bonne chose, je crois.

Elle porta sa main à ses lèvres pour l'embrasser.

— Vous êtes mon ami le plus cher.

Comme il demeurait silencieux, elle hocha lentement la tête. Il y avait tant de choses qu'il aurait souhaité lui dire, mais après la conversation qu'ils venaient d'avoir, le moment était mal choisi.

— Que voulez-vous manger ? demanda-t-il enfin,

désireux de dissiper les émotions qui avaient bien failli le submerger.

Il ne pouvait même pas imaginer ce qu'il ressentirait lorsqu'elle rentrerait à Paris. De toute façon, à quoi bon y songer maintenant ?

Ils optèrent pour des pâtes accompagnées d'une salade et s'en tinrent volontairement à des sujets neutres, tels que la littérature et l'art. Elle lui suggéra d'écrire un livre sur le monde de la politique. Ce n'était pas la première fois qu'elle lui en parlait, mais l'intérêt d'un tel ouvrage résiderait précisément dans les secrets qu'il lui était interdit de divulguer.

— Quand je prendrai ma retraite, peut-être, conclut-il pendant qu'ils dégustaient leur dessert.

La tension était retombée. Bill ignorait pourquoi il s'était emporté de la sorte. Peut-être parce qu'il se sentait tellement bien à ses côtés qu'il aurait voulu ne jamais la quitter. Il savait pourtant qu'elle n'envisagerait pas de se séparer de Gordon tant que Teddy serait en vie, et il souhaitait une longue vie à ce dernier, pour le bonheur d'Isabelle.

Après s'être longuement consultés, ils décidèrent de passer l'après-midi au British Museum. Il était seize heures lorsqu'ils en sortirent et ils flânèrent dans New Bond Street, bras dessus bras dessous, admirant les vitrines pleines de bijoux et de tableaux. Bill ne pouvait s'empêcher de savourer le bonheur qu'il avait à se promener aux côtés d'Isabelle. Ils prirent le thé au

Claridge, peu avant dix-huit heures. On leur servit de petits sandwichs au concombre, d'autres au cresson, à la tomate et aux œufs, le tout accompagné de petits gâteaux qui rappelèrent à Isabelle les thés qu'elle prenait chez son grand-père. Elle avait toujours aimé ce rituel. C'était une coutume qu'elle trouvait très raffinée et Bill la taquina à ce sujet. Il déclara qu'il préférait mille fois déguster des éclairs et des petits-fours chez Angelina, à Paris, ou encore se délecter d'une glace chez Berthillon. Isabelle avoua qu'elle aimait cela aussi.

— Quand reviendrez-vous à Paris ? demanda-t-elle d'un ton désinvolte en lui servant une autre tasse de thé.

— Pourquoi pas la semaine prochaine ? Je risque fort d'être en manque après ces quelques jours.

— Moi aussi, avoua-t-elle.

En dépit de toutes ses courageuses résolutions, elle savait qu'elle partageait les sentiments de Bill. La vie leur semblait tellement belle quand ils étaient ensemble — même lorsqu'ils se contentaient de bavarder au téléphone. Hélas, c'était comme un fruit défendu. Le simple fait de passer du temps avec lui était un cadeau précieux.

— Où avez-vous envie de dîner, ce soir ? demanda Bill.

Isabelle leva les yeux au ciel en riant.

— Comment pouvez-vous encore parler de manger

107

après ce que nous venons d'avaler ? Je me mets à la diète pour une semaine.

C'était leur dernière soirée. Isabelle projetait de partir le lendemain, en fin d'après-midi. Elle n'avait pas pris la décision de rester une nuit de plus, bien que l'idée la tentât, et Bill ne voulait surtout pas l'y obliger. Il était important pour elle de retourner au plus vite auprès de son fils. Et puis, s'il ne se montrait pas trop pressant, peut-être accepterait-elle de renouveler l'expérience un peu plus tard. Tous deux avaient passé un séjour idyllique.

— Que diriez-vous d'aller dîner au Mark's Club ? reprit-il, feignant d'ignorer ses protestations. Nous ne sommes pas obligés d'y aller très tôt, si vous préférez.

— Ce serait merveilleux. Cela fait des années que je n'y suis pas allée. En fait, ajouta-t-elle en pouffant, cela fait des années que je ne suis pas sortie du tout.

— Je vais réserver pour vingt et une heures, déclara Bill.

Sur ce, il se leva et traversa le salon en direction du comptoir du réceptionniste. Isabelle le suivit des yeux. Il marchait avec un charme viril absolument irrésistible. Elle continua à l'observer tandis qu'il regagnait leur table.

— Pourquoi me regardez-vous ainsi ? demanda Bill d'un air à la fois amusé et légèrement embarrassé.

Elle était si belle. Il sentait parfois son cœur se serrer rien qu'en la contemplant. Il aurait aimé lui donner tellement plus, sortir avec elle, passer du temps en sa compagnie, la présenter à ses amis, l'emmener à Washington et profiter de sa présence. Des rêves irréalisables, malheureusement. Londres était la destination la plus lointaine qu'elle puisse s'autoriser.

— J'étais en train de vous admirer, confia-t-elle. Vous êtes un homme très séduisant, Bill.

Elle avait éprouvé la même attirance pour Gordon, il y avait très, très longtemps.

— Vous avez perdu la raison ou la vue, répliqua Bill avec un petit rire gêné.

Ils regagnèrent leurs chambres. Il était dix-neuf heures trente quand ils se séparèrent.

— Je passerai vous chercher à neuf heures moins le quart, ça vous va ?

— C'est parfait.

Elle aurait amplement le temps d'appeler Teddy, de prendre un bain et de se laver les cheveux avant de s'habiller.

— A tout à l'heure, alors, murmura Bill en l'enlaçant pour l'embrasser sur la joue.

Un instant, il fut tenté de lui demander si elle avait envie de prolonger son séjour. Mais il attendrait qu'elle lui donnât des nouvelles de Teddy pour formuler sa demande.

Ce fut avec un soulagement évident qu'elle lui raconta sa conversation téléphonique. Teddy avait passé une bonne journée et semblait d'humeur

enjouée. Avec l'infirmière, il avait feuilleté un livre
d'histoires drôles qu'Isabelle lui avait offert avant son
départ. Il lui en avait lu quelques-unes au bout du fil
et elle avait ri avec lui. Un sourire flottait encore sur
ses lèvres lorsqu'elle s'était glissée dans son bain. Elle
lui avait promis qu'elle serait de retour le lendemain
soir. Son avion décollait à dix-huit heures ; elle arriverait à Paris aux alentours de vingt et une heures. Elle
avait bien songé à rester un jour de plus, mais elle
ressentait cela comme une trahison vis-à-vis de
Teddy.

Ce soir-là, elle avait choisi de porter une robe de
soirée en soie blanche très simple, agrémentée d'une
étole en cachemire blanche, de son collier de perles et
d'escarpins Chanel en soie noir et blanc. Son sac de
soirée ne contenait rien d'autre que le strict nécessaire : un tube de rouge à lèvres et la clé de sa
chambre. Pour l'occasion, elle avait décidé de laisser
ses cheveux flotter librement sur ses épaules. Quand
elle ouvrit la porte, Bill parut encore plus impressionné que la veille. Il était évident qu'elle lui plaisait
énormément, et ce constat la comblait de joie.

Il émanait d'elle une douceur, une sensibilité à fleur
de peau, le tout auréolé par une féminité extrême.
Aux yeux de Bill, elle incarnait tout ce qu'il avait toujours recherché chez une femme, tout ce qu'il regrettait de ne pas avoir trouvé des années plus tôt.

Il lui demanda des nouvelles de Teddy alors qu'ils

descendaient l'escalier, trop impatients pour attendre l'ascenseur.

— Il était en pleine forme, l'informa Isabelle. Il m'a lu quelques blagues et l'infirmière m'a confirmé qu'elle ne l'avait jamais vu aussi bien. J'ignore si c'est son traitement, le temps ou de la chance, tout simplement. Quoi que ce soit, pourvu que ça dure. Je lui ai dit que je rentrais demain.

— Oh, fit Bill en se tournant vers elle. J'espérais que vous décideriez de rester une nuit de plus. J'ai rendez-vous avec l'ambassadeur demain et je ne serai guère disponible avant midi. Il nous restera peu de temps avant votre vol.

— Je sais, murmura-t-elle en glissant une main sous son bras. J'y ai songé moi aussi, mais je n'ai pas eu le cœur de lui en parler. Je pourrai toujours le rappeler demain.

— Cela me ferait infiniment plaisir, déclara Bill. Demandez-lui si cela ne l'ennuie pas.

Il ne voulait surtout pas l'éloigner de son fils mais, en même temps, il souhaitait de tout son cœur qu'elle restât encore un peu. Isabelle en avait aussi follement envie. Le fait de se sentir partagée entre Bill et son fils était un sentiment nouveau pour elle.

— Je l'appellerai demain matin pour prendre de ses nouvelles. Je ne peux rien vous promettre. S'il a passé une mauvaise nuit, je rentrerai.

— Je comprends, fit Bill, heureux malgré tout

qu'elle envisage de prolonger son séjour. Si vous devez partir, je vous accompagnerai peut-être à Paris. Je pourrai toujours passer à l'ambassade, là-bas.

Même s'il ne pouvait pas la voir souvent quand il était à Paris, il aimait se sentir près d'elle. Car les choses étaient différentes, là-bas. Elle ne pouvait pas se libérer aussi facilement pour déjeuner ou dîner avec lui. Si Gordon venait à découvrir qu'ils se voyaient, Isabelle se retrouverait dans une situation délicate, même si leur relation était purement platonique. Bill en était tout à fait conscient.

— Le simple fait que vous ayez pensé à rester me réchauffe le cœur, merci, reprit-il. Quoi qu'il en soit, je dois rentrer à New York samedi, conclut-il en songeant à ses filles qui seraient à la maison elles aussi.

— Ça va me faire tout drôle, commença Isabelle d'un ton empreint de mélancolie, de ne plus vous avoir auprès de moi.

Ils n'avaient passé qu'une journée ensemble, mais ils se sentaient tellement bien qu'il leur était difficile de songer à leur prochaine séparation.

— C'est exactement ce que je pensais, fit Bill tandis que le chauffeur les conduisait au Mark's Club. Vous pourriez facilement devenir une habitude dont j'aurais du mal à me passer.

Elle hocha la tête et il lui prit tendrement la main. Ils étaient en train de franchir des frontières qu'ils avaient jusqu'alors respectées et s'aventuraient sur des terres encore vierges, tous deux conscients de jouer avec le feu.

Ils prirent l'apéritif au bar, plongés dans l'atmosphère chaleureuse du Mark's Club, décoré avec une décontraction savamment étudiée. Installés dans de gros fauteuils en cuir élimé, ils discutèrent jusqu'à ce qu'on les conduise à leur table, dans la salle de restaurant. A certains égards, Isabelle préférait le Harry's Bar, mais l'ambiance du Club était à la fois intime et romantique. Ils bavardèrent pendant plusieurs heures. Isabelle aurait aimé pouvoir arrêter le temps et le remonter. Tout s'enchaînait tellement vite, elle ne voulait pas que la soirée s'achève. Bill partageait son sentiment.

— Que diriez-vous de retourner chez Annabel ? proposa-t-il lorsqu'ils quittèrent le restaurant.

Leurs regards se croisèrent, se soudèrent un long moment. Elle était consciente des risques qu'ils prenaient en allant danser mais, comme Bill, elle n'avait pas envie de lutter. Ils vivaient probablement leur dernière soirée ensemble et pareille occasion ne se représenterait pas de sitôt. Des années s'écouleraient peut-être avant qu'ils se trouvent ainsi réunis. Il fallait profiter de l'instant présent.

— Ce serait formidable, répondit-elle simplement.

Soudain, des paroles non dites planèrent entre eux, emplissant la voiture d'une tension presque palpable. Ils firent le trajet main dans la main et pénétrèrent chez Annabel sans mot dire.

Bill commanda du champagne, ils trinquèrent ensemble et, dès qu'Isabelle eut bu sa première gorgée, il lui tendit la main pour l'inviter à danser. Elle le suivit sur la piste avec un plaisir indicible. Des myriades d'étoiles minuscules piquetaient le plafond. C'était l'endroit le plus romantique qu'elle connaissait et, cette fois, leurs corps fusionnèrent tandis qu'ils évoluaient lentement au rythme de mélodies familières. Aucun d'eux n'éprouvait le besoin de parler ; étroitement enlacés, ils dansèrent, et Isabelle ferma les yeux.

Un long moment s'écoula avant qu'ils quittent la piste, gagnés par une profonde mélancolie. L'heure de la séparation, inéluctable, approchait, bien qu'aucun d'eux n'ait envie d'y penser.

Ils dansèrent encore avant de partir et, alors qu'ils quittaient la piste de danse, Isabelle sentit des larmes lui monter aux yeux. En arrivant sur le trottoir, Bill l'enlaça. C'était une belle nuit, douce et étoilée. Il était en train de la contempler, un sourire plein de tendresse aux lèvres, lorsqu'une explosion illumina leurs visages. Isabelle ne comprit pas tout de suite ce qui se passait, un éclair de lumière l'aveugla et ce ne fut que lorsqu'elle recouvra la vue qu'elle sut qu'un photographe venait de les surprendre tous les deux.

— Que s'est-il passé, au juste ? demanda-t-elle à Bill.

Sous le choc, elle s'était blottie contre lui et il la serrait étroitement dans ses bras.

— C'est une pratique courante chez les paparazzi, expliqua-t-il. Ils mitraillent d'abord et identifient leurs victimes après coup. C'est comme ça qu'ils surprennent nombre d'acteurs et d'hommes politiques. Quand ils s'aperçoivent qu'ils ont photographié des gens qui n'intéressent personne, les clichés partent à la poubelle.

— Je suis sûre de n'intéresser personne, répliqua Isabelle. Mais vous ? Cela ne risque pas de vous causer des ennuis ?

— Je ne crois pas, non. Les journaux à sensation se moquent bien de moi. Si vous voulez mon avis, c'est de la pellicule gâchée.

— Je n'ai pas compris tout de suite ce qui se passait, j'ai été éblouie par un flot de lumière.

Le flash avait crépité juste sous ses yeux.

— C'est lamentable de gagner sa vie de cette façon, commenta Bill en songeant à la photo qui venait d'être prise.

Le reconnaîtrait-on ? La question tournait dans sa tête, mais il préféra ne pas en parler à Isabelle. De toute façon, c'était trop tard. La seule qui en serait affectée serait sa femme. Isabelle n'était pas connue et il y avait fort peu de chance que Gordon tombât sur le cliché. En montant dans la voiture, Bill s'efforça de chasser l'incident de son esprit.

Isabelle s'installa tout contre lui et il lui prit la main, comme il en avait l'habitude depuis qu'ils étaient à Londres. Tous deux songeaient à leur prochain départ et une gravité presque palpable planait entre eux. Bill demanda au chauffeur de faire un petit tour avant de regagner l'hôtel. Par cette nuit splendide, ni l'un ni l'autre n'était pressé de rentrer.

Ce fut Isabelle qui rompit le silence la première, prenant la parole d'une voix douce et rauque.

— Je ne sais pas si je vais pouvoir partir demain.

Seul Teddy la poussait à quitter Londres.

— Peut-être ne partirez-vous pas. Attendez de voir comment il ira quand vous l'appellerez demain, fit Bill en priant pour que Teddy passe une bonne nuit.

La simple idée de la voir partir lui fendait le cœur. Isabelle acquiesça en souriant. Elle posa la tête sur son épaule.

— J'ai passé une soirée délicieuse, Bill.

— Moi aussi.

Il se tourna vers elle.

— Qu'allons-nous faire, à présent, Isabelle ? demanda-t-il de cette voix qu'elle connaissait si bien, cette voix qui précipitait les battements de son cœur quand elle décrochait son téléphone.

— A quel sujet ?

Il la considérait avec une gravité qu'elle ne lui avait encore jamais vue. L'espace d'un instant, elle regretta sa question.

— Nous. Je vous aime. Je m'étais pourtant juré de ne jamais vous l'avouer. C'est injuste, je sais, mais je

116

tenais à vous le dire. J'aimerais que vous emportiez cela avec vous quand vous partirez. Je vous aime, Isabelle. Depuis longtemps déjà.

Pour la première fois de sa vie, Bill se sentait terriblement vulnérable.

— Je sais, murmura Isabelle en levant les yeux vers lui. Je suis tombée amoureuse de vous dès notre première rencontre. Malheureusement, nous ne pouvons rien y faire.

Ils en étaient conscients tous les deux. Elle non plus n'avait pas voulu lui avouer son amour, cela n'aurait fait que compliquer les choses, mais il était trop tard pour faire marche arrière maintenant. Bill effleura sa joue d'une tendre caresse. Comme la voiture approchait d'une intersection, il songea un instant à demander au chauffeur de s'arrêter. Il avait envie d'être seul avec elle ; il tenait à ce que ces instants restent à jamais gravés dans leur mémoire.

— Nous ne pouvons rien y faire pour le moment, Isabelle. Mais un jour viendra peut-être. Sait-on jamais ? Quoi qu'il advienne, je voulais vous dire que... que je vous aimerai jusqu'à la fin de mes jours.

Cette certitude était ancrée en lui depuis longtemps. Elle était tout ce dont il avait toujours rêvé, tout ce qu'il ne pourrait jamais avoir.

— Je vous aime, Bill, chuchota-t-elle comme il la serrait tout contre lui. Je vous aime tant...

Au même instant, Bill posa ses lèvres sur les

siennes. Pourquoi ne l'avait-il pas fait avant ? Ils attendaient ce moment depuis toujours, ce moment magique qui les rapprocherait davantage encore. Il l'embrassa et elle noua ses mains sur sa nuque. Le temps avait suspendu son vol. Isabelle ne s'était jamais sentie aussi heureuse. Elle gardait les paupières closes tandis que Bill l'étreignait. Un sentiment de bien-être total l'envahit. Il l'embrassait encore lorsque la voiture aborda le carrefour. Le chauffeur les contemplait dans le rétroviseur intérieur, tellement fasciné, presque hypnotisé, qu'il ne vit pas le bus qui se rapprochait d'eux à vive allure. Le bus n'était plus qu'à quelques mètres du côté d'Isabelle lorsque la voiture franchit le croisement. Rien ni personne n'aurait pu l'arrêter. Bill embrassait toujours Isabelle lorsque le bus enfonça le capot de la voiture. Ils ne reprirent pas leur souffle, n'ouvrirent pas les yeux, ne surent à aucun moment ce qui leur arrivait. Ils s'embrassaient encore lorsque le bus happa complètement la limousine. Quelques instants plus tard, la voiture et le bus n'étaient plus qu'un enchevêtrement de tôle froissée. Des éclats de verre jonchaient la chaussée. Le bus entraîna la voiture sur plusieurs centaines de mètres avant de l'écraser complètement. L'épave se coucha alors sur le flanc tandis que les roues continuaient de tourner dans le vide. Isabelle était encore blottie dans les bras de Bill, couchée sur lui. Le toit de la voiture était enfoncé, ils étaient tous deux inconscients. La robe d'Isabelle n'était plus blanche mais rouge sang. Deux grandes balafres entaillaient le visage de Bill. Isabelle semblait plongée dans un profond sommeil. Son visage était intact, mais son corps paraissait complètement broyé.

Un brouhaha s'éleva au loin, des coups de klaxon retentirent, celui du bus était bloqué. Le chauffeur avait traversé le pare-brise et gisait sur la chaussée, mort. Armés d'une lampe de poche, deux passants se précipitèrent sur le lieu de l'accident et braquèrent le faisceau lumineux sur l'amas de tôle. Ils ne virent que les traînées de sang sur le visage de Bill et la robe baignée de sang. Les yeux grands ouverts, il semblait mort. A en juger par la mare de sang dans laquelle ils gisaient, il était également impensable qu'Isabelle ait survécu. Saisis de stupeur, les deux hommes observaient la scène.

— Oh, mon Dieu... murmura l'un d'eux.

— Tu crois qu'ils sont vivants ? demanda son compagnon.

— Aucune chance, mon vieux.

En regardant de plus près, ils virent une petite coulée de sang jaillir des lèvres d'Isabelle.

— Mince alors, comment vont-ils bien pouvoir les sortir de là ?

La tâche s'avérait difficile. Le toit de la voiture était plaqué contre le dos d'Isabelle.

— Si tu veux mon avis, ça n'a plus beaucoup d'importance. Mais les secours risquent fort d'y passer la nuit.

Ils se dirigèrent vers le bus pour évaluer les dégâts. Les plus chanceux émergeaient en titubant, maculés de sang. Certains boitaient, d'autres semblaient seulement en état de choc. Quelqu'un déclara qu'une demi-douzaine de personnes étaient mortes à l'intérieur. C'était un des accidents les plus graves impliquant un bus de cette taille. Les agents de police étaient en train de recueillir les témoignages des passants lorsque le hurlement des sirènes déchira l'air. Quelques minutes plus tard, les ambulances, les camions de pompiers et les équipes de secours envahissaient les lieux. Ces dernières se dirigèrent vers la limousine. Là, les deux témoins leur indiquèrent que les passagers semblaient morts.

A première vue, leur verdict parut fondé. Un secouriste prit malgré tout leur pouls.

— Attendez ! cria-t-il à l'adresse d'un pompier qui se tenait près de l'épave. J'ai deux rescapés ici, mais leur pouls est très faible. Approchez les camions, il faut les sortir de là.

A son avis, il était déjà trop tard, ils seraient morts avant que les pompiers parviennent à les dégager. Il fallait pourtant essayer. Le chauffeur de la limousine avait été retrouvé, mort. On ignorait encore si l'un des passagers survivrait. Les blessures d'Isabelle avaient provoqué d'importantes hémorragies et quand le secouriste chercha de nouveau le pouls de Bill, il le sentit à peine. On était en train de les perdre, tous les deux. Les camions de pompiers approchèrent, on fixa les énormes tenailles à ce qui restait de la voiture. Partout, des hommes s'affairaient, ajustant les pinces, hurlant des instructions aux chauffeurs des véhicules qui s'apprêtaient à ouvrir la voiture en deux. Un bruit assourdissant régnait dans la rue, mais Isabelle et Bill n'entendaient pas le moindre son.

4

Il fallut presque deux heures pour désincarcérer Isabelle et Bill. Les équipes firent preuve d'une délicatesse extrême pour ne pas aggraver leurs blessures. Ils étaient tous deux sous perfusion et les médecins avaient réussi à placer un garrot sur le bras gauche d'Isabelle afin de stopper l'hémorragie. Tous ceux qui s'étaient occupés d'eux étaient maculés de sang et avaient du mal à croire qu'ils étaient encore en vie. Ils ignoraient l'identité de leurs blessés. Lorsqu'ils les installèrent enfin dans une ambulance, les accidentés du bus avaient tous été évacués. Un secouriste trouva le portefeuille de Bill, qui fut enfin identifié. En revanche, le mystère demeurait entier en ce qui concernait sa compagne.

— Elle porte une alliance, observa un autre secouriste tandis que l'ambulance fonçait en direction de l'hôpital St Thomas. C'est sans doute sa femme.

Il appela les agents de police restés sur les lieux de

l'accident et leur demanda de vérifier s'il ne restait pas un sac à main dans la voiture.

Ni Bill ni Isabelle n'avait repris conscience pendant l'interminable désincarcération et ils étaient tous deux plongés dans un profond coma lorsqu'on les transporta au Service de Traumatologie où chacun fut pris en charge par une équipe différente. Des interventions chirurgicales s'avérèrent nécessaires pour chacun d'eux. Bill souffrait d'une lésion à la moelle épinière et d'une fracture de la nuque ; Isabelle d'un traumatisme crânien et d'importantes blessures internes. L'artère qu'on avait garrottée devait être soignée au plus vite si on voulait éviter l'amputation du bras.

— Doux Jésus, c'est vraiment moche, hein ? murmura une infirmière tandis qu'on poussait les brancards dans des blocs opératoires séparés. Ça faisait longtemps que je n'avais pas vu de tels dégâts.

— J'ai du mal à croire qu'ils soient encore en vie, commenta sa collègue en se brossant les mains.

Elle se préparait pour l'intervention d'Isabelle. Des deux blessés, c'était elle qui avait le moins de chance de s'en sortir. Son traumatisme crânien était important, certes, mais ses blessures au foie, aux poumons et au cœur, tous quasiment broyés, étaient extrêmement préoccupantes.

Un moment plus tard, tous deux gisaient sur une table dans deux blocs opératoires voisins. Eclairés par de gros plafonniers, les anesthésistes s'affairèrent autour d'eux pendant que l'équipe chirurgicale écoutait le rapport de la Trauma. Lequel des deux accidentés était le plus grièvement touché ? C'était difficile à dire. Leur état était jugé critique et dès que les interventions débutèrent, leurs signes vitaux commencèrent à se dégrader quasiment au même rythme.

Lorsqu'ils entreprirent de remettre en place les nombreuses vertèbres cassées de Bill, ce dernier sentit qu'il se redressait sur la table et, quelques instants plus tard, il se retrouva sur un chemin brillamment éclairé. Des bruits lui parvenaient, étouffés, tandis que loin devant lui rayonnait un grand halo de lumière. En regardant autour de lui, il eut la surprise de découvrir Isabelle, assise sur une pierre, un peu plus loin sur le chemin.

— Comment vous sentez-vous ?

En l'observant de plus près, il la trouva bizarre, comme si elle émergeait d'une courte sieste. Mais elle se leva et attendit qu'il la rejoignît au bord du chemin.

— Je vais bien, répondit-elle sans le regarder.

Comme lui peu de temps auparavant, elle semblait hypnotisée par la lumière blanche.

— Qu'est-ce que c'est ?

— Je ne sais pas, répondit-il, en proie à une grande confusion, conscient d'avoir été séparé d'elle pendant un court instant. Où étiez-vous passée ?

— J'étais ici, je vous attendais. Vous avez disparu un long moment.

Elle parlait d'une voix très douce, son visage était d'une pâleur extrême et elle était étrangement calme.

— J'étais là pourtant, je n'ai pas bougé, expliqua Bill.

Mais Isabelle ne l'écoutait plus, tant elle semblait pressée d'avancer vers la lumière.

— Vous venez ?

Elle se tourna vers lui et il pressa le pas pour la rattraper. Mais elle marchait trop vite, il avait du mal à la suivre.

— Pourquoi courez-vous comme ça ?

Elle se contenta de secouer la tête en continuant de marcher d'un bon pas en direction de la lumière.

— Venez avec moi, dit-elle en se tournant de nouveau vers lui pour lui tendre la main.

Bill la prit, il perçut sa présence à côté de lui mais curieusement, il ne sentit pas sa main dans la sienne. Une profonde fatigue l'accablait. Il aurait aimé s'allonger et dormir un peu, mais il ne voulait pas prendre le risque de la perdre de nouveau. Car c'était bien ce qui s'était passé, malgré ce que prétendait Isabelle. Tout à coup, elle le considéra avec attention et murmura d'une voix à peine audible :

— Je vous aime, Bill.

— Je vous aime aussi, Isabelle. Ne pourrions-nous pas nous reposer un moment ? Je suis épuisé.

— Nous nous reposerons quand nous arriverons là-bas. Ils nous attendent, déclara-t-elle avec fermeté, tenaillée par un sentiment d'urgence.

Bill freinait sa progression.

— Où allons-nous ? voulut-il savoir.

— Là-haut.

Elle désigna le halo de lumière et il la suivit un moment. La route lui paraissait interminable. Ils étaient presque arrivés lorsqu'il entendit des voix derrière eux qui appelaient Isabelle. Il se retourna et aperçut un petit enfant. Sa vision était un peu trouble, mais il crut distinguer un jeune garçon qui leur adressait de grands signes de la main en appelant « maman ». Isabelle se retourna enfin. Elle contempla le garçon un long moment. Au loin, derrière lui, se profilait la silhouette floue d'une jeune fille.

— Qui est-ce ? demanda Bill.

Mais il connaissait déjà la réponse.

— C'est Teddy. Et Sophie. Je ne peux pas aller les voir. C'est trop tard.

Elle se détourna. Tout à coup, les deux enfants furent rejoints par deux autres fillettes. Lorsqu'il les regarda plus attentivement, il reconnut ses propres filles, Olivia et Jane, qui l'appelaient comme Teddy avait appelé Isabelle.

— Attendez...

Il s'efforça de la rattraper pour attirer son attention, mais elle marchait loin devant lui à présent. Que faire ? Devait-il la suivre ou bien retourner auprès d'Olivia et Jane ?

— Il faut aller les voir, reprit-il.

Mais Isabelle secoua la tête avec obstination.

— Je ne rebrousserai pas chemin, Bill. M'accompagnerez-vous ?

Sa détermination semblait inébranlable. Bill, lui, sentait ses forces s'amoindrir à chaque pas. Le chemin semblait sans fin.

— J'ai du mal à vous suivre, se plaignit-il. Pourquoi ne retournons-nous pas vers eux ? Ils ont besoin de nous...

— Non, c'est faux, répondit Isabelle en se détournant. Je ne peux plus revenir en arrière. Il est trop tard pour moi. Dites à Teddy et à Sophie que je les aime, ajouta-t-elle en s'apprêtant à repartir.

— Vous devez venir avec moi, ordonna brusquement Bill en la saisissant par le bras. Ecoutez-moi... ajouta-t-il d'un ton impatient.

Mais elle ne l'écoutait pas ; elle approchait enfin de la lumière.

— Je veux que vous m'écoutiez... Teddy et Sophie ont besoin de vous... Et moi, je dois retourner auprès de mes filles. Venez avec moi, Isabelle... Nous reviendrons un autre jour.

Comme il effleurait sa main, elle hésita un instant.

— Et si une telle chance ne se représentait pas ?

— Elle se représentera, c'est sûr... mais notre heure n'est pas encore arrivée.

— La mienne, si. Je ne veux pas revenir sur mes pas...

Elle le dévisageait d'un air suppliant et il sentit tout
à coup qu'elle était sur le point de lui échapper.

— Je vous en prie, Bill... Venez avec moi. Je ne
veux pas partir seule.

— Et moi, je veux que vous restiez avec moi. Je
vous aime, Isabelle. Ne me quittez pas maintenant.

Il pleurait en prononçant ces mots et il baissa la
tête pour dissimuler ses larmes. Isabelle le considérait
fixement, sans bouger. Au bout d'un moment, il leva
les yeux sur elle et lui tendit la main.

— Donnez-moi la main... Je ne vous laisserai pas
partir. Vous devez venir avec moi.

Elle parut soudain exténuée et jeta un coup d'œil
en direction de Teddy et des filles. Après une longue
hésitation, elle avança vers lui, très lentement. De
toute évidence, il lui était plus difficile de revenir sur
ses pas que de continuer à avancer. Bill distingua la
lumière derrière elle, au fur et à mesure qu'elle se
rapprochait de lui. Quelques instants plus tard, il la
prit dans ses bras, l'embrassa et l'étreignit avec ferveur. Elle lui sourit. Aucun d'eux ne savait vraiment
d'où ils revenaient ; tout ce qui leur importait à présent, c'était de retourner auprès de leurs enfants. Il
sentait sa main qui serrait fort la sienne.

— Etes-vous sûr de vouloir faire demi-tour ?
demanda-t-elle lorsqu'ils se mirent en route.

Ils n'entendaient plus leurs enfants, mais ils
savaient que ces derniers les attendaient. Maintenant

qu'ils s'éloignaient du rayonnement de la lumière, il faisait de plus en plus sombre.

— J'en suis certain, répondit-il en gardant sa main serrée dans la sienne.

— Il est tard... Et il fait si sombre... Comment allons-nous retrouver notre chemin ? reprit Isabelle, pleine d'appréhension.

Elle était consciente à présent de s'être égarée et elle n'avait aucune envie de renouveler l'expérience.

— Tenez-moi par la main, répondit Bill qui respirait déjà mieux. Je connais le chemin.

Il la prit par la taille et ils marchèrent un long moment. C'était au tour d'Isabelle de montrer des signes de fatigue, tandis que Bill reprenait des forces.

— J'aimerais faire une petite pause, déclara-t-elle.

Ils aperçurent la pierre sur laquelle elle l'avait attendu, un peu plus tôt. Mais cette fois, Bill ne la laissa pas s'arrêter. Ils devaient rentrer chez eux.

— Nous n'avons pas le temps. Tout se passera bien. Vous pourrez vous reposer quand nous serons arrivés.

Elle le suivit sans protester. L'obscurité les enveloppait à présent ; Bill savait où il allait, elle lui faisait confiance. Elle avait envie de s'allonger au bord du chemin pour dormir, mais il la tenait fermement par la main, l'entraînant à sa suite. Elle ne sut ni comment ils y parvinrent ni à quel moment, mais au bout d'un certain temps, elle sentit qu'ils étaient arrivés.

Ils débouchèrent dans une pièce qu'elle ne reconnut pas, mais elle était en sécurité auprès de Bill. Il y avait des enfants partout et elle vit Teddy et Sophie qui riaient avec des amis. Les filles de Bill s'approchèrent et pendant qu'il les serrait dans ses bras, Isabelle s'allongea. A présent qu'elle ne risquait plus rien, elle n'avait qu'une seule envie : se reposer auprès de Bill. Elle se tourna vers lui, un sourire aux lèvres. Il lui rendit son sourire. Et comme elle sombrait dans le sommeil, elle sut qu'il resterait toujours à ses côtés.

— Seigneur, je ne pensais pas qu'on réussirait à la sauver, déclara l'infirmière à l'anesthésiste en quittant le bloc opératoire.

Ils avaient lutté quatre heures durant pour maintenir la tension artérielle d'Isabelle pendant l'opération. Ses organes et son bras endommagés avaient été sauvés ; pourtant, pendant la première demi-heure, tous les membres de l'équipe étaient persuadés qu'elle mourrait avant la fin de l'intervention. Elle avait perdu une quantité impressionnante de sang. Ils ignoraient encore comment elle avait pu s'en sortir. Etaient-ce les médicaments ? Les transfusions, l'intervention ? Ou bien un coup de chance ? En tout cas, ils étaient tous d'accord : sa survie tenait du miracle.

— C'est la première fois que je vois ça. C'est une chance inouïe qu'elle soit encore en vie, renchérit l'un des chirurgiens. Elle n'est pas encore sortie d'affaire, mais elle est sur la bonne voie. Ce sont des cas comme elle qui renforcent ma foi en Dieu.

Il souriait en sortant du bloc. La nuit avait été longue, la bataille extrêmement éprouvante.

Au même instant, deux infirmières émergèrent du bloc voisin. Elles avaient assisté à l'opération de Bill et semblaient aussi épuisées que leurs collègues.

— Comment ça s'est passé, avec le vôtre ?

— On a failli le perdre à quatre ou cinq reprises. Il a tenu le coup, mais le haut de sa colonne est très endommagé. On n'a pas arrêté de le rattraper et il a bien failli nous échapper la dernière fois.

— Exactement comme la nôtre. C'est extraordinaire qu'ils aient survécu.

— Comment va-t-elle ?

— Son état reste critique. J'ai cru un instant qu'on allait devoir l'amputer, mais on a réussi à sauver son bras. Son foie et son cœur nous ont causé beaucoup de soucis. Franchement, c'est la première fois que je vois un patient aussi grièvement atteint s'en sortir.

— Comme quoi on ne peut jamais jurer de rien, n'est-ce pas ?

Il était huit heures du matin et les deux équipes se dirigèrent vers la cafétéria. Pendant ce temps, on installa Isabelle et Bill dans des chambres séparées. Tous deux dormaient encore profondément. Le sac à main d'Isabelle contenant la clé de sa chambre d'hôtel avait été retrouvé. La police avait aussitôt contacté le Claridge. Elle s'appelait Isabelle Forrester, était française et résidait à Paris. Le directeur adjoint avait promis d'aller chercher son passeport dans sa chambre afin qu'ils puissent prévenir sa famille. Mais jusqu'à présent, personne n'avait rappelé.

Pour Bill au contraire, ils disposaient de toutes les informations nécessaires. Ils avaient trouvé son numéro de téléphone dans son portefeuille où il désignait son épouse comme son plus proche parent. La secrétaire de l'hôpital appellerait bientôt Cynthia pour la prévenir.

Bill et Isabelle étaient encore tous les deux dans un état jugé critique. Le traumatisme crânien de cette dernière était préoccupant, mais bien moins que ses blessures internes. Quant à Bill, les médecins redoutaient que ses lésions à la moelle épinière ne l'empêchent de retrouver l'usage de ses jambes, s'il survivait au choc. Elles étaient localisées suffisamment bas, Dieu merci, pour lui éviter une paralysie totale. Pour le moment, leurs chances de survie demeuraient minces, et l'attente s'annonçait longue et difficile. C'était un des accidents les plus dramatiques que la police ait répertoriés ces dernières années. Onze personnes avaient trouvé la mort : les conducteurs des deux véhicules plus neuf passagers du bus. Tout au long des interventions, qui avaient duré une bonne partie de la nuit, les équipes médicales étaient persuadées que le bilan s'élèverait finalement à treize victimes. C'était un miracle qu'Isabelle et Bill fussent toujours en vie.

La secrétaire de l'hôpital classa quelques papiers avant de s'asseoir en soupirant. Le directeur adjoint du Claridge avait trouvé le passeport d'Isabelle dans sa chambre. Ils avaient son numéro à Paris, ainsi que celui de Bill, dans le Connecticut. Elle détestait ce genre de mission. Après avoir avalé une gorgée de café pour s'armer de courage, elle composa le numéro à Paris. La sonnerie retentit plusieurs fois avant qu'un homme décroche. La secrétaire respira profondément.

— Monsieur Forrester, *s'il vous plaît*, commença-t-elle dans un français teinté d'un fort accent britannique.

— Lui-même, répondit l'homme d'un ton bref.

Elle reconnut les intonations américaines et lui demanda en anglais si Isabelle était bien son épouse.

— Tout à fait, oui.

Après s'être rapidement présentée, la secrétaire lui expliqua qu'Isabelle avait été victime d'un accident de voiture.

— Son état est jugé critique, elle vient de sortir du bloc opératoire, monsieur Forrester, enchaîna-t-elle, et aucune amélioration n'a été signalée pour le moment. Elle souffre d'importantes blessures internes ainsi que d'un traumatisme crânien. Les prochaines heures ne nous apporteront aucun élément nouveau, mais le fait qu'elle ait survécu à l'intervention chirurgicale est encourageant. Je suis désolée, conclut-elle d'une voix mal assurée.

Il y eut un long silence à l'autre bout du fil.

— Oui, moi aussi, déclara finalement Gordon Forrester. Je m'arrangerai pour venir aujourd'hui, murmura-t-il d'un ton vague.

Devait-il demander à parler au médecin d'abord ? Non, la secrétaire lui avait fourni suffisamment d'informations sur l'état de santé d'Isabelle.

— Est-elle consciente ?

— Non, monsieur. Elle n'a pas repris conscience depuis l'accident et elle est sous sédatifs. Elle a perdu beaucoup de sang.

Il hocha la tête d'un air songeur. Que pouvait-il ajouter ? Il avait du mal à croire qu'ils étaient en train de parler d'Isabelle. Même s'ils partageaient de moins en moins de choses, même s'ils s'étaient éloignés au fil du temps, elle n'en restait pas moins sa femme. Devait-il en parler à Teddy ? Devait-il appeler Sophie au Portugal ? Non, il ne les mettrait pas au courant. Pas tout de suite, en tout cas. Il était inutile de les inquiéter tant qu'il n'en saurait pas davantage. Gordon préférait gérer la situation seul. Si elle venait à mourir, il aviserait. La secrétaire de l'hôpital ne lui avait pas caché que c'était une éventualité dont il fallait tenir compte. Après avoir raccroché, il resta un long moment assis à son bureau, le regard perdu dans le vide. Cela faisait longtemps qu'il n'était plus amoureux d'elle, mais elle était la mère de ses enfants, et ils étaient mariés depuis vingt ans. Il espérait qu'elle n'avait pas souffert lors de la collision. Il remercia brièvement le ciel qu'elle fût toujours en vie. En même temps, il était surpris par le peu de sentiments qu'il éprouvait. Les seules émotions qui l'habitaient étaient la compassion et le regret.

Il se renseigna sur les horaires des vols à destination de Londres et prit une décision. Personne n'était au courant de l'accident, Isabelle était dans le coma et il avait besoin de temps pour assimiler ce qu'on venait de lui annoncer. En outre, d'importants rendez-vous l'attendaient au bureau dans l'après-midi. Il ne voulait pas partir précipitamment. De toute façon, il ne pourrait rien faire de plus là-bas, lui qui détestait les hôpitaux. Après quelques instants d'hésitation, il réserva une place sur le vol de dix-sept heures. Il arriverait à l'aéroport d'Heathrow à dix-sept heures trente heure locale, et serait à l'hôpital vers dix-neuf heures. Si elle mourait avant son arrivée, le destin en aurait décidé ainsi. Si au contraire elle était encore en vie, ce serait bon signe. De toute façon, si elle était dans le coma, sa présence lui importerait peu. Mieux valait qu'il consacre son temps à des affaires plus pressantes.

Arrivé à son bureau, il se contenta d'informer sa secrétaire qu'il partirait à quinze heures, sans autre explication.

Après avoir parlé à Gordon, la secrétaire du service des Soins intensifs de l'hôpital St Thomas se prépara au coup de téléphone suivant. L'échange avec Gordon

LE BASER

l'avait mise mal à l'aise. Il ne lui avait presque rien demandé et lui avait paru terriblement calme, une réaction pour le moins inhabituelle.

Le numéro des Robinson se trouvait sous ses yeux ; deux infirmières passèrent devant son bureau pendant que la sonnerie retentissait à l'autre bout de la ligne. Elles parlaient d'Isabelle, plongées dans son dossier. Gordon n'avait pas précisé quand il viendrait. Il l'avait simplement remerciée avant de raccrocher.

Chez les Robinson, ce fut Olivia, la fille aînée de Bill, âgée de vingt et un ans, qui décrocha. Il était six heures du matin, tout le monde dormait encore et la sonnerie du téléphone la réveilla. Une voix aux intonations britanniques demanda à parler à Mme Robinson.

— Elle dort, répondit Olivia. Pourriez-vous rappeler dans deux heures ? ajouta-t-elle en étouffant un bâillement, sur le point de raccrocher.

— Je crains que cela ne soit pas possible, hélas. Pourriez-vous la réveiller, je vous prie ?

— Quelque chose ne va pas ? s'enquit Olivia en se redressant dans son lit, alertée par le ton insistant de son interlocutrice.

— Je suis désolée, mais je préférerais parler à Mme Robinson en personne.

Le visage soucieux, Olivia mit son interlocutrice en attente et sauta hors du lit. Elle longea d'un pas pressé le couloir en direction de la chambre de sa mère. En

136

entendant les pas et la porte qui s'ouvrait, Cynthia se
réveilla.

— Que se passe-t-il ? murmura-t-elle dans la pièce
obscure.

Elle dormait profondément quelques instants plus
tôt, mais elle avait gardé une espèce de sixième sens
qui l'avertissait quand ses filles avaient besoin d'elle.

— Tu ne te sens pas bien ?

— Si, mais il y a une Anglaise au bout du fil qui
insiste pour te parler.

La mère et la fille échangèrent un regard. Une
vague d'appréhension submergea Cynthia. D'instinct,
elle devina qu'il s'agissait de Bill. Une question surgit
dans son esprit, aussi brutale qu'incongrue : avait-il
une autre femme dans sa vie ?

— Je la prends, déclara-t-elle calmement, en se
redressant. Tout va bien, Ollie, retourne te coucher.

Olivia demeura immobile. L'appréhension l'habitait toujours.

— Madame Robinson à l'appareil, déclara Cynthia en décrochant le combiné.

Elle écouta un long moment sans mot dire. Olivia
la vit fermer les yeux.

— Est-ce grave ? demanda-t-elle finalement.
Quand ? Est-il conscient ?

A ces mots, les yeux d'Olivia s'agrandirent d'effroi.

— C'est papa ? demanda-t-elle d'une voix
paniquée.

Sa mère ouvrit les yeux et lui fit signe de se taire. Elle ne voulait rien perdre de ce que lui disait la secrétaire des Soins intensifs. Olivia s'assit au bord du lit et elle lui répondit par un hochement de tête.

— Est-ce qu'il va bien ?

Cette fois, sa mère ne lui répondit pas, toujours concentrée sur ce qu'on lui disait à l'autre bout du fil.

— Quel est le nom du médecin qui s'occupe de lui ?

Elle griffonna un nom sur le bloc rangé sur sa table de chevet et posa encore quelques questions.

— J'arrive aussi vite que possible. J'aimerais être tenue au courant du moindre changement et je veux aussi qu'on me prévienne dès qu'il reprendra conscience. Je vous rappelle dans une demi-heure pour vous communiquer mon heure d'arrivée.

Elle s'exprimait d'un ton posé qui contrastait avec l'expression de son regard. Elle reposa le combiné, complètement abasourdie, et Olivia se jeta dans ses bras.

— Que s'est-il passé ?

Il y avait des larmes dans la voix de sa fille et Cynthia sentit une boule lui nouer la gorge. On venait de lui annoncer une terrible nouvelle ; à ce stade, elle ne pouvait qu'espérer que la réalité serait moins grave que ce que les diagnostics laissaient entrevoir. Nuque brisée, lésions de la moelle épinière, intervention chirurgicale de la colonne vertébrale, paralysie probable, séquelles internes, plusieurs membres fracturés. L'état de Bill restait critique. S'il survivait à ses traumatismes, il ne retrouverait peut-être jamais l'usage de ses jambes. Il lui était impossible d'imaginer Bill en fauteuil roulant. D'une certaine manière, pour son salut à lui, il serait presque préférable qu'il ne survécût pas à ses blessures. Bill ne supporterait pas de rester cloué dans un fauteuil et elle se voyait mal jouer le rôle de l'infirmière. Et s'il était paraplégique, ou pire encore ? S'il était condamné à rester allongé toute sa vie dans un lit ? Les paroles de la secrétaire dansaient la sarabande dans sa tête en même temps qu'une vague de panique la submergeait.

— Papa a eu un accident. Il est à Londres. J'avais oublié qu'il devait s'y rendre pour quelques jours. Je l'ai eu au téléphone avant-hier et il était encore à New York. La voiture dans laquelle il se trouvait a été percutée par un bus, il est grièvement blessé, ajouta Cynthia, optant pour la franchise. Il a la nuque brisée et sa moelle épinière a été touchée. Il vient de sortir du bloc opératoire. Apparemment, il est dans un état critique.

— Tu crois qu'il va mourir ?

Les yeux d'Olivia étaient immenses. Cynthia hésita longuement avant de répondre. Des larmes troublèrent le regard de sa fille.

— Peut-être, répondit-elle avec douceur. Mais

papa est du genre robuste. Si tu veux mon avis, il va s'en tirer, même si rien n'est sûr pour le moment. Je pars pour Londres aujourd'hui même.

— Je viens avec toi, déclara Olivia.

C'était une grande jeune fille blonde, à la silhouette longiligne et au visage délicat. Elle entrerait à l'université de Georgetown à l'automne prochain, en troisième année de politique étrangère. C'était une élève brillante, qui faisait la fierté de ses parents. Olivia adorait son père, même si elle passait peu de temps avec lui. Elle l'idolâtrait déjà quand elle était enfant et depuis quelques années tout ce qu'il entreprenait la fascinait.

— Vous devriez plutôt rester à la maison, ta sœur et toi, lança Cynthia en se levant.

Elle voulait appeler les compagnies aériennes et préparer sa valise. Avec un peu de chance, on lui proposerait une place sur le vol de midi. Emmener Olivia avec elle la retarderait dans ses préparatifs ; et puis, les filles seraient fortement secouées par ce qui l'attendait à l'hôpital. D'après ce que lui avait dit la secrétaire, Bill était dans un triste état.

— Je viens avec toi, maman, répéta Olivia en haussant le ton, ce qui ne lui ressemblait guère. J'achèterai moi-même le billet d'avion et je partirai seule si tu ne veux pas m'emmener.

— Que se passe-t-il, ici ? demanda Jane d'une voix ensommeillée.

Petite et blonde, dotée d'une silhouette sculpturale, elle ressemblait trait pour trait à Cynthia au même âge. A l'aube de ses dix-neuf ans, elle venait de terminer sa première année à l'Université de New York.

— A propos de quoi vous disputez-vous, de si bon matin ? reprit-elle en remarquant l'expression contrariée de sa sœur.

Cynthia et sa fille aînée se chamaillaient continuellement. D'un tempérament plus calme, Jane s'efforçait de ramener la paix entre sa mère et sa sœur. Elle grimpa sur le lit de Cynthia en bâillant.

— Papa a eu un accident, annonça Olivia sans ambages.

Jane écarquilla les yeux. Cynthia était déjà en train d'appeler l'aéroport.

— Il va bien ?

Elle avait du mal à imaginer son père autrement qu'en bonne santé. Beaucoup plus nerveuse qu'elle, Olivia dramatisait peut-être la situation.

— Non, il ne va pas bien, répondit Olivia, secouée par un sanglot.

Elle s'assit à côté de Jane et l'enlaça avant de fondre en larmes.

— Il a le cou cassé et sa colonne vertébrale est touchée. D'après ce qu'on a dit à maman, il ne retrouvera peut-être jamais l'usage de ses jambes. On vient de l'opérer. C'est un bus qui a heurté sa voiture.

— Oh, non, murmura Jane en s'accrochant à cette grande sœur qu'elle avait l'habitude de consoler.

Enfant, déjà, Jane était la plus posée, la plus raisonnable. Elle était tout à fait capable de se prendre en charge seule, où qu'elle se trouve, et tendait toujours la main à ceux qui avaient besoin d'elle. Elle avait hérité du détachement de Cynthia mais cette fois, une expression de pure panique voila son visage tandis qu'elle éclatait en sanglots.

— Maman part à Londres, et j'y vais aussi, l'informa Olivia entre deux sanglots.

— Moi aussi, décréta Jane en sautant à terre pour aller se poster en face de Cynthia, toujours en ligne avec la compagnie aérienne. Nous partons avec toi, déclara-t-elle en haussant le ton.

Cynthia lui fit signe de s'éloigner. Elle entendait à peine ce qu'on lui disait tant ses filles parlaient fort. Posant une main sur le combiné, elle s'adressa à Jane.

— Je préférerais que vous restiez ici. Je vous appellerai si j'ai besoin de vous.

— Soit nous t'accompagnons, soit nous partons toutes les deux, insista Jane d'un ton déterminé.

Cynthia savait d'expérience qu'il serait inutile d'argumenter avec elle. Si Olivia cédait plus facilement, Jane, elle, ne revenait jamais sur ses décisions.

— A quelle heure partons-nous ?

— Le vol est à midi moins le quart, répondit Cynthia avant de modifier sa réservation contre trois places en classe affaires.

Elle raccrocha quelques minutes plus tard. Elles

devraient quitter la maison à neuf heures. Cela leur laissait deux heures pour se préparer et boucler leurs bagages. L'avion privé de Bill n'aurait pas le temps de venir les chercher à New York.

— Je me charge du petit déjeuner, proposa Jane tandis qu'Olivia continuait de sangloter. File préparer tes affaires, ajouta-t-elle à l'adresse de cette dernière.

Elle se tourna ensuite vers Cynthia qui était en train de sortir une valise de son armoire.

— Est-ce que papa va s'en sortir, maman ? demanda-t-elle en s'efforçant de parler calmement.

Sa mère posa sur elle un regard angoissé.

— Je ne sais pas, chérie. Apparemment, il est encore trop tôt pour se prononcer. Mais il s'accroche, et il a survécu à l'opération, c'est déjà bon signe.

La secrétaire lui avait dit qu'il avait failli mourir à deux reprises au cours de l'intervention. Les équipes de secours avaient mis deux heures pour le sortir de la voiture accidentée mais Cynthia n'en souffla mot à sa fille.

— Ton père est robuste et en pleine forme. C'est un gros atout pour lui.

— Comment s'est produit l'accident ? demanda Jane en essuyant ses yeux humides.

— Tout ce que je sais, c'est que la limousine dans laquelle il se trouvait a été percutée par un bus. Le choc a été terrible, onze personnes ont trouvé la mort. C'est une grande chance que ton père soit encore en vie, conclut-elle avant que Jane quitte la pièce.

Incapable de se concentrer sur ce qu'elle devait emporter, elle jeta pêle-mêle dans sa valise quelques pantalons, des pulls et des tee-shirts. Les conséquences de l'accident occupaient toutes ses pensées. Elle savait avec certitude que Bill préférerait mourir plutôt que de rester handicapé à vie. Elle-même ne savait pas ce qu'elle devait lui souhaiter ; tout dépendrait de l'ampleur des séquelles. Il était hors de question d'aborder ce sujet avec les filles pour le moment. Elle choisit des sous-vêtements, quelques paires de chaussures.

Que ressentait-elle, au juste ? Elle l'ignorait. Elle avait passé plus de la moitié de sa vie aux côtés de Bill et, même si elle n'était plus amoureuse de lui, ils n'en demeuraient pas moins amis. Il était le père de ses enfants et son mari depuis trente ans. D'autres hommes avaient traversé sa vie, cela faisait déjà longtemps que leur couple se détériorait ; elle avait même songé au divorce une ou deux fois. Mais jamais, au grand jamais, elle n'avait imaginé qu'il puisse mourir. Et cette idée la bouleversait.

Tout à coup, Cynthia fit un grand bond dans le passé ; elle revit Bill à l'époque de leur rencontre, quand ils n'étaient encore que des gamins. Comme elle l'aimait alors ! Avec une passion presque désespérée. Ils avaient été très heureux au début de leur mariage. Leurs trente années de vie commune défilèrent devant ses yeux tandis qu'elle se dirigeait vers la salle de bains. Debout sous le jet d'eau chaude de la douche, elle pensa à Bill qui ne pourrait peut-être plus jamais marcher, et elle pleura.

Elles partirent pour l'aéroport peu après neuf heures. Cynthia conduisait pendant que les filles se taisaient, assises côte à côte sur la banquette arrière, le regard fixé sur le paysage qui défilait au-dehors, perdues dans leurs pensées. Elles portaient toutes les trois un jean, un tee-shirt et des tennis. Leurs sacs contenaient le strict nécessaire ; de toute façon, elles passeraient le plus clair de leur temps à l'hôpital et, en la circonstance, leur apparence leur importait peu. Les filles avaient à peine pris le temps de se brosser les cheveux. Comme elle l'avait annoncé, Jane avait préparé le petit déjeuner mais aucune d'elles n'avait eu le cœur de manger. L'image de Bill seul dans sa chambre d'hôpital, luttant pour rester en vie, ne les quittait pas.

A l'instant où leur avion décolla, Gordon Forrester se trouvait à bord d'un appareil qui venait de quitter l'aéroport de Roissy-Charles-de-Gaulle. Il atteindrait Londres dans moins d'une heure.

A l'hôpital, la situation n'avait pas évolué. Isabelle et Bill se trouvaient chacun dans une chambre, au service des Soins intensifs. Un arsenal d'appareils et d'écrans de contrôle entourait leurs lits. La gravité de leur état expliquait qu'ils soient tenus à l'écart du reste du service. Isabelle avait une forte fièvre depuis trois heures de l'après-midi. Son pouls était irrégulier, son foie avait été gravement touché, ses reins menaçaient de ne plus fonctionner et on avait décelé un léger œdème au cerveau. Malgré tout, l'électroencéphalogramme avait montré que son cerveau fonctionnait toujours et les médecins étaient presque certains que, si elle survivait, elle ne garderait aucune lésion cérébrale permanente. Il était difficile de savoir laquelle de ses nombreuses blessures provoquait une telle poussée de fièvre. Elle était encore dans un coma lié au choc, à l'anesthésie et aux médicaments qu'on lui avait administrés. D'un point de vue purement clinique, ses chances de survie étaient infimes.

Bill se portait à peine mieux qu'elle. Sa nuque était maintenue par une énorme minerve métallique, une armature soutenait son dos et il était allongé sur un lit spécialement conçu pour qu'on puisse le déplacer. A l'instar d'Isabelle, il était encore dans le coma.

— Sa famille devrait arriver aux alentours de minuit, expliqua une infirmière à sa collègue lors du changement d'équipe, à dix-huit heures. Sa femme a appelé de l'avion.

L'infirmière hocha la tête en réglant le bouton d'un des moniteurs. Ses signes vitaux étaient stables, meilleurs en tout cas que ceux d'Isabelle, toujours entre la vie et la mort. Une autre infirmière demanda si sa famille devait venir la voir, elle aussi.

— Je ne sais pas. Son mari a été prévenu ce matin, mais il n'a pas précisé quand il comptait venir. Katherine m'a raconté qu'il s'était montré très froid. Le choc, sans doute.

— Pauvre homme. C'est le genre de coup de fil que tu redoutes toute ta vie, commenta une autre d'un ton compatissant. Je me demande si elle a des enfants.

Elles ne savaient quasiment rien de leurs patients. Il n'y avait ni dossier médical ni renseignements personnels. Seules étaient connues leurs nationalités et l'identité de leur plus proche parent. Qu'étaient-ils l'un pour l'autre ? Personne ne le savait. Travaillaient-ils ensemble, ou étaient-ils simplement amis ? La question, au fond, importait peu. Pour le moment, ils n'étaient que deux êtres humains qui se battaient contre la mort. On envisageait d'opérer de nouveau Isabelle afin de soulager la pression qui pesait sur son cerveau. Le chirurgien passa la voir peu après dix-huit heures. Après avoir contrôlé chaque écran, il décida d'attendre encore. Elle ne survivrait probablement pas à une autre intervention. Vu son état, il était inutile de la fragiliser davantage.

Il était dix-neuf heures passées et le chirurgien venait de partir lorsque Gordon arriva. Il alla directement se présenter à la secrétaire. Avec un hochement de tête, cette dernière pria une infirmière de conduire Gordon jusqu'à la chambre d'Isabelle. Sans un mot de plus, Gordon suivit l'infirmière d'un air sombre. Il avait eu toute la journée pour se préparer à cet instant, il savait qu'Isabelle était grièvement blessée. Pourtant, rien de ce qu'il avait imaginé ne correspondait au spectacle qui l'attendait dans la chambre d'hôpital. Il ne vit qu'un corps méconnaissable, couvert de pansements et relié à une multitude de tuyaux et d'écrans. Même sa tête était enveloppée dans de la gaze et un énorme bandage ornait son bras gauche. La seule chose qu'il reconnut fut le pâle visage qui émergeait des épaisseurs de gaze. Apparemment, c'était la seule partie de son corps demeurée intacte.

Trois infirmières s'affairaient autour du lit lorsqu'il entra dans la chambre. L'une était en train de recharger une perfusion pendant que sa collègue contrôlait les moniteurs. Quant à la troisième, elle soulevait les paupières d'Isabelle pour vérifier ses pupilles. La vue d'Isabelle souleva le cœur de Gordon en même temps qu'un sentiment d'horreur le submergeait. Il eut l'impression qu'elle n'était pas vraiment là, et la coquille vide qu'elle avait laissée derrière elle ne lui inspirait aucune émotion. Elle n'était plus qu'un corps brisé, rien de plus. Il resta silencieux et ne s'approcha pas quand une infirmière s'adressa à lui d'une voix douce.

— Monsieur Forrester ?

Il hocha la tête et s'éclaircit la gorge, mais aucun son ne franchit ses lèvres. Que dire, en de telles circonstances ? La présence des trois infirmières le mettait mal à l'aise. Qu'attendaient-elles de lui, au juste ? Qu'il se précipite au pied du lit, peut-être, qu'il embrasse ses mains, qu'il caresse ses lèvres ? Il demeura immobile, comme pétrifié. Il avait l'impression de contempler l'ange de la mort, et ce sentiment le glaçait.

— Comment va-t-elle ? demanda-t-il d'un ton bourru.

— Elle a de la température. Le chirurgien vient juste de passer. Il envisageait une nouvelle opération pour réduire l'œdème qui lui comprime le cerveau mais il l'a jugée trop faible. Il préfère attendre un peu. Il doit revenir la voir vers dix heures.

— Que se passera-t-il s'il ne l'opère pas ? Y a-t-il un risque de lésions cérébrales ?

Ce serait atroce de la laisser vivre avec un cerveau endommagé, et il avait bien l'intention de le dire au médecin. Leurs efforts pour la maintenir en vie se réduiraient à une mascarade grotesque si elle restait handicapée. Avant l'accident, elle était belle, intelligente, cultivée. Malgré leurs divergences, elle avait été une bonne épouse et une excellente mère. L'idée qu'elle puisse rester à jamais clouée sur un lit dans un état végétatif l'horrifiait et il était prêt à se battre pour lui éviter ça. Il ne voulait pas non plus que leurs enfants gardent cette image d'elle. Lui-même ne supporterait pas cette situation.

— Il est encore trop tôt pour se prononcer, monsieur Forrester. Mais les scanners sont encourageants. Le temps nous apportera d'autres éléments.

— Puis-je parler à un médecin ? demanda Gordon, impassible.

On eût dit une simple connaissance, ou un membre éloigné de la famille, qui s'était senti obligé de venir la voir, songea une des infirmières. De toute évidence, il contrôlait soigneusement ses émotions.

— Je vais appeler le chirurgien de garde, répondit-elle en quittant la pièce, laissant Isabelle entre les mains de ses deux collègues.

Gordon Forrester la mettait terriblement mal à l'aise. Son cœur se serrait lorsqu'elle contemplait Isabelle, si jeune, si belle. Hélas, son époux ne semblait éprouver aucun sentiment pour elle. Jamais encore elle n'avait rencontré quelqu'un d'aussi froid dans pareille situation.

Gordon quitta la chambre et remonta lentement le couloir. Dix minutes s'écoulèrent avant qu'un jeune chirurgien fasse son apparition. Il confirma ce que Gordon savait déjà et insista sur l'extrême fragilité d'Isabelle. Ils envisageaient en effet une autre intervention mais espéraient en même temps pouvoir l'éviter, si son état s'améliorait. Pour le moment, ils attendaient de voir comment son organisme réagirait face aux traumatismes subis. Il n'était guère optimiste ; le seul signe positif, à ses yeux, résidait dans le fait qu'elle avait déjà résisté à un grand nombre d'épreuves. Malgré tout, ses chances de survie demeuraient minces.

— Je suis désolé, monsieur Forrester, conclut-il enfin. Vu la gravité de l'accident, c'est déjà un miracle qu'ils aient survécu.

Gordon hocha la tête. Soudain, les paroles du jeune médecin résonnèrent étrangement dans son esprit.

— Je croyais que le chauffeur était mort.

— C'est exact, tout comme le conducteur du bus, plus neuf autres passagers.

— Pourtant, vous venez de dire qu'*ils* avaient survécu, n'est-ce pas ? reprit Gordon, intrigué.

— Tout à fait. Il y avait un autre passager dans la voiture. Lui aussi a survécu, mais son état est aussi préoccupant que celui de votre épouse. Ses lésions sont d'un autre ordre, mais elles sont tout aussi graves. Lui aussi se trouve dans un état critique.

Un sentiment indéfinissable assaillit Gordon. Que faisait Isabelle avec un autre homme, dans une limousine, en pleine nuit ? Elle était venue à Londres pour voir une exposition à la Tate Gallery et Gordon n'y avait vu aucun inconvénient. Brusquement, son histoire devenait plus floue.

— Savez-vous de qui il s'agissait, par hasard ? s'enquit Gordon en s'efforçant de paraître détaché.

— A part son nom, nous ne savons pas grand-chose d'autre à son sujet. Il s'appelle William Robinson et il est américain. Sa famille doit arriver dans la soirée.

Gordon hocha la tête, comme s'il s'agissait d'un

vieil ami. Le nom tourna plusieurs fois dans son esprit, jusqu'à ce que le déclic se fasse. Etait-ce bien le même homme ? Il avait rencontré un William Robinson quelques années plus tôt, une figure importante du monde de la politique. Robinson et l'ambassadeur des Etats-Unis en France étaient de vieux amis. En revanche, ce qu'il faisait avec Isabelle demeurait un mystère. Il ne se souvenait même plus qu'ils avaient fait connaissance. Isabelle était-elle avec lui lors de cette réception à l'ambassade où Robinson lui avait été présenté ? Il était tellement rare qu'elle l'accompagnât dans ce genre de soirée... Et quand bien même, que faisaient-ils ensemble à Londres ?

— Est-ce qu'il va s'en sortir ? demanda Gordon.

Son air inquiet dissimulait les questions sans réponse qui dansaient dans sa tête.

— Il est encore trop tôt pour le dire. Il a la nuque brisée et sa moelle épinière est endommagée. Il souffre aussi de plusieurs lésions internes, de moindre gravité que celles de votre femme.

— Risque-t-il de rester paralysé ?

— Nous ne pouvons pas encore répondre à cette question. Il est toujours inconscient ; peut-être s'agit-il d'une réaction au choc, à moins que cela ne cache quelque chose de plus compliqué, directement lié à la fracture du cou. Quoi qu'il en soit, son état reste critique.

En écoutant le médecin, Gordon songea tout à

coup que tous deux mourraient peut-être sans avoir l'occasion d'expliquer à quiconque ce qu'ils faisaient ensemble cette nuit-là. Etait-ce une simple coïncidence ? Isabelle aurait décidé d'aller voir d'anciennes connaissances et partagé une limousine avec Robinson qui quittait lui aussi l'hôtel... D'un autre côté, l'accident avait eu lieu en pleine nuit. Où allaient-ils ? D'où venaient-ils ? Se connaissaient-ils vraiment ? Les hypothèses étaient innombrables, les questions tourbillonnaient dans sa tête. Des questions qui resteraient peut-être à jamais sans réponse. Lui qui croyait pourtant connaître parfaitement Isabelle... Elle n'était pas le genre de femme à prendre un amant, ni même à voir un ami en secret. Pourtant, ils se trouvaient bel et bien ensemble dans une limousine, à deux heures du matin. Et il lui était impossible de savoir pourquoi.

— Désirez-vous passer la nuit auprès de votre femme ? demanda le jeune médecin.

Gordon s'empressa de secouer la tête. Il avait une sainte horreur des hôpitaux et des malades. Cet environnement lui rappelait inévitablement sa mère et c'était pour lui un souvenir lugubre.

— Etant donné qu'elle est dans le coma, je ne vois pas en quoi ma présence pourrait lui être utile. J'aurais plutôt l'impression de gêner le personnel. Non, je vais prendre une chambre au Claridge ; vous pourrez m'appeler là-bas s'il y a du nouveau. Je vous remercie pour tout ce que vous faites pour ma femme, conclut Gordon d'un ton guindé.

Il se leva, visiblement mal à l'aise.

— Je vais aller la voir avant de partir, ajouta-t-il.

Après avoir remercié de nouveau le médecin, il se dirigea vers la chambre d'Isabelle. Cinq infirmières étaient en train de s'occuper d'elle ; rien n'avait changé. Debout sur le seuil, il les observa quelques instants avant de pivoter sur ses talons, sans prononcer le moindre mot. Il ne s'était pas approché d'Isabelle, il ne l'avait ni touchée ni embrassée. Quand il fut dans la rue, il aspira une grande bouffée d'air.

Gordon haïssait le milieu hospitalier et la maladie en général. C'était d'ailleurs pour cette raison qu'il avait du mal à accepter l'existence de Teddy. Il n'y pouvait rien, c'était une phobie qu'il ne parvenait pas à maîtriser. Il héla un taxi, envahi par une sensation de nausée. En même temps, il était immensément soulagé d'être sorti du service des Soins intensifs. Même s'il était désolé pour Isabelle, il s'était senti incapable de l'approcher. Dieu merci, elle était inconsciente. A cet instant, il souhaita de tout son cœur qu'elle ne survive pas à ses blessures si son cerveau était endommagé. Gordon compatissait à ses souffrances mais il n'éprouvait aucune autre émotion. Il n'était ni désespéré ni terrorisé à l'idée de la perdre. Elle était comme une étrangère pour lui, à présent, une étrangère totalement brisée qui gisait sur un lit d'hôpital, telle une poupée de chiffon. En fait, il avait le plus grand mal à croire que cette femme et la jeune fille qu'il avait épousée autrefois, sa femme depuis vingt ans, ne faisaient qu'une. Son esprit semblait avoir déjà déserté son enveloppe charnelle. Quand le taxi s'arrêta devant le Claridge, la même question le taraudait : que diable faisait-elle avec Bill Robinson dans une limousine, à deux heures du matin ? Seuls les deux intéressés auraient pu lui fournir une réponse ; malheureusement, aucun d'eux n'était en état d'éclaircir ce mystère.

Le concierge débarrassa Gordon de son sac de voyage. Il n'avait pris que le minimum, bien décidé à ne pas s'attarder. Il regagnerait Paris dans un jour ou deux, dès que la situation se serait décantée. Il pourrait toujours revenir à Londres plus tard, si le besoin s'en faisait sentir. Isabelle serait peut-être morte d'ici là, ou bien son état serait resté stationnaire. Tout à l'heure, le chirurgien lui avait expliqué qu'elle pouvait rester dans le coma pendant plusieurs semaines, voire plusieurs mois. Evidemment, il lui était impossible de rester auprès d'elle à Londres. Ses affaires l'attendaient à Paris, et il devrait également s'occuper de Teddy. S'il le fallait, il ferait la navette entre Paris et Londres une ou deux fois par semaine. Toutefois, si la situation devait se prolonger, il serait obligé d'avertir Sophie afin qu'elle écourte ses vacances au Portugal. Elle pourrait toujours se charger de Teddy à sa place. Il redoutait l'instant où il devrait lui annoncer la nouvelle ; malheureusement, il ne pourrait bientôt plus le repousser. Autant qu'elle soit prête si Isabelle venait à mourir.

A la réception, Gordon demanda la clé de son épouse. Le directeur adjoint sortit aussitôt d'un bureau pour s'occuper de lui personnellement.

— C'est un terrible malheur. Nous sommes tous sincèrement désolés... c'est affreux... une femme si gentille... c'est la police qui nous a prévenus...

Il parla ainsi pendant quelques minutes. Gordon hochait poliment la tête.

— Comment va-t-elle, monsieur ? demanda-t-il finalement d'un ton plein de sollicitude.

— Pas très bien. Il semblerait que M. Robinson ait été grièvement blessé, lui aussi, ajouta-t-il sur une impulsion.

Il scruta l'expression du jeune homme dans l'espoir de découvrir un élément de réponse. Mais il ne vit rien d'autre que la même compassion mêlée d'angoisse.

— C'est ce qu'on nous a dit, en effet, commenta-t-il simplement.

— Quelle malchance qu'ils se soient trouvés dans le même véhicule ! insista Gordon d'un ton faussement laconique. C'est un de mes vieux amis, ils ont dû se croiser ici.

— C'est possible, oui, fit le jeune homme en hochant la tête. Je crois les avoir vus en train de prendre le thé ensemble hier après-midi.

— Sauriez-vous par hasard où ils sont allés la nuit dernière ? demanda Gordon.

Cette fois, son interlocuteur secoua la tête.

— Je peux toujours demander au réceptionniste s'il avait fait des réservations pour eux.

Il s'éclipsa un moment et reparut en compagnie du concierge. Ce dernier leur expliqua que M. Robinson s'occupait lui-même de ses réservations quand il séjournait chez eux ; en fait, il sollicitait rarement leurs services, sauf pour louer une voiture, comme la veille. Mais il était possible que l'autre réceptionniste leur ait réservé une table au Mark's Club.

— C'est son jour de congé, aujourd'hui, intervint le directeur adjoint. Je lui poserai la question dès qu'il sera de retour. Ou je peux appeler le Mark's Club, si vous préférez. Malheureusement, vous êtes sans doute au courant que le chauffeur a péri dans l'accident ! C'était un de nos meilleurs chauffeurs, un Irlandais, père de quatre garçons. Quel terrible accident ! conclut-il, visiblement bouleversé.

Gordon prit sa clé et le remercia. Ainsi, ils avaient pris le thé ensemble, dans le salon de l'hôtel. S'étaient-ils croisés dans un musée, un vernissage ? A moins que Bill Robinson l'ait simplement invitée à se joindre à lui ? Isabelle était tellement naïve qu'elle ne se serait pas méfiée d'un homme comme lui ; et puis, il n'y avait rien de répréhensible à prendre le thé ensemble. En revanche, partager une limousine avec un homme, en pleine nuit, était beaucoup moins innocent. Malgré tout, connaissant Isabelle, il ne pouvait s'empêcher de penser qu'il y avait une raison toute simple, absurde même, à ce regrettable concours de circonstances.

Ces pensées l'absorbaient encore lorsqu'il pénétra dans la chambre d'Isabelle. Une atmosphère étrange planait dans la pièce ; on eût dit qu'elle venait à peine de la quitter. En regardant autour de lui, Gordon eut l'impression qu'elle était déjà morte. Le contenu de sa trousse à maquillage était étalé sur le plan de toilette, à côté du lavabo. Sa chemise de nuit pendait derrière la porte de la salle de bains. Ses vêtements étaient soigneusement rangés dans l'armoire et une pile de brochures concernant plusieurs musées et galeries d'art reposait sur le bureau. A côté des dépliants gisait une pochette d'allumettes ornée de l'enseigne du Harry's Bar. Gordon fronça les sourcils. Isabelle ne fumait pas. En outre, comment aurait-elle atterri dans un endroit comme le Harry's Bar ? Ou le Mark's Club ? A côté de la pochette du Harry's Bar s'en trouvait une autre, provenant de chez Annabel. Dès qu'il l'aperçut, une bouffée de colère l'envahit. Finalement, sa soirée avec Bill Robinson n'avait peut-être pas été aussi innocente qu'il l'avait espéré. Il balaya la pièce du regard, à la recherche d'autres indices, mais il ne trouva rien. Pas de vêtement masculin, aucune lettre, aucun message, pas de fleurs accompagnées d'une petite carte. Rien d'autre que ces deux étuis d'allumettes portant le nom de deux endroits à la mode et qu'elle avait sans doute gardés comme souvenirs. Robinson l'avait probablement invitée à sortir, et elle n'avait pas su refuser. De toute façon, quoi qu'il ait pu se passer entre eux cette nuit-là, ou même avant, ils avaient payé un lourd tribut. Hanté par les mêmes interrogations, Gordon empocha les deux étuis avant de s'asseoir. Il contempla longuement la chambre avant d'appeler le service de l'étage pour commander un alcool fort.

Il était vingt-trois heures quand Cynthia Robinson et ses deux filles débarquèrent à Londres. Ces dernières avaient réussi à dormir un peu dans l'avion, contrairement à leur mère qui avait passé presque tout le vol le regard fixé sur le hublot, perdue dans ses pensées. Les véritables conséquences de ce qui était arrivé à Bill s'insinuaient lentement en elle. Elle avait hâte de le voir. Avec un peu de chance, il serait peut-être sorti du coma quand elles arriveraient à l'hôpital. Et peut-être aussi — peut-être seulement — ses lésions à la nuque et à la moelle épinière n'entraîne-raient-elles pas de séquelles à long terme. C'était tout ce qu'elle pouvait lui souhaiter.

Il leur fallut une demi-heure pour passer la douane ; dépêchée par le Claridge, une voiture les attendait. Elles se rendirent directement à l'hôpital. Il était une heure du matin quand elles pénétrèrent dans l'unité de Soins intensifs. Même à cette heure tardive, le service bourdonnait d'activité ; quatre nouveaux patients venaient d'être admis. Habituée à prendre les choses en main, Cynthia alla directement se présenter aux infirmières et réussit même à interpeller un médecin qui allait justement voir Bill.

C'était le chirurgien qui avait parlé à Gordon quelques heures auparavant. Il s'installa près d'elle dans la salle d'attente et lui expliqua la situation. Jane et Olivia l'écoutaient attentivement. Bill était toujours dans le coma, aucun signe d'amélioration n'était apparu pour le moment. Un œdème était en train de se former dans la zone rachidienne et comprimait les nerfs endommagés. Ses fractures de la nuque étaient importantes. En résumé, son état était extrêmement préoccupant. Lorsque Cynthia entra dans sa chambre un moment plus tard, elle eut un coup au cœur. Une horrible minerve enveloppait son cou tandis qu'une armature métallique maintenait son corps couvert d'agrafes, d'égratignures et de contusions. Plusieurs infirmières étaient en train de l'examiner. Les écrans de contrôle émettaient d'incessants signaux sonores. Son visage était d'une telle pâleur que ses filles fondirent en larmes dès qu'elles le virent. Incapable d'articuler le moindre son, Cynthia le contempla, brusquement submergée par toutes les émotions qu'elle était parvenue à refouler jusqu'alors. Un flot de larmes embua ses yeux ; tout à coup, Bill redevint le jeune homme dont elle s'était éprise quand elle était étudiante et ce ne fut qu'à cet instant qu'elle prit conscience de la gravité de ses blessures. Au prix d'un effort surhumain, elle parvint à se contrôler pour ne pas affoler ses filles.

Debout dans un coin de la chambre, Jane et Olivia pleuraient en silence, main dans la main. Une infirmière était en train de régler le respirateur et Cynthia s'avança lentement vers le lit. Elle effleura sa main ; même ce contact lui parut différent, et elle pleurait trop pour pouvoir l'embrasser. Une terrible odeur de désinfectant imprégnait la pièce. Il était torse nu, couvert de tuyaux.

— Bonjour, mon amour, murmura-t-elle. C'est moi, Cynthia.

Elle avait l'impression de se retrouver trente ans en arrière ; des milliers d'images traversaient son esprit. Elle revit le jour de leur rencontre, celui de leur mariage et le jour où elle lui avait annoncé qu'elle était enceinte. Ils avaient tant de souvenirs en commun et maintenant il gisait là, dans une chambre d'hôpital, et leur vie était en train de basculer pour toujours. Plus rien ne serait comme avant. Une certitude s'imposa soudain à elle : elle ne voulait pas qu'il meure, même s'il restait handicapé à vie. Non, elle ne voulait pas le perdre. Pour la première fois depuis des années, elle comprit qu'elle l'aimait encore.

— Je t'aime, répéta-t-elle comme une litanie.

161

Ouvre les yeux, je t'en prie. Les filles sont avec moi. Elles aimeraient te parler, mon chéri.

— Il ne vous entend pas, madame Robinson, intervint doucement une infirmière.

— Vous n'en savez rien, répliqua Cynthia d'un ton ferme.

Dotée d'une forte personnalité, elle n'était pas du genre à se laisser impressionner. En outre, ne racontait-on pas que les personnes plongées dans le coma entendaient tout ce qui se passait autour d'elles, témoignages à l'appui ? Forte de cette certitude, Cynthia continua à lui parler. Deux heures s'écoulèrent avant qu'un médecin leur conseille d'aller se reposer un peu. Elles pourraient revenir plus tard ; de toute façon, l'état général de Bill ne présentait aucun signe d'évolution.

— Ne pensez-vous pas que je devrais plutôt rester auprès de lui ? demanda Cynthia, réticente à l'idée de devoir quitter Bill alors qu'elle venait à peine d'arriver.

Elle n'avait pas envie de le laisser au milieu de tous ces étrangers, même s'il était évident qu'ils étaient parfaitement compétents.

— Non, je pense que vous devriez rentrer à votre hôtel et vous reposer un peu. Nous vous appellerons s'il y a du nouveau, ajouta le médecin d'un ton sans réplique.

Il avait tout de suite senti qu'il pouvait se montrer

direct avec elle. C'était le genre de femme qui désirait tout savoir, sans détour ni faux-semblant.

— C'est promis, insista-t-il.

Il fallut une demi-heure pour parvenir à la convaincre de partir. Le chauffeur de l'hôtel les attendait devant l'hôpital et il était quatre heures du matin lorsque, épuisées, Cynthia et ses filles montèrent dans la voiture.

Elle avait réservé une chambre pour Olivia et Jane ; elle-même occuperait celle de Bill. Quand elle ouvrit la porte, une sensation étrange l'enveloppa, identique à celle que Gordon avait éprouvée en pénétrant dans la chambre d'Isabelle. Elle se fit l'impression d'une intruse qui violerait un territoire interdit. Elle reconnut l'attaché-case de Bill ; des documents s'entassaient sur plusieurs tables, aux quatre coins de la pièce. Cynthia repéra une pile de brochures et de prospectus de musées et de galeries d'art. Depuis quand Bill avait-il le temps de visiter les musées ? songea-t-elle, intriguée. Il y avait aussi plusieurs reçus de sa carte American Express, dont un du Harry's Bar et un autre d'Annabel. Bill s'y rendait souvent avec des amis ou des relations d'affaires quand il était de passage à Londres. Cynthia fondit de nouveau en larmes en enfilant le pyjama de son mari. Elle était terrorisée à l'idée de le perdre. Quand elle appela ses filles pour s'assurer que tout allait bien, elles pleuraient aussi toutes les deux. La journée avait été éprouvante et riche en émotions ; elles étaient encore sous le choc de ce qu'elles avaient vu. Comment garder l'espoir alors que leur père gisait, à demi mort, dans une chambre d'hôpital ?

Incapable de chasser de son esprit les sanglots de ses filles, Cynthia enfila un peignoir et longea le couloir en direction de leur chambre. Elle voulait simplement les serrer dans ses bras, leur apporter un peu de réconfort. Mais elle s'attarda et il était presque cinq heures quand elle regagna sa chambre. Elle s'allongea sur le lit et pleura, le visage enfoui dans l'oreiller encore imprégné de l'odeur de Bill. Elle finit par s'endormir aux alentours de six heures du matin.

Dès qu'elle se réveilla, le vendredi, elle appela l'hôpital pour prendre des nouvelles de Bill. Rien n'avait changé. Ses signes vitaux étaient un peu plus stables, mais il était toujours dans le coma. Il était onze heures du matin et Cynthia se sentait fourbue, comme si elle avait été rouée de coups. Elle alla voir ses filles et les trouva encore endormies. De retour dans sa chambre, elle prit un bain et s'habilla. Après avoir laissé un petit mot à Olivia et Jane dans leur chambre, elle descendit et se dirigea tout de suite vers la voiture qu'elle avait demandée. Sur la route de l'hôpital, le chauffeur évoqua l'accident. Le conducteur de la limousine, tué sur le coup, faisait partie de ses meilleurs amis. Il compatit sincèrement à la douleur de Cynthia qui le remercia de sa sollicitude.

Comme prévu, l'état de Bill n'avait pas évolué depuis qu'elle l'avait quitté, quelques heures plus tôt. Elle resta auprès de lui un moment avant de regagner la salle d'attente où elle devait rencontrer un de ses médecins. Elle patientait, assise sur une chaise, lorsqu'un homme fit son apparition. Grand et distingué, vêtu d'un costume impeccablement coupé, il dégageait une espèce d'arrogance aristocratique qui attira aussitôt l'attention de Cynthia. Il s'approcha du bureau des infirmières qui répondirent à ses questions en secouant la tête d'un air découragé. Le visage fermé, il s'engagea dans le couloir, en direction de la chambre de Bill.

Cynthia le suivit des yeux, intriguée. Un moment plus tard, il sortit de la chambre qui faisait face à celle de Bill et s'entretint avec un médecin qui passait dans le couloir. Puis il partit. Sans qu'elle puisse s'expliquer pourquoi, elle eut l'impression qu'il se trouvait dans la même situation d'attente qu'elle. Une attente insoutenable, qui scellerait le destin d'une personne gravement malade. Il y avait quelque chose d'étrange chez cet homme ; il paraissait extrêmement mal à l'aise et Cynthia perçut en même temps de la colère, presque une certaine rancœur, comme s'il en voulait à la terre entière de se trouver là. De retour dans la chambre de Bill, elle en fit la remarque à une des infirmières.

Cynthia ignorait que l'état de santé d'Isabelle s'était

considérablement dégradé au cours des dernières heures. Ses nombreuses blessures continuaient à affaiblir son organisme tandis qu'elle s'enfonçait dans un coma toujours plus profond. Ils avaient définitivement décidé de lui éviter une nouvelle intervention, certains qu'elle ne supporterait pas le choc opératoire. Après sa visite, Gordon était retourné à l'hôtel pour appeler son bureau, dans l'attente d'autres nouvelles. Il informa sa secrétaire qu'il passerait le week-end à Londres, sans toutefois préciser la raison de son absence, puis il appela les infirmières de Teddy. Cette nouvelle responsabilité lui pesa tout à coup comme un fardeau. C'était la première fois qu'il était obligé de se préoccuper du bien-être de son fils et ce constat l'irrita profondément.

Il raconta à ce dernier qu'il avait rejoint sa mère à Londres pour le week-end.

— Maman m'avait dit qu'elle rentrerait hier, fit Teddy d'une petite voix déçue. Pourquoi a-t-elle prolongé son séjour ?

— Parce qu'elle a encore des choses à faire ici, répliqua Gordon d'un ton abrupt qui ne surprit guère Teddy, habitué à la brusquerie de son père.

— Pourras-tu lui demander de m'appeler ?

La voix légèrement plaintive de Teddy accentua l'agacement de Gordon, incapable de lui fournir une explication plausible sur le silence d'Isabelle.

— Elle t'appellera le moment venu. Nous avons des choses à régler tous les deux, mentit-il à son fils.

En la circonstance, le mensonge était plus doux que la vérité. Teddy était trop fragile pour entendre ce qui s'était réellement passé, surtout de cette manière, au téléphone. S'il devait se résoudre à le mettre au courant, Gordon le ferait de vive voix, en présence du médecin de Teddy. Sophie n'était toujours pas au courant, elle non plus. Il préférait attendre de voir comment évoluaient les choses avant de les avertir. Ce serait un choc énorme pour eux. En outre, si Isabelle mourait sans reprendre conscience, il était préférable que Sophie ne la voie pas dans cet état. Il avait longuement réfléchi à tout cela, ce matin même.

— Dis à maman que je l'aime, murmura Teddy juste avant que son père raccroche, pressé de mettre un terme à cette conversation embarrassante.

Un moment plus tard, Gordon retourna à l'hôpital. Il gagna la chambre d'Isabelle où il se posta discrètement dans le coin le plus éloigné du lit. L'air tourmenté, il observa les gestes des infirmières qui s'affairaient autour de son épouse. Contrairement à Cynthia Robinson, il ne s'approcha pas du lit, ne prononça pas le moindre mot, n'esquissa pas un geste vers Isabelle. Une profonde répulsion l'habitait, une répulsion qu'il ne parvenait pas à surmonter.

— Désirez-vous passer un petit moment seul avec votre femme ? lui demanda une infirmière.

— Non, merci, répondit Gordon sans l'ombre d'une hésitation. Elle ne m'entend pas, de toute façon. Je vais m'asseoir un peu dans la salle d'attente. Prévenez-moi s'il y a du changement.

Sans un mot de plus, il quitta la pièce et alla rejoindre Olivia et Jane dans la salle d'attente. Cynthia vint voir ses filles un moment plus tard. A la grande surprise de Gordon, cette dernière lui adressa un petit sourire. Elle avait les traits tirés et le teint pâle, son tee-shirt était taché et son regard débordait de compassion.

— Je suis désolée, pour votre femme, déclarat-elle.

Elle avait entendu les infirmières parler d'elle. Apparemment, son état était encore plus critique que celui de Bill. Mais elle n'en savait pas davantage.

— Merci, répondit Gordon d'un air sombre.

Il n'avait aucune envie de lier connaissance dans la salle d'attente des Soins intensifs. D'un autre côté, il ne voulait pas non plus rester dans la chambre d'Isabelle, cette seule idée lui était insupportable. En fait, il songeait à regagner le Claridge lorsque Cynthia lui avait adressé la parole. Il fut encore plus étonné quand celle-ci lui tendit la main. Cynthia avait entendu qu'il était américain et elle se sentait étrangement proche de lui. Tous deux étaient loin de chez eux, enlisés dans des situations désespérées.

— Cynthia Robinson, dit-elle simplement.

Une de ses filles sommeillait pendant que l'autre était complètement absorbée par son magazine. Seule

Cynthia remarqua la lueur de surprise qui traversa le regard de Gordon lorsqu'elle prononça son nom.

— Je suis ici pour mon mari. Il a été victime d'un accident de voiture avant-hier. Nous sommes arrivées hier soir.

En l'écoutant, Gordon ne put s'empêcher de se demander si elle était au courant des dessous de l'histoire. Si tel était le cas, cela ne semblait pas l'affecter le moins du monde. Seul l'inquiétait l'état de santé de son mari. Gordon décida de jouer la carte de la franchise.

— Vous savez sans aucun doute que ma femme se trouvait dans la même voiture que votre mari lorsque le bus les a percutés.

Gordon comprit à son air médusé qu'elle n'était au courant de rien. Elle perdit toute contenance tandis que son visage blêmissait encore plus.

— Que voulez-vous dire ? articula-t-elle.

— Vous m'avez parfaitement entendu. Ils se trouvaient tous les deux dans le même véhicule. J'ignore comment et pourquoi ils se connaissaient. J'avais rencontré votre époux il y a quelques années, à Paris, mais je ne me souviens pas de l'avoir présenté à ma femme. Il semblerait qu'ils aient pris le thé ensemble mercredi et le fait est qu'elle se trouvait avec lui le soir de l'accident. Son état est critique, elle se trouve dans un coma profond et nous ne saurons peut-être jamais ce qu'ils faisaient ensemble cette nuit-là. J'ima-

gine que votre mari n'est pas non plus en état de
fournir des explications.

Cynthia se laissa tomber sur une chaise. On aurait
dit qu'elle venait de recevoir une gifle. Une très grosse
gifle.

— Personne ne m'en a parlé. Je croyais qu'il était
seul avec le chauffeur, murmura Cynthia,
décontenancée.

— Hélas, non. Ma femme est venue à Londres
pour voir plusieurs expositions. C'est une passionnée
d'art. A part ça, j'ignore tout de ses activités ici.

Cynthia le considéra d'un air hébété tandis qu'elle
se remémorait les dépliants de galeries qu'elle avait
trouvés dans la chambre de Bill.

— Votre mari vous a-t-il déjà parlé d'elle ? Elle
s'appelle Isabelle Forrester.

Cette conversation le mettait mal à l'aise, mais il
ne pouvait ignorer plus longtemps les questions qui
le taraudaient. Et pour le moment, cette femme était
la seule à pouvoir lui apporter quelques éléments de
réponse. Aussi sa déception fut-elle grande lorsqu'elle
secoua la tête.

— Je n'ai jamais entendu ce nom. En fait, je ne
savais même pas que mon mari se trouvait à Londres.
La dernière fois que je lui ai parlé, il était à New York.
Nous ne sommes pas du genre à nous donner des
nouvelles tous les jours, vous comprenez.

— Vous êtes divorcés ? demanda Gordon,
intrigué.

— Non, répondit Cynthia piquée au vif, mais il voyage beaucoup et il est très indépendant.

Elle n'avait pas envie de lui confier que leur couple battait de l'aile depuis des années.

— Ce qui n'est pas le cas de ma femme. Nous avons un fils handicapé dont elle s'occupe jour et nuit depuis quatorze ans. Il est très rare qu'elle quitte la maison. Ce voyage est le premier qu'elle entreprend depuis des années et je suis sûr qu'il était tout à fait innocent. A mon avis, elle a croisé votre mari dans le hall d'entrée du Claridge. Je ne crois pas qu'il y ait lieu d'échafauder des conclusions hâtives. Toutefois, il peut paraître étrange qu'ils se soient trouvés tous les deux dans la même voiture, à deux heures du matin, ajouta-t-il comme pour lui-même.

— Oui, c'est vrai ; c'est très étrange, reconnut Cynthia d'un air songeur.

A bien y réfléchir, que Bill ait eu une liaison ne la surprendrait pas franchement. Elle-même avait eu plusieurs amants et cela faisait bien longtemps que Bill et elle n'avaient pas fait l'amour. Toutefois, la femme que décrivait Gordon Forrester ne semblait guère la candidate idéale pour un week-end romantique. Dans quelles circonstances l'avait-il rencontrée ? La simple idée qu'ils aient passé du temps ensemble la contrariait profondément. Tout à coup, elle remarqua que ses filles suivaient leur conversation avec intérêt.

— Quel dommage qu'ils ne puissent répondre à nos interrogations, fit-elle observer en songeant de nouveau aux brochures qu'elle avait vues dans la chambre.

Elle se souvint brusquement des reçus de carte bancaire du Harry's Bar et d'Annabel. Même mariée et mère d'un enfant handicapé, cette femme était peut-être moins irréprochable que ne le pensait son époux...

— S'ils meurent, nous ne connaîtrons jamais la réponse, lâcha Gordon d'un ton abrupt.

— Sans cet accident, nous n'aurions jamais rien su, de toute façon. Contentons-nous d'accepter la situation, conclut Cynthia à voix basse.

Elle n'était même pas sûre de vouloir connaître la vérité. Tout comme elle n'aurait pas supporté que Bill lui posât certaines questions, jamais elle ne se serait immiscée dans sa vie privée. Encore moins maintenant, alors qu'il luttait pour rester en vie. Malheureusement, Gordon ne semblait pas partager son point de vue.

— J'imagine que personne d'autre qu'eux ne pourra nous renseigner, fit-il observer, toujours plongé dans ses pensées.

— S'ils sont intelligents et qu'ils entretiennent une relation, quelle qu'en soit la nature, ils ont dû veiller à ce qu'elle reste discrète, commenta Cynthia.

— Peut-être pas. Le chauffeur aurait sans doute pu nous renseigner, lui.

— Je crois sincèrement que nous devrions cesser de nous torturer avec cette histoire. Ils sont tous les deux entre la vie et la mort et s'ils s'en sortent, nous devrons nous contenter de ce bonheur. Après tout, ce qui s'est passé avant l'accident ne nous regarde pas.

— C'est très généreux de votre part, ironisa Gordon.

Pour sa part, il tenait à connaître la vérité. Si Isabelle le trompait, il avait le droit de le savoir. Et il commençait à douter sérieusement de son innocence.

— Mon époux est quelqu'un de très discret. Il n'est pas du genre à s'exhiber et il déteste les scandales.

— Quant à mon épouse, elle n'est pas du genre à entretenir une relation extraconjugale, s'emporta Gordon, plus par fierté que pour défendre la réputation de sa femme. Tout à fait franchement, je ne crois pas qu'il y ait eu quelque chose entre eux. Il doit y avoir une explication logique et parfaitement anodine à ce concours de circonstances.

— Je l'espère, déclara Cynthia d'un ton posé.

Puis elle regarda Gordon droit dans les yeux, avant d'ajouter d'un trait :

— Je tiens cependant à vous dire que je n'ai aucune intention d'interroger mon mari.

— Personnellement, je compte bien poser quelques questions à ma femme si elle sort du coma. J'estime qu'ils nous doivent bien ça.

173

— Pourquoi ? Quelle différence cela fera-t-il ? demanda Cynthia sous le regard incrédule de ses deux filles. Cela ne changera rien à rien. Et s'ils meurent, le fin mot de l'histoire nous concernera encore moins.

— Je ne suis pas d'accord. Si elle m'a trahie d'une manière ou d'une autre, j'estime avoir le droit de le savoir, tout comme vous. Si je fais fausse route, je l'absoudrai avec grand plaisir.

— Ce n'est pas à moi d'absoudre mon mari. Ce n'est plus un enfant. L'idée qu'il ait eu une liaison avec votre femme me déplairait fortement, je l'avoue, mais il est parfois préférable, dans la vie, de rester dans l'ignorance.

— Je ne partage pas votre point de vue, madame Robinson, riposta Gordon avec raideur.

Quel genre de couple formaient-ils, elle et son mari ? Un couple très similaire au leur, somme toute... Pourtant, Gordon n'aurait jamais avoué que son mariage avec Isabelle n'était plus qu'un leurre. Un leurre qui subsistait depuis plusieurs années. A vrai dire, il n'aurait pas été étonnant qu'une femme comme Isabelle — jeune, généreuse et aimante — ait une liaison. Gordon était mieux placé que quiconque pour savoir qu'elle se sentait terriblement seule. En grande partie à cause de lui. Et c'était précisément pour cette raison qu'il souhaitait connaître la vérité. L'avait-elle trompé ou bien avait-elle simplement dîné avec cet homme pour mettre un peu de piquant dans sa vie ? L'accident s'était produit en pleine nuit. Que faisaient-ils dehors à cette heure tardive ? On ne visitait pas les musées à deux heures du matin, pour autant qu'il le sache !

Cynthia retourna au chevet de Bill et après son départ les deux filles regardèrent Gordon en silence. Au bout de quelques minutes, il se dirigea vers le bureau des infirmières pour leur annoncer qu'il retournait au Claridge. Elles n'auraient qu'à l'appeler là-bas s'il y avait du nouveau. Il en avait assez de l'hôpital et Cynthia Robinson l'avait profondément irrité, avec sa largeur d'esprit et sa fichue tolérance. Son mari devait la tromper régulièrement, et cela ne semblait guère la déranger. Peut-être en faisait-elle autant de son côté...

Assise au chevet de Bill, la tête pleine des révélations que venait de lui faire Gordon Forrester, Cynthia contemplait son mari, le cœur lourd. Si Gordon pouvait se convaincre que Bill et Isabelle se trouvaient ensemble en toute innocence, Cynthia, elle, avait du mal à le croire. Le visage baigné de larmes, elle gardait les yeux rivés sur Bill. L'avait-elle perdu pour de bon, après toutes ces années ? Elle s'était montrée tellement distante, tellement froide parfois, avec ses critiques incessantes sur la vie qu'il avait choisie. Cela faisait bien longtemps qu'elle refusait d'y prendre part, mais maintenant qu'elle était sur le point de le perdre, elle n'avait qu'une seule envie : lui dire et lui répéter qu'elle l'aimait encore. Elle n'en aurait peut-être jamais plus l'occasion et pourtant, elle désirait le lui dire une dernière fois. Cela avait été une véritable révélation et elle tenait absolument à ce que Bill soit au courant. Quelle place occupait Isabelle Forrester dans sa vie ? Etait-il amoureux d'elle ? Ces questions tourbillonnaient dans sa tête. Tout au fond de son cœur, Cynthia savait que si elle l'avait réellement perdu, c'était entièrement sa faute. Et là, tout à coup, alors que Bill risquait de partir à jamais, elle maudit sa propre stupidité.

5

Gordon passa sa soirée du vendredi au Claridge, plongé dans un livre qu'il avait acheté en rentrant de l'hôpital. Il n'avait rien d'autre à faire. Il aurait pu appeler des amis à Londres, mais il ne se sentait pas encore prêt à parler de l'accident. Il préférait attendre d'en savoir plus sur l'état de santé d'Isabelle. Il eut du mal à se concentrer sur sa lecture et il appela l'hôpital avant de se coucher, mais ils n'avaient rien de nouveau à lui annoncer. Quarante-huit heures s'étaient écoulées depuis l'accident et Isabelle s'accrochait à la vie, même si le pronostic était encore réservé. Aucune amélioration n'était à signaler, mais son état n'avait pas non plus empiré. Il aurait pu retourner à l'hôpital, bien sûr, mais la voir dans cet état lui était tout simplement insupportable. Pour rien au monde il ne l'aurait avoué mais la vue d'Isabelle sur son lit d'hôpital le terrifiait. Il détestait les hôpitaux, les patients, les médecins, les infirmières, les bruits et les odeurs qui planaient dans les couloirs.

Au moment où il appela pour prendre des nouvelles d'Isabelle, Cynthia se trouvait encore au chevet de Bill. Les filles étaient rentrées au Claridge à l'heure du dîner. Cynthia avait décidé de rester encore un peu. De temps en temps, elle allait se servir une tasse de thé dans le bureau des infirmières. Ces dernières l'accueillaient à chaque fois avec beaucoup de gentillesse mais Cynthia, tourmentée par ses réflexions, préférait rester à l'écart. Elle contemplait ce mari qui s'efforçait désespérément de rester en vie. Aurait-elle l'occasion de lui dire tout ce qu'elle avait sur le cœur ? Aurait-elle une chance de s'expliquer, de s'excuser pour toutes ces années ? Bien qu'il ne lui en ait jamais soufflé mot, elle savait que Bill était au courant de ses nombreuses liaisons, certaines d'entre elles ayant été moins discrètes que d'autres.

A partir du moment où elle avait décidé de faire une croix sur leur mariage, elle avait également pris moins de précautions. Pourquoi lui avait-elle tourné le dos avec tant de détermination ? Elle s'en souvenait à peine. Par jalousie, peut-être. Il menait une vie passionnante, rencontrait une foule de gens intéressants. Elle n'avait jamais apprécié d'être dépendante de lui ; en agissant ainsi, peut-être avait-elle essayé de lui prouver qu'elle pouvait se débrouiller sans lui. En tant qu'épouse d'un homme influent, elle s'était toujours sentie accessoire et c'était probablement pour cette raison qu'elle s'était éloignée, sur le plan affectif du moins. Bill voyageait beaucoup, son travail l'accaparait entièrement et Cynthia souffrait de cette solitude. Etouffée par son image de mère au foyer, elle rêvait d'une vie plus excitante, plus trépidante. Hélas, elle n'avait pas choisi les meilleures solutions pour mettre du piquant dans son existence. Tout lui apparaissait clairement à présent ; mais peut-être était-ce déjà trop tard, songea-t-elle, gagnée par une vague de panique.

A minuit, elle était encore en train de ressasser ses sombres pensées, assise dans un coin de la chambre, lorsque soudain, l'espace d'une fraction de seconde, elle crut le voir remuer.

— Bill ? murmura-t-elle en se levant pour l'observer de plus près.

Les infirmières venaient de quitter la pièce pour aller chercher une nouvelle perfusion. Il lui sembla que ses paupières papillonnaient légèrement, comme s'il était en train de rêver. Elle était toujours debout, à côté de lui, quand les infirmières reparurent. Aussitôt, elles jetèrent un coup d'œil aux écrans de contrôle, mais tout paraissait normal.

— Tout va bien, madame Robinson ? demanda l'une d'elles en changeant la perfusion.

— Oui, je pense... je ne sais pas, mais... j'ai cru un instant... c'est peut-être ridicule... mais j'ai cru le voir bouger.

Les infirmières l'examinèrent attentivement, sans rien déceler de particulier. Elles vérifièrent ensuite ses signes vitaux. Son état s'était stabilisé dans la journée. L'accident avait eu lieu quarante-huit heures plus tôt et Cynthia était là depuis vingt-quatre heures. Une éternité, à ses yeux.

L'infirmière de garde était en train d'ajuster l'électrode reliée au moniteur cardiaque quand elle sentit une légère secousse dans la main de Bill. Elle l'observa fixement avant de soulever ses paupières. Sous le regard attentif de Cynthia, elle braqua un faisceau lumineux dans ses pupilles. Cette fois, le doute n'était plus permis ; Bill laissa échapper un soupir étouffé, comme un grognement de douleur. C'était le premier son qu'il émettait depuis qu'il avait été transporté d'urgence à l'hôpital. Les yeux de Cynthia s'emplirent de larmes.

— Oh, mon Dieu, murmura-t-elle comme il gémissait de nouveau.

C'était presque une plainte d'animal, et ses paupières frémirent quand elle effleura ses doigts. L'infirmière appuya sur la sonnette. Dans le bureau des médecins, une lumière clignota et quelques instants plus tard le chirurgien de garde fit son apparition.

— Que se passe-t-il ? demanda-t-il à l'infirmière en entrant dans la pièce.

Cela faisait plusieurs heures qu'il était de garde, et il avait l'air aussi fatigué que Cynthia.

— Il y a du changement ?

— Il a gémi à deux reprises, annonça l'infirmière.

180

— Et j'ai l'impression que sa main a bougé, ajouta Cynthia tandis que le médecin examinait à son tour les yeux de Bill.

Cette fois, Bill gémit au moment où le rai de lumière frappa ses pupilles. Le médecin leva les yeux vers l'infirmière. Il y avait une question dans son regard, et cette dernière hocha la tête. Ils ne voulaient pas trop s'avancer, mais Bill était en train de reprendre conscience. C'était un signe d'une importance considérable, le premier qu'ils aient reçu en deux jours.

— Bill, est-ce que tu m'entends ? C'est moi, je suis là, près de toi... Je t'aime, mon chéri. Peux-tu ouvrir les yeux ? J'aimerais tant te parler. J'attendais que tu te réveilles...

Il essaya de soulever ses épaules. Un grognement s'échappa de ses lèvres, plus fort celui-ci, probablement sous l'effet de la douleur.

— Monsieur Robinson, je vais toucher votre main. Si vous m'entendez, j'aimerais que vous serriez mon doigt aussi fort que possible.

Penché au-dessus de Bill, le médecin parlait tout contre son oreille. Il plaça doucement son doigt sur la paume de Bill et attendit. Il n'y eut aucune réaction dans les secondes qui suivirent puis lentement, très lentement, les doigts de Bill se refermèrent autour de l'index du médecin.

— Oh, mon Dieu, il vous a entendu, murmura

Cynthia, le visage baigné de larmes. Est-ce que tu m'entends, chéri ? Je suis là... Ouvre les yeux, je t'en prie...

Mais son visage demeura parfaitement immobile. Brusquement, alors que ses yeux étaient toujours fermés, il fronça légèrement les sourcils, ses lèvres s'entrouvrirent et il passa le bout de la langue sur ses lèvres desséchées. Un miracle était en train de se produire.

— C'est très bien, monsieur Robinson, fit le médecin, toujours penché au-dessus de Bill. A présent, j'aimerais que vous recommenciez.

Bill émit un grognement de protestation mais il s'exécuta tout de même, avec l'autre main cette fois. Les infirmières et le médecin échangèrent des regards triomphants. Il était sorti du coma. Il était encore impossible d'évaluer ce qu'il entendait et ce qu'il comprenait, mais sa capacité de réaction était indéniable. Une vague d'euphorie balaya Cynthia. Elle eut soudain envie de les repousser, tous, pour se jeter dans les bras de Bill. Au lieu de quoi elle resta immobile, craignant de lui faire mal.

— Pensez-vous pouvoir ouvrir les yeux, monsieur Robinson ? Ce serait formidable si vous y parveniez, insista le médecin.

Bill demeura immobile et Cynthia craignit tout à coup qu'il ne soit retombé dans le coma. On aurait dit qu'il dormait. Le médecin effleura ses paupières, comme pour lui rappeler son ordre. Bill laissa échapper un petit soupir puis, brusquement, il ouvrit les yeux et le regarda.

— Eh bien, bonjour, fit le jeune docteur dans un sourire. Vous avez fait du beau travail. Heureux de vous voir, monsieur.

Bill émit un petit « mmm » avant de refermer les yeux. Mais il avait soutenu le regard du médecin pendant une ou deux secondes. C'était tout ce qu'il se sentait capable de faire pour le moment. Il replongea lentement dans sa torpeur. Il était en train de rêver d'Isabelle, avant cet intermède.

— Accepteriez-vous de recommencer ?

Cette fois, le grognement sourd qu'il laissa échapper signifia clairement « non ». Une minute plus tard pourtant, il ouvrit de nouveau les yeux.

— Nous étions tous impatients de vous voir, reprit le docteur, toujours souriant.

Le regard de Bill balaya la pièce et lorsqu'il aperçut Cynthia, debout au pied du lit, il eut l'air décontenancé.

— Bonjour, mon amour, je suis là, avec toi. Je t'aime. Tout ira bien, tu verras.

Il ferma de nouveau les yeux, comme si c'en était trop pour lui, comme s'il ne voulait plus les voir. Quelques minutes plus tard, il sombra dans le sommeil. Mais l'événement était de taille et toute l'équipe arborait une mine réjouie. Cynthia quitta la chambre en compagnie du médecin.

— Mon Dieu, qu'est-ce que cela veut dire, docteur ? demanda-t-elle en tremblant de la tête aux pieds.

Jamais encore elle ne s'était sentie aussi émue. Le jeune chirurgien était heureux pour elle.

— Cela veut dire qu'il est sorti du coma, même s'il n'est pas encore entièrement tiré d'affaire. Mais c'est un signe extrêmement encourageant.

— Peut-il parler ?

— Il finira bien par parler, j'en suis sûr. Sa blessure à la tête n'a pas affecté cette faculté-là. Il est encore sous le choc, c'est tout.

Ses lésions à la nuque et à la moelle épinière étaient autrement plus graves, même si le léger traumatisme crânien dont il avait souffert l'avait plongé dans un coma de deux jours.

— Son cerveau n'a pas encore assimilé les derniers événements, mais il parlera quand il se réveillera de nouveau, vous verrez. Son organisme a subi un traumatisme d'une violence inouïe, mais je ne suis pas inquiet pour ce qui est de la parole.

C'était tout le reste qui l'inquiétait. Le vrai problème se situait au niveau de la colonne vertébrale et des jambes. Qu'il soit capable de se servir de ses mains était un signe positif. Il était encore très faible, certes, mais il recouvrerait pleinement l'usage de ses bras et de ses mains, surtout lorsque sa nuque serait guérie.

— Il risque de dormir plusieurs heures d'affilée.

Nous verrons ce dont il sera capable demain. Si je peux me permettre de vous donner un conseil, madame Robinson, retournez à votre hôtel et reposez-vous bien. La journée de demain risque d'être longue.

Proche de l'euphorie, Cynthia n'avait aucune envie de partir.

— Et s'il se réveille encore ? Je veux rester près de lui.

— L'effort qu'il vient de fournir l'a épuisé. C'est un peu comme s'il s'attaquait à l'Everest, vous comprenez. Il vient tout juste de franchir la première étape et il va devoir fournir de gros efforts dans les semaines à venir.

Dans les mois à venir, rectifia le médecin en son for intérieur. C'était juste le début, la route s'annonçait longue et difficile, mais toute l'équipe se sentait ragaillardie par ce qui venait d'arriver.

— Très bien, fit Cynthia. Vous avez raison, je retourne à l'hôtel.

Cela faisait plusieurs heures qu'elle n'avait pas vu ses filles. Ces dernières avaient projeté de dîner dans leur chambre et de regarder la télévision jusqu'à son retour. Cynthia était impatiente de leur annoncer la bonne nouvelle.

Quand elle leur eut tout raconté, Olivia poussa un cri de joie tandis que Jane esquissait quelques pas de danse.

— Oh, maman, c'est génial ! Est-ce qu'il t'a parlé ?

— Non, il a juste ouvert les yeux à deux reprises et il a poussé quelques gémissements. Il a aussi serré le doigt du médecin deux fois. Il m'a vue, bien sûr. Mais il s'est rendormi très rapidement. D'après le docteur, il parlera sans doute demain. Et selon l'infirmière, à partir du moment où il aura totalement repris conscience, il devrait se rétablir très vite.

Lorsque Cynthia entra dans la chambre de Bill le lendemain matin, il était allongé sur son lit, les yeux grands ouverts, et il observait la pièce, comme s'il ne savait pas vraiment où il se trouvait. Il paraissait encore à moitié endormi.

— Bonjour, paresseux, murmura-t-elle en s'approchant de son lit. Ça fait une éternité que nous guettons ton réveil.

Il cligna des yeux pour acquiescer, mais un voile de tristesse assombrit son visage, comme s'il s'était attendu à voir quelqu'un d'autre. Cynthia devina qu'il aurait voulu hocher la tête, mais ce mouvement lui était impossible à cause de la minerve qui lui emprisonnait la nuque.

— Te sens-tu un peu mieux, aujourd'hui ?

Il cligna de nouveau les yeux. Avec une douceur infinie, elle caressa son visage.

— Je t'aime, Bill. Je suis très triste pour toi, mais tu vas t'en tirer, c'est sûr.

Il la regardait fixement et elle le vit humecter ses lèvres comme il l'avait déjà fait la veille au soir. Finalement, il ferma les yeux. Cynthia faillit lui proposer un verre d'eau avant de se raviser. Les infirmières l'avaient laissée seule avec lui pour quelques minutes. Les écrans de contrôle les avertiraient si quelque chose n'allait pas.

— Veux-tu que je t'apporte quelque chose ? demanda-t-elle à voix basse lorsqu'il rouvrit les yeux et chercha son regard.

On eût dit que quelque chose le tourmentait. Cynthia s'approcha de lui pour être sûre de l'entendre s'il parlait. Il ouvrit la bouche mais aucun son n'en sortit.

— Que veux-tu, chéri ? Qu'essaies-tu de me dire ?

Elle lui parlait comme à un enfant. Une frustration intense se lisait sur le visage de Bill. Il resta immobile un long moment puis, lorsqu'il eut rassemblé suffisamment de force, il essaya de nouveau. Debout à côté de lui, Cynthia continuait à parler.

— Les filles sont là, tu sais. Elles ont tenu à m'accompagner.

Bill cligna des yeux pour attirer son attention. Puis il fronça les sourcils en s'efforçant de déverrouiller sa mâchoire. Etait-ce sa minerve qui le gênait ? L'appareillage semblait très inconfortable, mais Bill ne paraissait pas souffrir.

— Où... articula-t-il enfin comme elle se penchait vers lui pour attendre la suite.

Une éternité s'écoula avant qu'il ouvre de nouveau la bouche.

— ... est Izzz... ahh... belle ?

Il venait de fournir un effort démesuré, les yeux braqués sur Cynthia. L'avait-il seulement reconnue ? Toutes ses pensées étaient tournées vers la femme qui se trouvait à ses côtés le soir de l'accident. Sans doute désirait-il savoir si Isabelle était encore en vie. Ces quelques mots articulés avec peine, ces mots qui lui avaient coûté un effort surhumain, furent comme une gifle pour Cynthia. Les premières paroles qu'il lui avait adressées concernaient Isabelle, et sans même le savoir il venait d'apporter une réponse à toutes ses questions.

— Elle est vivante, répondit-elle d'un ton posé. Je prendrai de ses nouvelles auprès des infirmières.

Bill cligna des yeux à deux reprises, comme pour lui dire merci. Puis ses paupières se fermèrent. Cynthia quitta la pièce quelques minutes plus tard. A peine avait-elle franchi le seuil que ses filles l'assaillirent.

— Comment va-t-il, maman ? Est-ce qu'il t'a parlé ?

— J'ai l'impression qu'il va mieux. Il essaie de parler un peu. Je lui ai dit que vous étiez là, toutes les deux, ajouta Cynthia, restant délibérément dans le vague.

Elle était encore sous le choc de ce qu'elle venait d'entendre. Ses premiers mots étaient allés à Isabelle. Qu'éprouvait-il pour cette femme, au juste ? Ce n'était tout de même pas la courtoisie qui l'avait poussé à s'enquérir de la santé d'Isabelle, alors qu'il sortait à peine du coma. Non, c'était bien plus que cela.

— Qu'a-t-il dit ? voulurent savoir les filles, folles de joie.

— Il a cligné des yeux deux fois, répondit Cynthia avec un sourire qui parvint à masquer son chagrin.

— Est-ce qu'il peut parler ? insista Jane.

Elle ressemblait tant à sa mère... Olivia, elle, était la réplique féminine de son père. Elles étaient comme deux clones parfaits de leurs parents.

— Il a dit quelques mots, mais c'est encore très éprouvant pour lui. Il se repose, pour le moment.

Gagnée par un profond abattement, elle promit aux filles de revenir tout de suite avant de se diriger vers le bureau des infirmières.

— Comment va Mme Forrester ? demanda-t-elle à l'infirmière en poste.

Bill aurait la réponse à sa question, elle lui devait bien ça. Après tout, il avait le droit de savoir ce que devenait cette femme qu'il semblait tant apprécier. Ils avaient traversé l'enfer ensemble. Et compte tenu des efforts qu'il avait fournis pour demander de ses nouvelles, Cynthia se sentait obligée de le faire.

— Pas très bien, j'en ai peur. Son état est stationnaire. Elle avait encore beaucoup de fièvre hier soir. Son mari est avec elle en ce moment.

— A-t-elle repris conscience ?

— Non, mais cela n'a rien de surprenant compte tenu de ses blessures et de l'intervention qu'elle a subie en arrivant ici.

Avec un hochement de tête, Cynthia la remercia. Puis elle regagna la chambre de Bill. Il ronflait doucement lorsqu'elle s'approcha du lit. Comme s'il avait senti sa présence, il s'agita et ouvrit les yeux. Il avait encore rêvé d'Isabelle. Il rêvait d'elle depuis deux jours.

— J'ai demandé des nouvelles d'Isabelle, commença Cynthia. Son état est stationnaire. Elle est toujours dans le coma, j'espère qu'elle en sortira bientôt.

Il cligna des yeux. Au bout d'un long moment, il ouvrit la bouche et articula à grand peine quelques mots.

— Mmm... errr... ciii, Cyn... je croyais que... tu... étais Isabelle.

Il se tut, ferma les yeux et se laissa dériver vers un autre rêve. Il n'avait pas envie de voir sa femme, pas envie de lui parler.

— Veux-tu voir les filles ?

Cynthia interrompit encore son rêve mais cette fois, il cligna trois fois des yeux, et elle lui sourit.

— Je vais les chercher, elles sont dans la salle d'attente.

Quelques minutes plus tard, elles entrèrent dans sa

chambre et l'abreuvèrent aussitôt d'un flot de paroles. Cynthia le vit sourire. Quand il s'adressa à elles, sa parole coulait déjà plus facilement. Le débit était encore un peu lent, mais il semblait avoir récupéré toutes ses facultés intellectuelles.

— Je... vous... aime, les filles...

— On t'aime aussi, papa, murmura Olivia tandis que Jane lui embrassait la main.

Il avait des perfusions dans les deux bras et était encore relié à de nombreux moniteurs, mais les filles s'en moquaient, trop heureuses d'avoir retrouvé leur père.

— Des filles... for... midables, murmura Bill à l'adresse de Cynthia quand ces dernières eurent quitté la pièce.

— Toi aussi, tu es formidable, fit Cynthia avant d'ajouter, devant son air surpris : Tu nous as fait très peur. Sais-tu ce qui t'est arrivé ?

— Non.

Il ne gardait aucun souvenir de l'accident. Seule restait gravée dans sa mémoire la soirée qu'il avait passée avec Isabelle.

— Un autobus a percuté la limousine dans laquelle tu te trouvais. Les secouristes ont mis deux heures pour vous sortir tous les deux de là.

— Je... j'avais... peur... qu'elle... soit... morte.

Pendant qu'il se débattait avec les mots, Cynthia ne put s'empêcher de songer à l'étrangeté de la situation. Bill ne paraissait nullement gêné de lui parler d'Isabelle. Et quand il leva les yeux sur elle, elle vit qu'ils étaient pleins de larmes.

— Je crois qu'elle a vraiment frôlé la mort, expliqua Cynthia en évitant de préciser que tout pouvait encore basculer pour elle. Son mari est auprès d'elle, en ce moment.

Cette petite phrase obligea Bill à reprendre contact avec la réalité. Isabelle était mariée. Et de son côté, il avait deux filles et une femme. Malgré tout l'amour qu'il portait à Isabelle, il se sentait responsable de sa famille. Et pourtant, il n'y pouvait rien, Isabelle occupait tous ses rêves, depuis plusieurs jours.

A cet instant, les infirmières entrèrent dans la chambre pour ses soins, et Cynthia alla rejoindre ses filles. Elle avait besoin de temps pour assimiler ce qu'elle venait de découvrir. Tout était clair à présent. Bill était très attaché à Isabelle Forrester. Contrairement à ce qu'avait espéré le mari de celle-ci, tous deux se connaissaient bien, et ils étaient bien plus que de simples amis. Dès l'instant où il avait pu parler, Bill avait demandé de ses nouvelles. L'angoisse et la compassion emplissaient son regard quand il pensait à elle. Et il avait même cru voir Isabelle à son chevet, à la place de sa femme, lorsqu'il s'était réveillé.

Dans la salle d'attente, Cynthia feuilleta distraitement un exemplaire du *Herald Tribune*. Un article relatait l'accident du bus, accompagné d'une photo qui attira aussitôt son attention. On y voyait Bill en compagnie d'une femme, à côté d'un autre cliché qui montrait la carcasse du bus, méconnaissable. L'article soulignait que onze personnes avaient péri dans l'accident et que le célèbre conseiller politique William Robinson se trouvait dans la limousine percutée par le bus. La légende indiquait que la photo avait été prise juste avant l'accident. William Robinson avait passé la soirée chez Annabel, en compagnie d'une inconnue ; la collision avait eu lieu à quelques rues de là, et le chauffeur de la limousine était mort sur le coup. L'article ne précisait pas le nom de la compagne de Bill, mais Cynthia reconnut aussitôt Isabelle Forrester. Elle était jeune et séduisante, avec de longs cheveux bruns, et elle fixait le photographe avec de grands yeux arrondis de surprise. Sur la photo, Bill souriait, un bras glissé sur ses épaules. En les voyant ainsi tous les deux, Cynthia retint son souffle. Ils avaient l'air incroyablement heureux ; Bill semblait même sur le point de rire. Cynthia sentit son cœur se serrer. Gordon Forrester avait-il vu cette photo ? Quoi qu'aient pu partager leurs conjoints respectifs, elle savait désormais qu'ils tenaient l'un à l'autre.

Les filles échangèrent un regard en la voyant plongée dans l'article. Elles n'avaient rien dit, mais elles l'avaient lu également. Dans les circonstances actuelles, elles n'éprouvaient aucune colère envers leur père, quoi qu'il ait fait avec cette femme. Elles étaient

193

tellement heureuses de le savoir en vie qu'elles auraient pu tout lui pardonner. Cynthia partageait leur sentiment. Elle n'était pas tant préoccupée par ce qui s'était passé entre eux que par les sentiments qu'il éprouvait pour Isabelle. Elle avait compris à son regard que leur relation dépassait à la fois le cadre d'une liaison anodine et celui d'une simple amitié. Gordon et elle auraient été stupéfaits d'apprendre qu'ils étaient liés l'un à l'autre depuis plus de quatre ans.

Une infirmière vint les chercher et Cynthia suivit ses filles dans la chambre de Bill. Juste avant de refermer la porte, elle vit Gordon Forrester qui sortait de la chambre d'Isabelle. Elle aurait aimé lui demander s'il avait lu le *Herald Tribune*, mais il semblait absorbé par ses pensées, et elle n'osa pas le déranger.

Isabelle ne montrait aucun signe d'amélioration et Gordon craignait de plus en plus que son cerveau ne reste endommagé si elle survivait. Pour couronner le tout, on venait de lui annoncer que son pouls était très irrégulier et que ses poumons s'emplissaient d'eau. Le risque de pneumonie était de plus en plus grand, et Gordon savait qu'Isabelle mourrait si la maladie se développait. Bref, son état continuait à se dégrader. Il s'était entretenu avec les chirurgiens pendant plus d'une heure sur l'opportunité d'une nouvelle intervention, et il s'apprêtait à regagner l'hôtel quand Cynthia l'avait aperçu.

Dès que Cynthia et les filles furent parties, en fin d'après-midi, Bill demanda d'autres nouvelles d'Isabelle. La parole lui était revenue au fil de la journée, en partie grâce à ses filles qui n'avaient cessé de le solliciter. Cette fois, Bill interrogea son infirmière et celle-ci choisit ses mots avec soin.

— Son état n'a guère évolué ; elle est toujours dans le coma et ses lésions sont plus internes que les vôtres.

Il souffrait de multiples fractures, alors que tous les organes vitaux d'Isabelle avaient été endommagés. Au début, leur état était critique, et les médecins réservaient leur pronostic pour l'un comme pour l'autre. Mais il avait survécu et repris conscience, alors que la vie d'Isabelle ne tenait encore qu'à un fil. Bill ne voulait pas qu'elle meure, il était prêt à donner sa propre vie pour elle.

— Me serait-il possible de la voir ? demanda-t-il d'un ton posé.

Il n'avait pensé qu'à ça toute la journée, lorsqu'il n'était pas distrait par Cynthia et les filles.

— Je ne crois pas, non, répondit l'infirmière.

Le chirurgien ne voudrait pas qu'on le déplace. Compte tenu de ses blessures, il leur serait de toute façon impossible de le sortir de son lit. De plus, Isabelle ne serait pas consciente de sa présence.

Loin de se résigner, Bill formula la même requête à son médecin, un peu plus tard dans la soirée.

— Seulement pour une minute. J'ai juste envie de la regarder, de voir comment elle va.

— Elle ne va pas très bien, j'en ai peur, déclara le médecin avec franchise. Son état est préoccupant. C'est justement ce que j'expliquais à son mari tout à l'heure. Il veut la rapatrier en France mais c'est tout à fait impossible. Un tel voyage lui serait fatal.

Les paroles du médecin transpercèrent le cœur de Bill comme un coup de poignard. Il ne voulait pas qu'on lui enlève Isabelle, pas avant qu'il l'ait vue, en tout cas. Et certainement pas si cela devait mettre sa vie en danger. Forrester avait perdu la raison !

— Je ne pense pas qu'il serait bon pour vous de la voir, Bill, reprit le médecin avec une pointe de compassion dans la voix.

D'un commun accord, ils avaient décidé de s'appeler par leurs prénoms et le jeune médecin était frappé par la gentillesse et la prestance de Bill, maintenant que celui-ci avait retrouvé la parole. En revanche, il n'appréciait guère Gordon Forrester, taciturne et arrogant, qui avait réussi à vexer tous les membres de l'équipe médicale. Il avait débuté la journée en exigeant le rapatriement d'Isabelle. Tous s'y étaient farouchement opposés, mais il avait fallu l'intervention du chef de service pour qu'il renonçât enfin à cette idée absurde. Sans s'embarrasser de formules courtoises, ce dernier lui avait expliqué que le moindre déplacement conduirait au décès de son épouse. Gordon avait été obligé de s'incliner. L'équipe savait qu'il reviendrait à la charge, tôt ou tard. Il semblait trop têtu pour abandonner la partie.

— Ne serait-il pas possible de déplacer mon lit dans sa chambre, quand il n'y aura plus personne dans le service ? insista Bill d'un ton suppliant.

Il avait complètement recouvré ses capacités d'élocution et semblait très contrarié par ce refus.

— J'aimerais tant la voir de mes propres yeux.

Le médecin réfléchit longuement. Bill était très agité. Il ignorait tout de la nature de leur relation — et il n'avait aucune envie de poser des questions — mais il était évident que Bill tenait vraiment à voir Isabelle. Au fond, cela ne leur nuirait ni à l'un ni à l'autre. Toutefois, Gordon Forrester serait profondément contrarié s'il venait à découvrir ce qu'ils envisageaient.

— Pourrais-je la voir ce soir ? Je n'en ai pas pour longtemps, promis.

— Si nous attendions de voir comment vous vous sentirez demain ? Comment ira Isabelle, aussi. De toute façon, vous êtes tous les deux là pour un moment.

Le simple fait de savoir qu'elle se trouvait juste de l'autre côté du couloir le rendait fou. S'il avait pu, il aurait fait rouler son lit jusqu'à sa chambre, mais hélas, il était totalement dépendant de leur bon vouloir. Il était coincé dans son lit, prisonnier d'une minerve et d'une armature qui lui maintenait tout le corps. Il ne pouvait même pas lever la tête, et ses bras étaient sans force. A partir de la taille, ses jambes

197

étaient complètement insensibles et il était incapable de les soulever. Personne ne savait encore s'il retrouverait l'usage de ses jambes. Cloué au lit, il se sentait aussi impuissant qu'un nourrisson ; heureusement, il n'avait pas perdu l'art de persuader en douceur ses interlocuteurs.

— Je vois qu'il est inutile de vous faire changer d'avis, conclut le médecin dans un sourire.

Il était minuit passé et il n'y avait plus aucun visiteur dans le service. Il s'éclipsa pour demander à l'infirmière d'apporter ses médicaments à Bill. Lorsque celle-ci fit son apparition dans la chambre, elle était escortée de deux hommes. L'espace d'un instant, Bill les regarda d'un air inquiet. Que venaient-ils lui faire ? Sans un mot, ils prirent place de part et d'autre du lit. L'infirmière s'écarta et ils entreprirent de pousser lentement le lit en direction de la porte.

— Où allons-nous ? s'enquit Bill, en proie à une soudaine appréhension.

L'infirmière lui adressa un sourire rassurant et il comprit soudain. Le médecin les attendait dans le couloir.

— Si vous soufflez un mot de cette visite, je vous replonge dans un coma artificiel, murmura-t-il à l'adresse de Bill qui émit un petit rire. C'est tout à fait interdit par le règlement.

Au fond de lui pourtant, il savait que cette visite ferait du bien à Bill. Quant à Isabelle, elle ne s'apercevrait même pas de sa présence.

Quelques manœuvres plus tard, le lit de Bill se retrouva à côté de celui d'Isabelle. Il tourna aussitôt son regard vers elle ; du coin de l'œil, il n'aperçut que sa tête enveloppée de bandages. Mais s'il étendait son bras gauche aussi loin que possible, il pouvait toucher sa main. Une infirmière était présente dans la chambre. Le médecin lui avait ordonné la plus grande discrétion. Tous savaient pourquoi Bill se trouvait là. Il tint sa main dans la sienne pendant quelques minutes puis il commença à lui parler, indifférent à la présence de l'infirmière. Des larmes embuèrent son regard tandis qu'il effleurait ses doigts d'une caresse.

— Bonjour, Isabelle... c'est moi... Bill... Tu dois te réveiller, maintenant. Tu as dormi suffisamment longtemps.

Puis, d'une voix chargée de douceur :

— Je t'aime... Tout ira bien.

On le laissa encore quelques minutes avant de le ramener dans sa chambre où, blême de fatigue, il songea longuement à elle. Il se souvint brusquement d'un rêve qu'il avait fait, il ne savait plus quand exactement. Ils marchaient tous les deux en direction d'une lumière aveuglante. Juste avant qu'ils ne l'atteignent, il l'avait obligée à rebrousser chemin et elle avait paru très contrariée. Leurs enfants étaient aussi dans le rêve et Bill désirait les rejoindre. Isabelle, elle, préférait continuer à avancer vers la lumière.

A cet instant, Bill eut envie de lui répéter ce qu'il

lui avait dit alors. Elle devait revenir. Il voulait qu'elle se réveille. Il voulait la voir encore, c'était là son seul désir. L'idée que Gordon la fasse rapatrier en France l'emplissait d'effroi. Il suffisait de la voir pour comprendre qu'elle n'était pas transportable. Heureusement, le médecin lui avait assuré qu'ils s'opposeraient à un tel voyage. Bill était soulagé pour Isabelle, et aussi pour lui, car la savoir proche lui réchauffait le cœur.

Il s'endormit en pensant à Isabelle, un sourire aux lèvres. Dans sa chambre du Claridge, Cynthia pensait également à Isabelle. Et dans la chambre qu'avait occupée Isabelle quelques jours plus tôt, Gordon Forrester pensait à Bill. Ils étaient tous deux plongés dans leurs réflexions, et les seuls à connaître les réponses aux questions qui les tourmentaient étaient Bill et Isabelle.

6

Le lendemain, l'infirmière était en train de faire manger Bill lorsque Cynthia arriva. C'était dimanche, trois jours après l'accident, et il avait encore l'air exténué. Mais il était vivant et conscient ; c'était là l'essentiel.

— Comment te sens-tu, chéri ?

Il faisait chaud dehors ; Cynthia portait un tee-shirt et un bermuda. Elle avait emprunté des sandales à une de ses filles. Olivia et Jane avaient prévu de flâner un peu en ville. Elles passeraient à l'hôpital dans l'après-midi.

— Comment vas-tu ? répéta-t-elle en s'approchant du lit.

En l'empêchant de tourner la tête, la minerve entravait considérablement le champ de vision de Bill. Lorsqu'il l'aperçut enfin, un sourire éclaira son visage.

— J'ai bien envie de jouer un peu au tennis, aujourd'hui, répondit-il.

Sa voix était encore rauque, mais il avait retrouvé une diction parfaite. Pour la première fois depuis l'accident, on l'avait rasé et il se sentait plus humain. Il voyait trouble mais le médecin lui avait assuré qu'il n'y avait là rien d'étonnant compte tenu du choc important qu'il avait reçu à la tête. Les effets du coma mettraient un certain temps avant de disparaître complètement. Un spécialiste viendrait bientôt examiner ses jambes et sa colonne vertébrale. Le kinésithérapeute lui avait expliqué qu'ils envisageraient peut-être une autre intervention, en fonction du diagnostic du spécialiste. Il était encore trop tôt pour savoir s'il retrouverait ou non l'usage de ses jambes. Bill en était conscient, et ni lui ni Cynthia n'avait abordé le sujet jusqu'à présent.

Celle-ci n'était pas pressée d'en parler. Il avait suffisamment de choses à assimiler pour le moment. Toutefois, elle songeait souvent à ce que serait sa vie auprès de Bill, désormais. Pourrait-il reprendre ses activités professionnelles ? Que deviendrait-il s'il était obligé de prendre sa retraite ? Elle n'osait pas imaginer ce dernier cas de figure, et Bill non plus. D'un autre côté, tous deux savaient que l'accident aurait pu avoir des conséquences encore plus dramatiques. Il aurait pu être paralysé des quatre membres, et c'était un véritable soulagement de savoir qu'il retrouverait, à long terme, le plein usage de ses bras. Malgré tout, Bill était terrifié à l'idée de ne plus pouvoir se servir de ses jambes.

— Comment vont les filles ? demanda-t-il, au moment où Cynthia approchait une chaise de son lit.

Elle remarqua son expression tourmentée.

— Bien. Elles sont allées au marché aux puces. Elles passeront après.

C'était Cynthia qui les avait poussées à sortir un peu.

— Elles devraient rentrer à la maison cette semaine, Cyn. Elles ne peuvent rien faire de plus, de toute façon.

— Nous avions prévu un petit voyage en Europe cet été. Et si tu veux mon avis, elles n'ont aucune envie de te quitter pour le moment.

Cynthia ponctua ses paroles d'un sourire et Bill détourna les yeux.

— Dans une ou deux semaines, si tu te sens mieux, je les emmènerai peut-être passer quelques jours à Paris. Tu devrais rentrer bientôt, toi aussi, ajouta-t-elle en s'efforçant de prendre un ton convaincu.

Le médecin l'avait déjà prévenue que Bill passerait plusieurs mois à l'hôpital et quand elle avait demandé qu'il soit rapatrié par avion médicalisé, toute l'équipe avait répondu qu'il était encore beaucoup trop tôt pour envisager un tel voyage.

— Je ne sais pas dans combien de temps je pourrai rentrer à la maison, Cyn. Les filles ne vont pas passer tout l'été à mon chevet. Toi non plus, d'ailleurs.

— Je n'ai rien de mieux à faire, répliqua-t-elle d'un ton léger qui le fit sourire.

— Les choses ont beaucoup changé en quelques semaines, dis-moi ! Toi qui n'arrêtais jamais, Cyn, tu n'as pas de tournoi de tennis, de sortie à l'horizon, tu ne dois pas organiser une soirée pour une de tes amies ? Tu vas devenir folle si tu restes ici.

— Il est hors de question que je te laisse seul, Bill, déclara-t-elle calmement. Je dirai aux filles de rentrer quand le moment sera venu, à moins qu'elles décident elles-mêmes de partir. « Pour le meilleur et pour le pire », tu te souviens ? Je ne partirai pas d'ici tant que tu y seras.

— Je suis un grand garçon, tu sais, dit-il avec une gravité inhabituelle.

Ce qu'elle lut dans son regard n'augurait rien de bon. Elle aurait aimé garder un ton léger mais, apparemment, Bill avait autre chose en tête.

— J'avais justement l'intention de t'en parler, reprit-il. Du couplet « pour le meilleur et pour le pire ». Nous avons plutôt connu le « pire », ces dernières années. C'est ma faute, j'étais toujours en voyage, complètement absorbé par mon travail, et je n'ai pas été très présent auprès de toi et des filles.

Le sentiment de culpabilité qu'il éprouvait n'était pas neuf. Ils s'étaient éloignés l'un de l'autre au fil des ans, sans qu'aucun d'eux ne réagisse ; maintenant, il était trop tard.

— Nous l'avons accepté. Personne ne te jette la pierre. J'ai ma vie, mes occupations. Je n'ai pas à me plaindre de notre mariage, Bill, déclara posément Cynthia.

L'infirmière s'était éclipsée lorsqu'ils avaient commencé à parler.

— Tu serais en droit de te plaindre, pourtant, Cyn. Tu aurais dû le faire il y a bien longtemps, et moi aussi. Cela fait des années que notre mariage est mort. Nous ne faisons rien ensemble, nous ne fréquentons pas les mêmes amis. Je ne connais rien de tes activités et, depuis peu, j'oubliais même de te prévenir quand je partais en voyage. D'ailleurs, je ne suis pas sûr que ça t'intéresse. Pour être tout à fait franc, je suis surpris que tu sois venue jusqu'ici. J'avais fini par croire que tu serais ravie de me voir disparaître de ta vie un de ces jours.

Il n'était pas en train de s'apitoyer sur son sort. Il disait la vérité, simplement. Il se garda toutefois d'évoquer les nombreuses liaisons qu'elle avait eues, bien qu'ils aient longuement parlé de l'infidélité qu'il avait commise de son côté, des années plus tôt. A l'époque, Cynthia était entrée dans une colère noire, arguant que cette histoire l'avait profondément humiliée. A l'époque, Bill s'était retenu de rétorquer qu'il se sentait tout aussi humilié par ses idylles avec les professeurs de tennis, les joueurs de golf et les maris de ses amies. La fidélité avait depuis longtemps déserté leur ménage. Au début, Cynthia l'avait trompé par esprit de vengeance ; complètement absorbé par la politique, Bill n'avait plus le temps de s'occuper d'elle, elle se sentait rejetée, abandonnée. Elle n'avait trouvé que ce regrettable moyen pour attirer son attention. Bill avait fini par s'éloigner d'elle, s'efforçant de ne plus attacher d'importance à ses infidélités. A la fois résigné et lucide, il avait préféré fermer les yeux. Peu à peu, l'amour qu'il lui portait s'était étiolé. Cela faisait longtemps maintenant que les sentiments qu'il avait éprouvés pour elle, trente ans plus tôt, n'existaient plus. Seul un fond d'amitié subsistait entre eux, et si Bill était heureux qu'elle soit là, près de lui, il ne pouvait prétendre être amoureux d'elle. Or, cette situation ne le contentait plus. Il en avait pris conscience auprès d'Isabelle.

— Tu es dur, fit Cynthia, visiblement blessée. Comment as-tu pu croire un seul instant que je ne viendrais pas te voir après ce drame ? Tu dois vraiment me prendre pour une sans-cœur.

— Non, chérie, je sais bien que tu as un cœur, protesta Bill en lui souriant tristement. Simplement, cela fait bien longtemps qu'il ne m'appartient plus. J'aurais aimé qu'il soit à moi et il m'arrive parfois de le vouloir encore, mais la vie en a décidé autrement et à présent il nous faut accepter la réalité. J'avais l'intention de t'en parler en rentrant à la maison.

Les larmes aux yeux, Cynthia le regardait un long

moment sans mot dire. Elle n'arrivait pas à croire ce qu'il était en train de lui dire. Quelle ironie du sort... Alors qu'elle venait de réaliser qu'elle l'aimait toujours, ou de nouveau, Bill lui annonçait qu'il n'était plus amoureux d'elle et que leur histoire était finie. Elle n'en était pas encore tout à fait sûre, mais son préambule n'était guère encourageant.

— Est-ce à cause d'Isabelle Forrester ? Tu es amoureux d'elle, n'est-ce pas ?

A quoi bon tourner autour du pot ? Bill avait-il eu l'intention d'épouser cette femme ? Il n'était pas du genre à collectionner les maîtresses ; il n'avait eu qu'une seule aventure pendant leur mariage, mais cette liaison avait été très sérieuse avant qu'il décide d'y mettre un terme. Car s'il ne s'était pas forcé à rompre, il les aurait quittées, les filles et elle.

— Cela n'a rien à voir avec Isabelle, répondit-il en toute franchise. C'est de moi qu'il s'agit. J'ignore pourquoi nous sommes restés mariés aussi longtemps. Par habitude, je suppose. A moins que ce ne soit de la paresse, ou l'illusion que les choses finiraient par s'arranger un jour, ou bien parce que les filles étaient encore petites. Mais désires-tu vraiment continuer à vivre ainsi ? Mariée à quelqu'un que tu ne vois jamais ? Nous n'avons plus aucun échange, rien ne nous lie, à part les filles. Tu mènes ta vie de ton côté, et moi la mienne. Je crois que nous méritons tous les deux beaucoup mieux que ça.

LE BAISER

C'était la vérité, Cynthia le savait, mais c'étaient aussi des mots qu'elle ne voulait pas entendre.

— Il est encore temps d'arranger les choses, si nous le désirons vraiment. Cet accident m'a ouvert les yeux. Il m'a fait comprendre que je t'aimais toujours. Je me suis comportée comme une imbécile toutes ces années, ajouta-t-elle, certaine que Bill comprendrait à quoi elle faisait allusion. Au début, j'étais furieuse parce que tu prenais du plaisir dans ton travail et que je me sentais exclue de cette partie de ta vie. Alors j'ai décidé que moi aussi, je prendrais du bon temps. J'ai choisi la mauvaise voie, hélas ; et au bout du compte, j'ai fait mon propre malheur. Je me sentais lamentable, vis-à-vis de toi, vis-à-vis de moi-même. Mais tout peut changer. Nous avons encore beaucoup de choses à partager, nous nous aimons toujours...

Les larmes qui noyaient son regard jaillirent soudain et elle se pencha en avant pour lui prendre la main.

— J'ai été terrifiée à l'idée de te perdre. Je t'aime, Bill. Ne condamne pas notre couple. Pas encore.

S'il avait pu, il aurait secoué la tête, mais son regard était tout aussi parlant.

— Non, Cyn, c'est trop tard. Il n'y a plus rien entre nous, à part les filles et l'amitié qui nous lie. C'est elle qui t'a poussée ici. J'aurais fait la même chose pour toi. Tu ne me perdras pas, Cyn, ça non.

Mais c'est aussi pour cela que je préfère tout arrêter maintenant, afin de préserver notre amitié. Si nous restons ensemble, si nous reprenons notre vie de couple, nous finirons par nous détester et je ne veux pas que ça se termine ainsi, ni pour nous ni pour les filles. Alors que si nous arrêtons maintenant, nous resterons toujours amis.

— Je suis ta femme, protesta Cynthia qui sentait que la situation était en train de lui échapper. Je ne pourrai pas me contenter d'être ton amie.

— C'est pourtant mieux que ce qui risque d'arriver si nous restons ensemble. Un jour ou l'autre, tu jetteras ton dévolu sur un de mes amis, ou sur quelqu'un qui m'est cher, et je vous en voudrai à mort. Que restera-t-il entre nous, après ça ?

— Cette époque-là est terminée.

Elle pleurait et se moucha bruyamment. C'était très humiliant d'entendre Bill évoquer ses infidélités. Apparemment, il avait toujours su ce qui se passait, alors même qu'elle avait réussi à se convaincre qu'il ignorait tout. Pour se donner meilleure conscience, elle se plaisait souvent à imaginer qu'il faisait la même chose de son côté. Mais Bill était trop sérieux pour agir ainsi, trop loyal, trop réfléchi. Comment ne s'en était-elle pas rendu compte avant ? Voilà pourquoi il était très probablement amoureux d'Isabelle. C'était un homme respectable et droit. Quand il aimait quelqu'un, il se donnait entièrement.

— Je ne te serai plus infidèle, c'est promis. Je n'ai personne en ce moment.

Elle avait rompu quatre semaines plus tôt avec son dernier amant, après une idylle qui avait duré trois mois. Elle l'avait rencontré dans un club de loisirs. Marié et père de trois enfants, il affichait un net penchant pour l'alcool. C'était un amant hors pair mais Cynthia avait eu peur qu'il ébruitât leur liaison un jour où il aurait trop bu.

— Tu recommenceras, nous le savons tous les deux. Peut-être est-ce toi qui as raison. Nous souffrons de solitude, chacun de notre côté. Des années-lumière nous séparent, même quand nous sommes ensemble. Crois-moi, Cynthia, nous méritons autre chose dans la vie.

En prononçant ces mots, ses pensées se tournèrent vers Isabelle. Il se faisait tant de souci pour elle pendant la journée, et ses nuits étaient peuplées de rêves dans lesquels il errait comme une âme en peine, à sa recherche.

— As-tu l'intention de l'épouser ?

Le dernier mot se noya dans un sanglot. Bill s'en voulait de la faire souffrir ainsi. Hélas, c'était maintenant ou jamais. Passer quelques jours aux côtés d'Isabelle lui avait ouvert les yeux. Peu importait l'accident, il devait rompre maintenant. S'ils restaient ensemble, leur relation continuerait à se dégrader et il eût été malhonnête de sa part de se reposer sur elle, à présent. Elle finirait inévitablement par le détester. Cynthia serait incapable de passer le restant de ses jours à s'occuper d'un mari handicapé. De toute façon, Bill n'avait aucune envie de lui infliger cette corvée. Pour lui, la question ne se posait même pas : il romprait et se prendrait en charge tout seul.

— Non, je ne vais pas l'épouser. De toute façon, elle ne quittera jamais Forrester. Ce type est un vrai goujat, il est odieux avec elle, mais elle est obligée de rester pour s'occuper de son fils malade. Il ne s'agit pas d'elle, Cyn, je te l'ai déjà dit. Il s'agit de nous. Tu me remercieras d'avoir pris cette décision, le jour où tu tomberas sur l'homme idéal. Je ne l'ai jamais été. On a passé des moments merveilleux, au début, mais on n'a jamais partagé les mêmes aspirations, toi et moi. J'ai passé l'âge de croire au vieil adage qui dit que « les contraires s'attirent ». A ce stade de notre vie, nous avons tous les deux besoin de compagnons qui aspirent aux mêmes choses que nous. La vie dont tu rêves ne correspond pas à celle que je te propose. Quand on était jeunes, je croyais que ça n'avait pas d'importance, mais je me trompais. Il te faut quelqu'un de dynamique, qui aimera faire la fête et qui pourra te consacrer du temps. Que ferais-tu d'un fou du travail qui n'est jamais à la maison et dont le seul souci est de savoir qui sera le prochain président, au détriment de ses propres enfants ?

Il se sentirait toujours coupable d'avoir manqué

tant de choses avec ses filles, même s'il était plus proche d'elles à présent.

— Tu es un père formidable, Bill. Les filles t'adorent.

Cynthia était sincère. Il était un modèle pour leurs deux filles, même s'il n'était pas souvent auprès d'elles. Elles éprouvaient un profond respect pour lui, ainsi qu'une grande fierté.

— Je n'ai pas été suffisamment présent, protesta-t-il d'un air contrit. J'en suis conscient. Je ne pourrai jamais rattraper tout ce que j'ai raté. Mais j'essaierai de compenser d'une autre manière. Je vais ralentir un peu le rythme, pour commencer.

N'était-il pas déjà trop tard ? Etudiantes à l'université, elles menaient toutes deux leur propre vie. Il était passé à côté d'une foule d'événements qui ne se représenteraient jamais. Tout ce qu'il pouvait faire à présent, c'était être là pour elles, dans la mesure où elles auraient besoin de lui dans leur vie d'adulte.

— Qu'essaies-tu de me dire, au juste ? demanda Cynthia en se mouchant.

Une expression de panique et d'effroi voilait son visage.

— Je crois que nous devrions divorcer. C'est le seul moyen de préserver ce que nous avons. J'aimerais être ton ami, Cyn.

— Va te faire voir, riposta cette dernière avant d'esquisser un sourire tremblant à travers ses larmes. Je n'aurais jamais cru que tu nous quitterais un jour.

Et elle n'arrivait toujours pas à le croire, surtout pas maintenant. Depuis trois jours, elle espérait de tout son cœur qu'il survivrait. Soudain, une espèce de flash traversa son esprit et elle se souvint d'avoir songé tout autre chose, après qu'on lui eut annoncé la nouvelle de l'accident. Elle s'était dit alors que s'il devait rester handicapé à vie, il serait préférable qu'il meure. Mais Bill avait survécu et maintenant, il voulait la quitter. Peut-être était-il déprimé, peut-être s'agissait-il simplement d'une réaction impulsive, directement liée à l'accident.

— Es-tu sûr que c'est ce que tu veux ? Tu as subi un choc énorme, il est normal que tu...

Il l'interrompit avant qu'elle ait eu le temps de finir sa phrase.

— Cela fait des années que nous aurions dû prendre cette décision, Cyn. Mais je n'en ai jamais eu le courage.

— Je regrette que tu l'aies trouvé aujourd'hui. Figure-toi que je suis retombée amoureuse de toi, cette semaine. Et voilà que tu m'annonces que nous deux, c'est fini. Laisse-moi te dire une chose, Bill : tu as vraiment mal choisi ton moment.

Elle sanglota de plus belle en le regardant d'un air désespéré.

— Pourquoi ne m'as-tu jamais mise en garde, toutes ces années, si tu étais au courant ? Pourquoi n'as-tu jamais rien dit ?

Elle était horrifiée à l'idée qu'il savait tout. Pourquoi — pourquoi, vraiment — n'avait-elle pas réagi à temps ?

— Je ne savais pas quoi te dire. En fait, je préférais me voiler la face. Je t'inventais toutes sortes d'excuses, au début, pour ne pas affronter la réalité. Petit à petit, j'ai fini par m'y habituer. Je ne sais pas, Cyn, peut-être n'étais-je pas honnête envers moi-même. Mais aujourd'hui, je n'ai plus le choix. Le rideau est levé, je n'ai plus l'énergie de me raconter des histoires. Je n'aurai peut-être plus personne dans ma vie, après ça, mais au moins, nous aurons cessé tous les deux de vivre dans le mensonge. Ce sera déjà un grand pas en avant. Tu ne crois pas ?

— Non, répondit-elle avec sincérité. Je préfère encore vivre dans le mensonge plutôt que te perdre. Et puis, nous ne sommes pas obligés de continuer à vivre ainsi. On pourrait repartir sur de nouvelles bases, si seulement tu acceptais de me donner une autre chance.

Il eut soudain l'impression de voir la jeune fille qu'il avait épousée, et son cœur se serra douloureusement. A cet instant, il regretta presque de ne pas avoir réagi avant, mais il n'était pas prêt à l'époque. Et à présent, l'heure était passée.

— C'est trop tard. Pour nous deux. Tu n'en as pas encore conscience, mais ça viendra.

— Que vais-je raconter à tout le monde ? demanda-t-elle, gagnée par un vent de panique.

Le divorce représentait une telle humiliation pour elle... Comme elle aurait aimé s'enfuir, se terrer quelque part, loin du regard des autres...

— Dis-leur que tu as enfin ouvert les yeux et que tu m'as flanqué à la porte. C'est sans doute ce que tu aurais dû faire quand je me suis mis à travailler cent quarante heures par semaine. On a fait de sacrées bourdes, tous les deux. Tu n'es pas la seule responsable.

Fidèle à lui-même, il se montrait loyal, gentil et compréhensif, ce qui ne fit qu'accroître le chagrin de Cynthia. Jamais elle ne retrouverait quelqu'un comme lui. Bill était exceptionnel.

— Que vais-je dire aux filles ?

— Ça, c'est une autre histoire. Je crois que nous devrions y réfléchir tous les deux. Elles sont assez grandes pour comprendre, mais ça ne sera pas facile, malgré tout. Personne n'aime le changement.

— C'est bien vrai, admit Cynthia d'une voix étranglée.

Accablée de chagrin, elle ne songeait pas aux difficultés qui attendaient Bill. Le chemin qu'il devrait parcourir s'annonçait long, semé d'obstacles qu'il avait choisi de surmonter seul. Il ne se faisait aucune illusion sur son rétablissement ; il y avait très peu de chances qu'il retrouve un jour l'usage de ses jambes, et le programme de rééducation serait particulièrement éprouvant, surtout s'il était seul. D'un autre côté, il

savait que Cynthia n'aurait pas supporté longtemps
de vivre aux côtés d'un mari handicapé. Elle avait
épuisé toute son envie de materner avec ses filles et
cette situation l'aurait vite rendue folle. Cynthia ne
ressemblait aucunement à Isabelle. Jamais elle n'aurait
pu accomplir tout ce que cette dernière accomplissait
pour son fils. De toute façon, Bill était bien décidé à
supporter seul son avenir.

Cynthia se leva et marcha jusqu'à la fenêtre. Elle
fixait un point invisible, l'air abattu, lorsque l'ambassadeur des Etats-Unis fit son apparition. On l'avait
mis au courant de l'accident et il avait lu l'article paru
dans le *Herald Tribune*. La nouvelle l'avait profondément bouleversé et il arborait une expression sombre
et inquiète en pénétrant dans la chambre de Bill.
Cynthia pivota sur ses talons. Ses yeux rougis et son
air désespéré n'échappèrent pas à l'ambassadeur. A
l'évidence, l'épouse de Bill Robinson était sous le choc
du malheur qui venait de les frapper. Sans songer un
seul instant qu'il avait fait irruption au beau milieu
d'une scène conjugale, il se précipita vers le lit et prit
la main de Bill dans la sienne.

— Bon sang, Bill, que t'est-il arrivé depuis que
nous nous sommes vus la semaine dernière ?

La nouvelle l'avait sidéré. Cynthia et Bill échangèrent un regard étrange.

— Je me suis battu avec un bus lancé à pleine
vitesse. Le bus a gagné. C'était vraiment idiot de ma
part, conclut Bill avec un sourire las.

La discussion qu'il avait eue avec Cynthia l'avait épuisé. Il se tourna vers elle.

— Cyn, pourquoi n'irais-tu pas rejoindre les filles ? Ça te fera le plus grand bien de prendre l'air.

Elle hocha la tête, incapable d'articuler la moindre parole. Elle n'avait aucune envie de fondre en larmes en présence de l'ambassadeur. Elle n'avait pas non plus envie de voir ses filles. Elle irait plutôt se réfugier dans sa chambre d'hôtel. Là, elle pourrait enfin donner libre cours à son chagrin.

— Je repasserai ce soir, déclara-t-elle, les yeux de nouveau pleins de larmes, tandis qu'elle posait un baiser sur sa joue. Je t'aime, ajouta-t-elle dans un murmure avant de quitter précipitamment la pièce.

L'ambassadeur la suivit des yeux.

— Pauvre Cynthia, elle est encore sous le choc.

Il connaissait Bill et Cynthia depuis des années. Originaire de New York, il avait jadis songé à se présenter aux élections présidentielles, mais Bill l'en avait dissuadé. C'eût été perdu d'avance. Depuis, il faisait un excellent ambassadeur et il appréciait beaucoup cette fonction. Cela faisait trois ans qu'il avait été nommé à Londres, et Bill savait que le président allait lui demander de remplir un autre mandat.

— Comment te sens-tu ? demanda-t-il à Bill avec un froncement de sourcils inquiet.

— Beaucoup mieux, maintenant.

En dépit de la matinée qu'il venait de passer... Il

avait redouté cette discussion avec Cynthia, mais il n'avait pas le choix. Il avait eu l'intention de lui tenir les mêmes propos en rentrant de son voyage à Londres et l'accident n'avait en rien modifié ses résolutions. Au contraire, il les avait renforcées.

— As-tu besoin de quelque chose ? demanda l'ambassadeur en s'asseyant.

Sa femme lui avait recommandé de ne pas rester trop longtemps pour éviter de le fatiguer.

— Oh, trois fois rien. Un cou de rechange, une nouvelle colonne vertébrale, une bonne paire de jambes, la panoplie habituelle, en somme.

Son ton léger contrastait avec la tristesse de son regard. Son compatriote esquissa un sourire. Bill Robinson était quelqu'un de bien, un homme foncièrement gentil.

— Que disent les médecins ?

— Pas grand-chose. Il est encore trop tôt pour qu'ils puissent se prononcer. Franklin Roosevelt a bien dirigé le pays de son fauteuil roulant, je ne vois pas en quoi cela me gênerait, moi, ajouta-t-il avec le même entrain.

Il ne leurrait personne, et surtout pas lui. Sa vie avait basculé en une fraction de seconde ; pas seulement sa vie professionnelle, mais sa vie d'homme. Les conséquences de l'accident n'étaient pas encore clairement définies ; en dehors du fait qu'il ne pourrait peut-être jamais remarcher, il ignorait s'il pourrait refaire l'amour un jour. Ce facteur était présent à son esprit quand il avait annoncé à Cynthia qu'il voulait divorcer. Elle aurait été incapable de supporter cette situation. Bien sûr, d'autres raisons, beaucoup plus importantes à ses yeux, motivaient sa décision.

— Combien de temps vont-ils te garder ici ?

— Un bon moment, je suppose, répondit Bill soudain morose.

Il se sentait fatigué. La matinée avait été pénible, cette histoire de divorce l'attristait profondément. Il avait non seulement perdu sa femme — c'était son choix —, mais l'accident lui avait également enlevé Isabelle, sa meilleure amie. L'horizon lui semblait terriblement morne. Seule l'attendait une année éprouvante, au cours de laquelle il essaierait de se refaire une santé. Mais au moins, il était vivant.

— Sache que nous serons toujours là pour toi, lança l'ambassadeur Stevens d'un ton jovial. Grace voulait venir te voir, mais elle a préféré remettre sa visite à un autre jour. Elle craignait que cela ne te fatigue trop. Surtout, si tu as besoin de quoi que ce soit, n'hésite pas appeler l'ambassade. Dis à Cynthia d'appeler Grace. Je suppose qu'elle va rester ici avec toi.

La pauvre avait l'air effondrée, songea Jim Stevens, mais cela ne devait pas être facile d'apprendre que son mari allait passer le reste de sa vie dans un fauteuil roulant.

— Je dirai à Grace de l'appeler dans quelques jours.

Bill se garda de préciser qu'il comptait persuader Cynthia de rentrer aux Etats-Unis prochainement, avec les filles. Ils étaient amis depuis longtemps, et pourtant il ne voulait pas lui annoncer la nouvelle de son divorce. C'était encore trop frais. Par respect pour ses filles, il n'en parlerait à personne avant de les avoir mises au courant.

Jim Stevens regarda sa montre avant de lever les yeux vers Bill. Il était temps pour lui de prendre congé. Grace avait vu juste : Bill avait une mine épouvantable. Cinq minutes plus tard, il était parti. Plus âgé que lui, cet homme que Bill considérait un peu comme un père quelques jours plus tôt lui sembla tout à coup jeune et plein d'entrain, simplement parce qu'il était capable de quitter la pièce seul, en se tenant sur ses jambes.

Après sa visite, les heures s'étirèrent à n'en plus finir. Bill s'assoupit un moment. En fin d'après-midi, le spécialiste vint lui rendre visite. Bill n'avait pas de nouvelles de Cynthia. Sans doute était-elle en train de panser ses blessures au Claridge. Il demeurait convaincu que, aussi douloureux que cela puisse être pour le moment, elle finirait par le remercier un jour d'avoir pris la bonne décision.

Le spécialiste ne se montra guère optimiste. Il exposa à Bill tous les cas de figure possibles, en partant du pire jusqu'au meilleur. D'après les radios qu'il avait examinées et le rapport de l'intervention, il était en effet très improbable que ce dernier retrouve l'usage de ses jambes. A long terme, il pourrait récupérer une certaine sensibilité mais les lésions de sa colonne vertébrale, extrêmement importantes, l'empêcheraient de maîtriser pleinement ses membres inférieurs. Même s'il parvenait à sentir ses jambes, il ne pourrait pas se tenir debout seul. Un appareillage adapté l'aiderait sans doute et, avec un peu d'entraînement, peut-être marcherait-il avec des béquilles. Mais il pensait que Bill jouirait d'une plus grande mobilité dans un fauteuil roulant. Tout cela dans le meilleur des cas. Dans le pire des scénarios, une dégénérescence nerveuse, associée aux lésions de la nuque, rendrait ses membres inférieurs, à partir de la taille, définitivement et totalement insensibles. L'arthrite entrait alors en scène, entraînant la dégradation de sa structure osseuse et laissant présager une vie de souffrance permanente, en plus des autres handicaps. Mais, compte tenu de son âge, cinquante-deux ans, il estimait que Bill avait de grandes chances de retrouver une certaine mobilité.

Sa nuque mettrait quatre à six mois à se remettre en place et le travail de rééducation pour ses jambes durerait au moins une année. On pourrait toujours envisager une ou deux interventions supplémentaires, mais les avantages qu'il en tirerait seraient moindres par rapport aux risques qu'il encourrait. En essayant d'améliorer son état, il pourrait se retrouver totalement paralysé, de la nuque aux pieds, et il dissuada vivement Bill de se lancer dans une telle aventure. Certains chirurgiens seraient peut-être tentés de faire des expériences sur lui, lui promettant des améliorations qu'ils seraient incapables de concrétiser. Toutefois, il s'en remettait au bon sens et à l'intelligence de ses pairs pour ne pas prendre de tels risques. Bill approuva d'un signe de tête. Le tableau qu'il lui brossait était supportable, bien que peu réjouissant, et il dut rassembler tout son courage pour le regarder en face. Avec la franchise qui le caractérisait, le spécialiste ajouta que Bill devrait travailler très dur pour recouvrer une mobilité partielle de ses jambes ; il lui faudrait en même temps muscler son torse et ses bras, sans parler des efforts qu'il devrait fournir pour sa nuque. Mais avec le temps et un travail assidu, il pourrait mener une vie agréable, à condition bien sûr qu'il soit prêt à accepter mentalement son nouvel état. Il conclut sans s'embarrasser de formules inutiles : ce qui lui arrivait était certes regrettable, mais ce n'était pas la fin du monde.

Puis, comme s'il avait lu dans les pensées de Bill, il répondit à la question que celui-ci craignait encore de formuler. S'il était évident qu'il passerait le restant de ses jours dans un fauteuil roulant, Bill ignorait encore s'il pourrait retrouver une activité sexuelle normale, et cette question le torturait secrètement. De son ton franc et direct, le médecin lui expliqua qu'il y avait de fortes chances pour qu'il récupère toutes ses sensations sur le plan sexuel ; vraisemblablement, il mènerait une vie relativement normale de ce point de vue-là. Il faudrait attendre encore un peu avant de confirmer ce diagnostic, mais il était confiant. Dans quelque temps, lorsqu'il aurait retrouvé des forces, Bill devrait essayer pour voir si tout fonctionnait, expliqua le médecin d'un ton encourageant.

— Si votre femme sait se montrer patiente, ajouta-t-il en souriant, tout devrait redevenir normal.

Bill se retint de lui dire que, prochainement, il n'aurait plus d'épouse ; il ne se voyait pas tenter l'expérience avec une femme de passage. Pour le moment, il lui faudrait vivre avec cette incertitude supplémentaire. L'attente s'annonçait longue et angoissante. Il prévoyait déjà, dès qu'il serait rétabli, de se jeter à corps perdu dans le travail. Plus que jamais, c'était tout ce qui lui restait.

Après le départ du médecin, Bill se perdit dans ses réflexions. Il se sentait profondément abattu. La journée avait été riche en émotions, et il avait du mal à tout assimiler. Il n'arrivait pas à se faire à l'idée qu'il ne marcherait plus jamais... Plus jamais... Les mots résonnaient douloureusement dans sa tête. Et pourtant, il ne s'en était pas si mal sorti. Il aurait pu mourir, ou se retrouver tétraplégique ; son traumatisme

crânien aurait pu lui laisser de graves séquelles cérébrales. Malgré tout, il ne pouvait s'empêcher de songer aux menaces qui planaient encore sur sa virilité,
et cette pensée le déprimait terriblement. Tout naturellement, son esprit vagabonda jusqu'à Isabelle.
Allongé sur son lit, il ferma les yeux et se remémora
les moments qu'ils avaient passés ensemble avant l'accident. Trois jours seulement s'étaient écoulés depuis.
Il y a trois jours, il dansait avec elle chez Annabel, il
la serrait dans ses bras, s'enivrait à son contact. Et
aujourd'hui, il était condamné à ne plus jamais danser
pendant qu'Isabelle, elle, luttait entre la vie et la mort.
Il refusait de penser qu'il ne lui parlerait peut-être
plus jamais, qu'il n'entendrait plus sa voix, qu'il ne
verrait plus son beau visage. Submergé par une vague
de désespoir, il sentit des larmes brûler ses paupières.
Toujours plongé dans ses sombres pensées, il pleurait
lorsque l'infirmière entra dans sa chambre, quelques
minutes plus tard. Attribuant sa tristesse aux nouvelles
que lui avait apportées le spécialiste, elle s'efforça de
lui remonter le moral. C'était un bel homme, débor-
dant de vitalité, et la perspective d'être cloué dans un
fauteuil toute sa vie devait le paniquer. Les infirmières
avaient pressenti le diagnostic final dès le début. Ses
blessures étaient trop importantes pour qu'il en fût
autrement.

— Avez-vous besoin d'un analgésique, monsieur
Robinson ? demanda-t-elle en croisant son regard.

— Non, ça va, merci. Et Mme Forrester, comment va-t-elle ?

Il posait cette question dès qu'il voyait une infirmière, et l'intérêt qu'il portait à Isabelle les intriguait toutes. Se sentait-il coupable parce qu'il l'avait invitée à sortir ce soir-là... ou bien était-il amoureux d'elle ? Difficile à dire. Seule l'infirmière présente dans la chambre d'Isabelle lorsqu'il lui avait rendu visite la veille connaissait la réponse, et elle avait juré au médecin qu'elle ne soufflerait mot de ce qu'elle entendrait.

— Il n'y a pas de grand changement. Son mari est passé la voir. D'après ce que j'ai compris, il doit retourner à Paris pour quelques jours. Il n'y a rien qu'il puisse faire ici.

Sauf rester auprès d'elle, lui parler, la supplier de revenir parmi eux. Bill détestait Gordon. Il détestait sa froideur, son absence totale de considération pour Isabelle. Une idée traversa soudain le fil de ses pensées. Si Gordon venait de partir, peut-être pourrait-il rendre visite à Isabelle... Il en parla aussitôt à l'infirmière. Elle savait que le médecin l'avait autorisé à aller la voir la veille, mais elle ignorait s'il accepterait de renouveler l'expérience. Pourtant, lorsqu'elle croisa son regard plein de tristesse, un flot de compassion la submergea.

— Je vais voir ce que je peux faire, assura-t-elle avant de disparaître.

Cinq minutes plus tard, elle était de retour, accompagnée de deux aides-soignants qui débloquèrent les freins du lit et le firent rouler lentement en direction de la porte. L'infirmière dut débrancher quelques-uns de ses moniteurs, mais il était suffisamment solide maintenant pour se passer d'eux pendant quelque temps. De toute façon, la détermination qui l'animait lui aurait fait abattre des montagnes.

L'infirmière d'Isabelle maintint la porte ouverte pendant que les aides-soignants plaçaient le lit de Bill à côté de celui d'Isabelle. Les rideaux étaient tirés, et le respirateur émettait son chuintement familier. Les infirmières se retirèrent dans un coin de la pièce. Bill s'efforça de se tourner le plus possible vers Isabelle. Comme la veille, il prit sa main dans la sienne.

— C'est moi, Isabelle... il faut que tu te réveilles, mon amour. Tu dois revenir parmi nous. Teddy a besoin de toi, et moi aussi. J'ai envie de parler avec toi, tu me manques tellement...

Les larmes roulaient le long de ses joues ; au bout d'un moment, il se tut et garda sa main dans la sienne. En le voyant ainsi, étrangement apaisé aux côtés d'Isabelle, les infirmières décidèrent de lui faire regagner sa chambre. Il paraissait sur le point de s'endormir quand la porte s'ouvrit. Gordon Forrester balaya la pièce du regard. Les deux infirmières sursautèrent.

— Ramenez immédiatement M. Robinson dans sa chambre, ordonna-t-il à l'infirmière d'Isabelle.

Il n'ajouta pas un mot, et Bill demeura silencieux tandis qu'on le reconduisait dans sa chambre. Les raisons de sa présence auprès d'Isabelle étaient évidentes et, en passant à côté de Gordon, il sentit un frisson d'appréhension le parcourir. Gordon s'assurerait qu'il ne puisse plus rendre visite à Isabelle, cela ne faisait aucun doute. Mais dès qu'il serait reparti à Paris, Bill ferait tout pour la revoir. Il avait réintégré sa chambre et songeait à Isabelle, tellement pâle, comme morte, lorsque Gordon Forrester fit irruption.

— Si je vous surprends de nouveau dans la chambre de ma femme, Robinson, ou si j'apprends que vous lui avez rendu visite, je vous ferai expulser de cet hôpital, est-ce clair ?

Blême de rage, il tremblait de tout son corps. Il ne tolérerait pas que Bill empiète sur son territoire. Isabelle était *sa* femme, elle lui appartenait.

— Vous ne m'impressionnez pas, monsieur Forrester, répondit Bill en soutenant son regard. L'ambassadeur aurait certainement son mot à dire si vous tentiez de m'expulser de cet hôpital. Ceci dit, je n'ai pas besoin de lui pour me défendre. Nous sommes amis depuis longtemps, Isabelle et moi. Vous n'avez absolument rien à lui reprocher, je peux vous l'assurer.

Sauf le premier et le seul baiser qu'ils avaient échangé l'autre nuit, dans la voiture... leur secret.

— Je me fais du souci pour elle, reprit-il. Vous

avez beaucoup de chance, vous savez. Isabelle est une femme formidable, et je souhaite de tout cœur qu'elle s'en sorte. Teddy a besoin d'elle, beaucoup plus que vous. Si je peux l'aider en lui parlant, en passant un peu de temps auprès d'elle ou simplement en la suppliant de vivre parce qu'elle occupe une place particulière dans mon cœur, alors je le ferai, c'est la moindre des choses.

— Ne vous approchez pas d'elle. Vous en avez assez fait. Après tout, vous avez bien failli la tuer. Que faisiez-vous dehors à cette heure-là, tous les deux ? N'avez-vous donc aucun sens des convenances ? Des paparazzi vous ont pris en photo, vous vous êtes ridiculisés en public et je n'ai pas été épargné, croyez-moi. Si vous espériez vous en tirer à bon compte, c'est raté. La meilleure chose qu'il vous reste à faire, à présent, c'est de rester en dehors de notre vie. Nous n'avons pas besoin d'un scandale dans lequel vous seriez impliqué.

— Je ne suis impliqué dans aucun scandale, riposta Bill avec véhémence.

— Je n'en suis pas si sûr. Quoi qu'il en soit, je vous interdis de franchir le seuil de sa porte. Ai-je été suffisamment clair ?

— Pourquoi la détestez-vous à ce point ? lança Bill au moment où Gordon atteignait la porte.

Celui-ci se figea, avant de pivoter lentement sur ses talons.

— Que racontez-vous ? Je ne la déteste pas. Isabelle est ma femme. Pourquoi suis-je ici, à votre avis ?

— Avez-vous vraiment le choix ? Si vous n'étiez pas venu, vous n'auriez pu feindre plus longtemps de tenir à elle, c'est évident. Nous savons l'un comme l'autre pourquoi vous êtes ici. Vous êtes ici pour sauver les apparences. Vous êtes responsable d'elle, certes, mais vous ne vous sentez pas concerné par ce qui lui arrive, Forrester, vous ne l'avez jamais été, je le crains.

— Espèce d'ordure, siffla Gordon avant de quitter la pièce.

Etait-ce ce qu'Isabelle lui avait raconté ? songea-t-il en s'éloignant d'un pas rageur. Lui avait-elle dit que son mari la détestait ? Que savait Bill Robinson de leur vie conjugale, au juste ? Il en savait déjà beaucoup trop, aux yeux de Gordon.

Bill était en train de ressasser leur altercation lorsque Cynthia et les filles firent leur apparition. Olivia et Jane avaient acheté tout un tas de bricoles au marché aux puces, tandis que Cynthia était allée se promener, la tête pleine des paroles de Bill. D'un accord tacite, ils ne soufflèrent mot de leur discussion aux filles. C'était encore trop tôt. Elles restèrent jusqu'à l'heure du dîner et Olivia se chargea de le faire manger. Il essayait de se nourrir seul, mais l'impressionnante minerve le gênait considérablement.

— Qu'a dit le médecin ? demanda Cynthia juste avant de partir.

— Que tu seras beaucoup mieux sans moi, murmura-t-il avant d'ajouter précipitamment, devant son
air peiné : Je plaisante. Il a dit que je pourrais retrouver l'usage partiel de mes jambes si je travaille dur.
C'est un défi intéressant. Qui sait ? Ils accompliront
peut-être un miracle en réussissant à me faire
marcher.

Malgré le diagnostic du médecin, il se plaisait
encore à entretenir ce mince espoir.

— J'entame mon programme de rééducation dans
trois semaines. Ils veulent que j'aille mieux avant de
commencer.

— Tu pourrais rentrer aux Etats-Unis pour ça, fit-
elle observer avec douceur.

Encore bouleversée par sa décision, Cynthia espérait qu'il changerait d'avis, avec le temps.

— Peut-être, on verra, répondit Bill d'un ton
vague. Et toi ? Quand comptes-tu repartir ? Y as-tu
pensé ?

— Les filles veulent rester jusqu'à la fin de la
semaine. Si tu vas mieux, j'avais envie de les emmener
à Paris pour quelques jours. Ensuite, je reviendrai te
voir, ajouta-t-elle d'une voix teintée d'espoir.

— C'est inutile, déclara Bill d'un ton à la fois
doux et ferme. Ça va aller, ne t'inquiète pas pour moi.
Rentre avec les filles ; si je me souviens bien, tu avais
prévu d'aller voir tes parents dans le Maine.

Cynthia avait décidé de se rendre directement dans

les Hamptons après son séjour dans le Maine, sans revenir en Europe.

— De toute façon, je rentrerai bientôt, conclut-il.

Il avait beaucoup de choses à régler. S'il décidait de rentrer aux Etats-Unis, il lui faudrait d'abord trouver un centre de rééducation, puis un appartement. Mais il était encore un peu tôt pour songer à tout ça. Ils devraient d'abord annoncer leur décision aux filles. Bill redoutait ce moment, mais il tenait à leur parler en présence de Cynthia, afin qu'elles sachent qu'ils resteraient amis. C'était important pour lui, et ça le serait aussi pour elles, il en était persuadé.

Elles rentrèrent dîner à l'hôtel et Bill se retrouva seul dans sa chambre. Il aurait aimé rendre visite à Isabelle, mais il préférait ne pas prendre de risque, au cas où Gordon n'aurait pas encore quitté Londres. De plus, il se sentait épuisé. Ç'avait été une journée difficile. On lui avait annoncé qu'il ne marcherait sans doute plus jamais et qu'il pourrait peut-être retrouver une activité sexuelle normale, mais rien n'était encore sûr. Il avait vu Isabelle, affronté la colère de son mari et annoncé à Cynthia qu'il voulait divorcer. Si l'on exceptait l'accident qui avait irrémédiablement bouleversé le cours de sa vie, jamais il n'avait vécu de journée aussi éprouvante.

7

Gordon Forrester quitta Londres très tôt le lundi matin. Avant de se rendre à l'aéroport, il appela l'hôpital mais l'état d'Isabelle n'avait pas évolué. Il avait rassemblé toutes les affaires qu'elle avait laissées dans la chambre d'hôtel, jugeant qu'il était inutile de lui laisser quoi que ce soit à l'hôpital. Dans l'état où elle se trouvait, elle n'avait besoin de rien. En survolant la Manche, il songea qu'il ne savait rien de plus qu'en arrivant. Les médecins réservaient encore leur pronostic. Ses organes semblaient se remettre lentement du choc, mais l'état de son cœur et de ses poumons restait préoccupant et son foie mettrait longtemps à guérir. Le choc qu'elle avait reçu à la tête, bien que moins important que ses autres lésions, continuait à la maintenir dans un coma profond. Et personne ne savait encore si elle se réveillerait, mourrait ou passerait le restant de ses jours dans le coma. Toutefois, qu'elle soit toujours en vie cinq jours après l'accident était un signe encourageant. A ce stade, chaque journée constituait une petite victoire. Lorsque l'avion atterrit à l'aéroport de Roissy-Charles-de-Gaulle, Gordon se résolut à mettre ses enfants au courant. Il avait laissé les journées s'écouler dans l'espoir de voir une amélioration. En vain. A présent, il n'avait plus le choix. Sophie était en âge de connaître la vérité — après tout, elle allait peut-être perdre sa mère — et Teddy, malade ou pas, serait bien obligé de l'affronter. De toute façon, Sophie serait là pour le réconforter — il avait décidé d'attendre qu'elle rentre du Portugal pour annoncer la nouvelle à Teddy. Gordon redoutait ce moment, il n'avait jamais su gérer ce genre de situation. Cela lui serait d'autant plus pénible qu'il n'avait quasiment jamais eu de conversation avec son fils.

En rangeant son sac de voyage et celui d'Isabelle dans le coffre du taxi, ses pensées se tournèrent vers Bill et leur entrevue houleuse. Bill Robinson s'était montré d'une audace et d'une arrogance sans borne en lui demandant pourquoi il détestait Isabelle. C'était faux, il ne détestait pas sa femme. Il l'avait seulement perdue au fil des années chaotiques et cauchemardesques qui avaient suivi la naissance de Teddy. Dans son esprit, il était incapable de la dissocier de cette horrible chambre de malade, avec tout ce que cela impliquait pour lui. Elle n'était plus sa femme, elle était devenue l'infirmière de Teddy.

Si Isabelle pensait vraiment qu'il la détestait, cela

233

expliquait pourquoi elle n'avait eu aucun scrupule à entretenir une liaison avec Bill, ou tout du moins l'amitié amoureuse qui semblait les unir. La photo parue dans le journal montrait clairement que leurs rapports n'étaient pas aussi innocents que le laissait entendre Bill Robinson. Une foule de questions tourmentait encore Gordon, des questions qui resteraient en suspens tant qu'Isabelle serait dans le coma. Car ce n'était certainement pas Bill Robinson qui accepterait de le renseigner. Gordon se sentait blessé dans son amour-propre, mais à la vérité cela faisait déjà plusieurs années qu'il n'éprouvait plus ni désir ni sentiments pour sa femme.

Avant de quitter Londres, il s'était expressément opposé à ce que Bill rendît de nouveau visite à Isabelle. L'infirmière de garde avait soigneusement noté sa requête mais il avait pourtant eu la désagréable impression que ses consignes ne seraient pas respectées. Apparemment, Bill était apprécié de toute l'équipe alors que Gordon, lui, sentait bien qu'il n'avait pas réussi à attirer leur sympathie. Le personnel semblait vouer un profond respect et une grande admiration à Bill Robinson et à tout ce qu'il représentait.

A peine sorti de l'aéroport, Gordon se rendit directement à son bureau où il passa plusieurs coups de téléphone. Il se résolut à exposer la situation à sa secrétaire qui s'abstint de lui préciser qu'elle avait vu la photo d'Isabelle et de Bill dans le *International Herald Tribune*. Dans l'après-midi, elle lui communiqua le numéro de Sophie au Portugal ; Isabelle avait pris soin de le lui laisser avant de partir pour Londres.

Sophie passait ses vacances à Sintra, dans une maison qu'elle avait louée avec des amis. Elle n'était pas là quand Gordon appela et il laissa un message. Elle le rappela à 18 heures, alors qu'il s'apprêtait à quitter son bureau. Il inspira profondément en soulevant le combiné, s'armant de courage pour ce qui allait suivre.

— Comment s'est passé votre séjour à Londres ? commença-t-elle avec entrain. Vous vous êtes bien amusés, avec maman ?

— Comment sais-tu que j'étais à Londres ? s'étonna Gordon qui n'en avait parlé à personne, sauf à Teddy et à son infirmière.

— J'ai appelé à la maison ce week-end, et je suis tombée sur Teddy. Il ne t'a rien dit ?

— Je ne l'ai pas encore vu. Je me suis rendu directement au bureau, ce matin, expliqua Gordon, conscient de gagner du temps.

— Oh, je vais appeler à la maison, alors. J'ai quelque chose à demander à maman.

— Elle ne pourra pas te parler, intervint Gordon, sibyllin.

Le moment qu'il redoutait tant était là. Il avait l'impression de vivre un cauchemar. Un cauchemar dans lequel il était obligé d'entraîner ses enfants.

235

— Pourquoi ? Elle est sortie ?

— Non, ta mère est encore à Londres.

— Ah bon ? Elle est restée là-bas ? s'enquit Sophie, étonnée.

C'était tout à fait inhabituel de la part de sa mère de laisser Teddy seul, surtout six jours d'affilée.

— Quand doit-elle rentrer ?

— Je ne sais pas encore.

Il avala une grande bouffée d'air avant de se jeter à l'eau.

— Sophie, ta mère a eu un accident.

Sophie attendit la suite, interdite. Son cœur battait à se rompre. Il y avait quelque chose de terrifiant dans la voix de son père.

— Un très grave accident. Il serait préférable que tu rentres.

— Que s'est-il passé ? Comment va-t-elle ? balbutia la jeune fille, le souffle court.

— La voiture dans laquelle elle se trouvait est entrée en collision avec un bus. Elle est dans le coma. Les médecins réservent encore leur pronostic. Elle souffre d'importantes lésions internes. Elle est entre la vie et la mort. Je suis désolé de t'annoncer cela par téléphone. Ecoute, j'aimerais que tu te débrouilles pour rentrer le plus rapidement possible.

Malgré les sentiments qu'il portait à sa fille et ceux qu'il était censé porter à son épouse, Gordon donnait l'impression d'organiser un rendez-vous d'affaires. Il

236

faisait tout son possible pour ne pas partager la douleur de sa fille. Ce genre de faiblesse lui faisait froid dans le dos.

— Oh mon Dieu... oh mon Dieu...

Sophie paraissait au bord de la crise de nerfs, elle qui ressemblait d'ordinaire tellement à son père. Toujours calme, réservée, réfléchie, presque insensible. Mais ce qu'il venait de lui annoncer dépassait ses pires cauchemars. Toute sa vie, elle s'était préparée à perdre son frère, mais certainement pas cette mère qu'elle aimait plus qu'elle ne voulait bien l'admettre. Jamais elle n'avait songé à ça, jamais.

— Oh, mon Dieu, papa, elle va mourir, tu crois ?

Gordon entendit des sanglots dans sa voix et il ne répondit pas tout de suite, incapable de trouver ses mots.

— C'est possible, dit-il finalement en s'agitant sur son fauteuil, le regard perdu dans le vide.

Le décès de sa propre mère refit tout à coup surface dans son esprit et il s'efforça de refouler ces pénibles souvenirs.

— Qu'elle soit toujours en vie est un signe encourageant, mais elle reste dans un état critique et il n'y a eu aucune amélioration depuis l'accident.

A ces mots, les pleurs de Sophie redoublèrent d'intensité et Gordon attendit qu'elle retrouve son calme, impuissant. Que dire pour la réconforter ? Il ne voulait ni lui mentir ni la bercer de faux espoirs. Si crue fût-elle, la vérité était là : Isabelle pouvait mourir d'un instant à l'autre. Sophie devait l'affronter, tout comme Teddy.

Sophie tressaillit brusquement.

— Est-ce que Teddy est au courant ?

Il allait très bien quand elle l'avait eu au téléphone le week-end dernier, et il ne lui avait encore jamais menti. De toute façon, il aurait été incapable de garder pour lui un tel secret et surtout, il n'aurait pas été aussi gai.

— Non, il ne sait rien. J'aimerais que tu sois là quand je lui annoncerai la nouvelle. Est-ce que quelqu'un peut t'aider à organiser ton voyage de retour ?

— Je ne sais pas, murmura Sophie. Je veux aller voir maman à Londres, ajouta-t-elle d'une toute petite voix.

C'était la voix d'une fillette de cinq ans qui venait de perdre sa maman.

— Je veux d'abord que tu rentres à la maison, objecta fermement Gordon.

Il tenait à ce qu'elle soit à ses côtés lorsqu'il annoncerait la nouvelle à Teddy.

— D'accord, dit-elle entre deux hoquets.

— Appelle-moi quand tu connaîtras ton heure d'arrivée. J'enverrai quelqu'un te chercher à l'aéroport.

L'idée d'aller la chercher lui-même ne lui effleura pas l'esprit, même dans ces circonstances exceptionnelles. Sophie connaissait suffisamment son père pour ne pas s'en offusquer.

— Je vais essayer de rentrer ce soir, déclara-t-elle d'un ton absent.

La maison se trouvait à deux heures de Lisbonne, mais elle pourrait peut-être attraper le dernier vol. Sinon, elle devrait patienter jusqu'au lendemain matin.

Ils raccrochèrent quelques instants plus tard, et Gordon demanda à son chauffeur de le ramener chez lui. Cela faisait quatre jours qu'il n'avait pas vu Teddy. Ce dernier lui parut en forme.

— Où est maman ? s'enquit-il dès qu'il vit Gordon. En bas ?

Son regard s'éclaira dès qu'il parla d'Isabelle.

— Non, répondit son père en s'efforçant de l'intimider par son air austère. Sophie va sans doute rentrer du Portugal, ce soir.

— C'est vrai ?

L'étonnement se peignit sur le visage du jeune garçon. La diversion avait fonctionné.

— Maman m'avait dit que Sophie partait deux semaines. Pourquoi rentre-t-elle si tôt ?

Sa sœur ne lui avait rien dit quand il l'avait eue au téléphone, samedi. Un étrange pressentiment l'envahit et il répéta sa question.

— Où est maman ?

S'il prétendait qu'elle était restée à Londres, Teddy

se douterait que quelque chose n'allait pas. Il était trop intelligent, trop sensible pour se laisser duper. Il ne lui restait plus qu'à espérer que Sophie rentre bientôt...

— Je passerai te voir tout à l'heure, déclara Gordon en éludant la question. J'ai quelques coups de fil à passer.

Sur ce, il s'éclipsa. Teddy s'inquiétait, c'était évident. L'air sombre, Gordon se dirigea vers sa chambre. En fermant la porte derrière lui, il entendit Teddy demander à l'infirmière : « Où est ma mère ? » La soirée serait longue jusqu'à l'arrivée de Sophie. Comme pour fuir la pression qui pesait sur lui, il alla se réfugier au rez-de-chaussée, dans la bibliothèque. Il fut stupéfait de voir Teddy entrer lentement dans la pièce, une heure plus tard. Ce dernier avait insisté pour descendre seul, et l'infirmière n'avait pas réussi à le dissuader. Il était très pâle et semblait agité.

— Quelque chose ne va pas, déclara-t-il, en s'appuyant contre le dossier d'une chaise pour reprendre son souffle.

Il chercha le regard de son père, le fixa avec intensité. Gordon avait toujours ignoré l'existence de son fils mais cette fois, il ne pourrait pas s'esquiver. La détermination qu'il lisait sur son pâle visage lui rappela Isabelle. C'était la première fois qu'il voyait Teddy dans cet état. A cet instant, il prit conscience qu'il n'était plus un enfant.

— Je veux savoir où est ma mère, reprit-il en s'asseyant.

Il attendrait toute la nuit, s'il le fallait, mais il aurait une réponse. Il faudrait le traîner ou le porter pour le faire sortir de la pièce.

Gordon prit un air irrité pour masquer la peur qui le taraudait. Depuis toujours, la présence de son fils le mettait mal à l'aise ; il était tellement frêle, tellement délicat. Pourtant, il semblait en meilleure forme que par le passé. Six mois plus tôt, il n'aurait jamais pu descendre l'escalier seul. Conscient qu'il n'y avait plus d'échappatoire possible, Gordon poussa un soupir.

— Ta mère est à Londres, déclara-t-il en priant pour ne pas avoir à en dire plus.

Son espoir fut de courte durée ; il le vit en croisant le regard de son fils.

— Pourquoi ?

— Elle voulait voir une exposition, là-bas, répondit Gordon en détournant les yeux.

— Je sais. C'était il y a six jours. Pourquoi n'est-elle pas rentrée avec toi ?

Gordon se força à regarder son fils. Soudain, il eut l'impression de le voir pour la première fois. Depuis que Teddy était né, il s'était évertué à le chasser de sa vie, mais à présent, le regard intense de son fils le transperçait.

C'était un beau garçon, en dépit de sa santé précaire. Ses infirmités avaient toujours terrifié Gordon.

A cet instant pourtant, presque malgré lui, il fut touché par l'angoisse qui emplissait le regard du jeune garçon. Il ne pouvait plus retarder le moment de vérité, c'était évident, mais en même temps, il redoutait l'effet que cette vérité aurait sur sa santé. L'idée de le fragiliser davantage l'effrayait. Teddy adorait sa mère.

— Elle a eu un accident, annonça Gordon à voix basse.

Teddy retint son souffle et son père garda les yeux baissés, incapable d'affronter le regard du jeune garçon.

— Est-ce qu'elle va bien ? demanda ce dernier dans un murmure à peine audible.

— Elle va s'en sortir, je l'espère. Mais rien n'est sûr pour le moment. Elle est grièvement blessée. Je suis désolé, ajouta Gordon avec raideur.

Heureusement, Teddy ne s'effondra pas. Il resta assis, le souffle court, les yeux rivés sur son père.

— Tu ne peux pas la laisser mourir, dit-il à mi-voix.

— Je ne peux rien y faire. Je préférerais qu'elle s'en sorte, tu le sais bien.

Le regard de Teddy en dit long sur ce qu'il pensait réellement. Il savait que sa mère n'était pas heureuse, bien qu'elle ne lui ait jamais confié ses soucis. En deux jours, il était le deuxième à souligner l'indifférence de Gordon à l'égard d'Isabelle et ce dernier en conçut une vive irritation.

— Est-ce pour cette raison que Sophie rentre à la maison ?

Gordon acquiesça d'un signe de tête. Il était assis en face de Teddy, de l'autre côté de la pièce. Il ne songea pas un instant à s'approcher de lui pour le prendre dans ses bras. Il n'était pas habitué aux démonstrations d'affection, contrairement à Isabelle qui, elle, aurait serré son fils dans ses bras s'il était arrivé quelque chose à Gordon. Ce dernier en était parfaitement conscient.

— Je veux aller à Londres avec Sophie, ou avec toi, déclara Teddy d'un air déterminé. Quand y retournes-tu ?

— Je ne sais pas. Je suis rentré car je voulais te voir.

Teddy ne prêta pas attention à ces mots. Il s'efforçait encore d'assimiler ce que son père venait de lui annoncer. De son côté, Gordon était à la fois surpris et impressionné par la réaction de son fils. Il n'avait pas versé une seule larme. Il s'avérait plus courageux qu'il ne l'avait imaginé.

— Je veux lui parler. Pouvons-nous l'appeler tout de suite ?

Gordon secoua la tête.

— Non. Elle n'a pas repris conscience depuis l'accident. Un choc à la tête l'a plongée dans le coma.

— Oh non ! s'écria Teddy.

Prenant soudain toute la mesure de l'accident, il

s'effondra brusquement. L'onde de choc venait de le rattraper.

— Je veux aller la voir, tout de suite, annonça-t-il d'un ton angoissé.

— Elle ne se rendrait même pas compte de ta présence, fit observer Gordon. Et de toute façon, tu n'es pas assez robuste pour entreprendre un tel voyage.

C'était la vérité, Teddy le savait bien. Que sa mère se trouvât dans un état critique n'y changeait rien.

— C'est faux, protesta-t-il pourtant avec véhémence. Maman a besoin de nous, là-bas. Elle veille toujours sur moi, elle. On ne peut pas la laisser toute seule, papa. On ne peut pas lui faire ça.

Il retrouva son air de petit garçon tandis que de nouveaux sanglots le secouaient.

— Attendons le retour de Sophie, trancha Gordon, soudain las. Pourquoi ne montes-tu pas te reposer un peu ? Ce n'est pas bon pour toi, toute cette agitation.

Teddy s'en moquait complètement. Tout ce qu'il désirait, c'était aller voir sa mère, et rien ni personne ne l'en empêcherait. Il y pensait toujours en se dirigeant vers le petit ascenseur qu'on avait installé pour lui à côté de l'escalier, des années plus tôt. Une fois dans sa chambre, il s'allongea et raconta tout à l'infirmière. Ses yeux brillaient étrangement. Il parla et parla encore, sans pouvoir s'arrêter. Après le dîner, l'infirmière prit sa température. Il avait de la fièvre. Il s'était beaucoup énervé, et une telle agitation pouvait avoir des effets néfastes sur sa santé. Les craintes de Gordon étaient en train de se concrétiser.

Teddy était encore éveillé lorsque Sophie rentra ce soir-là. Elle avait réussi à attraper le vol de vingt heures et elle arriva à Paris à minuit.

Gordon l'attendait. En entendant la voiture, il se leva pour l'accueillir. Dès qu'elle l'aperçut, elle se précipita dans ses bras et se mit à pleurer.

— Oh, papa... je t'en prie, ne la laisse pas mourir...

Il ne l'avait encore jamais vue dans un tel état. Dès qu'elle eut recouvré un semblant de calme, elle monta voir Teddy. Il l'attendait, assis dans son lit. Le frère et la sœur s'étreignirent avec fougue, comme s'ils ne s'étaient pas vus depuis des années. La chose la plus terrible, la plus inconcevable était en train de leur arriver. Jamais ils n'avaient imaginé qu'un tel drame les frapperait un jour. Ils pleurèrent longtemps, blottis l'un contre l'autre. Finalement, Gordon les rejoignit dans la chambre. Il avait l'air exténué. Les émotions de la journée l'avaient fortement secoué, à l'instar de ses enfants.

— Je veux aller voir maman avec toi, dit Teddy à Sophie.

Gordon les observait d'un air sombre. Leur réaction s'avérait encore pire que ce qu'il avait craint.

— Je ne crois pas que cela soit raisonnable, intervint-il. Son état de santé en pâtirait considérablement, ajouta-t-il en parlant à Sophie comme si Teddy n'était pas là.

— Je suis sûre que maman ne voudrait pas que tu m'accompagnes, fit Sophie en caressant les cheveux ébouriffés de son frère.

Rien qu'en effleurant son front, elle sentit qu'il était chaud.

— Elle se fera un sang d'encre si tu tombes malade, et ce ne sera pas bon pour elle quand elle se réveillera, poursuivit Sophie avec gravité, préférant à dessein le futur au conditionnel.

Teddy posa sur elle ses yeux immenses.

— Je veux la voir, même si elle est dans le coma. Elle saura que je suis près d'elle.

Bill Robinson prétendait la même chose mais Gordon, lui, ne croyait pas à cette théorie.

— Elle ne se rend compte de rien, fit-il observer d'un ton posé.

Pour lui, les gens dans le coma n'avaient aucune conscience de ce qui se passait autour d'eux. Ils n'entendaient ni ne percevaient rien du monde extérieur. Ses convictions s'étaient encore renforcées après avoir vu Isabelle. De toute façon, il était hors de question que Teddy quitte la maison. Sa santé était bien trop fragile, il ne pouvait prendre le risque de l'emmener là-bas.

— Dans ce cas, pourquoi vas-tu la voir, toi, si elle ne se rend même pas compte de ta présence ? demanda Teddy à Sophie.

— Elle n'est pas malade, elle, répliqua Gordon. Et je souhaite qu'elle y aille. Je resterai ici avec toi.

— Tu ne retournes pas la voir, papa ? s'étonna Sophie, visiblement choquée.

Son père secoua la tête.

— Pas tout de suite. J'attendrai que tu sois rentrée. Tu peux partir demain et passer la journée là-bas. Tu peux aussi rester une nuit, si tu préfères.

— J'aimerais passer quelques jours à Londres.

— Cela dépendra de son état, mais ne t'attarde tout de même pas trop là-bas, conclut Gordon avant de quitter la pièce.

Il n'avait aucune envie de rester seul avec son fils. Et il voulait que Sophie rentre rapidement pour qu'elle puisse s'occuper de lui.

Cette nuit-là, Sophie dormit avec Teddy. Elle se leva tôt le lendemain matin, prit une douche et s'habilla. Son frère se réveilla au moment où elle s'apprêtait à partir.

— Tu t'en vas déjà ? demanda-t-il d'une voix ensommeillée. Je veux venir avec toi.

Mais il était trop faible et trop fatigué pour esquisser le moindre geste. La soirée de la veille l'avait épuisé. Cela faisait longtemps qu'il ne s'était pas senti aussi mal.

— Je serai bientôt de retour, murmura Sophie avant de quitter la pièce.

Elle voulut dire au revoir à son père, mais il était

déjà parti à la banque. Son billet d'avion l'attendait au comptoir de l'aéroport et elle avait réservé une chambre au Claridge. Le chauffeur de son père l'attendait devant le portail. La circulation était fluide et ils atteignirent Roissy une demi-heure plus tard. Sophie affichait un calme et une maturité qu'elle était loin d'éprouver.

Son avion atterrit à midi. Une voiture de l'hôtel la conduisit directement à l'hôpital St Thomas. Elle se sentit soudain très adulte, en pénétrant dans le hall d'entrée. Elle avait choisi de porter une robe bleu marine toute simple et une paire de chaussures que sa mère lui avait offertes. Ses cheveux étaient sobrement retenus en arrière. Malgré l'élégante sobriété de sa tenue, elle ne paraissait pas plus que ses dix-huit ans. Au contraire, avec ses grands yeux remplis de chagrin, elle ressemblait à une petite fille.

Les infirmières l'accueillirent chaleureusement lorsqu'elle se présenta à leur bureau. L'une d'elles la conduisit aussitôt au chevet de sa mère. De l'autre côté du couloir, une porte était ouverte et elle aperçut un homme qui l'observait. Il n'avait visiblement pas le choix : allongé sur le côté, le regard fixé sur la porte, il semblait incapable de bouger.

D'un pas hésitant, elle entra dans la chambre de sa mère. Le spectacle qui l'attendait la bouleversa. Sa mère était d'une pâleur cadavérique. Un énorme pansement enveloppait sa tête. Un respirateur chuintait doucement et une multitude de tubes et de tuyaux la reliait à des écrans de contrôle. Les yeux de Sophie s'embuèrent de larmes tandis qu'elle approchait du lit. Elle se tint debout un long moment, à contempler sa mère, à lui caresser la main. Finalement, une infirmière lui apporta une chaise et Sophie s'assit. Poussée par son instinct, elle se mit à parler, souhaitant de tout son cœur que quelque part, d'une façon ou d'une autre, Isabelle l'entendrait. Elle lui dit à quel point elle l'aimait, elle la supplia de ne pas les abandonner. Sa mère ne montrait aucun signe de vie. Seul le respirateur bougeait, accompagné des petits traits de lumière qui dansaient sur les moniteurs. A part ça, la pièce baignait dans un silence absolu. Elle ne s'était pas attendue à trouver sa mère dans un tel état. En la voyant ainsi, qui aurait pu croire qu'elle avait survécu à ses blessures ?

Sophie resta longtemps au chevet d'Isabelle. Il était environ 16 heures lorsqu'elle sortit de la chambre. De l'autre côté du couloir, l'homme la regarda.

Avant même que les infirmières lui disent de qui il s'agissait, Bill l'avait deviné. C'était Isabelle en plus jeune.

— Sophie ?

Elle sursauta en l'entendant prononcer son prénom. D'un pas hésitant, elle s'approcha et s'immobilisa sur le seuil de la chambre.

— Oui, répondit-elle à mi-voix.

Elle était encore sous le choc et à cet instant, Bill aurait aimé la prendre dans ses bras — pour Isabelle, pour lui aussi. Il se sentait tellement impuissant.

— Je m'appelle Bill Robinson. Je suis un ami de ta mère. J'étais avec elle dans la voiture, ajouta-t-il d'un ton peiné. Je suis désolé.

Sophie le dévisagea en hochant la tête. Sa mère ne lui avait jamais parlé de lui, mais il paraissait gentil. Lui aussi semblait grièvement blessé mais, contrairement à sa mère, il était conscient, et bien vivant.

— De quoi souffrez-vous ? demanda prudemment Sophie.

Elle n'osait pas entrer dans la chambre. Et elle ne comprenait pas qui il était vraiment ni pourquoi il se trouvait avec sa mère au moment de l'accident.

— D'une fracture de la nuque. Et j'ai reçu un choc à la tête. Mais les blessures de ta maman sont bien plus graves que les miennes, ajouta-t-il d'une voix empreinte de tristesse. Je donnerais tout pour prendre sa place, Sophie, sincèrement. Je donnerais ma vie pour elle, si seulement cela m'était possible.

Ses paroles touchèrent profondément Sophie. Comment s'étaient-ils rencontrés, sa mère et lui ? Cette dernière ne sortait jamais, à cause de Teddy.

— Comment Teddy a-t-il pris la nouvelle ? demanda Bill. Est-il au courant ?

— Mon père lui a tout dit hier soir, répondit Sophie, troublée.

C'était étrange... il semblait bien les connaître, alors même qu'ils ignoraient son existence.

— Il est bouleversé. Il a eu beaucoup de fièvre hier, mais il voulait tout de même venir avec moi. Je rentrerai demain pour m'occuper de lui. J'aimerais rester davantage, mais il a besoin de moi à la maison.

Ainsi, elle s'apprêtait à prendre la relève d'Isabelle. Bill fut soudain submergé par l'envie de lui tendre la main. Elle ressemblait tant à sa mère...

— Puis-je faire quelque chose pour t'aider ? demanda-t-il, partageant son impuissance.

Hélas, personne ne pouvait rien faire pour le moment. Impossible de remonter le temps... Le sort d'Isabelle reposait entre les mains de Dieu.

— Non, ça va.

L'accablement qui marquait son visage démentait ses paroles.

— Dans quel hôtel es-tu descendue ?

— Au Claridge.

— Ma femme et mes filles y séjournent aussi. Si tu as besoin de quoi que ce soit, ce soir, n'hésite pas à les appeler.

Au moment où il prononçait ces mots, Cynthia et les filles apparurent. Bill fit les présentations. Quelques instants plus tard, Sophie prit congé. Elle ne voulait pas les déranger. Ses filles avaient l'air sympathique ; Jane devait avoir le même âge qu'elle. Après les avoir salués, elle se dirigea vers la sortie. Elle reviendrait voir sa mère un peu plus tard. C'était son seul désir.

— C'est sa fille ? demanda Cynthia.

— Oui. Elle a un fils aussi, mais il est très malade.

Cynthia ne fit aucun commentaire. Elle entreprit plutôt de mettre un peu d'ordre dans la chambre pour se donner une contenance.

Les filles menèrent avec animation la conversation. Elles avaient décidé de partir pour Paris le lendemain. Elles y resteraient une semaine puis repasseraient par Londres, avant de regagner les Etats-Unis. Bill approuva leur projet. Il désirait avant tout qu'elles passent du bon temps. Il s'était mis d'accord avec Cynthia pour leur parler lorsqu'elles reviendraient de Paris. Elles pourraient ainsi s'habituer à l'idée une fois rentrées chez elles. Cynthia avait prévu de les emmener dîner au Harry's Bar ce soir-là, grâce à la carte de membre de Bill. En entendant le nom du restaurant, ce dernier ne put s'empêcher de songer à Isabelle, et à la soirée qu'il avait passée là-bas avec elle.

Paisiblement allongé sur le dos, Bill pensait encore à Isabelle lorsque Sophie rendit une nouvelle visite à sa mère. Cette fois, elle entra dans la chambre de Bill, mue par un élan de curiosité.

— Comment vous sentez-vous, monsieur Robinson ?

Bill la gratifia d'un sourire.

— Comme ci, comme ça. Et toi ?

252

Elle haussa les épaules tandis que ses yeux s'emplissaient de larmes. Voir sa mère dans cet état lui fendait le cœur. Et rien ne donnait à croire qu'elle sortirait bientôt du coma. C'était comme si elle était coincée dans une bulle inaccessible, et personne ne savait si elle réussirait à en sortir. Les médecins avaient expliqué à Bill qu'on pouvait rester des années dans le coma ; certains patients étaient même morts sans jamais reprendre conscience. Quel horrible gâchis... Bill aurait préféré mourir et laisser la vie sauve à Isabelle.

— Comment avez-vous rencontré ma mère ? s'enquit Sophie, debout à côté de son lit.

Cette question la taraudait depuis qu'elle avait fait sa connaissance, quelques heures auparavant. Son père ne lui avait pas parlé d'un autre passager, et Sophie avait été très surprise lorsque Bill lui avait adressé la parole.

— Nous avons fait connaissance il y a longtemps, à l'ambassade des Etats-Unis à Paris, commença Bill, heureux de pouvoir parler d'Isabelle. Depuis, nous déjeunons ensemble deux ou trois fois par an, et nous nous appelons de temps en temps. Elle me parle souvent de toi et de Teddy.

Sophie brûlait d'envie de lui demander s'il était amoureux d'elle et si elle l'aimait en retour. Mais comme ils étaient tous deux mariés de leur côté, elle jugea la question déplacée. Pourquoi sa mère n'avait-elle jamais parlé de Bill ? C'était tout de même très étrange.

— Connaissez-vous mon père ?

Il esquissa un sourire et l'invita à s'asseoir.

— Oui. Il est très en colère contre moi depuis l'accident. Il s'imagine sans doute que rien ne serait arrivé si nous n'étions pas sortis dîner. Je crois que je réagirais comme lui si j'étais à sa place.

— Ce n'est pourtant pas votre faute. L'infirmière m'a dit que le chauffeur de la voiture était mort. C'est vraiment terrible. Je ne comprends pas comment des choses pareilles peuvent arriver.

Un flot de larmes inonda de nouveau ses yeux.

— Ma mère est une femme merveilleuse. C'est trop injuste...

— Tu as raison, ta mère est formidable.

Le regard de Bill s'embua. Il tendit la main vers Sophie qui lui donna la sienne. Curieusement, il eut l'impression d'entrer en contact avec Isabelle tandis que, de son côté, Sophie se rapprochait encore de sa mère en partageant ce moment d'intimité avec l'homme qui était son ami. A travers Isabelle, un lien particulier les unissait.

— Je n'ai pas toujours été très gentille avec elle, avoua la jeune fille au bout d'un moment. Je lui en voulais, parfois. Elle passait tellement de temps avec Teddy, quand j'étais plus jeune, que j'avais l'impression qu'elle me délaissait.

Sophie éprouva tout à coup le besoin de confier ses menus péchés et les actes qu'elle regrettait, et Bill l'écouta avec attention.

— Elle t'aime énormément, Sophie. Elle m'a toujours dit combien tu étais merveilleuse, assura-t-il d'un ton apaisant.

— Est-ce qu'elle était heureuse, ce soir-là ? demanda tristement Sophie. Est-ce qu'elle s'amusait ?

La question dérouta Bill qui fut d'abord incapable de songer à autre chose qu'à leur premier et dernier baiser.

— Oui, elle était heureuse. L'après-midi, nous avions visité une exposition qui lui avait beaucoup plu. Ensuite, nous sommes allés dîner. J'étais venu à Londres pour rencontrer l'ambassadeur des Etats-Unis, continua-t-il en déformant légèrement la vérité pour leur bien-être à tous ; nous nous sommes croisés dans le hall du Claridge et je l'ai invitée au restaurant.

A quoi bon lui avouer qu'il était venu à Londres spécialement pour voir sa mère qu'il aimait de tout son cœur ? Isabelle n'aurait pas souhaité qu'elle soit au courant. Et lui non plus, d'ailleurs.

— Cela faisait très longtemps que nous ne nous étions pas vus.

— Ma mère a rarement l'occasion de sortir. En principe, elle reste à la maison pour s'occuper de Teddy.

— Je sais, et elle ne s'en plaint jamais. Elle vous aime très fort, tous les deux.

Sophie hocha la tête et ils restèrent un moment silencieux. Elle se leva enfin. Sans vraiment savoir qui il était, elle sentait qu'elle avait trouvé un nouvel ami. Elle le regarda en souriant, et l'espace d'un instant, Bill crut voir Isabelle et aussi la femme que Sophie deviendrait un jour.

— Je passerai vous voir demain matin, avant de partir, promit-elle.

— Cela me fera plaisir. Merci d'être venue me parler, Sophie.

Elle lui avait apporté beaucoup de réconfort dans ces moments particulièrement pénibles qu'il traversait seul. Sa vie ne serait plus jamais la même. Il ne pourrait plus marcher, ni danser ou flâner tranquillement dans les rues. Désormais, à l'image de sa vie, chacun de ses gestes serait difficile. Il avait mis un terme à son mariage et perdu la femme qu'il aimait. Il avait l'impression de se trouver en pleine mer, sans bouée, sans aucune terre à l'horizon. Echanger quelques mots avec la fille d'Isabelle lui avait réchauffé le cœur. Même s'il ne la revoyait plus, il était heureux d'avoir fait sa connaissance.

Le lendemain matin, Cynthia et les filles passèrent le voir avant de partir pour l'aéroport. Et Sophie arriva juste après leur départ. Elle resta une heure au chevet de sa mère, puis elle vint lui dire au revoir. Bill affichait un air triste qu'elle attribua au départ de sa famille. En réalité, il était surtout préoccupé par la santé d'Isabelle, mais Sophie ne pouvait pas le deviner, même si, dans un coin de son cœur, elle le soupçonnait d'être amoureux de sa mère.

— Au revoir, monsieur Robinson, dit-elle poliment en s'apprêtant à partir. J'espère que vous vous rétablirez vite.

Bill s'abstint de lui demander si elle comptait revenir. L'état d'Isabelle ne permettait pas de faire de tels projets.

— Prends bien soin de toi... pour ta maman, Sophie. Je sais qu'elle s'inquiéterait beaucoup à ton sujet, si elle était consciente. Veille sur toi, et sur Teddy, ajouta-t-il, les yeux brillants.

Sophie eut l'impression d'entendre sa mère lui prodiguer des conseils avant un départ en vacances.

— Je penserai à toi.

— Je ferai une prière pour vous quand j'irai à l'église, murmura Sophie.

Elle avait le cœur serré de devoir le quitter ; c'était comme si elle abandonnait une partie de sa mère. Il était tellement gentil. Elle était heureuse que sa mère l'ait eu comme ami, qu'elle ait passé de bons moments en sa compagnie.

— J'en ferai une pour toi aussi.

Il lui prit la main et l'embrassa doucement. Un timide sourire étira les lèvres de Sophie. Elle quitta la pièce et Bill ferma les yeux en pensant à elle.

Un moment plus tard, il demanda à voir Isabelle.

Elle gisait sur son lit, parfaitement immobile. Allongé à côté d'elle, il lui parla de Sophie.

— C'est une jeune fille formidable. Je comprends maintenant pourquoi tu es si fière d'elle, lui dit-il comme si elle l'entendait vraiment, ce qu'il espérait de tout son cœur.

Il resta un long moment allongé à ses côtés, s'efforçant en pensée de la ramener à la vie, la pressant mentalement de se réveiller, de revenir parmi eux. Il se sentait très las quand on le reconduisit à sa chambre. Ses fréquentes visites à Isabelle ne suscitaient plus de commentaires de la part de l'équipe. C'était, à leurs yeux, un geste d'amour. Personne ne s'en étonnait, personne ne cherchait à savoir ce qui s'était passé entre eux. Plusieurs infirmières pensaient même que seul Bill pourrait la tirer du coma.

8

Sophie pensa beaucoup à Bill en rentrant à Paris. Elle comprenait pourquoi sa mère avait sympathisé avec lui. Il était doux et attentionné, et elle était sincèrement désolée pour lui. Une infirmière lui avait confié qu'il ne pourrait plus jamais marcher. Mais il semblait prendre la nouvelle avec philosophie alors qu'il se faisait un sang d'encre pour Isabelle, se tenant responsable de ce qui lui était arrivé.

Lorsque l'avion se posa à Paris, ses pensées se tournèrent de nouveau vers sa mère et son frère. Prise entre deux feux, elle avait résolu de passer quelques jours auprès de son frère avant de retourner voir sa mère à Londres.

Elle prit un taxi. Un silence pesant régnait sur la maison lorsqu'elle poussa la porte d'entrée. Elle monta à l'étage. L'appartement de son père était plongé dans l'obscurité. Elle eut un coup au cœur en pénétrant dans la chambre de Teddy. En pleine poussée de fièvre, il délirait légèrement. Le médecin venait de passer, lui expliqua l'infirmière. Si sa température ne descendait pas dans la nuit, Teddy serait hospitalisé le lendemain. Une vague de désespoir s'abattit sur Sophie.

— Que s'est-il passé ? demanda-t-elle en se laissant tomber sur une chaise, à bout de forces.

Elle avait l'impression d'avoir pris dix ans en une journée. Teddy ne remarqua même pas sa présence. On lui avait administré des sédatifs et il sombra bientôt dans un profond sommeil.

— Je crois qu'il s'inquiète beaucoup pour votre mère, répondit l'infirmière à voix basse. Il dort mal, il refuse de boire et de manger.

Lorsque le médecin avait suggéré de le mettre sous perfusion, Teddy avait tellement protesté qu'ils avaient décidé d'attendre un jour de plus, à condition qu'il accepte de s'alimenter. Sophie le trouva amaigri.

— Où est mon père ? demanda-t-elle en se passant une main dans les cheveux dans un geste qui rappelait Isabelle.

Curieusement, leur ressemblance s'était accentuée depuis quelques jours.

— Il est sorti, répondit l'infirmière en se gardant d'ajouter qu'elle ne l'avait pas vu depuis la veille. Comment va votre mère ? demanda-t-elle d'un air soucieux.

— Elle est toujours dans un état critique, répondit

Sophie en pensant de nouveau à Bill. Personne ne se prononce pour le moment. Ils disent qu'elle peut rester longtemps dans le coma et en sortir malgré tout indemne.

Sophie se raccrochait à cet espoir, bien qu'on lui ait également dit qu'Isabelle pouvait mourir d'un instant à l'autre. Il ne leur restait plus qu'à prier et attendre.

— Je retourne la voir dans quelques jours.

L'infirmière hocha la tête puis elle prit le pouls de Teddy. Il était à la fois rapide et faible, et elle nota ses observations à l'attention du médecin, sourcils froncés. Pour elle, l'hospitalisation était quasi inévitable. Sophie partageait son avis ; Teddy serait plus en sécurité à l'hôpital.

La jeune fille voulut attendre le retour de son père pour parler de la santé de Teddy, mais à minuit il n'était toujours pas là. Etonnée, elle demanda à l'infirmière s'il savait que Teddy était malade.

— Je l'ai appelé à son bureau cet après-midi, répondit celle-ci d'un ton neutre. Il sera bientôt là.

Mais à trois heures du matin, Sophie l'attendait toujours. Elle avait appelé l'hôpital, à Londres, un peu plus tôt, mais il n'y avait rien à signaler. L'espace d'un instant, elle fut sur le point de demander la chambre de Bill mais elle se ravisa, de peur de le déranger.

Le lendemain matin, Sophie se réveilla dans la chambre de Teddy, assise à son chevet, encore tout habillée. C'était arrivé tant de fois à sa mère quand Teddy était malade... Elle s'était endormie sans s'en rendre compte, en attendant le retour de son père. Ce dernier avait sans doute cru qu'elle dormait dans sa chambre et il n'avait pas voulu la déranger.

Teddy était réveillé lorsqu'elle quitta sa chambre pour aller voir leur père. La fièvre était retombée mais Sophie ne le trouva pas très en forme. A sa grande surprise, la chambre de son père était ouverte, mais il ne s'y trouvait pas.

Elle se tourna vers la femme de ménage.

— Mon père a-t-il passé la nuit ici, Joséphine ?

L'employée secoua la tête avant de battre en retraite. Sophie inspecta la chambre. Les volets étaient fermés, les rideaux tirés, la lumière éteinte. Le lit était intact. Une bouffée d'angoisse l'envahit soudain. Et s'il était arrivé quelque chose à son père ? Teddy et elle seraient orphelins... Où était son père ? Que faisait-il ? Une heure plus tard, elle appela son bureau et ce fut d'une voix très calme qu'il lui répondit.

— Teddy est malade, lança-t-elle d'un ton accusateur, choquée par son attitude.

— Je sais. J'ai eu Marthe au téléphone, hier. Le docteur est passé le voir et j'ai parlé à Teddy tout à l'heure, répliqua-t-il froidement, irrité par le ton réprobateur de sa fille.

— Tu n'as pas passé la nuit à la maison, poursuivit Sophie.

Cette fois, Gordon faillit lui rire au nez.

— C'est exact. J'ai dîné chez des amis qui n'habitent pas à Paris. La soirée s'est prolongée et j'ai jugé plus prudent de dormir là-bas. Je viens d'avoir l'hôpital, ajouta son père. Il n'y a rien de neuf.

— Oh, fit Sophie, gagnée par une morosité croissante.

L'absence de son père la nuit dernière la contrariait profondément. S'il était arrivé quelque chose à Teddy, ils auraient eu besoin de lui. Or, personne ne savait où il se trouvait. Son père semblait trouver cela normal. Lui arrivait-il souvent de découcher ? A dire vrai, elle n'y avait jamais prêté attention. Y avait-il des choses qu'elle ignorait au sujet de ses parents ? Sans doute, oui. Par exemple, avant de le rencontrer, elle ignorait tout de l'existence de Bill. Elle ne s'était jamais aventurée non plus dans la chambre de son père tard le soir ou très tôt le matin. Ce dernier assistait souvent à des dîners d'affaires auxquels sa mère l'accompagnait de plus en plus rarement. Sophie eut soudain l'impression que sa vie était en train de basculer irrémédiablement. L'accident de sa mère agissait comme un révélateur. Depuis qu'elle était toute petite, elle vénérait son père. Et voilà qu'elle était en train de s'apercevoir que lui aussi avait des secrets, qu'elle ne connaissait certainement pas tout de lui. Si sa mère restait à la maison, si ses parents faisaient chambre à part, ce n'était peut-être pas seulement à cause de Teddy.

— Rentreras-tu à la maison, ce soir ? demanda-t-elle en s'efforçant de lutter contre le sentiment de peur qui l'envahissait.

— Oui. Je dîne en ville mais je rentrerai tôt.

— S'il faut hospitaliser Teddy, j'aurai besoin de toi, expliqua Sophie.

— Le docteur m'a paru moins inquiet aujourd'hui. Il semblerait que Teddy soit en train de se remettre du choc qu'il a reçu en apprenant la nouvelle.

— Ce fut un choc pour nous tous, fit observer Sophie d'une voix triste. Quand comptes-tu retourner à Londres ?

— Dans quelques jours. Je ne peux rien faire de plus, là-bas. Ils nous préviendront dès qu'il y aura du changement.

Mais si elle meurt, songea Sophie, il n'y aura personne à ses côtés. Et si son état s'aggravait, il leur faudrait plusieurs heures pour se rendre à Londres. Sophie aurait aimé rester là-bas, mais Teddy avait besoin d'elle ici. Surtout si son père s'absentait plus souvent qu'il n'aurait dû. Elle se sentait tiraillée par des sentiments d'une incroyable violence. Son père, lui, paraissait beaucoup moins tourmenté qu'elle.

Sophie passa la journée auprès de son frère. Elle lui fit la lecture, lui raconta des histoires, parla de leur mère. Elle faisait de son mieux pour le distraire, mais elle ne possédait pas la carrure de sa mère, elle en était parfaitement consciente. Quand son père rentra après l'heure du dîner, elle était exténuée. Il s'installa dans la bibliothèque pour fumer un cigare. Surprise qu'il ne soit pas monté les retrouver, Sophie le rejoignit au rez-de-chaussée. D'ordinaire, il se montrait agréable et attentionné avec elle, et sa froideur soudaine, surtout dans les circonstances présentes, ne cessait de l'étonner. Alors qu'elle l'observait en silence, une question surgit dans son esprit : l'intérêt qu'il lui avait porté jusqu'à maintenant était-il réel ? Ou bien s'agissait-il d'une mascarade destinée peut-être à attiser la jalousie d'Isabelle... ? Sophie avait toujours passé pour sa petite préférée mais à présent il la traitait avec la même indifférence, la même froideur que celles qu'il réservait à son épouse.

— As-tu passé une bonne journée, papa ? demanda-t-elle avec circonspection.

— Disons qu'elle fut plutôt longue. Et toi ?

— J'ai tenu compagnie à Teddy.

En entendant le nom de son fils, Gordon se rembrunit instantanément. Il se servit un verre de porto.

— Qu'as-tu fait d'autre ? reprit-il en examinant son cigare.

Son détachement troubla Sophie. Il parlait comme s'il ne s'était rien passé. Sa mère était dans le coma et la santé de son frère se dégradait dangereusement depuis l'accident, mais malgré cela, son père semblait serein. Comme elle le regardait avec stupeur, un autre visage s'imposa à elle : celui de Bill Robinson, ravagé par la tristesse lorsqu'il évoquait sa mère. Il n'y avait pas la moindre once de tristesse dans le regard de son père. Quand il parlait d'Isabelle, c'était avec sa froideur coutumière.

— Rien, papa. J'ai passé toute la journée avec Teddy. Il est très affecté.

Gordon se contenta de hocher la tête. Il sembla oublier sa présence. La sonnerie du téléphone retentit soudain et il décrocha. Sophie l'entendit demander à son interlocuteur de rappeler plus tard. Son cœur battait à coups précipités dans sa poitrine. Elle craignait le pire à chaque sonnerie de téléphone.

— Tu devrais aller te coucher, suggéra Gordon en prenant une gorgée de porto. Tu as eu une longue journée.

De toute évidence, il ne souhaitait pas discuter avec elle. Sophie ne s'était jamais sentie aussi seule.

— Quand retournes-tu à Londres ? demanda-t-elle avant de partir.

— Lorsque le moment sera venu, répondit-il d'un ton vague en fronçant les sourcils.

Sophie commençait à l'agacer sérieusement. Il avait l'impression d'avoir affaire à une autre Isabelle.

— Je veux y aller avec toi, déclara-t-elle, feignant d'ignorer l'irritation de son père.

— Ton frère a besoin de toi ici.

— Je veux revoir maman, insista-t-elle d'un ton buté.

266

— Elle ne se rendra même pas compte que tu es là. De toute façon, je tiens à ce que tu restes ici. Je n'ai pas le temps de m'occuper tous les jours de ce garçon et de ses infirmières. Elles m'appellent au moins dix fois par jour au bureau. J'ai besoin de toi ici, Sophie.

— « Ce garçon » est ton fils, papa. Et il a besoin de toi aussi, pas seulement de moi ou de maman. Tu ne lui parles jamais, lança-t-elle, à bout de nerfs.

— Il n'a rien à dire, rétorqua son père d'un ton dur en se servant un autre verre. Et ce n'est pas à toi de me dire ce que j'ai à faire.

Il avait eu le même genre de conversation avec Isabelle, bien des années plus tôt, mais elle avait baissé les bras depuis. Pour des raisons personnelles, tirées pour la plupart de son passé, Gordon avait décidé de rester à l'écart de son fils. Ce n'était certainement pas Sophie, dans sa naïveté, qui le ferait changer d'avis. Si Teddy avait été en bonne santé, s'il avait pu prendre part aux activités qui intéressaient son père, tout aurait été différent. Mais dans l'état actuel des choses, le jeune garçon n'existait pas aux yeux de son père. Et quand il se rappelait à lui, il n'arrivait qu'à susciter son irritation. Même si Gordon éprouvait un élan de compassion pour son fils en ce moment, ce dernier n'en demeurait pas moins un fardeau. En temps normal, c'était à Isabelle de s'occuper de lui. Pendant son absence, cette tâche revenait à Sophie.

Celle-ci regagna sa chambre. La manière dont son père parlait de Teddy l'attristait profondément. Teddy s'était déjà plaint par le passé de la froideur de leur père mais à chaque fois, elle avait essayé de temporiser ses réactions. Pour Teddy, leur père était un homme dur, froid et égoïste qu'il avait fini par détester. Manifestement, son frère avait perçu depuis longtemps une facette de la personnalité de leur père qu'elle-même avait toujours refusé de voir. Etant donné que Teddy n'apportait rien à Gordon, il l'avait chassé de sa vie, tout simplement. Et plus tard, il avait fait la même chose avec sa femme.

Sophie enfila sa chemise de nuit avant d'aller rejoindre Teddy dans sa chambre. L'infirmière lui annonça qu'il avait de nouveau de la fièvre. Sophie monta dans le lit et se recroquevilla près de son frère. C'était comme s'ils avaient perdu leur mère, tous les deux. Jamais encore elle ne s'était sentie aussi triste, aussi esseulée. De grosses larmes coulaient le long de ses joues. Elle n'avait qu'un seul souhait : que leur mère sorte bientôt du coma. Que deviendraient-ils si elle mourait ? Elle préférait ne pas y penser.

9

A l'hôpital, une équipe de kinésithérapeutes vint examiner Bill afin de mettre au point un programme de rééducation. On le changeait souvent de position pour tonifier sa circulation sanguine et prévenir le risque de pneumonie. Mais les journées s'étiraient à n'en plus finir pour Bill. Une ou deux fois par jour, il rendait visite à Isabelle. Les infirmières avaient totalement ignoré les ordres de Gordon ; elles espéraient au contraire que la présence de Bill aiderait la jeune femme à sortir du coma. Il ne faisait de mal à personne, en tout cas, et son moral s'en trouvait considérablement amélioré. Il se sentait toujours mieux quand il la voyait. Leurs conversations à bâtons rompus lui manquaient terriblement. De retour dans sa propre chambre, il pensait à Isabelle des heures durant, et toute la journée, il attendait impatiemment ces quelques minutes passées auprès d'elle.

Ses blessures commençaient lentement à guérir. Sa

nuque et sa colonne vertébrale le faisaient encore beaucoup souffrir, mais il pouvait bouger davantage et il éprouvait des sensations diffuses dans les jambes. Malgré tout, le diagnostic n'avait pas évolué. Il tentait de rester positif en s'efforçant de songer à ce qu'il ferait de retour aux Etats-Unis, mais les changements auxquels il devait faire face l'angoissaient profondément.

Les infirmières l'avaient pris en affection, et les rumeurs concernant la nature de sa relation avec Isabelle allaient bon train. La plupart se plaisaient à penser qu'ils étaient amants, d'autant que l'une d'elles l'avait entendu parler de divorce avec sa femme. Quoi qu'il en soit, les infirmières l'appréciaient beaucoup.

— Je le prends ! plaisanta l'une d'elles au milieu d'une conversation entre collègues à la cafétéria. Je le trouve très séduisant.

Elles aimaient sa discrétion, sa courtoisie et le respect qu'il montrait pour leur travail. Toutes celles qui avaient eu l'occasion de bavarder un peu avec lui l'admiraient sincèrement. En outre, les visites régulières de l'ambassadeur des Etats-Unis n'étaient pas passées inaperçues.

— Que fait-il, dans la vie ? s'enquit une autre.

Elle avait vaguement entendu qu'il occupait une fonction importante, mais elle ne savait pas dans quel secteur.

— Il travaille dans la politique, répondit une infirmière attachée aux soins d'Isabelle. Il devait être fou amoureux d'elle. C'est vraiment très triste, conclut-elle, suscitant l'approbation de ses collègues.

Gordon n'était pas revenu voir sa femme lorsque Cynthia et les filles rentrèrent de leur séjour à Paris. Elles arrivèrent débordantes d'entrain et repartirent la tête basse, après que Cynthia et Bill leur eurent annoncé leur intention de divorcer. La nouvelle leur fit l'effet d'une gifle.

— Pourquoi ? s'écria Olivia, en larmes. Vous vous aimez, tous les deux... n'est-ce pas ? Maman... ? Papa ?

Bill tenta de leur expliquer qu'ils s'étaient éloignés avec le temps ; ils seraient plus heureux chacun de leur côté, à présent. Il ne parla pas des infidélités de leur mère, ne leur avoua pas non plus à quel point ils s'étaient rendus malheureux, tous les deux. A quoi bon remuer le couteau dans la plaie, après toutes ces années ? Depuis que Bill avait annoncé à Cynthia son intention de divorcer, il se sentait comme soulagé. Il pouvait enfin se montrer franc avec elle, lui confier ses soucis comme à une amie. Avant de partir pourtant, Cynthia lui laissa entendre qu'elle serait heureuse de rester sa femme si jamais il changeait d'avis. Une fois de plus, Bill sut se montrer à la fois doux et ferme. Il était résolu à divorcer. C'était Isabelle qui hantait ses rêves, à présent.

— C'est mieux comme ça, crois-moi, insista-t-il.

La vérité était certes douloureuse pour Cynthia. Il

ne l'aimait plus. Ses sentiments pour Isabelle lui avaient appris à mieux se connaître. Il ne voulait plus vivre dans une illusion. Certes, il ne vivrait jamais auprès d'Isabelle, mais l'amour qu'il lui portait l'avait poussé à mettre un terme à un mariage qui s'essoufflait depuis trop longtemps.

Après leur départ, il s'absorba dans ses réflexions. Il avait promis d'appeler les filles dès qu'elles seraient rentrées aux Etats-Unis. Bouleversées, Olivia et Jane demandèrent à leur mère si leur père ne perdait pas un peu la tête à la suite du choc qu'il avait reçu pendant l'accident. Peut-être reviendrait-il bientôt à la raison... Un sourire triste flotta sur les lèvres de Cynthia.

— Votre père a toute sa tête, croyez-moi. C'est moi qui ai agi comme une idiote, pendant toutes ces années. Je n'ai pas été une très bonne épouse, avoua-t-elle. Il faisait un peu partie du décor, pour moi ; en même temps, j'enviais sa réussite, son indépendance, ce qui est complètement absurde.

Les deux filles n'avaient jamais rien soupçonné — ce qui, au fond, n'était pas un mal. L'idée que leurs parents vivraient à présent chacun de leur côté leur était insupportable.

— Comment papa va-t-il faire pour se prendre en charge seul ? s'enquit Jane d'un air anxieux.

— Je ne sais pas, répondit Cynthia dans un soupir. Il est très fier, très résistant aussi. Il trouvera forcément une solution. Pour répondre à votre question, non, je ne crois pas que votre père changera d'avis. Ce n'est pas son genre. Quand il a une idée en tête, il n'en démord pas. Et même s'il se rend compte par la suite que c'était une erreur, il ne le reconnaîtra pas, il s'en accommodera. Et si sa décision me fend le cœur, je dois avouer que c'est très sage de sa part.

En demandant le divorce, Bill avait obtenu ce qu'il souhaitait : il avait préservé leur amitié. Malgré le chagrin qui la dévorait, Cynthia ne pouvait qu'admirer sa force de volonté. Elle était malheureuse pour les filles, certes, que leur décision avait prises de court. Elle avait aussi très peur de l'avenir. Car il était inutile de se leurrer : elle ne retrouverait pas un autre homme comme Bill.

— Isabelle Forrester était sa maîtresse, à ton avis ? demanda Olivia sans ambages.

Cynthia hésita. Elle y avait beaucoup réfléchi.

— Pour être franche, je ne sais pas. Il prétend que non et il ne m'a jamais menti. A ma connaissance, en tout cas. Je crois qu'il est amoureux d'elle, mais qu'ils n'ont rien fait ensemble. Elle est mariée et très dépendante de son époux, d'après ce que m'a laissé entendre votre père. Soit ils étaient très épris l'un de l'autre, soit simplement amis.

— Crois-tu que papa l'épousera, si elle s'en sort ? intervint Jane d'un ton inquiet.

— La question ne se pose pas pour l'instant,

répondit Cynthia en songeant à la femme qui gisait, à demi morte, sur son lit d'hôpital. Mais en imaginant qu'elle aille mieux, je ne crois pas, non. D'après ton père, jamais elle ne quittera son mari. En outre, toute son existence tourne autour de son fils atteint d'une grave maladie.

— Que fera papa quand il rentrera à la maison... je veux dire, aux Etats-Unis ? demanda Olivia.

— Je ne sais pas. Il cherchera un appartement, je suppose. Il recommencera à travailler. Sa rééducation risque d'être longue. De toute façon, je ne pense pas qu'il soit de retour avant deux mois. Ils veulent commencer le traitement ici.

Les filles hochèrent la tête et restèrent silencieuses pendant le reste du trajet. Elles n'avaient pas encore assimilé ce qu'elles venaient d'apprendre. De son côté, Cynthia avait du mal à croire ce qui leur arrivait, à tous.

C'était pourtant typique de Bill d'agir rapidement lorsqu'il pensait se trouver sur la bonne voie. Elle éprouvait un profond respect pour lui et regrettait simplement de ne pas avoir pris conscience plus tôt de la chance qu'elle avait de l'avoir comme époux.

Elles rentrèrent aux Etats-Unis le lendemain matin. Leur avion décollait tellement tôt qu'elles n'eurent pas le temps de passer à l'hôpital avant de partir. Elles appelèrent Bill de l'aéroport, et les deux filles étaient en larmes quand elles raccrochèrent. Bill lui-même se sentit d'humeur mélancolique après leur départ. A présent, il se retrouvait seul face à la longue route qui l'attendait. Le programme de rééducation, éprouvant et douloureux, durerait au moins un an, peut-être plus. Mais de toute façon, il n'avait pas le choix. Il passait quelques coups de fil professionnels de temps en temps et celles de ses connaissances qui étaient au courant de l'accident l'appelaient régulièrement. Mais la plupart du temps, il avait l'impression de vivre dans un cocon, entouré d'infirmières et de médecins, avec Isabelle de l'autre côté du couloir, toujours plongée dans le coma. Ce fut une période difficile pour lui.

Deux semaines après l'accident, il continuait à se remettre lentement de ses blessures. Gordon Forrester n'était pas revenu voir sa femme. Bill avait pris l'habitude d'aller la voir deux fois par jour, le matin et le soir. Il lui parlait longuement, espérant toujours qu'elle l'entendait à travers les brumes qui l'entouraient.

D'après les infirmières, Gordon Forrester ne pouvait pas venir la voir parce que leur fils était malade, et Bill s'inquiétait aussi beaucoup pour la santé du jeune garçon. Il pensait également souvent à Sophie.

Trois semaines après l'accident, il avait presque abandonné tout espoir pour Isabelle. Gordon Forrester avait-il l'intention de la laisser ici, telle une paria, privée d'amour et d'attention ? Il eût été trop risqué de la transporter à Paris avec le respirateur. Qu'allait-elle devenir quand il repartirait aux Etats-Unis ? Terriblement angoissante, la question ne cessait de hanter Bill. Les médecins estimaient qu'il pourrait regagner son pays dans un mois. L'idée de devoir la quitter lui était intolérable. Il n'y aurait plus personne pour lui rendre visite, lui parler, la réconforter, compatir. L'indifférence de Gordon le révoltait. Bill songeait à cela un soir, alors qu'il était allongé à côté de son lit, tenant sa main dans la sienne. Les infirmières ne s'étonnaient plus de ses visites. Souriantes, elles échangeaient quelques mots avec lui, habituées à le trouver auprès d'Isabelle.

Ce soir-là, il lui disait qu'elle était belle, qu'il aurait tant aimé bavarder avec elle par cette chaude soirée de juillet, chargée de douces senteurs. Les fenêtres étaient ouvertes, et des sons lui parvenaient du dehors. Il se remémora soudain la soirée où ils avaient dîné au Harry's Bar puis dansé chez Annabel. Si seulement ils avaient pu remonter le temps jusqu'à ce fameux soir...

— Te souviens-tu des merveilleux moments que nous avons passés, ce soir-là ? murmura-t-il en portant délicatement sa main à ses lèvres pour l'embrasser. J'adore danser avec toi, Isabelle. Si tu te réveilles, nous irons danser ensemble.

Pour lui, hélas, ce n'était plus qu'un souvenir, un rêve lointain. Il lui parlait encore de cette soirée lorsqu'il sentit une légère pression dans le creux de sa main. Il songea d'abord à un réflexe nerveux et continua de parler jusqu'à ce qu'il sente de nouveau la même pression. Troublé, il se tut et jeta un coup d'œil en direction de l'infirmière qui entrait dans la chambre. Préférant ne rien lui dire pour le moment, il reprit son monologue d'un ton plus déterminé. Il s'interrompit encore et essaya de se tourner pour mieux la voir.

— Tu as serré ma main il y a quelques instants, reprit-il d'une voix claire. J'aimerais que tu recommences.

Sous le regard intrigué de l'infirmière, il attendit un moment qui lui sembla durer une éternité. Isabelle ne manifesta aucune réaction et l'infirmière détourna les yeux.

— Je t'en prie, Isabelle. Serre ma main, juste un petit peu... J'aimerais vraiment que tu essaies.

Tout à coup, comme si elle s'accrochait à lui pour émerger d'un autre monde, ses doigts se contractè-rent, presque imperceptiblement. Le visage de Bill se fendit d'un large sourire, tandis que ses yeux s'emplis-saient de larmes.

— Formidable, l'encouragea-t-il, en proie à une vive émotion. Maintenant, j'aimerais que tu ouvres les yeux, un tout petit peu seulement. Je te regarde, Isabelle. Et je voudrais que tu me regardes aussi.

Son visage demeura parfaitement immobile, puis ses doigts se contractèrent de nouveau et Bill craignit qu'il ne s'agisse finalement que d'une réaction nerveuse. Au moment où le découragement s'immisçait en lui, le nez d'Isabelle se plissa. Bill sentit son cœur s'emballer.

— Qu'as-tu voulu faire, exactement ? C'était une drôle de grimace, en tout cas, et c'est mieux que rien. Que dirais-tu d'un petit sourire ?

Les larmes coulaient librement sur son visage alors qu'il lui parlait. Toute son énergie, tout son amour étaient concentrés sur elle. L'infirmière observait la scène, pétrifiée. Elle avait vu la petite grimace qu'Isabelle avait faite. Il ne s'agissait pas d'un réflexe.

— Peux-tu me faire un sourire, mon amour ? Ou bien ouvrir un œil... Tu m'as tellement manqué...

Il parlait d'un ton suppliant, la pressant de revenir auprès de lui. Il avait envie de plonger la main dans l'abysse où elle séjournait et de la tirer vers lui, vers la sécurité. Il continua à lui parler pendant une demi-heure, sans autre résultat. Il se sentait épuisé, vidé de ses forces, et pourtant il refusait de baisser les bras.

— Isabelle... d'accord, refais-moi cette grimace... allez... plisse un peu le nez, pour voir.

Au lieu de ça, elle souleva sa main quelques centimètres au-dessus du lit avant de la laisser retomber brusquement, comme sous le coup d'un trop gros effort.

— C'est très bien. Du beau travail. Prends le temps de te reposer, chérie. Ensuite, nous recommencerons.

Il désirait maintenir son attention en éveil jusqu'à ce qu'elle revienne à lui, à la vie. Aussi lui parlait-il sans interruption, la priant de cligner des yeux, de faire bouger telle ou telle partie de son visage, de soulever ses paupières ou de serrer encore sa main. Isabelle demeura un long moment parfaitement immobile. Et soudain, ses paupières frémirent légèrement.

— Oh, mon Dieu... murmura-t-il à l'adresse de l'infirmière, qui s'empressa de quitter la chambre pour aller chercher un médecin.

Après trois semaines passées entre la vie et la mort, Isabelle était en train de reprendre conscience. C'était Bill qui, laborieusement, amoureusement, la ramenait doucement dans le monde réel.

— Isabelle, reprit-il d'un ton plus ferme, il faut que tu ouvres les yeux, à présent, mon amour. C'est difficile, je sais. Mais cela fait longtemps que tu dors. Il est l'heure de se réveiller. J'aimerais que tu me regardes. J'aimerais te voir, et je sais que tu aimerais me voir, toi aussi. Allez, ouvre les yeux, juste un petit peu.

Il se tut et, quelques instants plus tard, elle s'exécuta. Bill ne s'y attendait pas vraiment. Au point où il en était, il se serait satisfait de n'importe quel autre petit signe. Mais cette fois, ses yeux trop longtemps clos s'entrouvrirent légèrement.

— C'est ça... c'est très bien... peux-tu les ouvrir

un petit peu plus... fais un effort, ma chérie... ouvre tes beaux yeux...

Le médecin était arrivé mais il préférait rester un peu à l'écart, et ne pas les interrompre. Bill se débrouillait merveilleusement bien, et il n'aurait probablement pas fait mieux.

— Isabelle, reprit Bill, j'aimerais que tu me regardes enfin. Ça fait si longtemps que j'attends ce moment.

Comme il prononçait ces mots, un soupir mélodieux monta du lit et dans un bref battement de paupières, elle ouvrit les yeux pour les refermer aussitôt, sans même l'avoir regardé. Apparemment, l'effort avait été intense.

— Je t'en prie, chérie, garde-les ouverts suffisamment longtemps pour pouvoir me regarder. S'il te plaît, mon amour...

Tout en parlant, il avait l'impression de la voir se rapprocher lentement du rivage. Finalement, elle ouvrit de nouveau les yeux, tourna la tête et planta son regard dans le sien avec un petit gémissement. Le mouvement lui avait sans doute fait mal. Mais un sourire éclaira son visage tandis qu'elle refermait les yeux pour tenter, cette fois, d'articuler un mot. Plusieurs minutes s'écoulèrent avant qu'elle rouvre les yeux en prononçant son prénom d'une voix rocailleuse.

— Bill...

Il effleura sa main d'un baiser, submergé par l'émotion. Des sanglots lui nouaient la gorge quand il prit la parole.

— Isabelle, je t'aime tant... Tu es merveilleuse. Tu as fourni un effort surhumain pour revenir parmi nous.

— Oui, chuchota-t-elle en fermant les yeux.

Puis elle les rouvrit de son plein gré.

— Je t'aime, balbutia-t-elle avant de redire son prénom, comme pour mieux le savourer.

— Nous en étions restés là, me semble-t-il, fit Bill en souriant à travers ses larmes.

Une éternité s'était écoulée depuis qu'ils avaient échangé leur premier baiser dans la voiture, juste avant l'accident.

— Tu es partie trop longtemps, mon amour. Tu m'as tellement manqué.

— Parle-moi encore, le pria-t-elle dans un sourire.

Bill, l'infirmière et le médecin ne purent s'empêcher de rire. Cela faisait trois semaines qu'il lui parlait régulièrement, et ce soir, plusieurs heures d'affilée. Comme s'il avait toujours su qu'il réussirait à la ramener à la vie. Il n'avait jamais baissé les bras, malgré le découragement qui commençait à s'insinuer en lui depuis quelques jours.

— J'aime... t'entendre... parler, reprit-elle d'un ton las.

L'effort qu'elle venait de fournir l'avait épuisée.

— Moi aussi, j'aime t'entendre parler. Ça faisait si longtemps que j'avais envie d'entendre le son de ta voix. Où étais-tu passée, mon amour ? demanda-t-il doucement sans lui lâcher la main.

— Partie, dit-elle en souriant de nouveau.

Elle le regarda, et mille questions dansaient dans ses yeux.

— Combien de temps ? reprit-elle.

— Trois semaines.

La surprise se peignit sur le visage d'Isabelle.

— Tant que ça ?

Elle semblait chercher ses mots, mais elle s'en sortait bien. Le médecin qui assistait à la scène paraissait satisfait, lui aussi.

— Tant que ça, oui.

Il avait tant de choses à lui dire, tant à partager, mais c'était encore trop tôt. Elle venait à peine de reprendre contact avec le monde réel.

Il vit son visage s'assombrir brusquement.

— Teddy... et Sophie ?

— Ils vont bien.

Bill l'espérait de tout son cœur, puisqu'il n'avait eu aucune nouvelle d'eux récemment. La santé de Teddy s'était dégradée depuis qu'il avait appris la nouvelle, mais il irait beaucoup mieux lorsqu'il saurait que sa mère était sortie du coma, c'était certain.

— Sophie est venue te voir. Elle est formidable, et elle te ressemble trait pour trait.

Isabelle sourit en fermant les yeux. Quand elle les rouvrit, il y lut une autre question.

— Il est venu aussi.

Elle hocha la tête, grimaça légèrement.

— Je... j'ai mal à la tête.

— Ça ne m'étonne pas.

— Ailleurs... aussi.

Le médecin s'approcha d'elle pour lui poser quelques questions. Il paraissait immensément soulagé. Au bout d'un moment, il leur demanda de se reposer un peu ; la soirée avait été riche en émotions pour eux. Un voile d'angoisse assombrit le visage d'Isabelle lorsque les aides-soignants s'approchèrent du lit de Bill.

— Non... ne pars pas...

Elle lui serra la main plus fort. Bill interrogea le médecin du regard.

— Puis-je rester ici ?

Le docteur réfléchit longuement. Il ne voyait aucun inconvénient à ce qu'ils passent la nuit dans la même chambre. Après tout, ils étaient adultes, et amis de surcroît. Les infirmières les surveilleraient ensemble. Bill méritait bien cette faveur après ce qu'il venait d'accomplir et, sans qu'il puisse s'expliquer pourquoi, leur intimité lui semblait couler de source.

— C'est une excellente idée, déclara-t-il finalement.

Bill n'était plus relié aux moniteurs, il avait uniquement besoin d'une perfusion et d'analgésiques s'il les réclamait, ce qui arrivait rarement.

— Je veux que tu restes ici, fit Isabelle en s'accrochant à sa main.

Bill l'enveloppa d'un regard lumineux. Elle était là, vivante, tout près de lui. C'était le plus beau moment de sa vie. Ils souriaient pendant que les infirmières les préparaient pour la nuit. Le médecin examina soigneusement Isabelle et lui posa quelques questions supplémentaires. Elle lui parla de sa tête, de son corps qui lui semblait trop petit, trop étroit ; le docteur lui expliqua qu'elle ressentait ses blessures internes, que cela risquait de durer encore un peu. Il poursuivrait son examen le lendemain. Pour le moment, ils avaient surtout besoin de se reposer.

Une des infirmières ne laissa qu'une petite lumière et l'autre vint aider Bill à se tourner sur le côté. Il voyait mieux Isabelle ainsi. Il n'avait pas envie de dormir, il voulait la contempler toute la nuit, admirer son visage, caresser sa main. Ils étaient allongés l'un en face de l'autre, et Isabelle ressemblait à une enfant, le visage éclairé d'un sourire.

— Tu es si belle, murmura-t-il, et je t'aime tant.

L'attente valait la peine d'être vécue. Trois semaines... et une vie, avant ça.

— Tu m'as manqué, là où j'étais, chuchota-t-elle.

— Comment le sais-tu ?

Postée dans un coin de la pièce, l'une des infirmières souriait.

— Je le sais, c'est tout.

Ils étaient comme deux enfants dans un dortoir, murmurant dans l'obscurité, grisés par un sentiment d'excitation. Le médecin et l'autre infirmière quittèrent la chambre. En souriant, ils échangèrent un long regard dans le couloir. Bill et Isabelle faisaient plaisir à voir. D'autant plus qu'ils avaient perdu quasiment tout espoir concernant Isabelle.

Le médecin appela Gordon Forrester pour lui annoncer la bonne nouvelle, mais ce dernier était sorti. Il pria l'infirmière de Teddy de le prévenir de son appel, sans en dire davantage.

Bill et Isabelle avaient l'impression d'avoir toujours dormi ensemble. Isabelle essaya de rouler sur le dos mais sa tête la faisait trop souffrir et elle se tourna de nouveau vers Bill. Il avait les yeux grands ouverts et la regardait.

— Que t'est-il arrivé ? demanda-t-elle en remarquant l'énorme minerve qui enserrait son cou.

Tout était allé si vite, elle n'y avait pas prêté attention. Mais à présent, elle le regardait d'un air inquiet.

— J'ai été blessé à la nuque et au dos. Mais ça va aller, assura-t-il en lui souriant.

Il en était convaincu. Tout irait bien, maintenant. Il avait attendu ce moment trois longues semaines.

— Tu en es sûr ?

— Sûr et certain. Je ne me suis jamais senti aussi bien de ma vie.

— Moi non plus.

Elle le dévisagea d'un air songeur.

— Je ne me souviens de rien... Comment avons-nous atterri ici ?

— C'est une longue histoire, mon amour, que je te raconterai demain. En fait, notre voiture a été percutée par un bus.

Il ne lui dirait pas tout de suite que onze personnes avaient péri dans l'accident, et qu'elle avait bien failli alourdir le bilan.

— J'étais en train de t'embrasser, c'est la dernière chose dont je me souvienne avant de me réveiller ici.

— Je m'en souviens aussi, murmura-t-elle avec un petit sourire avant d'étouffer un bâillement.

Comme il aurait aimé l'embrasser de nouveau ! Hélas, c'était impossible ; il ne pouvait pas bouger d'un pouce. Il était condamné à rester allongé dans cette position et devait se contenter de caresser son visage et sa main.

— J'aimerais beaucoup t'embrasser, un de ces jours, dit-elle d'un ton rêveur.

Bill ne répondit pas. Il ne pouvait s'empêcher de songer au pire, à ses yeux : la perte de sa virilité. Plongé dans ses pensées, il lui caressa tendrement la main. C'était tout ce qu'il pouvait lui offrir, pour le moment.

— J'espère que les enfants vont bien, dit-elle soudain, sans avoir conscience de l'angoisse de Bill.

— Ils iront forcément bien en apprenant que tu es sortie du coma, la rassura-t-il.

286

L'espace d'un instant, son visage se rembrunit et elle serra plus fort les doigts de Bill.

— Et ensuite, il va venir, n'est-ce pas ?

Bill n'eut pas le cœur de lui avouer que son mari n'était pas revenu depuis deux semaines. Ce n'était pas son rôle. Pour toutes les choses qu'il ne faisait pas pour elle, et pour toutes celles, cruelles, qu'il lui faisait subir, Bill avait fini par détester Gordon Forrester.

— N'y pensons pas pour le moment. Ferme les yeux et essaie de dormir un peu, murmura-t-il, regrettant de ne pouvoir caresser ses cheveux.

— Ne voulais-tu pas que je me réveille, au contraire ? plaisanta-t-elle.

Elle se rétablirait vite, c'était évident. Après cet accident qui avait failli lui coûter la vie et trois semaines de coma, elle n'avait pas changé. Son esprit était toujours aussi vif. Finalement, c'était cela et son amour pour elle qui l'avaient ramenée à la vie.

— Rendors-toi, tu parles trop, tu vas te fatiguer.

Un sourire flottait sur ses lèvres tandis qu'il la regardait. Elle lui semblait encore plus belle qu'avant.

— J'ai envie de parler avec toi toute la nuit, répondit-elle avec une moue espiègle.

Elle marqua une pause puis déclara soudain :

— J'aimerais danser de nouveau avec toi.

Le sourire de Bill s'élargit. Il dansait déjà, dans sa tête.

— Cela viendra un jour.

— Et je veux retourner au Harry's Bar, poursuivit-elle.

— Tout de suite ? la taquina-t-il, le cœur gonflé d'allégresse.

— Disons demain. Ensuite, nous irons chez Annabel. Il faut que nous rattrapions le temps perdu. Cela fait des semaines que je n'ai pas dansé, ajouta-t-elle avec un petit soupir heureux.

— Méfie-toi, les médecins risquent de te replonger dans un long sommeil si tu ne te calmes pas un peu.

— Je veux juste rester ici avec toi.

Son rire résonna doucement dans la pièce sombre.

— On pourra dire qu'on a dormi ensemble, maintenant... non ?

— Quelles drôles de pensées pour une jeune femme qui se remet à peine d'un énorme choc ! la rabroua Bill d'un ton amusé, brûlant d'envie de la prendre dans ses bras.

Mais dans son cœur, il la serrait déjà contre lui. Dans son cœur, elle serait toujours sienne. Il en était ainsi depuis le baiser qu'ils avaient échangé, ce fameux soir, et cela le resterait à jamais. Elle avait marché longtemps, dans l'obscurité, pour venir le rejoindre. Quoi qu'il arrive maintenant, où qu'ils aillent, il ne la perdrait jamais plus.

— J'ai marché vers une lumière éclatante avec toi... Nous suivions un chemin étroit... Tout à coup, les enfants nous ont appelés et tu m'as obligée à faire demi-tour.

Bill tressaillit en entendant ces mots. Le même souvenir lui était revenu, exactement comme elle venait de le décrire, lorsqu'il avait repris conscience.

— Que s'est-il passé, ensuite ?

— Il y avait cette lumière aveuglante... et j'étais tellement fatiguée... Je me suis assise sur une pierre. Je ne voulais pas revenir sur mes pas, mais tu me tirais par la main, tu me disais qu'on pourrait toujours revenir une autre fois... J'ai fini par te suivre, à contrecœur.

La première fois, il l'avait éloignée de la mort et ce soir, avec la même persévérance, il l'avait arrachée à un sommeil infini. L'histoire de la pierre et de la lumière éclatante correspondait exactement à ce qu'il avait vu.

— Isabelle, j'ai vécu ça aussi.

Il était bouleversé et Isabelle ne parut pas comprendre son trouble.

— J'ai fait le même rêve que toi. J'ai vu tout ce que tu viens de décrire.

— Je sais, tu étais avec moi, dit-elle comme si cela n'avait rien d'étonnant. Je t'ai vu, j'ai pris ta main et je suis rentrée avec toi.

— Pourquoi ?

Bill fouilla sa mémoire dans l'espoir de comprendre ce qui leur était arrivé. Pour lui, cette aventure n'avait rien d'ordinaire. Il avait déjà entendu parler de ces expériences, certes, mais en principe, les gens qui les avaient vécues n'avaient pas vu la même lumière dans

289

le même rêve, ni la même pierre ni le même chemin. Bill prit alors conscience que quelque part, d'une manière à la fois obscure et symbolique, leurs esprits s'étaient rencontrés pour ne faire plus qu'un. Dans une autre vie, ils avaient connu une fusion parfaite.

— J'ai fait demi-tour parce que tu me l'as demandé, répondit-elle posément. Mais après ça, je me suis de nouveau perdue. J'ai dû m'endormir sur le bord du chemin.

— Ne me refais plus jamais ça, Isabelle, ou je serai obligé de me fâcher tout rouge contre toi. Suis-moi bien, ne me perds plus de vue.

— C'est promis, dit-elle en couvrant sa main de baisers. Merci de m'avoir attendue et de m'avoir ramenée avec toi.

La fatigue était en train de la gagner, elle bâilla à plusieurs reprises et, avant qu'il ait eu le temps d'ajouter un mot, elle sombra dans un sommeil paisible, toujours agrippée à sa main.

Bill la contempla longuement, submergé par le souvenir de leur expérience commune. Il se revit en train de marcher en direction du halo de lumière, avec Isabelle devant lui sur l'étroit sentier. Ce soir, elle l'avait rejoint pour de bon. Si la signification réelle de cette histoire lui échappait, il était conscient en tout cas d'avoir vécu une aventure extraordinaire.

Les yeux rivés sur Isabelle, profondément endormie, il sut alors que, malgré tout ce qui leur était arrivé, il avait une chance inouïe.

10

Le médecin appela Gordon Forrester à huit heures, le lendemain, mais la même voix de femme lui répondit qu'il n'était pas là. Il était dix heures lorsqu'il réussit enfin à joindre Gordon à son bureau. La nouvelle parut le surprendre, mais il se déclara très heureux. Il demanda à parler à sa femme, mais le téléphone n'avait pas encore été installé dans sa chambre. Le médecin lui dit de l'appeler dans l'après-midi.

— Les enfants voudront lui parler, bien sûr, expliqua Gordon d'un ton absent, assis à son bureau.

Lui-même s'était fait à l'idée qu'elle ne sortirait plus du coma et la nouvelle le prenait de court. Il était soulagé pour elle, certes, mais il lui fallait encore assimiler ce revirement de situation.

— Comment cela s'est-il passé ? demanda Gordon d'un ton innocent.

Il y eut un bref silence à l'autre bout du fil. Le médecin décida de ne pas lui parler de Bill Robinson ; c'était plus sage, dans l'intérêt de tout le monde.

291

— Elle a repris conscience d'elle-même, dit-il simplement.

— Bel effort, observa Gordon comme s'il parlait d'un tournoi de golf ou d'un match de tennis.

En contraste total avec les larmes de joie qu'avait versées Bill la veille, le ton de Gordon était dénué d'émotion. On eût dit qu'il parlait d'une vague connaissance, mais certainement pas de sa femme. Sous cet éclairage, le médecin comprenait mieux les rapports qu'elle entretenait avec Bill. Tout s'expliquait, à présent. Il ignorait à quel moment Gordon comptait venir à Londres, mais dans l'intérêt de ses deux patients, il espérait qu'il ne se hâterait pas. Il s'était pris d'une réelle affection pour eux. Comment rester insensible à un amour aussi beau, un amour qui avait flirté avec la mort pour renaître à la vie, encore plus fort. Rares étaient ceux qui partageaient une telle expérience ; c'était un cadeau infiniment précieux.

— Dites-lui que je l'appellerai quand je rentrerai du bureau, en fin d'après-midi, conclut Gordon.

L'infirmière transmit le message à Isabelle quand on vint lui installer le téléphone. Elle avait hâte de parler à ses enfants, mais pas à Gordon.

— Qu'allons-nous faire, maintenant ? demanda-t-elle à Bill dans l'après-midi.

Il était assis dans son lit, à côté du sien, pendant qu'elle prenait son premier repas. On lui avait apporté un bol de potage et un peu de crème en dessert. Cela faisait longtemps qu'elle n'avait pas mangé et la vue de la nourriture n'aiguisa pas son appétit, au contraire.

— Que veux-tu dire ? demanda Bill. Tu hésites entre une partie de croquet, un parcours de golf ou une balade dans le parc, c'est ça ?

Il la taquinait mais, cette fois, elle ne lui rendit pas son sourire.

— Gordon va vouloir que je rentre à Paris quand j'irai mieux.

Elle avait hâte de voir ses enfants, bien sûr, mais d'un autre côté, elle n'avait pas envie de quitter Bill.

— Ce ne sera pas pour tout de suite, répliqua Bill en s'efforçant de ne pas paniquer. Il faudra encore un certain temps avant que tu puisses de nouveau gambader.

La cicatrisation de ses blessures internes n'était pas encore terminée et les médecins surveillaient sa tête de près. Ce matin, ils lui avaient annoncé qu'elle ne quitterait pas l'hôpital avant quatre semaines environ. Comme Bill.

— Et après ? demanda-t-elle tandis que l'infirmière l'aidait à manger sa soupe.

Elle se sentait très faible, ce qui n'étonnait personne à part elle.

— On verra.

Il ne lui avait pas encore dit qu'il ne retrouverait probablement jamais l'usage de ses jambes. Il désirait y réfléchir encore. En fait, il hésitait à la mettre au courant. A moins que les choses aient radicalement changé pendant son coma, elle retournerait auprès de Gordon pour continuer à s'occuper de son enfant malade. Il pourrait toujours l'appeler, certes, la voir de temps en temps, mais en aucun cas il ne supporterait sa pitié s'il était condamné à passer le restant de sa vie dans un fauteuil roulant. Il ne désirait que son amour. Pour échapper à sa compassion, il serait peut-être préférable qu'il cesse de la voir lorsqu'ils seraient sortis de l'hôpital ; il continuerait à l'appeler, mais c'était tout. Bill hésitait encore sur la conduite à tenir. Pour le moment, elle pensait qu'il souffrait d'une paralysie temporaire, et il ne chercha pas à la détromper. Il ne lui avait pas non plus parlé de son prochain divorce. Elle s'imaginerait peut-être qu'il lui forçait la main, alors que ce n'était absolument pas son intention. A terme, Isabelle irait rejoindre sa famille, il le comprenait tout à fait. Pour le moment, il désirait simplement apprécier l'instant présent.

Isabelle était dans sa chambre en compagnie de Bill lorsque Gordon l'appela, en fin d'après-midi. Il était soulagé de savoir qu'elle allait mieux. A l'entendre, on aurait cru qu'elle se remettait d'une entorse à la cheville ou d'une mauvaise chute. Gordon, qui se considérait presque comme veuf après ces trois semaines de coma, éprouvait beaucoup de mal à s'adapter à ce brusque dénouement. Isabelle le trouva bizarre ; elle le soupçonna d'être furieux contre Bill et de vouloir la punir pour ce qui s'était passé. Si la conversation avec Gordon s'avéra des plus pénibles, ses enfants dissipèrent bien vite son malaise. Sophie fondit en larmes en entendant la voix de sa mère ; quant à Teddy, il éclata en sanglots et chercha à reprendre son souffle plusieurs fois. Inquiète, Isabelle demanda à Gordon des nouvelles de la santé de leur fils quand il reprit le combiné. Submergée par l'émotion, elle pleurait doucement. Elle s'était fait tellement de souci pour eux !

— Teddy ira mieux, désormais, répondit simplement Gordon.

Sophie avait de nouveau exprimé le souhait d'aller voir sa mère, mais Gordon lui avait dit qu'elle rentrerait bientôt à la maison.

— Quand comptent-ils te laisser partir ? demanda-t-il sur le même ton désinvolte avant d'ajouter qu'il ne comprenait pas l'utilité d'aller la voir si elle rentrait bientôt.

— Dans quatre semaines, environ, tout dépendra de mon foie, ma tête et mon cœur.

Gordon ne parut pas impressionné le moins du monde. Maintenant qu'elle était sortie du coma, le reste importait peu.

— C'est un peu long, tu ne trouves pas ? Je suis sûr qu'ils t'autoriseront à partir plus tôt si tu leur demandes, affirma Gordon.

En réalité, il la soupçonnait de repousser son départ pour rester plus longtemps auprès de Bill, et cette pensée l'agaçait profondément.

— J'en parlerai à ton médecin. Tu serais aussi bien suivie ici.

Terrifiée, Isabelle confia au médecin que Gordon avait l'intention de l'appeler pour lui demander de la renvoyer à Paris.

— Est-ce ce que vous désirez, Isabelle ? Nous pourrions vous transférer dans un hôpital parisien d'ici une ou deux semaines. Vous n'êtes pas encore en mesure de rentrer chez vous, de toute façon.

— Je veux rester ici, décréta Isabelle d'un ton angoissé.

— J'y veillerai, la rassura le médecin.

Il les appréciait tous les deux et il était tout disposé à faire ce geste pour eux. Les enfants d'Isabelle pouvaient attendre encore un peu. Plus tard, pourtant, Isabelle confia ses inquiétudes à Bill. Elle se faisait beaucoup de souci pour Teddy. Il ne lui avait pas paru en forme au téléphone. Peut-être devrait-elle malgré tout essayer de rentrer plus tôt, pour lui au moins. Il avait tellement besoin d'elle, et elle était partie depuis si longtemps. Heureusement, il se trouvait entre de bonnes mains, bien entouré par ses infirmières. Comme toujours, Bill fit preuve d'une grande sollicitude.

— La nouvelle de l'accident l'a bouleversé, c'est

normal. Dieu seul sait ce que lui a dit Gordon sur ton état de santé. Mais maintenant qu'il a entendu ta voix et qu'il sait que tu seras près de lui dans quelques semaines, il va aller mieux, j'en suis sûr.

Les paroles de Bill la rassurèrent.

— Je l'espère sincèrement, déclara-t-elle avec ferveur. Dieu merci, Sophie est avec lui. Elle voulait venir me voir, mais je préfère qu'elle reste auprès de Teddy. Il a davantage besoin d'elle que moi.

Et puis, elle avait la chance d'avoir Bill à ses côtés.

— Et Cynthia ? A-t-elle l'intention de revenir te voir ?

— Non, répondit-il simplement. Je les verrai toutes les trois à mon retour.

Il avait demandé au médecin de ne pas dire à Isabelle qu'il ne pourrait plus jamais marcher. Avec son divorce, c'était l'autre secret qu'il désirait garder pour lui. Il avait besoin de temps pour voir dans quel sens évoluerait la situation. Isabelle imaginait que sa guérison serait longue, qu'il lui faudrait entre six mois et un an avant de pouvoir retrouver le plein usage de ses jambes.

Si elle avait envisagé, ne fût-ce qu'un instant, de quitter Gordon, les choses auraient été différentes. Il lui aurait dit la vérité. Mais puisqu'elle retournerait bientôt auprès de son mari, il jugeait inutile de l'inquiéter avec ses propres problèmes. Elle avait suffisamment à faire avec Teddy. Il lui faudrait aussi affronter Gordon, et la simple idée de ce qui l'attendait le mettait hors de lui. Cet homme n'éprouvait rien pour sa femme : ni respect, ni amour, ni chaleur, ni compassion. Gordon Forrester se prenait pour le centre du monde ; à ses yeux, Isabelle n'était qu'un accessoire jadis utile, une garde-malade pour leur fils. Il n'avait apparemment aucune conscience de sa vraie valeur. Bill craignait que Gordon lui rende la vie plus dure encore, après ce qui s'était passé. Plein de soupçons et de rancœur, il risquait de la punir pour des péchés qu'elle n'avait pas commis. Isabelle devrait rester sur ses gardes si elle ne voulait pas que sa vie devienne un enfer. Gordon était capable du pire. Alors qu'elle se trouvait entre la vie et la mort, il n'avait pas jugé nécessaire de rester plus de quelques jours auprès d'elle, et il n'était pas revenu depuis. Au fond, Bill s'en réjouissait presque, à présent qu'elle était consciente et qu'ils étaient ensemble.

Le médecin appela Gordon dans l'après-midi pour lui expliquer qu'Isabelle ne pourrait pas voyager avant quatre semaines. Gordon commença à protester, estimant qu'ils faisaient preuve d'une prudence exagérée, mais le chirurgien coupa rapidement court à ses objections en brandissant le spectre de graves complications, voire d'un nouveau coma.

— Je pourrais perdre mon poste, plaisanta-t-il en rapportant sa discussion à Isabelle et Bill.

Il lui semblait salutaire de leur accorder un petit

intermède de bonheur après l'enfer qu'ils avaient vécu. Les souffrances de Bill étaient loin d'être terminées. Le médecin savait combien sa rééducation serait longue et douloureuse. Il avait déjà pris contact avec un établissement new-yorkais où on aiderait Bill à recouvrer un maximum de mobilité. Ce dernier n'imaginait pas encore ce qui l'attendait là-bas. Et Isabelle encore moins.

Pour le moment, il leur restait quatre semaines à passer ensemble, à rire, à bavarder, à s'imprégner de l'amour et de la chaleur qu'ils dégageaient l'un pour l'autre. Après le cauchemar qu'ils avaient traversé, l'hôpital devint pour eux une sorte d'oasis, une parenthèse de bonheur avant leur séparation. La réalité les rattraperait bien assez vite.

Ils passèrent de nouveau la nuit dans la chambre d'Isabelle et testèrent celle de Bill le surlendemain. Tous deux libérés de leurs moniteurs, ils passèrent l'après-midi à parler de leurs espoirs et de leurs rêves. Les moments qu'ils savouraient ensemble étaient un cadeau précieux, chèrement gagné.

Ils jouaient aux cartes et lisaient. Bill lui apprit à jouer au menteur. Ils parlaient pendant des heures et prenaient leurs repas ensemble. Le foie d'Isabelle était en voie de guérison ; son rythme cardiaque était encore irrégulier, quoique moins qu'avant, et elle souffrait de temps en temps d'horribles migraines. Elle se fatiguait vite et dormait beaucoup, Bill à ses

côtés. La nuque de ce dernier était toujours emprison-
née dans son énorme minerve ; il souffrait parfois du
dos, et Isabelle lui massait doucement les épaules et
les bras. Elle avait remarqué qu'il ne bougeait pas les
jambes mais il lui répétait sans cesse que, la prochaine
fois qu'ils se reverraient, il serait de nouveau sur pied.
Isabelle le croyait. Après tout, un mois seulement
s'était écoulé depuis l'accident ; compte tenu de l'importance de leurs blessures, il était normal que le processus de guérison prenne du temps. Quoi qu'il en
soit, ils parlaient très peu de leurs maux et douleurs
respectifs. Ils préféraient échanger des confidences,
débattre de sujets variés et se faire rire l'un l'autre.

Cela faisait deux semaines qu'Isabelle était sortie
du coma. Le soleil inondait leur chambre par ce bel
après-midi de juillet. Ils étaient allongés, côte à côte,
sur le lit de Bill. Les fenêtres étaient ouvertes et une
douce chaleur les enveloppait tandis qu'ils partageaient des souvenirs d'enfance. Isabelle évitait soigneusement de toucher les zones encore douloureuses
du corps de Bill, en particulier sa colonne vertébrale.
Tout en lui parlant des étés qu'elle passait chez ses
grands-parents, dans le Hampshire, elle fit glisser
paresseusement ses doigts le long de son bras puis
les laissa remonter sur ses épaules avant de descendre
doucement dans son dos, veillant à contourner les
parties sensibles. Bill l'enveloppa d'un regard voilé.
Un sourire de petit garçon espiègle étira soudain ses
lèvres.

— Pourquoi me regardes-tu comme ça ? demanda Isabelle. C'est vrai, tu sais, mon grand-père était un homme foncièrement gentil.

— Je n'en doute pas une seconde. Cela fait bien cinq minutes que j'ai perdu le fil, avoua-t-il.

— A quoi pensais-tu ? Veux-tu que nous fassions une partie de menteur ?

Il gagnait toujours ; Isabelle ne savait pas mentir, et il aimait ça aussi, chez elle. Elle était si différente de son ex-femme...

— Pour être franc, j'avais beaucoup mieux que ça en tête, murmura-t-il en effleurant ses lèvres d'un doux baiser.

Il avait trouvé le moyen de se pencher juste assez pour pouvoir l'embrasser, et ils s'en donnaient à cœur joie, surtout la nuit, allongés l'un contre l'autre.

— Isabelle, reprit-il d'un ton grave, je ne suis pas sûr d'y arriver, mais j'ai très envie de te faire l'amour.

Des sensations intenses l'assaillaient depuis une demi-heure. Il était tellement à l'aise avec Isabelle qu'il se sentait prêt à tout essayer. Malgré leur santé encore fragile, il la désirait depuis longtemps. Bien avant l'accident déjà, bien qu'il n'ait jamais osé franchir le pas. L'espoir qui éclairait son regard à cet instant toucha profondément Isabelle.

— C'est une excellente idée, mon amour, murmura-t-elle, prête à tout pour lui faire plaisir. Si j'allais fermer la porte à clé ?

301

La porte était munie d'un petit verrou que personne n'utilisait jamais. C'était le moment de s'en servir.

— Tu crois qu'ils nous renverraient s'ils savaient ? plaisanta-t-il tandis qu'elle se dirigeait vers la porte.

Son désir pour elle se renforçait à chaque instant, en même temps qu'une bouffée d'angoisse montait en lui. Mais c'était plus fort que lui, il fallait qu'il essaie de lui faire l'amour. D'autant qu'une confiance mutuelle cimentait leur relation, pleine de tendresse et de passion.

— Je ne suis pas certaine qu'ils aient envisagé cette éventualité en nous permettant de dormir dans la même chambre, répondit Isabelle avec un petit sourire mutin.

— Eh bien, ils ont eu tort. C'est ce qu'il peut nous arriver de meilleur.

Du moins l'espérait-il. Et s'il se trompait ? Un frisson d'appréhension le parcourut.

Isabelle le dévisagea avec gravité avant de l'embrasser.

— Non, Bill, le meilleur, c'est ce que nous partageons déjà... Nous nous aimons, nous sommes bien ensemble... blottis l'un contre l'autre... J'aime tout en toi, Bill. Ce qui viendra en plus sera un cadeau supplémentaire, mais ce ne sera pas le meilleur. C'est toi, le meilleur.

Malgré ses paroles rassurantes, Bill se sentait de

plus en plus nerveux. Et si le médecin s'était trompé ? S'il ne réussissait pas à faire l'amour ? Ce serait une immense déception pour eux deux, et un terrible échec pour lui. Au prix d'un grand effort, il garda ses craintes pour lui. Il ne voulait pas qu'Isabelle s'inquiète, encore moins qu'elle ait pitié de lui.

Avec une douceur infinie, elle le débarrassa de sa blouse d'hôpital. Il avait un corps magnifique, et il n'y avait aucune honte, aucune fausse pudeur entre eux ; ils avaient traversé tant d'épreuves ensemble qu'ils avaient l'impression de se connaître depuis toujours. Sur le plan émotionnel, il ressentait toutes les caresses qu'elle lui prodiguait, mais il n'était pas tout à fait sûr du reste. Elle s'écarta légèrement pour ôter sa chemise de nuit et il couvrit ses seins de ses mains. Abîmés et meurtris, leurs corps semblèrent oublier d'un coup les souffrances qu'ils avaient endurées. Isabelle captura sa bouche dans un tendre baiser puis, avec une lenteur délibérée, elle fit glisser ses lèvres toujours plus bas. La force de leur amour leur ouvrit la porte de ce dernier jardin secret qu'ils découvrirent sans précipitation, guidés par leurs émotions. Isabelle le caressa avec une délicatesse inouïe, en veillant à ne pas lui faire mal ; le plaisir qu'elle prenait à réveiller sa sensualité était évident. Hélas, ses caresses n'eurent pas l'effet escompté, au grand dam de Bill.

Les sensations qu'il éprouvait étaient comme atténuées, et bien qu'il éprouvât un désir intense pour

elle, son corps refusait de lui répondre. C'était comme
si une connexion ne se faisait pas, au niveau du cerveau, ou peut-être de la moelle épinière. Il brûlait
d'envie de lui faire l'amour et en même temps, une
peur panique le paralysait. Elle était penchée au-dessus de lui quand il se rendit compte que leur tentative
était vouée à l'échec. Et soudain, il se sentit ridicule
et complètement stupide de s'être lancé dans une telle
aventure.

Isabelle était à demi consciente de ce qui se passait.
Aveuglée par son amour, elle n'avait qu'une seule
envie : le rendre heureux, lui communiquer toute la
tendresse qu'elle éprouvait pour lui. Elle savait depuis
le début qu'il ne pourrait peut-être plus faire l'amour,
pas à la première tentative, en tout cas. Il avait subi
un grave traumatisme et il lui faudrait du temps avant
de recouvrer toutes ses capacités, y compris dans ce
domaine. Elle n'avait pas eu l'intention de lui lancer
un défi, mais désirait au contraire lui insuffler l'espoir,
la vie. Au lieu de ça, ce fut la détresse qu'elle lut dans
ses yeux.

— Ce n'est rien, mon amour... Ce n'est pas
grave... Donne-toi un peu de temps, murmura-t-elle.

Il s'accrocha brièvement à elle avant de s'écarter en
détournant les yeux. Il était effondré. La tentative
avait tourné au désastre. Allongé à côté d'Isabelle, il
était incapable de penser à autre chose. Rien de ce
qu'elle pouvait lui dire ne le consolait. En la serrant

dans ses bras, il se jura de ne plus jamais renouveler l'expérience. Malgré la tendresse et l'amour qu'elle lui témoignait, il se sentait humilié, plus déprimé que jamais. C'était la pire journée de sa vie. Il avait perdu sa virilité. Et pour rien au monde, se promit-il, il ne retenterait l'expérience. Certainement pas avec Isabelle.

— Rhabille-toi, ordonna-t-il dans un murmure.

Elle hésita, cherchant désespérément un moyen de lui remonter le moral. Mais il paraissait tellement désemparé que la moindre parole de réconfort, le moindre geste, la moindre caresse n'aurait fait qu'accentuer son désarroi. Elle se glissa sous les couvertures et s'enroula dans le drap avant de se blottir contre lui.

— Ce n'est rien, Bill, murmura-t-elle d'une voix empreinte de tendresse. Ça ira mieux plus tard. Ce n'est que le début, conclut-elle en posant un baiser sur sa joue.

Lorsqu'elle voulut lui prendre la main, il s'écarta. Il s'efforça de refouler les larmes qui lui piquaient les paupières. Il aurait voulu s'enfuir à toutes jambes, mais même cela lui était interdit.

— Non, ce n'est pas le début, répliqua-t-il d'un ton rageur. C'est la fin.

La fin de sa vie d'homme. Il était furieux contre lui-même.

— Ne dis pas ça, c'est idiot, protesta Isabelle. Le docteur t'avait prévenu que cela pourrait prendre un peu de temps avant que tout rentre dans l'ordre.

Bill était terrorisé à l'idée de devoir renoncer définitivement à sa vie sexuelle. C'était peut-être difficilement compréhensible pour une femme, mais lui y accordait une importance primordiale. La perspective d'un avenir sans amour physique le paniquait complètement. Il lui était déjà arrivé, comme tout le monde, de connaître une « panne » quand il était trop fatigué, trop stressé par le travail, ou quand il avait trop bu. Mais cette fois-ci, c'était différent : un moment unique dans sa vie. La première fois qu'il aurait fait l'amour à Isabelle. Depuis l'accident, l'acte d'amour constituait, dans son esprit, sa seule chance de prouver qu'il était encore un homme — qu'il recouvre ou non l'usage de ses jambes. Cet échec remettait en cause toute son existence. De son côté, Isabelle se montrait calme et compréhensive. Elle ne doutait pas un instant que les choses finiraient par s'arranger. Et dans le pire des cas, elle se sentait tout à fait prête à aimer Bill avec ses handicaps. Cela ne changeait absolument rien pour elle.

Bill, au contraire, voyait tous ses espoirs s'effondrer. Si, en plus de ses jambes, il ne pouvait retrouver sa virilité, il n'avait aucune raison de partager la vie d'Isabelle. Il venait de perdre beaucoup ce soir-là : le respect de sa propre personne, l'estime de soi, l'essence même de sa virilité et tout espoir d'avenir avec Isabelle. S'il lui avait fait part de ses craintes, celle-ci n'aurait pas compris qu'il en arrive à des conclusions aussi extrêmes après une seule tentative malheureuse. Mais Bill était terrifié par ce qui lui arrivait. A ses yeux, cet échec signifiait forcément la fin de leur idylle. Alors que, pour Isabelle, cela n'avait aucune importance. En fait, son amour pour Bill s'en trouvait même renforcé, et une tendresse infinie gonflait son cœur.

11

Le moral de Bill fut sérieusement ébranlé après cet épisode. Même s'ils continuèrent à dormir dans la même chambre, il fit clairement comprendre à Isabelle qu'il n'avait pas l'intention de renouveler l'expérience. L'humiliation avait été trop cuisante. Tout en s'efforçant de lui remonter le moral, Isabelle n'insista pas. Lorsqu'il se risquait à aborder le sujet, elle lui assurait qu'avec un peu de temps et de patience, il retrouverait toutes ses facultés sensorielles. Lors de leur brève tentative, il avait eu des réactions qui laissaient présager une amélioration. Malgré tout, Bill refusait obstinément de se montrer optimiste. Pour lui, le chapitre de la sexualité était clos. Sa relation avec Isabelle demeurait intense, baignée de tendresse et de complicité, mais il n'essaierait plus de lui faire l'amour ; c'était là une décision ferme et définitive.

Tandis que Bill et Isabelle s'entendaient de mieux en mieux, le temps, lui, s'écoulait de plus en plus vite. L'équipe de kinésithérapeutes commença à faire travailler Bill, et Isabelle se soumit à une série d'examens en tous genres, comprenant un encéphalogramme et un électrocardiogramme. Tous deux progressaient lentement mais sûrement sur la voie de la guérison. Chaque jour qui passait leur rappelait qu'ils devraient bientôt se séparer. Ils avaient payé un lourd tribut pour pouvoir passer deux mois ensemble et, avec le temps, ils avaient presque l'impression d'être mariés.

Ils ne se quittaient pas de la journée. Bill l'accompagnait dans tous ses examens. Le matin, ils prenaient leur petit déjeuner en lisant le journal et le soir, ils s'endormaient dans deux lits placés côte à côte. Seul l'amour physique manquait à leur vie de couple ; c'était un sujet sensible pour Bill, alors qu'Isabelle, elle, ne s'était jamais sentie aussi heureuse de sa vie.

— J'ai l'impression de travailler dans un hôtel au bord de la mer, plaisanta une infirmière comme ils regagnaient leurs chambres après être restés un long moment sur la terrasse ensoleillée.

Isabelle avait eu mal à la tête ce matin-là, et on lui avait fait passer un scanner du cerveau avant le déjeuner, mais tout était en ordre. Sa convalescence était suivie de près, et elle avait fait d'énormes progrès en peu de temps. Gordon souhaitait qu'elle rentre au plus vite. Comme elle, Bill savait que son départ approchait à grands pas. Isabelle redoutait ce moment, d'autant qu'elle ignorait encore quand ils se reverraient.

Elle parlait à ses enfants tous les jours. Sophie semblait nerveusement épuisée. Elle assumait seule l'entière responsabilité de Teddy et la santé de ce dernier s'était nettement dégradée depuis l'accident. Isabelle se sentait coupable d'être loin d'eux alors qu'ils avaient besoin d'elle, mais de toute façon, à Paris, elle aurait été hospitalisée et elle ne les aurait pas vus davantage. Des sentiments contradictoires la tiraillaient. Elle serait heureuse de les revoir, mais l'idée de quitter Bill lui brisait le cœur.

Quand ils parlaient de leur séparation imminente, Isabelle imaginait d'autres rendez-vous, comme celui qu'ils s'étaient fixé au mois de juin. Il lui serait sans doute plus difficile de s'éclipser, mais elle se débrouillerait. Elle n'avait aucune envie de renoncer au bonheur qu'elle partageait avec Bill, même s'ils devaient se contenter de quelques rencontres volées de-ci de-là.

Pour sa part, Bill restait délibérément vague. Il n'arrivait pas à se projeter dans l'avenir. Bien qu'il ait déjà fait de gros progrès, il se remettait moins vite qu'Isabelle et son moral en pâtissait. Il ne voulait pas s'engager à la revoir avant d'avoir commencé sa rééducation. Il saurait vite à quoi s'en tenir. En aucun cas il ne deviendrait un poids pour elle, mais aurait-il la force de renoncer au bonheur qu'elle lui apportait ? De plus, après les moments intenses qu'ils venaient de vivre, il leur serait difficile de se contenter de simples conversations téléphoniques.

— Je doute que nous puissions nous voir à Paris, déclara Bill alors qu'elle venait d'aborder le sujet. Gordon nous soupçonne du pire. Il m'a clairement interdit de t'approcher lorsqu'il m'a trouvé dans ta chambre. Si tu veux mon avis, il se méfiera si tu lui dis que tu dois t'absenter.

Peut-être contrôlerait-il aussi ses appels. De toute évidence, Gordon était tombé des nues en apprenant qu'ils avaient noué des liens d'amitié à son insu.

De toute façon, Bill avait pris la ferme résolution, quelques semaines plus tôt, de ne dépendre de personne s'il devait passer le restant de ses jours dans un fauteuil roulant. Cet élément était déjà entré en ligne de compte lorsqu'il avait décidé de divorcer. En outre, s'il n'était pas capable de satisfaire Isabelle, dans tous les sens du terme, il préférait mettre un terme à leur relation.

Au contraire, s'il retrouvait l'usage de ses jambes, il serait heureux de la rejoindre quelque part en France, dès qu'elle pourrait s'échapper. A condition, bien sûr, qu'il retrouve toutes ses capacités.

Ces deux grandes questions le tourmentaient sans relâche. Remarcherait-il un jour ? Sa virilité reviendrait-elle ? Au prix d'un énorme effort, il parvint à dissimuler ses angoisses pour ne pas inquiéter Isabelle.

Mais cette dernière n'avait pas besoin de mots pour percevoir son désarroi.

Il avoua un jour à son médecin qu'il avait essayé de faire l'amour avec Isabelle et que sa tentative s'était soldée par un échec retentissant. Le médecin l'avait rassuré.

— Ce n'est guère étonnant, vous savez. Je dirais même que c'est plutôt positif, pour un premier essai, compte tenu du choc qu'a subi votre organisme. Accordez-vous un peu de temps. Je pense que d'ici quelques mois tout rentrera dans l'ordre. C'est encore un peu tôt, vous savez.

Les paroles du médecin ne parvinrent pas à réconforter Bill. Pour lui, la situation était désespérée ; malgré les invitations à la fois tendres et imaginatives d'Isabelle, il refusait obstinément toute nouvelle tentative. Peut-être, d'ailleurs, l'occasion ne se représenterait-elle jamais.

Malgré la torture qu'il s'infligeait, il continuait à partager sa chambre avec Isabelle. De son côté, elle réfléchissait aussi à ce que serait sa vie lorsqu'elle aurait regagné Paris. Il était hors de question qu'elle demande le divorce, à cause de Teddy et Sophie, mais, en même temps, elle n'envisageait pas non plus de vivre sans Bill. Ce qu'elle partageait avec lui était unique, infiniment précieux. Parfois, elle avait l'impression qu'ils n'étaient qu'un esprit dans deux enveloppes corporelles. Et rien ni personne ne l'obligerait à renoncer à lui.

Isabelle avait régulièrement Gordon au téléphone. Sa secrétaire appelait tous les jours le bureau des infirmières pour s'enquérir de son état de santé, mais c'était souvent Isabelle qui lui téléphonait, d'abord par respect pour lui et aussi pour prendre des nouvelles de Teddy. Sophie l'appelait également et elle parlait chaque jour avec Teddy. Egal à lui-même, Gordon se montrait froid et distant. La plupart du temps, elle avait l'impression de le déranger. Ils partageaient encore moins de choses depuis l'accident. Même s'il ne le lui disait pas clairement, Isabelle sentait bien qu'il ne lui faisait plus confiance. Il la punissait, et elle prévoyait déjà une sérieuse explication à son retour. Elle traînait comme un boulet sa soirée au Harry's Bar et chez Annabel. Une fois seulement, au cours d'une de leurs brèves conversations, Gordon y fit allusion :

— Tu n'es pas la femme que j'ai épousée, Isabelle. En fait, je ne suis même pas sûr de te connaître vraiment.

Parfois, un sentiment de culpabilité l'assaillait. Par respect pour Gordon, elle aurait dû rompre avec Bill, mais elle en était incapable. Il agissait sur elle comme une drogue, sa vie entière dépendait de lui.

Elle livra ses tourments à Bill un soir, alors qu'elle était en train de lui masser les jambes. Elles étaient sensibles par endroits et parfois même douloureuses, comme après une longue marche. Elle lui rapporta la conversation qu'elle avait eue avec Gordon un peu plus tôt. Il s'était montré particulièrement bref, ce jour-là.

— Je crois bien qu'il ne me fera plus jamais confiance, conclut-elle. Et il a raison, bien sûr. Je préfère ne pas imaginer ce qui m'attend à la maison. Et toi ? Comment Cynthia prend-elle tout ça ?

Isabelle avait remarqué qu'il ne parlait jamais de sa femme, seulement de ses filles. Mais leur relation était très différente de celle qu'elle entretenait avec Gordon ; bien que mari et femme, Bill et Cynthia menaient leur vie chacun de leur côté.

Bill n'avait toujours pas avoué à Isabelle qu'il avait décidé de divorcer. Il ne voulait surtout pas qu'elle se sente prise au piège. Comme il était évident qu'elle ne quitterait pas son mari, il jugeait préférable qu'elle le croie toujours marié.

— Elle n'est pas ravie, répondit Bill avec franchise. Je ne lui ai pas caché mes sentiments pour toi. De toute façon, elle avait déjà deviné ; elle me connaît, et elle a bien vu que je me faisais un sang d'encre pour toi.

— Ça ne la dérange pas ? demanda Isabelle, stupéfaite.

— Si, bien sûr, mais elle s'est parfaitement contrôlée. Elle m'a elle-même caché suffisamment de choses par le passé.

Il marqua une pause, esquissa un sourire.

— On ne condamne pas un homme parce qu'il est amoureux. Et puis Cynthia a beaucoup vécu de son côté, elle aussi.

Isabelle l'écoutait d'un air songeur.

— Je ne pense pas que Gordon m'ait jamais trompée, déclara-t-elle. Il est trop conservateur, trop collet monté pour faire une chose pareille.

D'après ce que Bill savait de leur mariage, il n'en était pas aussi sûr qu'elle. Un homme aussi froid, aussi cruel que Gordon devait forcément trouver un peu de réconfort ailleurs. Etrangement, ce dernier ne lui avait à aucun moment renvoyé l'image d'un homme loyal et fidèle. Il semblait entièrement axé sur lui-même. L'existence d'une maîtresse bien cachée aurait également pu expliquer la conduite odieuse qu'il avait avec son épouse.

— Qu'est-ce qui te fait dire cela ? s'enquit Bill avec circonspection.

Il n'avait pas l'intention de semer la zizanie, surtout pas maintenant, alors qu'elle s'apprêtait à retourner chez elle. Il désirait avant tout qu'elle mène une existence paisible. En aucun cas il n'envisageait de la pousser dans une guerre stérile contre un homme capable de l'anéantir.

— Il n'attache aucune importance à la tendresse, encore moins au sexe, répondit-elle d'un ton direct. Nous faisons chambre à part depuis des années.

Bill ne put s'empêcher de sourire à l'allusion. Elle

pouvait se montrer sage, voire prude, tout en étant parfaitement à l'aise avec lui et en faisant preuve d'une très grande franchise. Et pour ce qui concernait son mari, elle se montrait extrêmement naïve, Bill en était convaincu.

Les semaines suivantes s'avérèrent éprouvantes, malgré le bonheur qu'ils continuaient à savourer sans modération. Isabelle devait passer une dernière série d'examens au terme de laquelle, si les résultats étaient satisfaisants, elle pourrait rentrer chez elle. Le mois d'août touchait à sa fin ; cela faisait deux mois qu'ils séjournaient à l'hôpital. L'irritation de Gordon grandissait au fil des jours et il accusa même les médecins de faire traîner les choses à dessein. Quant à Bill, il était attendu au centre de rééducation où il resterait vraisemblablement plusieurs mois. Leur étonnante idylle arrivait à son terme, bien qu'aucun d'eux ne soit prêt à l'accepter.

— Est-ce que tu me promets de m'appeler tous les jours ? demanda tristement Isabelle.

La nuit était tombée et ils étaient allongés côte à côte. Son dernier scanner du cerveau était programmé pour le lendemain. Son foie était sur la bonne voie, son cœur avait retrouvé un rythme normal et ses poumons s'étaient dégagés.

— Je te téléphonerai dix fois par jour si je le peux, répondit Bill en l'attirant plus près de lui. Tu pourras m'appeler, toi aussi.

— Promis. Je me lèverai tôt pour te parler, avant que tu ailles te coucher.

Elle ne pourrait toutefois pas l'appeler très souvent si elle ne voulait pas éveiller les soupçons de Gordon qui repérerait facilement le numéro sur les factures de téléphone. Isabelle était consciente de tromper son mari, d'une certaine manière, en décidant de téléphoner régulièrement à Bill, mais elle ne supportait pas l'idée de devoir rester sans nouvelles de lui. Après tout, ils avaient vécu deux mois ensemble.

Leur séparation s'annonçait d'autant plus douloureuse qu'ils ignoraient l'un et l'autre à quel moment ils se reverraient. D'après les médecins, la rééducation de Bill durerait entre six mois et un an. Une éternité, à leurs yeux.

— Je compte sur toi pour te dépêcher d'aller mieux, reprit Isabelle en se penchant au-dessus de lui pour embrasser son torse. Je veux te voir à Paris le plus vite possible.

Il lui serait impossible de se rendre à New York. Sophie s'était occupée de Teddy suffisamment longtemps et elle reprendrait bientôt les cours. Isabelle n'envisageait aucun déplacement. Elle brûlait d'impatience de revoir Teddy. Au téléphone, ce dernier lui semblait chaque jour plus faible.

Bill ne répondit pas lorsqu'elle parla de sa prochaine visite en France. La promesse qu'il s'était faite de disparaître progressivement de sa vie s'il restait paraplégique ou, pire, impuissant tenait toujours. Isabelle ignorait tout de la gravité de son état. Il voulait d'abord prendre l'avis des spécialistes américains avant d'aviser. Car, tout au fond de lui, il n'arrivait pas encore à croire qu'il passerait le restant de sa vie cloué dans un fauteuil. Si tel était le cas, en revanche, il ne lui imposerait pas son handicap. Elle avait déjà assez de son fils malade.

Bill n'aurait pas supporté qu'elle le prenne en pitié ni qu'elle s'occupe de lui comme elle le faisait pour son fils depuis maintenant quatorze ans. D'un autre côté, même s'ils étaient destinés à ne jamais se revoir, il ne pouvait imaginer de passer un seul jour sans lui parler. Tout comme il ne pouvait imaginer de se réveiller le matin, ou en pleine nuit, et de ne plus la voir à son côté. La savoir loin de lui, ne plus pouvoir prendre soin d'elle, ne plus voir son sourire, tout cela lui déchirait le cœur. Les moments qu'ils avaient vécus ensemble avaient été les plus beaux de sa vie. Il regrettait simplement que la santé de Teddy soit aussi fragile et que Gordon ait une telle emprise sur elle. Des milliers de souhaits et de rêves dansaient dans sa tête, mais il craignait parfois qu'aucun d'eux ne se réalise jamais.

Les derniers jours passèrent à la vitesse de la lumière. Les résultats des examens d'Isabelle étaient tous satisfaisants et elle avait repris des forces. Gordon avait prévu de venir la chercher mais au dernier moment, prétextant un surcroît de travail, il demanda à l'hôpital de prendre une infirmière qui l'accompagnerait pendant le voyage. Finalement, Isabelle se réjouit de ce changement de programme. Elle pourrait ainsi passer sa dernière nuit avec Bill.

Les infirmières veillèrent à les laisser seuls cette nuit-là. Ils désiraient profiter paisiblement de ce dernier moment d'intimité. Isabelle partait le lendemain matin, et Bill la semaine suivante. Il lui restait encore quelques examens à passer.

— Je n'arrive pas à croire que je vais te laisser là, murmura Isabelle d'une voix étranglée.

Elle l'avait rejoint dans son lit et ils étaient blottis l'un contre l'autre. Elle aurait aimé trouver une façon de faire l'amour ; d'un autre côté, elle ne voulait pas prendre un tel risque, surtout pour leur dernière soirée. Bill aurait été désespéré s'ils avaient essuyé un nouvel échec. Isabelle n'avait aucune envie de retrouver Gordon. Ils s'étaient tellement éloignés l'un de l'autre qu'elle se sentait à présent davantage mariée à Bill qu'à lui.

— Promets-moi de bien prendre soin de toi, mon amour, dit Bill en resserrant son étreinte.

Ils avaient remplacé la grosse minerve par un modèle de plus petite taille qui lui permettait de tourner très légèrement la tête. Il la voyait mieux, ainsi, et pour le moment il ne voyait que ses grands yeux tristes. Ils n'avaient pas besoin de mots pour exprimer ce qu'ils ressentaient à cet instant précis. Ils avaient dépassé ce stade. Et maintenant, il leur fallait aller plus loin encore. Ils allaient devoir apprendre à vivre au quotidien sans se voir, sans se toucher, sans les mains caressantes d'Isabelle sur ses épaules quand il était fatigué, sans le bras protecteur de Bill glissé autour d'elle quand elle s'endormait. Tout cela paraissait encore abstrait à Isabelle, mais elle savait que la réalité la frapperait de plein fouet dès qu'elle franchirait le seuil de sa maison, rue de Grenelle. L'idée de quitter Bill lui brisait le cœur.

— Je ne peux pas, chuchota-t-elle tandis que des larmes roulaient sur ses joues. Je ne pourrai rien faire sans toi.

— Si, bien sûr que si. Je ne serai jamais plus loin que le téléphone.

Mais ils savaient tous les deux que rien ne serait plus comme avant. En outre, Isabelle redoutait la froideur réprobatrice de Gordon. Il était évident qu'il lui mènerait la vie dure.

Ils demeurèrent un long moment silencieux, perdus dans la contemplation de la pleine lune suspendue dans le ciel velouté. L'aube pointa bien trop vite. Ils savourèrent leurs dernières minutes ensemble, jusqu'à ce qu'une infirmière vienne prévenir Isabelle qu'il était l'heure de se lever. Elle se doucha, s'habilla et prit son petit déjeuner en compagnie de Bill. Mais aucun d'eux n'avait le cœur à manger. Ils restèrent là à se dévisager, et lorsque Isabelle étouffa un sanglot, il la prit dans ses bras.

— Tout ira bien, Isabelle. Je t'appellerai ce soir, dit-il en forçant son courage. Ne pleure pas, mon amour...

Elle pleurait à chaudes larmes, comme une enfant. Quitter Bill était pire que tout. Il représentait pour elle l'amour et la tendresse qu'elle ne trouvait pas auprès de Gordon.

Son mari lui avait fait parvenir des vêtements : un tailleur Chanel noir qui était trop grand, à présent, et une paire de ballerines noires qui semblaient elles aussi trop larges. Elle avait perdu beaucoup de poids et son corps s'était transformé. Malgré sa maigreur, elle était plus belle que jamais aux yeux de Bill. Elle avait attaché ses longs cheveux noirs en une queue de cheval toute simple et ne portait pas de maquillage, seulement un peu de rouge à lèvres. Lorsqu'il la vit dans cette tenue, il ne put s'empêcher de se rappeler leur première journée à Londres, au mois de juin. Ils étaient allés déjeuner puis, le soir, avaient dîné au Harry's Bar. Il s'était passé tant de choses depuis, tant de ponts avaient été franchis ! Ils avaient frôlé la mort avant de se retrouver, renforcés dans leur amour. Et maintenant, leur rêve était sur le point de se briser. Ils étaient tous les deux obligés de retourner dans le monde réel, un monde dans lequel ils ne pouvaient pas vivre ensemble, un monde où tout les séparait.

— Veille bien sur toi, murmura-t-elle en le serrant dans ses bras. Reviens-moi bientôt. Et n'oublie jamais combien je t'aime.

Il lui sourit à travers ses larmes.

— Sois forte, Isabelle... Je t'aime aussi.

Au prix d'un effort surhumain, elle s'arracha à son étreinte, marcha d'un pas décidé en direction de la porte, s'arrêta, se retourna pour le regarder une dernière fois et, un pâle sourire aux lèvres, quitta la pièce.

Elle remercia les infirmières, fit ses adieux aux deux médecins qui s'étaient occupés d'elle. L'infirmière qui lui servait d'accompagnatrice se tint à ses côtés pendant qu'elle se dirigeait vers l'ascenseur. L'envie de prendre ses jambes à son cou, de retourner en courant auprès de Bill ne la lâcha pas un seul instant. Elle aurait tout donné pour remonter le temps, jusqu'au coma s'il le fallait, pour rester avec Bill. Elle monta dans l'ascenseur la tête basse, et tous virent qu'elle pleurait lorsque les portes se refermèrent sur elle.

Par respect pour Bill, personne ne vint le déranger après le départ d'Isabelle. Personne ne le vit pleurer, personne ne le vit lever les yeux au ciel d'un air accablé. De longs sanglots le secouèrent. C'étaient des sanglots d'espoir perdu, de rêves partis en fumée. C'étaient les sanglots d'un homme qui ne reverrait jamais plus la femme qu'il aimait.

Quand les infirmières se résolurent enfin à aller le voir, il avait pleuré toutes les larmes de son corps, jusqu'à sombrer dans un sommeil sans rêves.

12

L'avion d'Isabelle atterrit à l'aéroport de Roissy-Charles-de-Gaulle peu après quatorze heures. Elle n'avait pas d'autre bagage que le sac qu'elle avait gardé en cabine et qui contenait ses affaires de toilette, quelques livres et des photos de ses enfants et de Bill. Après un bref coup d'œil à son passeport, le douanier lui fit signe de passer. Personne ne l'attendait. Gordon ne s'était pas déplacé et il n'avait pas donné son heure d'arrivée à Sophie.

Alors qu'elle se dirigeait vers la voiture que Gordon avait envoyée, une vague de fatigue la submergea. Elle tenait à peine sur ses jambes. C'était une fatigue psychologique en même temps que le brusque contact avec le monde extérieur. L'infirmière alla lui chercher un fauteuil roulant qu'elle poussa dans le hall de l'aéroport. Une fois installée dans la voiture, Isabelle laissa ses pensées dériver vers Bill. Elle avait essayé de l'appeler avant de quitter l'aéroport, mais les infirmières lui avaient dit qu'il dormait. Elle n'avait pas voulu le réveiller ; elle n'avait rien de particulier à lui dire, sauf qu'elle l'aimait et qu'il lui manquait déjà cruellement, alors qu'elle n'était pas encore arrivée chez elle...

L'infirmière lui parla très peu pendant le trajet. Elle avait été embauchée par l'intermédiaire de l'hôpital mais travaillait en indépendante. Elle reprenait un vol pour Londres à dix-huit heures, le même jour. Bill lui avait dit qu'elle lui servirait de « baby-sitter » durant le voyage, ce qui, à ses yeux, était une très bonne chose étant donné que Gordon n'était pas venu la chercher. Isabelle était encore trop faible pour voyager seule. L'infirmière lui avait posé quelques questions au sujet de l'accident ; elle avait lu son dossier avant de partir. Après une brève conversation, le silence était retombé et, dans l'avion, Isabelle s'était plongée dans un livre.

Elle éprouva une étrange mélancolie en arrivant à Paris ; même la vue de la tour Eiffel la laissa indifférente. Elle aurait mille fois préféré se trouver de l'autre côté de la Manche, auprès de Bill. Comme ils atteignaient la rive gauche, elle se força à tourner ses pensées vers Teddy et Sophie. Un frisson d'excitation la parcourut soudain lorsque la voiture s'engagea dans la rue de Grenelle. Ses enfants occupaient désormais toutes ses pensées, elle brûlait d'impatience de les revoir enfin et en même temps, une certaine tristesse continuait à peser sur elle car Bill restait présent dans son esprit.

Les imposantes portes en bronze étaient grandes ouvertes, en prévision de son arrivée. Le gardien guettait visiblement l'apparition de la voiture. En pénétrant dans la cour, Isabelle leva les yeux sur la maison. Elle ne vit personne, mais les chambres des enfants, comme la sienne, donnaient sur le jardin, et Gordon ne serait certainement pas rentré à cette heure-ci. D'après ce qu'il lui avait dit, il essaierait d'être de retour vers dix-huit heures, comme d'habitude ; une journée chargée l'attendait au bureau et Isabelle lui avait dit de ne pas s'inquiéter pour elle. Elle savait qu'il avait fait exprès de ne pas venir la chercher à Londres comme à l'aéroport, dans le seul but de lui montrer qu'elle ne détenait aucun pouvoir sur lui. Bien entendu, personne n'était là pour l'accueillir quand elle sortit de la voiture.

Le gardien s'inclina légèrement en effleurant sa casquette et Isabelle lui répondit par un petit signe de tête. Le chauffeur manœuvra dans la cour, pendant que l'infirmière gravissait derrière elle les quelques marches du perron.

Isabelle appuya sur la sonnette et il s'écoula plusieurs minutes avant que Joséphine, la gouvernante, fasse son apparition. En découvrant Isabelle, elle fondit en larmes et la prit dans ses bras.

— Oh, madame...

Elle avait eu tellement peur de ne jamais la revoir ! Elle travaillait pour Isabelle depuis les premiers jours de son mariage et elle avait éprouvé une joie sincère en la voyant sur le perron. Elle s'essuya furtivement les yeux tandis qu'Isabelle la serrait dans ses bras en souriant.

— Comme c'est bon de vous revoir, Joséphine.

Isabelle pénétra dans le hall d'entrée et regarda autour d'elle. Il ne correspondait pas à l'image qu'elle en avait gardée. Il semblait plus grand, plus sombre, plus triste aussi. Bizarrement, il avait perdu toute sa chaleur et Isabelle eut presque l'impression de s'être trompée de maison. Mais peut-être était-ce là encore un effet de l'accident et du choc qu'elle avait subi. Elle était partie depuis trop longtemps. Plus de deux mois s'étaient écoulés et tant de choses s'étaient passées qu'elle avait du mal à croire qu'elle était vraiment là. Elle ne se sentait plus chez elle, ici. Seuls ses enfants la retenaient dans cette demeure de la rue de Grenelle.

Elle remercia l'infirmière et, après l'avoir laissée avec Joséphine, monta lentement à l'étage. Elle s'immobilisa quelques instants en haut de l'escalier afin de reprendre son souffle. Des voix lui parvinrent, étouffées. Pendant une fraction de seconde, tout s'effaça autour d'elle, à l'exception de la voix de son fils. Il parlait avec quelqu'un. Elle se dirigea vers sa chambre sur la pointe des pieds et ouvrit doucement la porte.

Teddy ne la vit pas tout de suite. Allongé dans son lit, il était en train de bavarder avec son infirmière préférée, Marthe. Avant même de le voir, Isabelle devina à son ton plaintif qu'il n'était pas en forme. Sans mot dire, elle entra dans la chambre en souriant.

Il leva brièvement les yeux, parut ne pas se rendre compte de sa présence puis, avec un grand cri de joie, il bondit hors de son lit et se jeta dans ses bras.

— Maman ! Tu es rentrée !

Il la serrait, l'agrippait, l'embrassait avec une telle frénésie qu'ils manquèrent tomber. Isabelle s'efforça de garder l'équilibre. Le simple fait de le tenir dans ses bras, de le toucher, de sentir l'odeur de ses cheveux fraîchement lavés la fit pleurer.

— Oh, mon Dieu... tu m'as tellement manqué... c'est incroyable... Oh, Teddy, je t'aime...

On eût dit une mère et son chiot. Ils s'embrassaient, se caressaient, s'étreignaient, débordants d'amour et d'affection. Tout à coup, Isabelle se rendit compte à quel point elle avait souffert d'être loin de lui. Elle s'écarta légèrement, s'assit sur le lit et, gardant ses mains dans les siennes, le regarda avec attention. Il était très pâle et paraissait plus mince, plus frêle que lorsqu'elle était partie. Il se mit à tousser en s'installant à côté d'elle. Ce fut une quinte de toux violente qui lui coupa le souffle.

Isabelle jeta un coup d'œil à l'infirmière. Des larmes baignaient le visage de cette dernière. Le nombre de flacons et de boîtes de médicaments posés sur sa table de chevet en disait long sur l'état de santé du jeune garçon. Il se portait si bien, pourtant, quand elle était partie à Londres. Mais ces deux mois l'avaient mis à rude épreuve.

— Que fais-tu dans ton lit à cette heure-ci ? demanda-t-elle.

Teddy la gratifia d'un large sourire en se calant contre les oreillers. Il n'avait d'yeux que pour elle.

— Le docteur m'a interdit de me lever, répondit-il simplement, comme si la cause de cette interdiction lui importait peu maintenant que sa mère était de retour. Je trouve ça idiot. J'avais envie de descendre un peu au jardin hier, mais Sophie n'a rien voulu savoir. Elle est encore plus bête que toi, elle s'inquiète sans arrêt. Avec elle, je n'ai pas le droit de faire quoi que ce soit.

— Voilà qui est sage, répliqua Isabelle avec un sourire radieux. J'en conclus donc qu'elle s'est bien occupée de toi pendant mon absence.

— Et toi, comment vas-tu ? s'enquit Teddy d'un air inquiet.

Il ne toussait plus, mais un léger tremblement agitait ses mains. Isabelle fronça les sourcils ; sans doute était-ce dû au médicament qu'il prenait pour respirer plus facilement ; ce ne serait pas la première fois. Ce qui l'inquiétait davantage, c'était l'effet de ces médicaments sur son cœur. Bien sûr, Sophie l'ignorait et

Isabelle ne doutait pas un instant qu'elle avait veillé sur son frère comme une seconde mère.

— Papa nous a dit que tu étais dans le coma ; ensuite, tu t'es réveillée et tu vas bien maintenant.

— C'est à peu près ça. Ça n'a pas été aussi rapide, hélas, mais je vais mieux, en effet.

— Qu'as-tu ressenti, quand tu étais dans le coma ? C'était beau ? demanda-t-il d'un air curieusement mélancolique. Est-ce que tu t'en souviens ?

— Non. Je ne me souviens que d'un rêve dans lequel tu te trouvais. Il y avait une lumière éclatante qui m'attirait irrésistiblement, mais tu m'as appelée et j'ai fini par retourner près de toi.

C'était le rêve qu'elle avait partagé avec Bill mais hélas, elle ne pouvait en parler à Teddy. Bill... il lui manquait déjà atrocement. Elle aurait tant aimé qu'il fasse la connaissance de Teddy ; ils avaient beaucoup parlé de lui et, d'une certaine manière, elle trouvait injuste qu'il ne puisse pas le rencontrer. Un jour viendrait, peut-être... du moins l'espérait-elle de tout son cœur.

— As-tu beaucoup souffert ? voulut savoir Teddy, la mine inquiète.

Il ressemblait au Petit Prince de Saint-Exupéry, assis en tailleur sur son lit, avec ses boucles soyeuses qui encadraient son petit visage. On ne lui aurait jamais donné son âge. A quatorze ans, il n'était jamais allé à l'école, quittait rarement la maison et n'avait

329

pas d'amis. Sa sœur et ses parents étaient les seules personnes qu'il côtoyait. Et c'était d'Isabelle qu'il dépendait le plus.

— J'ai souffert au début. Après, il a fallu que je me repose, que je prenne des médicaments et que je subisse une foule d'examens, jusqu'à ce que je me sente suffisamment en forme pour venir vous retrouver.

— Tu m'as manqué, dit-il simplement.

Aucun mot n'était suffisamment fort pour exprimer le vide qu'elle avait laissé derrière elle, l'angoisse qui l'accablait quand il se surprenait à penser qu'il ne la reverrait peut-être jamais plus.

— Toi aussi, tu m'as manqué.

Isabelle s'allongea sur le lit en balayant la chambre du regard. Elle se sentait bien ici, mieux en tout cas que dans le hall d'entrée, et mieux que dans sa propre chambre. C'était ici qu'elle passait le plus clair de son temps.

— Où est Sophie ?

— Elle est allée faire des courses. Elle reprend les cours la semaine prochaine. Je suis vraiment heureux que tu sois rentrée. Papa n'était jamais à la maison et Sophie était furieuse contre lui.

— On va pouvoir reprendre nos séances de lecture, tous les deux, et faire de beaux puzzles. Si tout le monde est si occupé que ça, nous aurons plus de temps pour nous, qu'en dis-tu ? fit observer Isabelle avec une désinvolture feinte.

Gordon était-il sorti aussi souvent que ce que Teddy prétendait ? Pour aller où ? D'un autre côté, son fils exagérait peut-être inconsciemment les choses.

Ils étaient de train de bavarder joyeusement quand Sophie fit son apparition, chargée d'une pile de magazines qu'elle avait achetés pour Teddy. En apercevant sa mère, elle laissa échapper un petit cri.

— Maman !

Elle courut vers Isabelle et faillit se jeter dans ses bras mais se retint à temps, de peur de lui faire mal.

— Tu as beaucoup maigri ! fit-elle observer d'un ton inquiet.

— La nourriture n'était pas terrible, à l'hôpital, répondit Isabelle en souriant.

Bien entendu, elle ne lui parla pas des excellents repas que Bill leur avait commandés à plusieurs reprises. Mais elle avait très peu d'appétit, ces temps-ci. Nul doute qu'elle nagerait dans tous ses vêtements.

— Tu te sens bien, maintenant ? demanda Sophie, pleine de sollicitude.

Apparemment, elle assumait à merveille son rôle de mère poule.

— Je me porte comme un charme maintenant que je vous ai auprès de moi.

Isabelle et ses deux enfants rayonnaient de bonheur. Elle passa une heure en leur compagnie, avant de regagner sa chambre. Elle se sentait épuisée, et Marthe déclara qu'elle viendrait un peu plus tard s'assurer que tout allait bien.

Isabelle ôta ses chaussures et s'allongea sur son lit. Sa chambre était décorée de tentures de soie fleuries, dans des tons pâles et délicats : du rose, du blanc et du parme se mêlaient subtilement sur un fond ivoire. Des meubles de style Louis XV complétaient l'ensemble. D'une certaine manière, elle était heureuse d'être ici, elle se sentait « entière » maintenant qu'elle avait retrouvé ses enfants. Mais en même temps, un être manquait à son bonheur. Elle éprouvait un sentiment de vide terrifiant dès qu'elle songeait à Bill. Ils avaient tous deux fait preuve de beaucoup de courage au moment de la séparation mais à présent une question la hantait, à la fois cruelle et effrayante : quand se reverraient-ils ? Pas avant longtemps, c'était certain. Elle se languissait déjà du timbre de sa voix, de son sourire, du contact de sa main sur la sienne. Aussi curieux que cela puisse paraître, elle se sentait seule dans cette maison. Il y avait pourtant ses enfants, et ce mari qu'elle ne connaissait plus.

Elle s'endormit sans s'en rendre compte et ne se réveilla que lorsque Sophie lui effleura doucement l'épaule.

— Tout va bien, maman ?

En l'espace d'un été, elle avait quitté le monde de l'enfance pour assumer les soucis de la vie d'adulte. A entendre son ton inquiet, Isabelle eut presque l'impression d'avoir échangé les rôles. Elle roula sur le dos et la rassura d'un sourire.

— Oui, chérie. J'ai dû m'assoupir un peu. Je suis encore un peu fatiguée.

— Teddy risque de t'épuiser, si tu te laisses faire. Il est tellement heureux de te voir, il me fait penser à un jeune chiot. Il a encore eu de la fièvre ces derniers jours, tu sais, ajouta Sophie d'un air sombre.

— Il a beaucoup maigri, renchérit Isabelle en tapotant son lit pour inviter Sophie à s'asseoir à côté d'elle.

— Toi aussi, fit observer Sophie en l'étudiant attentivement.

Elle semblait différente, comme si un événement important avait bouleversé le cours de sa vie. C'était exactement ce qui s'était passé : elle avait frôlé la mort avant de connaître une deuxième naissance. Et elle était tombée amoureuse d'un homme merveilleux. Ces événements l'avaient transformée, et même sa fille de dix-huit ans était capable de percevoir le changement qui s'était opéré en elle.

— Tu as été formidable avec Teddy, la félicita Isabelle.

Elle savait mieux que quiconque à quel point il était difficile de s'occuper d'un enfant malade. Teddy était gentil, reconnaissant et aimant, mais il réclamait une attention et une vigilance de tous les instants. C'était une occupation à plein temps, un don de soi.

— Je suis désolée de ne pas avoir pu rentrer plus tôt, reprit Isabelle.

— Je suis heureuse que tu t'en sois sortie, murmura Sophie avec un sourire las.

— Maintenant, j'aimerais que tu prennes le temps de te détendre, poursuivit Isabelle. Je tiendrai compagnie à Teddy demain. Je veux que tu t'amuses un peu avant de reprendre tes cours.

Cette fois, un sourire juvénile étira les lèvres de Sophie. Jamais elle n'avouerait à sa mère combien elle s'était sentie seule, et parfois découragée. Elle n'avait personne à qui parler et confier ses soucis, à part ses amis, quand ils l'appelaient. Ils étaient venus plusieurs fois, au début, mais s'étaient vite lassés de la voir coincée chez elle. Et puis, la plupart d'entre eux étaient partis en vacances tout l'été. Ces deux mois lui avaient paru une éternité, tant ils avaient été durs et éprouvants. Quant à son père, il ne lui avait été d'aucun secours. Il ne s'intéressait aucunement à Teddy. Sa femme était grièvement blessée, son fils malade, mais il continuait à vivre normalement, comme si tout cela ne l'affectait pas. Il avait à peine adressé la parole à Sophie depuis son retour du Portugal et la jeune fille avait parfois l'impression de ne pas être sa fille, mais plutôt une employée surchargée de travail.

Isabelle alla se rafraîchir et se coiffer. Elle songea un instant à appeler Bill mais se ravisa, craignant de manquer de temps avant le retour de Gordon. Il était dix-neuf heures lorsqu'il rentra. Isabelle était en train de lire un livre à Teddy quand elle vit une haute silhouette sombre passer devant la chambre. Il avait dû entendre sa voix, mais pourtant il ne s'arrêta même pas pour la saluer.

Isabelle termina la page qu'elle était en train de lire, avant de poser le livre. Teddy avait pris son repas au lit une heure plus tôt ; les émotions de la journée l'avaient beaucoup fatigué. Pour la première fois depuis deux mois, Sophie était sortie avec des amis. Isabelle embrassa Teddy et lui promit de revenir le voir plus tard. Puis elle se dirigea lentement vers la chambre de son mari. Elle le trouva dans son dressing, en train de téléphoner. Il parut surpris de la voir, comme s'il avait oublié qu'elle rentrait aujourd'hui. Gordon n'avait jamais aimé les effusions, fussent-elles à l'occasion de départs ou de retrouvailles. Il lui disait rarement au revoir quand il partait en voyage, et jamais quand il partait au bureau le matin. A son retour, il allait directement se reposer dans sa chambre avant de retrouver Isabelle et les enfants. Ce soir-là n'était pas différent des autres. Il l'avait entendue dans la chambre de Teddy et savait qu'il la verrait en temps voulu. Mais il n'était pas pressé.

— Comment s'est passé ton voyage ? demanda-t-il en souriant.

Il se tenait à l'autre bout de la pièce et ne s'avança pas vers elle, alors qu'elle s'arrêtait sur le seuil, hésitante.

— Très bien.

335

Isabelle eut l'étrange impression de n'être partie que deux jours, comme elle l'avait prévu initialement. Jamais on n'aurait pu croire que deux mois s'étaient écoulés depuis son départ à Londres et qu'entre-temps elle avait frôlé la mort. Elle était encore dans le coma la dernière fois qu'il lui avait rendu visite à l'hôpital. Cela faisait donc deux mois qu'Isabelle n'avait pas vu son mari.

— L'infirmière m'a beaucoup aidée ; je ne sais pas si je m'en serais sortie sans elle. Les enfants ont l'air en forme, ajouta-t-elle d'un ton désinvolte.

Teddy était amaigri et fiévreux et Sophie avait vieilli de cinq ans en l'espace de deux mois. Mis à part cela, ils avaient l'air « en forme ». A quoi bon confier ses inquiétudes à Gordon ? songea Isabelle avec fatalisme. Il ne l'écouterait pas. Tout ce qui touchait les enfants et la maison ne le concernait pas.

— Comment te sens-tu ?

Son air inquiet la surprit. Elle s'attendait à ce qu'il fasse comme s'il ne s'était rien passé. Il haïssait tellement la maladie ; à ses yeux, être malade trahissait un signe de faiblesse inacceptable. En outre, la maladie ravivait les douloureux souvenirs liés à sa mère. Toute son enfance avait été baignée par cette ambiance morbide.

— Bien. Encore fatiguée, c'est tout. Il va me falloir un peu de temps avant que je recouvre tous mes moyens.

Elle avait rendez-vous la semaine suivante avec un spécialiste qui contrôlerait son cœur et son foie. Et en cas de mal de tête, même léger, elle devrait immédiatement consulter un médecin. A l'hôpital, son chirurgien avait estimé qu'il lui faudrait environ un an, peut-être davantage, pour retrouver sa santé initiale.

— Tu as l'air en forme, fit observer Gordon d'un ton enjoué.

Il ne s'était toujours pas levé pour la prendre dans ses bras ou l'embrasser. Il était si différent de Bill... Une fois de plus, Isabelle se demanda s'il était encore furieux contre elle. Il était au courant de l'amitié qui les liait, Bill et elle, et à l'évidence cette amitié lui déplaisait fortement. Il n'avait pas hésité à chasser Bill de sa chambre lorsqu'il l'avait surpris à son chevet. Mais il ne lui posa aucune question sur lui et Isabelle se garda bien de mentionner son nom. Bill Robinson était devenu un sujet strictement tabou.

— As-tu dîné ? s'enquit-il plus froidement.

Elle secoua la tête et, aussitôt, une sensation de vertige lui rappela qu'elle devait éviter les mouvements brusques.

— Pas encore, non. Je t'attendais. Teddy a déjà mangé et Sophie est sortie.

Gordon fronça les sourcils.

— Je pensais que tu irais directement te coucher, Isabelle. Cette première journée en dehors de l'hôpital a dû être longue et fatigante pour toi. Je dois dîner avec un important client de Bangkok, ce soir.

— Ce n'est pas grave.

Isabelle esquissa un pâle sourire. Elle se tenait toujours dans l'embrasure de la porte. Il ne l'avait pas invitée à entrer et Isabelle respectait sa volonté. Personne, pas même elle, ne s'aventurait dans cette partie de la maison sans son autorisation expresse.

— Je demanderai à Joséphine de me monter un plateau. Je n'ai pas très faim, de toute façon.

Elle se contenterait volontiers d'un bol de soupe, avec peut-être une tranche de pain grillé et des œufs.

— Excellente idée, approuva Gordon. Nous dînerons ensemble demain.

Maintenant qu'elle connaissait Bill, sa chaleur et sa tendresse, le détachement glacial de Gordon stupéfia Isabelle. Les deux hommes étaient diamétralement opposés. Gordon n'avait rien prévu de particulier pour lui souhaiter la bienvenue après son long séjour à l'hôpital : pas de dîner en tête à tête, pas de fleurs. Il ne prit même pas la peine de venir l'embrasser. Sans ajouter un mot, Isabelle quitta la pièce. Elle ne le reverrait pas ce soir.

A sa grande surprise, il passa la voir dans sa chambre avant de sortir. Il portait un costume bleu marine, une chemise blanche et une cravate Hermès. L'odeur de son after-shave embauma la pièce. A le voir, on aurait plutôt pensé qu'il se rendait à une réception qu'à un dîner d'affaires.

— As-tu dîné ?

Ce brusque élan de sollicitude toucha Isabelle. Par le passé, elle s'était satisfaite de ces quelques miettes d'affection qu'il lui offrait de temps en temps.

— J'ai mangé des œufs et un peu de soupe.

Il hocha la tête.

— Repose-toi. Ne passe pas la nuit au chevet de Teddy. L'infirmière est là pour ça.

— Il dort déjà, l'informa Isabelle qui était passée le voir quelques minutes plus tôt.

— Tu ferais bien de l'imiter, fit Gordon toujours sur le pas de la porte.

Ils avaient très peu de contacts physiques, tous les deux. Gordon ne la prenait jamais dans ses bras, il ne l'avait pas embrassée depuis des années et veillait à garder ses distances quand ils se trouvaient dans la même pièce. Il lui témoignait un peu d'affection uniquement en public. Autrefois, elle s'était laissé duper par ces soudaines marques d'affection, espérant qu'il sortirait enfin de sa carapace, mais dès qu'ils rentraient chez eux, il redevenait lui-même : froid et réservé. Il était tout le contraire d'Isabelle, chaleureuse, tendre et affectueuse. Le tempérament de Gordon était aussi à des années-lumière de ce qu'elle venait de vivre avec Bill ; Bill qui avait toujours envie de la toucher, de la caresser.

— A demain, reprit Gordon en hésitant légèrement.

L'espace d'un instant, elle crut qu'il allait enfin

s'approcher, mais au lieu de ça il tourna les talons et quitta la pièce, sans un mot de plus. Où étaient passés ses rêves d'un mariage heureux, fait d'amour et de tendresse ? Isabelle s'efforça de chasser la tristesse qu'elle sentait monter en elle. A quoi bon ressasser ? Il ne lui restait plus qu'à se réhabituer à cette drôle de vie de couple, après les moments merveilleux qu'elle avait passés avec Bill. Et ce ne serait pas une mince affaire.

Elle attendit que Gordon soit parti avant de décrocher le téléphone. Elle tomba sur le standard de l'hôpital et demanda à parler à Bill. Il répondit d'un ton morne, mais son humeur se réchauffa dès qu'il entendit la voix d'Isabelle.

— J'étais en train de penser à toi, avoua-t-il avec entrain. Comment vont les enfants ?

— Bien, répondit Isabelle en souriant.

Le son de voix lui réchauffa le cœur. On aurait dit un mari qui prenait des nouvelles de sa famille.

— Ils étaient heureux de me voir. Ma pauvre Sophie est au bout du rouleau.

— Et Teddy ?

— Il a beaucoup maigri. Et il a encore des poussées de fièvre. Mais il semblait aller un peu mieux ce soir. Je resterai avec lui demain.

— N'en fais pas trop, tout de même. N'oublie pas que tu n'es pas encore complètement remise.

— Je sais, mon trésor. Comment s'est passée ta journée ?

Ç'avait été un véritable cauchemar, mais il se garda de le lui dire. Une sensation de vide et de solitude intense s'était abattue sur lui. Mais il faudrait bien qu'il s'y habitue. Ils devraient désormais se satisfaire de conversations téléphoniques. Comme avant. Mais après deux mois de vie commune, ces coups de fil semblaient dérisoires. Tous deux se languissaient de l'intimité, de la tendresse qu'ils avaient partagées.

— Ça a été, mentit-il. Tu m'as manqué. Ils sont en train de préparer mon départ pour la semaine prochaine. J'ai l'impression de partir en camp d'entraînement militaire.

Le centre de rééducation qu'ils lui avaient choisi proposait un programme extrêmement rigoureux, afin de réussir au maximum sa remise en forme. Son avenir, leur avenir, dépendait de ce centre. Malgré le pronostic peu encourageant des médecins anglais concernant ses jambes, Bill gardait espoir. Il restait convaincu qu'on lui dirait autre chose, là-bas.

Ils parlèrent encore de son retour chez elle et de leurs enfants. Jane l'avait appelé dans l'après-midi, et cela lui avait mis un peu de baume au cœur.

— Et Gordon, comment était-il ? demanda finalement Bill.

— Fidèle à lui-même. Il est rentré tard du bureau et il est ressorti dîner. Ce n'est pas grave.

Une partie d'elle était restée à Londres, l'autre était revenue auprès de ses enfants. Mais elle n'était pas là pour son mari. C'était trop tard, il s'était passé trop de choses durant toutes ces années. Même si elle ne revoyait plus jamais Bill, son mariage avec Gordon n'irait pas mieux pour autant. Il ne leur restait qu'une façade.

— Est-ce qu'il est en colère contre toi ? reprit Bill, sincèrement inquiet.

— Non, pas vraiment. En tout cas, il ne le montre pas. Mais je ne serais pas étonnée qu'il frappe au moment où je m'y attends le moins. C'est ainsi qu'il fonctionne. Il encaisse sans rien dire sur le moment et il fait payer plus tard.

Jusqu'à présent, en tout cas, le comportement de Gordon à son égard n'avait absolument pas changé ; c'était toujours la même indifférence glaciale.

— Je ne voudrais pas qu'il t'en veuille parce que tu étais avec moi lors de l'accident. J'ai bien vu à quel point cette histoire l'avait contrarié. A juste titre, j'imagine.

— As-tu eu Cynthia au téléphone ? demanda Isabelle d'un ton faussement désinvolte.

Sa femme ne l'avait pas appelé une seule fois depuis qu'elle était rentrée aux Etats-Unis. Isabelle ignorait que Bill avait eu de longues conversations téléphoniques avec son avocat et qu'il avait déjà rempli les papiers du divorce.

— Jane m'a dit qu'elle était à South Hampton. Je la verrai quand je serai à New York.

— C'est la moindre des choses, fit Isabelle, choquée par l'indifférence de son épouse.

Il promit de l'appeler le lendemain. Le décalage d'une heure entre Londres et Paris leur facilitait considérablement les choses. Ce serait plus difficile quand il rentrerait aux Etats-Unis, mais ils se débrouilleraient, comme ils l'avaient fait des années durant. Juste avant de raccrocher, Bill lui dit qu'il l'aimait. Allongée dans son lit, dans cette maison censée être la sienne, Isabelle eut l'étrange impression de se trouver dans un endroit inconnu. Son « chez-elle » n'était pas ici mais là-bas, à Londres, près de Bill.

Isabelle dormait profondément lorsque Gordon rentra dans la nuit. Elle le croisa dans le couloir le lendemain matin, alors qu'elle s'apprêtait à rejoindre Teddy. Elle avait dormi plus tard que d'habitude, jusqu'à neuf heures. Elle était en tenue d'intérieur, lavée et coiffée, quand elle aperçut Gordon qui se hâtait vers l'escalier, armé de son attaché-case. Il était au téléphone et lui adressa un petit signe de la main en dévalant les marches. Quelques instants plus tard, elle entendit la voiture qui sortait de la cour.

Elle passa une excellente journée avec Teddy. Allongée à côté de lui, elle lut beaucoup et ces moments de détente lui rappelèrent un peu ceux qu'elle avait passés avec Bill, à l'hôpital. Ils discutèrent et firent plusieurs parties de jeux de société. Après le déjeuner, Teddy se reposa. Le médecin passa le voir en fin d'après-midi. Il avait déjà repris des forces depuis le retour de sa mère. Mais lorsque Isabelle raccompagna le docteur jusqu'à la porte, celui-ci se tourna vers elle d'un air sombre.

— Vous êtes consciente que sa santé est en train de se dégrader, n'est-ce pas, Isabelle ?

Isabelle avait espéré que cette fragilité n'était que temporaire. Maintenant qu'elle était là, elle allait consacrer toute son énergie à le remettre sur pied. Il fallait absolument qu'il retrouve la santé qu'il avait lorsqu'elle était partie, deux mois auparavant. C'était tout à fait possible, elle n'en doutait pas un instant. Sophie s'était merveilleusement bien occupée de lui pendant son absence, mais elle ne connaissait pas toutes les méthodes qu'Isabelle avait élaborées au fil des ans.

— Il est un peu pâle et il a maigri, mais il a déjà l'air en meilleure forme, fit-elle observer d'un ton qu'elle voulut optimiste.

— Il est heureux, c'est évident, mais il continue à perdre des forces. Vous devez vous rendre à l'évidence. Son cœur s'essouffle et ses poumons ont souffert tout l'été.

— Où voulez-vous en venir, au juste, docteur ? demanda Isabelle, saisie d'une sourde appréhension.

— Son corps est en train de lutter pour s'adapter aux changements qu'il subit. Plus il grandit, plus il est difficile pour son cœur et ses poumons d'assurer leurs fonctions.

— Une greffe, alors... ? suggéra-t-elle.

— Il ne survivrait pas au choc opératoire.

Et sans greffe, les jours de Teddy étaient comptés, Isabelle le savait. Elle était à peine rentrée que les soucis l'accablaient déjà, alors même qu'elle n'était pas, elle non plus, en forme. Le docteur lui rappela qu'elle ne devait pas se surmener.

— J'aimerais qu'il reprenne du poids, ajouta-t-il, et vous aussi, Isabelle.

— Je vais y veiller. Nous allons entamer tous les deux un régime grossissant.

Elle ponctua ses paroles d'un pâle sourire. L'été ne les avait pas épargnés, Teddy et elle, mais elle était fermement décidée à reprendre les choses en main.

— Je repasserai le voir dans un ou deux jours. N'hésitez pas à m'appeler en cas de problème.

Les problèmes qu'elle rencontra ne concernèrent pas Teddy, mais Gordon. Il avait l'air contrarié quand il rentra ce soir-là. Il dîna dans sa chambre, sans la moindre explication. Plus tard, alors qu'elle réfléchissait, couchée dans son lit, elle l'entendit sortir. Où allait-il, ce soir ? Elle n'en avait aucune idée.

A l'heure du petit déjeuner le lendemain, elle le trouva attablé dans la salle à manger, devant son journal et une tasse de café. Il prit le temps de terminer son petit déjeuner avant de lever les yeux sur elle.

— As-tu eu des nouvelles de ton ami depuis que tu as quitté Londres ? demanda-t-il à brûle-pourpoint.

La question la prit au dépourvu. Elle ne voulait pas lui mentir, mais elle ne voulait pas non plus lui avouer que Bill l'avait appelée deux fois la veille.

— Oui, je l'ai eu au téléphone, répondit-elle simplement.

— Ne trouves-tu pas déplacé qu'il se permette d'appeler ici, Isabelle ? reprit Gordon d'un ton cinglant. Je ne pensais pas qu'il irait jusque-là. Après tout, il a bien failli te tuer.

— C'est un bus qui a failli nous tuer tous les deux. Ce n'est pas sa faute.

— Si tu n'étais pas sortie avec lui ce soir-là, ce ne serait pas arrivé. Tu n'apprécierais probablement pas que tes enfants apprennent que tu te trouvais avec un autre homme au moment de l'accident.

À mots couverts, il la menaçait de leur dévoiler lui-même la vérité. C'était en quelque sorte un avertissement.

— Non, en effet. Mais ce n'est pas ce que tu crois. Nous étions amis, ajouta-t-elle d'un ton posé, alors que son cœur battait à coups redoublés.

— Tu veux dire que votre amitié a pris fin ?

— Non. Nous avons traversé beaucoup d'épreuves ensemble.

Elle dévisagea son mari avec attention. Elle connaissait son tempérament belliqueux et n'avait aucune envie de s'opposer à lui. De toute façon, il gagnerait à coup sûr. Comme d'habitude. Gordon respirait la puissance et la maîtrise de soi ; jamais il ne tolérerait qu'elle lui résiste. Et Isabelle détestait les conflits.

— Tu n'as rien à craindre de lui, Gordon. Je suis là, maintenant.

— Là n'est pas la question. Je te demande simplement d'oublier cette histoire, Isabelle. Tu prends un énorme risque en me provoquant ainsi. A ta place, j'y réfléchirais à deux fois.

— Je n'ai aucune envie de te provoquer. Je suis désolée de l'embarras que j'ai pu te causer, ajouta-t-elle en baissant les yeux.

— J'apprécie la tournure, ironisa Gordon en l'enveloppant d'un regard menaçant. Frôler la mort dans un accident de voiture, alors que tu me trompais avec un autre homme, m'a effectivement causé un certain « embarras ».

— Je n'étais pas en train de te tromper, j'étais allée dîner, protesta Isabelle.

— Et danser. Le fait est que tu étais dehors à deux heures du matin.

Elle ne lui demanda pas où il était allé la veille au soir, ni ce qu'il faisait quand il sortait tard. Elle n'avait jamais osé le questionner à ce sujet. Au tout début de leur mariage, Gordon lui avait clairement fait comprendre que c'était à lui de fixer les règles et qu'il était libre d'agir à sa guise. Isabelle était censée se plier à sa volonté, sans poser de questions ni remettre en cause son autorité ou son indépendance. Il n'y avait jamais eu de semblant d'égalité au sein de leur couple. Gordon s'était bien gardé de lui promettre une telle chose ; ce n'était certainement pas maintenant qu'il changerait sa conception du couple. Comment avait-elle pu accepter des règles aussi inflexibles ? Sa propre docilité la surprenait. Elle prenait conscience à présent qu'il ne s'agissait pas d'un mariage, mais d'une véritable dictature.

— Tu es une femme mariée, lui rappela Gordon, et j'aimerais que tu te comportes en tant que telle. J'ose espérer que tu retiendras la leçon.

Quelle était cette leçon ? songea Isabelle avec ironie. Qu'un bus la percuterait si jamais elle s'avisait d'aller dîner avec un autre homme ? Comment réagirait Gordon s'il apprenait qu'elle avait partagé la même chambre que Bill, à l'hôpital ?

Son sermon avait au moins le mérite d'être clair : il attendait d'elle un comportement exemplaire. Le moindre écart de sa part serait aussitôt sanctionné par le silence, les menaces, le rejet, voire des insultes ; peut-être même par un renvoi pur et simple, sans ses enfants. Et s'il décidait de divorcer, elle n'aurait pas les moyens de s'occuper de Teddy ; c'était la seule chose qui angoissait Isabelle.

— Estime-toi heureuse que j'accepte de te pardonner, reprit-il. Toutefois, si jamais je découvre que tu continues à le voir, les choses risqueront de mal tourner entre nous. J'aimerais également que tu lui demandes de ne plus t'appeler.

Il exigeait l'impossible. Ses conversations téléphoniques avec Bill étaient tout ce qui lui restait, à présent. Gordon ne lui apporterait aucun soutien, aucun réconfort. Sans un mot de plus, ce dernier se leva et ramassa son attaché-case avant de quitter la pièce. Il avait délivré son message. Quelques minutes plus tard, elle l'entendit partir au bureau.

Elle resta un moment dans la salle à manger, encore sous le choc. Elle avait la réponse à la question qu'elle s'était si souvent posée : oui, Gordon avait bel et bien l'intention de la punir. Elle se faisait l'impression d'un prisonnier libéré sur parole ; il lui ferait payer cher le moindre écart de conduite. Peut-être demanderait-il le divorce et la garde de Teddy. Ce serait son pire cauchemar. Mais elle l'en croyait capable. Elle aurait aimé appeler Bill, mais elle jugea préférable d'attendre qu'il l'appelle. Ce qu'il fit, à midi, après sa séance de rééducation. Il semblait fatigué mais de bonne humeur ; il était surtout heureux de pouvoir lui parler.

— Bonjour, mon amour, quoi de neuf ? lança-t-il avec entrain.

Au son de sa voix, il comprit aussitôt que quelque chose n'allait pas.

— Que se passe-t-il ? Tu sembles préoccupée.

— Non, tout va bien, mentit-elle avant de s'effondrer.

Devant son insistance, elle lui rapporta la conversation qu'elle avait eue avec Gordon.

— Il essaie simplement de te faire peur. Il règne par la terreur.

A cet instant, Bill comprit que si Gordon n'était pas revenu la voir à l'hôpital, c'était dans le but de la fragiliser psychologiquement. Ce que Gordon ignorait, en revanche, c'est qu'il leur avait fait là un immense cadeau.

— Il ne pourra rien faire. Il ne pourra pas te prendre Teddy.

Il s'efforça de la rassurer du mieux qu'il put. Hélas, Isabelle semblait terrifiée.

— Les juges donnent souvent raison au père, ici. Il réussirait peut-être à les convaincre que je ne suis pas une bonne mère.

Son angoisse transperça le cœur de Bill.

— Comment s'y prendrait-il, explique-moi ? En leur disant que tu as passé quatorze ans à t'occuper de lui, jour et nuit ? Je t'en prie, chérie, ne dis pas de bêtises. Il essaie simplement de t'effrayer, et il y réussit très bien, apparemment.

Même si ses peurs étaient infondées, Isabelle ne parvenait pas à se raisonner.

— Il est très impressionnant, murmura-t-elle, consciente qu'elle avait toujours vécu sous le joug de ce mari autoritaire.

— Eh bien, moi, il ne m'impressionne pas, répliqua Bill, furieux contre Gordon. Essaie de l'ignorer, et continue à vivre ta vie.

— C'est exactement ce que je fais.

— Tu dînes avec lui, ce soir ?

— Je ne sais pas. Il ne me parle pas de ses projets.

Bill était fou de rage et de frustration. Il ne pouvait rien faire pour lui venir en aide. Elle aurait dû demander le divorce, mais il était évident qu'elle ne le ferait jamais. L'enjeu était trop important pour elle ; elle craignait les représailles de Gordon et c'était exactement ce qu'escomptait ce dernier. Bill tenta de le lui expliquer, mais elle argua qu'il la tenait à sa merci. Elle ne possédait aucune fortune personnelle et les soins de Teddy étaient extrêmement coûteux. Un profond désarroi s'empara de Bill. Il aurait tant aimé pouvoir l'épouser et prendre soin de son fils. Hélas, c'était trop tard — pour le moment, en tout cas. Il était hors de question qu'il la demande en mariage s'il ne retrouvait pas l'usage de ses jambes. Il se sentait totalement impuissant. Les hommes comme Gordon choisissaient toujours la meilleure arme en fonction de leur victime. En l'occurrence, c'était la peur. Depuis combien de temps la faisait-il régner dans leur couple ? Quel genre de tortures morales Isabelle avait-elle subies au fil des ans ? Et comme si cela ne suffisait pas, le destin s'était acharné sur elle avec cet accident. Sans le savoir, elle avait tendu le bâton pour se faire battre.

— Essaie de l'éviter autant que possible. Je te rappellerai.

Il était plus prudent que le numéro de l'hôpital n'apparaisse pas sur les factures de téléphone. C'était ce genre d'indice que Gordon guetterait sans aucun doute.

— Appelle-moi seulement en cas de nécessité absolue, reprit-il. Sinon, attends plutôt mes coups de fil.

Un immense sentiment de solitude envahit Isabelle alors qu'elle prenait lentement conscience de la situation ; elle était tombée en disgrâce, et Gordon paraissait décidé à lui faire payer très cher son faux pas.

Ils bavardèrent encore un peu puis Bill dut raccrocher pour commencer une nouvelle séance de rééducation. Il promit de l'appeler en fin d'après-midi, avant le retour de Gordon.

Cette fois, ce dernier la surprit en rentrant beaucoup plus tôt que d'habitude, à seize heures, comme s'il espérait la prendre en flagrant délit. Heureusement, Bill l'avait déjà appelée. Allongée sur le lit de Teddy, elle était en train de jouer aux cartes. Le jeune garçon adorait le gin-rummy. Il aimait aussi faire des parties de solitaire, mais préférait avant tout jouer avec sa mère.

Gordon leur adressa un petit signe de la main en passant devant la chambre, mais il ne s'arrêta pas. Il s'était comporté ainsi tout l'été avec Sophie. Cette dernière avait découvert une facette de son père qu'elle ne connaissait pas... et qu'elle n'appréciait guère. Elle détestait cette façon qu'il avait de s'adresser à elle en ignorant totalement Teddy, comme s'il n'existait pas. Handicapé par sa maladie, ce dernier ne semblait pas digne de l'intérêt de son père, et il en était tout à fait conscient. De son côté, il n'éprouvait aucun sentiment pour son père, et très peu de respect. Gordon ne lui témoignait aucune marque d'affection, à Isabelle non plus d'ailleurs. Les deux mois passés au chevet de son frère avaient permis à Sophie d'ouvrir les yeux. Et elle en fit la remarque un peu plus tard dans la journée, alors qu'elle venait voir sa mère avant de sortir avec des amis.

— Pourquoi le laisses-tu te traiter de la sorte ? lança-t-elle d'un ton presque accusateur.

La passivité de sa mère l'agaçait profondément. Après l'avoir provoquée des années durant, Sophie était en train de devenir son plus sûr allié.

— Il ne fait pas ça dans le but de me blesser, tu sais, chérie. C'est dans sa nature, c'est tout.

Isabelle s'obstinait à vouloir le défendre aux yeux de ses enfants, même lorsque leurs jugements s'avéraient exacts.

— Il n'est pas démonstratif, expliqua-t-elle en remarquant l'expression contrariée de sa fille.

Celle-ci avait appris beaucoup de choses concernant son père durant l'été — plus, en fait, qu'elle ne l'aurait souhaité. Ses illusions avaient brusquement volé en éclats, en même temps qu'elle éprouvait un élan d'admiration pour sa mère devenue, à ses yeux, une véritable héroïne.

— C'est faux, il nous témoigne en permanence indifférence, froideur et méchanceté. Il est odieux avec toi et Teddy n'existe pas pour lui, rétorqua Sophie d'un ton rageur.

— Ne dis pas ça, Sophie, protesta Isabelle alors même que les paroles de sa fille étaient criantes de vérité.

— Il ne s'intéresse qu'à lui-même. Il se fiche pas mal de moi, aussi.

— Tu te trompes, il est très fier de toi.

— A supposer que ça soit vrai, il n'a aucun droit de vous traiter de la sorte, Teddy et toi.

Il s'était toujours montré plus agréable avec elle, bien que ce ne soit plus vrai depuis quelque temps. Il ne l'avait jamais remerciée pour les efforts qu'elle avait faits, les sorties auxquelles elle avait renoncé, l'amour dont elle avait nourri son frère pendant l'absence de leur mère.

La vision que Sophie avait de son père s'était radicalement modifiée au cours de l'été : elle le considérait à présent comme un homme froid, dur, insensible, impitoyable. Si ces traits de caractère l'avaient aidé à réussir sur le plan professionnel, ils s'avéraient difficilement supportables dans sa vie familiale.

— Je t'en prie, Sophie, ne t'inquiète pas pour ça. Ton père est un homme bon.

Ses paroles ne les dupèrent ni l'une ni l'autre. En aucun cas Gordon n'aurait pu passer pour un homme bon ou même gentil.

— Nous nous connaissons bien, ton père et moi. Nous savons à quoi nous en tenir, l'un et l'autre. Crois-moi, ce n'est pas aussi catastrophique que ça en a l'air.

Sophie n'en crut pas un mot. Elle comprenait à présent pourquoi ils faisaient chambre à part. En outre, son père était constamment sorti. Il n'avait quasiment pas passé une seule soirée à la maison pendant qu'Isabelle était à l'hôpital et elle avait découvert qu'il découchait très souvent. Mais elle n'en souffla pas un mot à sa mère, de peur de la blesser. Sophie n'imaginait pourtant pas son père avec une maîtresse ; ce n'était pas son style. D'un autre côté, elle ignorait totalement où il pouvait bien se rendre. Il ne lui avait jamais laissé de numéro de téléphone, en cas d'urgence.

— Tout va bien, ne t'en fais pas, répéta Isabelle, consciente de l'incrédulité de Sophie.

— A-t-il toujours été comme ça ?

Après réflexion, elle ne se souvenait pas d'avoir vu son père agir différemment avec sa mère. Il n'y avait pas de tendresse, pas d'affection entre eux. Jamais elle n'avait vu son père embrasser sa mère ou la prendre dans ses bras. Et ils ne dormaient plus dans la même chambre depuis la naissance de Teddy. Sa mère avait expliqué cette décision par un souci de commodité : elle ne voulait pas réveiller leur père lorsqu'elle se levait pour aller s'occuper de Teddy en pleine nuit. Mais Sophie savait maintenant qu'il s'agissait d'un prétexte. Pourquoi ne s'en était-elle pas rendu compte avant ? Depuis sa plus tendre enfance, elle avait éprouvé une préférence marquée pour son père et elle s'en sentait coupable, à présent. Elle avait beaucoup appris et énormément mûri pendant l'absence de sa mère. Et le fait d'avoir failli la perdre avait renforcé son amour pour elle.

— Etait-il différent quand vous vous êtes mariés ? insista Sophie, envahie par un mélange de tendresse et de tristesse mêlées.

— Il était très protecteur, au début. Très fort, déterminé. J'ai pris cela pour des marques d'amour. J'étais très jeune, tu sais. Et il s'est montré merveilleux à ta naissance. Il était aux anges.

Elle se garda de dire à Sophie qu'il aurait préféré un garçon. Isabelle avait fait ensuite une fausse couche, et puis, quatre ans après la naissance de Sophie, Teddy était né. Leur couple s'était alors rapidement dégradé. Il lui reprochait la naissance prématurée de Teddy, laissant entendre qu'elle avait forcément fait quelque chose pour la provoquer. Aux yeux de Gordon, elle était responsable de la mauvaise santé de leur fils.

Il s'était tout de suite désintéressé du bébé malade. Et, en l'espace de quelques mois, il s'était également détaché d'Isabelle. Au moment où elle avait eu besoin de son soutien et de son amour, il lui avait tourné le dos. Ils avaient failli perdre Teddy plusieurs fois au cours de ses deux premières années d'existence, qu'Isabelle avait vécues la peur au ventre. Il était si menu, si fragile. Au lieu de la rassurer, Gordon continuait à la tenir pour responsable de leur situation. A force de lui répéter qu'elle faisait tout de travers, qu'elle ne savait rien faire correctement, Gordon lui avait fait perdre toute sa confiance en elle, en tant que mère, femme et épouse. Deux ans après la naissance de Teddy, il l'avait balayée de sa vie sans qu'Isabelle comprenne vraiment pourquoi. Il lui arrivait parfois de se ranger à l'avis de Gordon : et si, en effet, tout était sa faute ? Elle continuait à le croire, de temps en temps. Elle avait l'impression que, si elle avait mieux agi, Gordon l'aimerait encore et que tout irait bien entre eux. Hélas, exactement comme il l'avait encore fait ce matin en évoquant son comportement et l'accident, il avait toujours des reproches à lui faire... et Isabelle acceptait docilement ses critiques, tenaillée par un perpétuel sentiment de culpabilité.

Cette fois, en revanche, grâce à Bill, elle avait pris ses reproches avec beaucoup plus de détachement. Certes, elle avait peut-être eu tort d'accepter de retrouver secrètement ce dernier à Londres, mais c'était une rencontre tout à fait innocente ; ce n'est qu'à l'hôpital, après l'accident, que tout avait changé. Et son amour pour Bill était tellement fort qu'il l'aidait à surmonter son sentiment de culpabilité. Il était hors de question qu'elle fasse une croix sur lui.

— Je me demande vraiment pourquoi tu t'es mariée avec lui, maman, fit Sophie avant de partir rejoindre ses amis.

La cruauté dont pouvait parfois faire preuve son père la révoltait.

— Je l'ai épousé parce que je l'aimais, répondit Isabelle dans un triste sourire. J'avais vingt et un ans, je voyais la vie en rose. Il était beau, intelligent, brillant. Mon père ne jurait que par lui. Il m'a dit qu'il serait le mari idéal, et je l'ai cru. Il admirait beaucoup ton père, tu sais.

A trente-huit ans, Gordon était déjà directeur de banque. Il avait été très impressionné par leurs liens avec la famille royale et leur position sociale. Isabelle avait donné un nouvel élan à son ambition. Certains de ses amis lui furent très utiles. Lorsque son carnet d'adresses fut bien rempli, il commença à la repousser, lui refusant toute marque d'amour et d'affection. Il s'était montré si charmant au début... Il devint, hélas, dur et cruel, égoïste au point d'oublier l'existence d'Isabelle, sauf lorsqu'elle pouvait encore lui être utile.

Il n'avait fallu que cinq ans pour qu'il se lasse

d'elle. A la mort de son père, leur mariage avait déjà tourné au cauchemar, mais Isabelle ne s'était jamais confiée à personne. Elle avait trop honte, et Gordon avait réussi à la convaincre que tout était sa faute. Elle avait alors reporté tout son amour sur Sophie et Teddy. Dans ce domaine-là, au moins, il ne pouvait rien lui reprocher. Contrairement à Gordon qui ne cessait de la critiquer, Bill, lui, était convaincu qu'elle n'avait absolument rien à se reprocher. Bill et Gordon la voyaient tellement différemment... Mais à présent, c'était Bill qu'elle croyait, Bill dont elle respectait les opinions. Même si, pour le bien-être de ses enfants, elle s'était résignée à rester auprès de Gordon. Il ne lui restait plus qu'à faire en sorte que tout se passe le mieux possible.

Sophie partit rejoindre ses amis, et Gordon et Isabelle dînèrent ensemble dans la salle à manger. Après leur conversation du matin, l'ambiance demeura tendue. Isabelle ne voulait pas le contrarier davantage et il n'avait apparemment aucune envie qu'elle lui parle. De toute façon, sa conversation aurait une fois de plus concerné les enfants, sujet qui ennuyait profondément Gordon.

Isabelle ne prononça pas un mot durant le dîner et elle monta rejoindre Teddy tout de suite après le café. Comme de coutume, Gordon alla s'enfermer dans ses appartements, prétextant du travail en retard.

Plus tard dans la soirée, alors qu'elle était allongée

sur son lit, Isabelle repensa à ce que lui avait dit Sophie. C'était une jeune fille vive et sensible, terriblement perspicace. Plus que la froideur de son père, c'était la passivité de sa mère qui semblait l'inquiéter. Elle aurait aimé la voir se défendre et lui tenir tête, sans songer aux conséquences. Sophie semblait sincèrement triste pour elle.

Isabelle n'entendit pas Gordon partir ce soir-là. Elle découvrit qu'il n'avait pas passé la nuit à la maison en allant le chercher dans sa chambre pour un important coup de fil de New York. Où avait-il bien pu dormir ? Personne ne pourrait la renseigner. Cette découverte lui coupa le souffle. Cela lui arrivait-il souvent ? Elle n'y avait jamais prêté attention auparavant, mais elle était toute disposée à ouvrir les yeux.

Malgré l'envie qui la tenaillait, elle se retint de l'appeler au bureau pour savoir où il avait passé la nuit. Suivant les conseils de Bill, elle vaqua à ses occupations et s'occupa de Teddy jusqu'à ce que Gordon rentre du bureau, dans la soirée.

Et quand il fut là, elle ne lui posa aucune question. Elle n'aimait pas la confrontation, et l'indifférence de Gordon ne l'affectait plus. Elle avait Bill, et l'amour qu'ils partageaient. Elle monta se coucher directement après le dîner.

Elle dormait depuis longtemps lorsque Gordon referma doucement la porte d'entrée derrière lui, veillant à ne réveiller personne.

13

Bill quitta l'hôpital cinq jours après le départ d'Isabelle. Ces journées loin d'elle l'avaient profondément déprimé. Il se sentait très seul ; il serait bien obligé, hélas, de s'habituer à ce vide indicible.

En ce qui concernait sa santé, il avait l'impression de préparer l'ascension de l'Everest. L'équipe de kinésithérapeutes avait établi à son intention un programme d'un an, tout en lui conseillant de ne pas se fixer d'objectifs trop ambitieux. Ils tenaient à lui épargner une trop grande déception au cas où il resterait paraplégique à vie — ce qui, selon eux, demeurait l'hypothèse la plus probable. Compte tenu de l'étendue de ses blessures, ils trouvaient extraordinaire qu'il ait recouvré une partie de sa sensibilité dans les jambes. Malgré tout, cela ne signifiait pas qu'il pourrait remarcher.

Les infirmières vinrent toutes lui dire au revoir, les larmes aux yeux. Elles étaient tombées sous son charme et l'amour qu'il portait à Isabelle les avait toutes bouleversées. Qu'ils aient surmonté ensemble cette terrible épreuve constituait, à leurs yeux, un précieux cadeau de la vie. Grâce à eux, l'équipe avait retrouvé un nouveau souffle de foi et d'espérance.

Il promit de leur envoyer une carte postale de New York et commanda chez Harrods des cadeaux pour toute l'équipe : de jolis bracelets en or pour les infirmières et, pour son chirurgien, une montre Patek Philippe. Tous les membres du service regretteraient sa générosité, sa gentillesse et son intelligence. Une infirmière et une aide-soignante l'accompagnèrent à l'aéroport et l'installèrent à bord de son avion. Il serait accueilli à New York par les infirmières du centre de rééducation.

Bill avait prévenu ses filles de son arrivée, et toutes deux avaient promis de venir le voir dès le lendemain. Il évita délibérément d'appeler Cynthia, préférant mettre un peu de distance entre eux. C'était mieux ainsi, compte tenu de l'imminence du divorce. En plus de la maison, il lui avait laissé une importante somme d'argent, plusieurs voitures et un portefeuille d'actions bien garni. La procédure de divorce avait commencé le mois dernier. Cynthia avait été stupéfaite à la fois par sa rapidité d'action et sa générosité. Elle continuait à croire qu'il avait l'intention d'épouser Isabelle au plus vite, bien qu'il lui ait affirmé le contraire.

Les premières heures du voyage se déroulèrent relativement bien mais, très vite, sa nuque et son dos devinrent douloureux, malgré sa minerve et son corset. Il s'allongea, soulagé de voyager dans son propre avion. Son médecin lui avait conseillé de ne rien manger pendant le vol. Il avait également insisté pour qu'une infirmière l'accompagne jusqu'à New York, mais Bill avait refusé, désireux de tester son degré d'autonomie. Il regretta amèrement sa décision. Lorsqu'ils atterrirent à New York, il était épuisé et souffrait considérablement.

Deux infirmiers et un ambulancier l'attendaient à l'aéroport. Il traversa la zone douanière sans encombre ; une ambulance équipée d'un lit à roulettes l'attendait au-dehors. Avant de sortir, il songea un instant à appeler Isabelle mais se ravisa. Il l'appellerait une fois arrivé au centre. Une vive douleur irradiait son cou et son dos et il avait hâte de s'allonger.

— Comment vous sentez-vous ? Mieux ? demanda l'un des infirmiers après l'avoir installé sur le lit.

Bill esquissa un pâle sourire.

— J'ai bien cru que cet avion ne se poserait jamais.

Il avait incliné son siège en position allongée, mais le léger angle qui subsistait lui avait causé de terribles souffrances. Cette douloureuse expérience lui avait montré qu'il lui faudrait travailler dur afin de regagner une relative indépendance. Malgré tout, il gardait bon espoir.

Les infirmiers lui avaient apporté un thermos de café, des boissons fraîches et un sandwich. Il se sentait déjà mieux quand l'ambulance démarra. C'était une belle journée d'automne, baignée de douceur.

Il leur fallut une demi-heure pour atteindre le centre de rééducation, situé dans un parc joliment arboré, aux abords de New York. Le complexe ressemblait davantage à un club de loisirs qu'à un établissement hospitalier, mais Bill était trop fatigué pour prêter attention au cadre. Il n'avait qu'une seule envie : aller se coucher. Il remplit rapidement les formulaires d'admission. Autour de lui hommes et femmes étaient en fauteuil roulant, ou soutenus par des béquilles. Deux équipes en fauteuil jouaient au basket tandis que d'autres patients, allongés sur des lits à roulettes, les encourageaient avec entrain. Il régnait une atmosphère détendue et enjouée, et tous semblaient déborder d'énergie. Pourtant, Bill ne réussit pas à chasser la morosité qui le tenaillait. Cet établissement allait devenir sa maison pendant un an — neuf mois, dans le meilleur des cas. Soudain, il eut l'impression d'être un petit garçon que ses parents auraient envoyé en pension. Isabelle et l'hôpital St Thomas lui manquaient cruellement, ainsi que tous les visages affables qu'il avait croisés là-bas.

Il s'interdit de songer à sa maison du Connecticut ; elle faisait partie d'un passé révolu. Lorsqu'on le conduisit dans sa chambre, des larmes embuaient ses yeux. Il ne s'était encore jamais senti aussi vulnérable, aussi seul.

— Tout va bien, monsieur Robinson ?

Bill ne put que hocher la tête. La pièce ressemblait à une chambre d'hôtel, propre et fonctionnelle. Malgré son prix exorbitant, elle n'avait rien de luxueux : la décoration et les équipements étaient réduits au strict minimum, avec juste quelques meubles contemporains. La moquette unie était d'une propreté immaculée. Le lit pour une personne ressemblait à celui qu'il avait à Londres, quand il dormait à côté d'Isabelle. Une affiche du sud de la France décorait le mur ; la reproduction lui sembla familière et il crut reconnaître une vue de Saint-Tropez. Il y avait une salle de bains attenante et la pièce était bien éclairée. Il remarqua le fax, la prise spéciale pour ordinateur, le téléphone. Il n'était pas possible d'installer un four à micro-ondes dans la chambre, mais Bill s'en moquait. De toute évidence, la direction ne voulait pas que les patients s'isolent en prenant leurs repas seuls dans leur chambre. Il devrait par conséquent manger à la cafétéria avec les autres, participer aux activités sportives, utiliser les lieux de vie communs à tous, et se faire des amis. Le processus de socialisation faisait partie du programme de rééducation qu'on lui avait préparé. Peu importait qui il avait été, qui il serait dans quelques mois, on attendait de lui qu'il participât activement à la vie communautaire pendant son séjour.

Les installations bureautiques de sa chambre lui rappelèrent qu'il devait absolument penser à appeler sa secrétaire. Son activité professionnelle avait quasiment été réduite à néant au cours de ces deux mois et demi. Il ne pouvait rien entreprendre de son lit et sa secrétaire avait dû, bien sûr, annuler tous ses rendez-vous. S'il voulait organiser des meetings, préparer des campagnes électorales et encadrer les futurs présidents tout au long de leur course vers la victoire, il devait se trouver au cœur de l'action. Aussi savait-il qu'il devrait mettre sa vie professionnelle entre parenthèses pendant encore une année.

Comme dans un bon hôtel, le petit réfrigérateur contenait un stock de boissons gazeuses et de barres chocolatées ; Bill eut l'agréable surprise d'y trouver aussi deux demi-bouteilles de vin. Après le départ des infirmières, il ouvrit une canette de Coca et consulta sa montre. Il avait très envie d'appeler Isabelle, mais il craignait que Gordon ne fût déjà rentré. Pourtant, il se sentait tellement démoralisé qu'il prit le risque. Il pourrait toujours raccrocher s'il tombait sur son mari.

A son grand soulagement, Isabelle décrocha à la deuxième sonnerie. Il était vingt-trois heures pour elle, mais elle semblait tout à fait éveillée. Sa voix douce, si familière, lui transperça le cœur comme un coup de poignard. Il aurait tellement aimé la voir !

— Est-ce une bonne heure ? demanda-t-il d'emblée.

A l'autre bout du fil, Isabelle laissa échapper un petit rire.

— Une bonne heure pour quoi, mon amour ? C'est parfait, ne t'inquiète pas ; j'aimerais simplement que tu sois là, près de moi. Gordon est à Munich. Comment s'est passé ton voyage ?

— Douloureusement. J'ai l'impression d'être en prison ici, ajouta-t-il en balayant la pièce d'un regard abattu. Je déteste cet endroit.

On aurait dit un petit pensionnaire privé de son chez-lui.

— Essaie de prendre les choses du bon côté ; tout se passera bien, tu verras, l'encouragea Isabelle comme elle le faisait à chaque fois que Sophie retournait à l'université. Une fois que tu te seras habitué à ton nouveau cadre de vie, tu ne verras même pas le temps passer, j'en suis sûre. Tu n'y resteras peut-être que quelques mois.

Bill semblait très déprimé, et Isabelle était de tout cœur avec lui. Mais comment le réconforter, alors que des milliers de kilomètres les séparaient ? Ils étaient obligés de livrer bataille seuls, chacun de leur côté. A de nombreux égards, celle de Bill s'annonçait plus laborieuse.

— Et si j'étais obligé d'y rester deux ans ? fit Bill d'une voix de petit garçon malheureux.

— Impossible. Je suis sûre que tu seras très vite remis. Quel genre de personnes séjournent au centre ?

Bill avait craint de se retrouver au milieu de retraités convalescents après une crise cardiaque, des gens avec qui il n'aurait pas eu grand-chose à partager. Mais d'après ce qu'il avait vu, la plupart des patients semblaient jeunes — plus jeunes que lui, même. Certains se remettaient de chutes de ski, de plongeons ratés, d'accidents de voiture et autres drames. Ils avaient tous de longues années devant eux, des années qu'ils tenaient à vivre intensément.

— Des gens sympas, apparemment.

Il soupira en jetant un coup d'œil par la fenêtre. Quelques fauteuils roulants vides encerclaient une piscine olympique dans laquelle nageaient plusieurs personnes.

— Le problème, c'est que je n'ai pas envie de rester ici. Je veux retourner travailler à Washington ou aller te rejoindre à Paris. J'ai l'impression de passer à côté de la vie.

Il lui était évidemment impossible de réaliser l'un ou l'autre de ses souhaits. Pourrait-il un jour prétendre à une vie normale ? Cette question le hantait, angoissante. S'il espérait retravailler un jour, il lui faudrait d'abord s'habituer à rester assis pendant de longues périodes, à voyager seul, à se prendre en charge sans compter sur quiconque et pour cela, il lui fallait acquérir de l'endurance, de la mobilité et entretenir aussi ses capacités intellectuelles. Bill craignait qu'on ne lui fermât certaines portes à cause de son handicap. Les réactions des gens étaient parfois déroutantes, et certains refuseraient peut-être de lui faire confiance. Pour toutes ces raisons, il lui paraissait vital de retrouver l'usage de ses jambes.

De son côté, Isabelle se moquait bien de savoir si Bill remarcherait ou non, son amour était bien plus fort que cela. Elle savait en revanche qu'il y attachait énormément d'importance et, pour son bien-être à lui, souhaitait de tout son cœur qu'il y parvienne. L'idée d'être dépendant de quelqu'un lui répugnait — que ce fût de Cynthia, de ses filles, de ses collègues ou ses amis... et par-dessus tout d'Isabelle. S'il n'était pas capable de la protéger, de prendre soin d'elle, de lui faire l'amour, il disparaîtrait de sa vie. L'enjeu de sa rééducation était immense, et bien qu'il n'ait pas tout dévoilé à Isabelle, elle devinait à quel point la réussite de son rétablissement serait déterminante pour l'avenir. Pour le moment, hélas, elle ne pouvait que le soutenir moralement et prier.

— Comment va Teddy ? demanda Bill. Et toi, comment te sens-tu ?

— Bien. Sophie a repris les cours hier. Teddy est encore très fatigué ; je m'inquiète pour son cœur. Parfois, j'ai l'impression que c'est de pire en pire et puis tout à coup, il se sent mieux et passe une bonne journée. J'ai du mal à m'y faire. Mais il garde le moral.

Le jeune garçon était d'humeur joyeuse depuis son retour ; en revanche, son état de santé se dégradait, elle ne pouvait plus se voiler la face.

— Olivia et Jane sont rentrées à l'université la semaine dernière, mais elles vont venir me voir ce week-end.

— Cynthia aussi ? s'enquit Isabelle, s'efforçant de ne pas trahir la jalousie qui l'animait.

Bill n'était pas dupe, et il se sentait plutôt flatté par sa réaction. Cynthia lui avait proposé de venir avec les filles, mais il avait jugé préférable d'attendre un peu avant de la revoir. Il n'en souffla mot à Isabelle qui n'était toujours pas au courant de leur divorce. Bill continuait à penser qu'elle se sentirait plus libre si elle les croyait toujours mariés. Ainsi, il ne lui donnait pas l'impression de l'attendre seul dans son coin. Si elle décidait un jour de quitter Gordon, il serait là. Pour le moment, à quoi bon compliquer les choses ?

— Cynthia est partie pour quelques jours, répondit-il d'un ton laconique.

Isabelle ne parvenait pas à comprendre la désinvolture de Cynthia, mais elle ne fit aucun commentaire.

— Gordon est allé assister à une conférence à Munich. Il rentre pour le week-end. Je crois qu'il a des projets.

Des projets qui ne la concernaient pas, bien entendu, mais cela ne la dérangeait pas le moins du monde. Depuis son séjour à Londres, depuis Bill, elle se sentait totalement étrangère à Gordon. Ce dernier s'imaginait, à juste titre, qu'elle préférait rester à la maison auprès de son fils. De toute façon, elle était encore très fatiguée. Elle se couchait tôt le soir, après avoir tenu compagnie à Teddy toute la journée. Elle avait déjeuné au restaurant avec Sophie avant le départ de celle-ci, et ce simple effort l'avait épuisée. Selon le médecin, il lui faudrait plusieurs mois avant de recouvrer toute son énergie.

Pour Bill, le processus serait encore plus long, il ne pouvait plus le nier. Le voyage en avion s'était avéré un calvaire, et au moment où il lui parlait, il souffrait encore.

— Quel est ton programme pour la soirée ? demanda Isabelle avec une douceur infinie.

— J'aimerais me coucher tôt. Les repas ne sont pas servis dans les chambres, mais de toute manière je n'ai pas faim.

Ses douleurs lui coupaient l'appétit, mais il se refusait à prendre des analgésiques ; cela faisait plusieurs semaines qu'il n'en demandait plus, redoutant de créer une dépendance. Il avait très bien su s'en passer jusque-là et n'avait aucune intention de revenir sur sa décision.

— Tu devrais aller visiter un peu les lieux, suggéra Isabelle pour lui changer les idées.

— J'aurai tout le loisir de le faire demain ; quoi qu'il en soit, on ne me laisse pas le choix. Je commencerai ma rééducation à sept heures du matin et je ne regagnerai ma chambre qu'à cinq heures du soir.

On lui avait préparé un programme intensif, et

c'était précisément pour cette raison qu'il avait choisi cet établissement. En travaillant dur, il espérait obtenir rapidement des résultats. Plus vite il serait remis, plus vite il partirait d'ici.

— Je t'appellerai demain matin, avant de débuter ma journée.

Il serait midi à Paris, l'heure idéale pour Isabelle. Gordon ne se trouvait jamais chez lui en pleine journée.

— Je peux t'appeler aussi, de temps en temps, suggéra-t-elle, mais il déclina son offre, estimant plus sage d'assumer la responsabilité de leurs conversations téléphoniques.

— A demain, mon cœur, murmura-t-il, vaincu par la fatigue.

Il souffrait atrocement du dos, sa nuque était raide comme un bout de bois et son moral plus bas que zéro. C'était comme s'il ne vivait plus sur la même planète qu'Isabelle ; sa vie d'avant lui paraissait lointaine et inaccessible. Il ne puisait aucun réconfort à retrouver son pays. En fait, il avait l'impression d'avoir été parachuté sur une île déserte où il serait contraint de passer une année. Et l'idée ne l'enchantait guère.

— Je t'aime, mon chéri, chuchota Isabelle à l'autre bout du fil.

Après avoir raccroché, elle alla se coucher et pensa longuement à Bill. Si seulement elle avait pu le prendre dans ses bras, le serrer contre elle pour lui donner du courage... A cette distance, hélas, elle ne pouvait que lui envoyer son amour accompagné de pensées positives.

Le lendemain, Bill se leva à six heures. Après avoir parlé à Isabelle la veille au soir, il s'était endormi tout habillé. La sonnerie du réveil l'arracha à ses rêves. Encore sous le coup du décalage horaire, il était fatigué et pouvait à peine bouger. Il appela un aide-soignant qui l'installa dans son fauteuil et le conduisit jusqu'à la salle de bains.

Une demi-heure plus tard, douché et habillé, il composa le numéro d'Isabelle.

— Comment vas-tu, mon amour ? demanda-t-elle d'un ton inquiet.

— Nettement mieux qu'hier soir. J'étais vanné.

— C'est ce que j'avais cru comprendre.

Un sourire flottait sur les lèvres d'Isabelle. Teddy s'était réveillé d'humeur enjouée par cette belle journée de septembre. Il était midi, à Paris.

— Excuse-moi pour hier soir ; j'avais l'impression d'être un petit pensionnaire qui appelle ses parents au secours.

Le sourire d'Isabelle s'élargit.

— C'était tout à fait ça, renchérit-elle d'un ton taquin. Et je brûlais d'envie de venir te chercher.

— Ça, c'est le réflexe de toutes les mères. Les pères, eux, recommandent aux enfants de prendre sur eux. Une différence de base entre l'homme et la femme. Les filles avaient toujours envie de rentrer quand elles partaient en colonie. Cynthia était prête à les récupérer au premier coup de fil alors que j'étais d'avis de les laisser jusqu'au bout.

— Qui l'emportait ? fit Isabelle, amusée.

Bill ne lui avait encore jamais parlé de cet aspect de la personnalité de Cynthia, qui lui parut soudain plus attachante. Elle aurait agi de la même manière. Ses enfants n'avaient jamais quitté la maison, et quand Sophie était partie à l'université de Grenoble, Isabelle avait été très triste ; elle aurait préféré que sa fille étudie à la Sorbonne.

— Cynthia, bien sûr. Je n'étais jamais là, je pouvais difficilement me permettre d'imposer ma vision des choses. Quand je rentrais, je les trouvais à la maison.

— Bravo, Cynthia !

— Bon, je crois qu'il est temps d'aller voir à quelle sauce ils veulent me manger. Je suis sûr qu'ils ont fait de la torture un art très subtil, ici.

Bill ne s'attendait tout de même pas au programme intensif qu'on lui avait concocté. Installé dans son fauteuil, il s'initia à la gymnastique suédoise, souleva des poids pour muscler son torse et ses bras et fit une série d'exercices sur d'autres appareils. Il entama aussi la rééducation de la nuque, suivit une séance de gymnastique aquatique et fit une autre série d'exercices

374

pour ses jambes. On lui avait accordé une demi-heure pour déjeuner et il eut à peine le temps de se rendre à la cafétéria, encore moins de lier connaissance avec quiconque. Il était dix-sept heures quand il regagna sa chambre, et il se sentait tellement épuisé qu'il pouvait à peine bouger. Incapable de sortir de son fauteuil pour s'allonger sur le lit, il fut obligé d'appeler un aide-soignant. Ce dernier ne put s'empêcher de sourire en l'entendant grommeler.

— Vous avez bien travaillé, aujourd'hui, monsieur Robinson ?

C'était un jeune Afro-Américain qui avait fait partie de l'équipe de basket des Jets avant d'être victime d'un accident, cinq ans plus tôt. A vingt-six ans, il était étudiant en kinésithérapie. Le voir ainsi en pleine forme regonflait le moral de Bill.

— Vous voulez rire ? répliqua Bill en posant sur lui un regard abattu. Ils ont essayé de me tuer...

— Vous verrez, vous ne sentirez plus aucune fatigue d'ici à deux semaines ; ce sera du gâteau pour vous, tous ces exercices.

Bill n'en crut pas un mot, mais il accepta volontiers le massage que lui proposa le jeune homme. Après son départ, il resta au lit. Il n'irait pas dîner. Un coup frappé à sa porte le tira de sa torpeur.

— Qui est là ? demanda-t-il d'une voix ensommeillée.

Quand il ouvrit les yeux, il aperçut un jeune homme en fauteuil roulant.

— Bonjour, je m'appelle Joe Andrews. Je suis votre voisin. Ça vous dit de participer à un match de basket à vingt heures ?

Bill émit un petit grognement. Il dévisagea le jeune homme et partit soudain d'un éclat de rire. Joe semblait parfaitement à l'aise dans son fauteuil ; apparemment, il n'avait l'usage que d'un seul bras. C'était un beau garçon, âgé de vingt-deux ans. Six mois plus tôt, il avait eu un accident de voiture dans lequel avaient péri quatre de ses amis.

— Un match de basket ? Vous plaisantez ? Je pourrais tout au plus vous servir de ballon. J'ai bien peur de ne plus jamais pouvoir me redresser.

— C'est dur, au début, reconnut Joe dans un sourire. Mais on s'y fait. C'est un centre absolument génial. Quand je suis arrivé il y a six mois, j'étais allongé sur une planche et je ne bougeais que les yeux. Je n'avais qu'une ambition : réussir à me gratter le nez.

Impressionné, Bill se redressa en étouffant un gémissement.

— Votre âge joue en votre faveur. Je suis un vieil homme, moi, observa-t-il alors même qu'il s'était toujours senti en pleine forme jusqu'à l'accident.

— L'âge n'entre pas en ligne de compte, ici. Le capitaine de l'équipe de basket a quatre-vingt-deux ans. Il a eu un infarctus. Il jouait avec les Yankees il y a soixante ans.

— Je ne fais pas le poids. J'aurais mieux fait de m'enrôler dans les Marines.

— Ç'aurait été plus facile, certes, mais nettement moins sympa. Il y a de très jolies femmes, ici.

On aurait dit qu'il parlait d'une drôle d'université. Avec son regard rieur, son sourire chaleureux et sa tignasse poil de carotte, ce garçon lui plut instantanément.

— Si je comprends bien, on ne s'ennuie pas, ici, plaisanta Bill.

Il ne croyait pas si bien dire. En six mois, Joe avait retrouvé l'espoir d'une vie normale. Sa fiancée était morte dans l'accident, mais il n'en parla pas à Bill.

— Je vais souvent à New York, le week-end. Peut-être accepterez-vous de vous joindre à moi, un de ces quatre. Il faut compter vingt minutes en train.

— C'est une idée. Mais pour le moment, je serais bien incapable de bouger.

— Venez au moins regarder le match. Je vous présenterai aux autres.

Joe était bien décidé à sortir Bill de sa chambre. En tant que plus ancien patient de l'étage, il s'était porté volontaire pour aider les nouveaux arrivants à s'intégrer à leur cadre de vie. Il était essentiel pour le moral de chacun de ne pas se cantonner à son programme individuel. C'était grâce à cette politique que Joe s'en était sorti. En arrivant au centre, il avait perdu le goût de vivre ; il avait même envisagé de se

LE BAISER

suicider. Maintenant, le pire était derrière lui et il était là, bien vivant, gonflé d'optimisme.

— Pourquoi pas aux filles ? le taquina Bill.

— Vous êtes marié ? demanda Joe.

Il savait s'y prendre avec les gens et Bill sentit tout de suite que c'était un garçon bien. Quelle tristesse de le voir cloué dans ce fauteuil roulant...

— Non. Je suis presque divorcé.

— Désolé. Il y a deux femmes dans l'équipe. L'une d'elles a dix-huit ans.

— Je préférerais éviter la prison, si vous n'y voyez pas d'inconvénient. Et l'autre, quel âge a-t-elle ?

— Soixante-trois ans, fit Joe avec un sourire espiègle.

— Parfait, c'est déjà plus ma tranche d'âge.

— Quel âge avez-vous ?

— Cinquante-deux ans. Enfin, j'ai fêté mon quatre-vingt-dixième anniversaire aujourd'hui...

— Vous avez déjà dîné ?

— Je ne comptais pas manger ce soir.

Il n'avait pas dîné la veille non plus. Il n'avait plus aucune envie de ressortir une fois qu'il était dans sa chambre.

— Très mauvaise idée. Je passerai vous chercher à dix-huit heures trente. Vous pourrez rester pour le match après dîner, si vous en avez envie.

Avant même que Bill ait le temps de réagir, il quitta la chambre.

Joe avait fait du beau travail. A dix-huit heures quinze, Bill était assis dans son fauteuil, et il se sentait beaucoup mieux qu'une heure plus tôt. Il s'était douché, rasé et coiffé, avait enfilé un jean et un tee-shirt. En se dirigeant ensemble vers la salle de restaurant, Joe et lui ressemblaient à deux adolescents. Au cours du chemin, le jeune homme lui présenta une foule de gens. Quant à lui, il était originaire de Minneapolis. Il avait l'intention de reprendre ses études de droit à la rentrée prochaine. Il avait deux sœurs et un frère jumeau qui se trouvaient avec lui au moment de l'accident — un accident qui avait fait quatre victimes : son jumeau, sa fiancée et deux passagers de l'autre voiture. C'était son frère jumeau qui conduisait lorsque le véhicule les avait percutés de face, alors qu'ils roulaient de nuit sur une route enneigée. De nombreux patients traînaient derrière eux des histoires dramatiques : il y avait des gamins qui jouaient comme n'importe quels autres gosses de leur âge, jusqu'à l'accident stupide ; une femme qui avait reçu une balle dans la colonne vertébrale au cours du braquage d'une petite boutique, alors qu'elle s'était arrêtée pour acheter des boissons à ses enfants, et d'autres encore, victimes d'accidents et de traumatismes en tous genres. En même temps que leur programme de rééducation physique, la plupart, comme Joe et cette mère de famille, recevaient un soutien psychologique. L'objectif pour eux était de retrouver une vie active, normale, une fois sortis de l'hôpital.

Le centre hébergeait deux cents patients. Trois cents autres venaient chaque jour en consultation. Une grande solidarité unissait les résidents qui formaient une sorte de famille pendant leurs longs séjours. En entendant le brouhaha qui régnait dans la cafétéria, Bill eut l'impression d'une soirée mondaine qui battait son plein. Tout le monde riait, parlait, se vantait des exploits du jour ou se plaignait au contraire d'avoir trop travaillé. Cela faisait longtemps qu'il n'avait pas vu autant de visages souriants. Et c'était une surprise, pour lui.

— On organise un tournoi de tennis, la semaine prochaine, si ça vous intéresse, l'informa Joe tandis qu'il parlait à six autres personnes, parmi lesquelles quatre filles.

Il n'était pas le seul beau garçon en fauteuil roulant ici. D'après les estimations de Bill, la moitié des patients étaient des jeunes hommes d'une vingtaine d'années. L'autre moitié mélangeait tous les âges. Globalement, les trois quarts étaient de sexe masculin. Les hommes conduisaient trop vite, pratiquaient des sports plus dangereux, prenaient davantage de risques... étaient peut-être moins chanceux. Il y avait un certain nombre d'hommes et de femmes de l'âge de Bill. A leur table se trouvait une superbe jeune femme au visage angélique qui s'exprimait avec difficulté. Mannequin, elle était tombée dans un escalier lors d'une séance de photos et avait perdu l'usage de ses jambes. A la suite d'un important traumatisme crânien, elle était restée huit mois dans le coma. En bavardant avec elle, Bill prit conscience qu'ils avaient eu beaucoup de chance, Isabelle et lui. Elle s'appelait Helena et s'était liée d'amitié avec une jeune danseuse qui, victime d'un accident de voiture, était farouchement déterminée à danser de nouveau. Tous avaient dû faire face à de terribles épreuves, et tous fournissaient des efforts extraordinaires pour surmonter leur drame personnel. Bill se sentait plein d'admiration pour eux.

A la fin du dîner, il avait retrouvé des forces. Joe et Helena l'avaient convaincu de venir voir le match de basket, même s'il ne désirait pas jouer ce soir.

— Ils sont plutôt bons, commenta Helena en faisant un effort pour articuler de son mieux.

Elle se trouvait elle aussi dans un fauteuil roulant. D'une beauté exceptionnelle, elle ressemblait un peu à Isabelle. Joe lui avait raconté qu'elle avait travaillé à New York, Paris et Milan et qu'elle avait fait les couvertures de *Vogue* et de *Harper's Bazaar* avant son accident. C'était un top model en pleine ascension.

— J'espère que vous jouerez, la prochaine fois, ajouta-t-elle à l'adresse de Bill.

— Et vous, pourquoi ne jouez-vous pas ? répliqua-t-il d'un ton taquin.

A en juger par la longueur de ses jambes, elle devait dépasser d'une bonne tête la plupart des membres de l'équipe. Elle portait un short et des sandales. Les ongles de ses pieds étaient vernis en rouge vif. De nombreux jeunes gens n'avaient d'yeux que pour elle, mais elle était fiancée au photographe pour qui elle posait le jour de l'accident. On le disait fou amoureux d'elle. Ils avaient prévu de se marier dès qu'elle sortirait de l'hôpital et elle portait à son annulaire gauche une bague de fiançailles de la taille d'un œuf, selon l'expression de Cynthia.

Ils regardèrent le match côte à côte, au milieu des cris et des encouragements. Peu importe qui marquait, tout le monde s'en réjouissait. Le simple fait de pouvoir jouer au basket représentait une victoire pour chacun d'entre eux et Bill fut très impressionné par leurs performances.

— Vous êtes marié ? lui demanda Helena sur le ton de la conversation.

Elle était curieuse d'en savoir un peu plus sur Bill ; c'était un très bel homme, qu'elle aurait peut-être essayé de séduire dans une autre vie, si elle n'avait pas aimé passionnément son fiancé.

— Bientôt divorcé.

— Quel dommage ! Toutes les femmes vont s'enticher de vous, ici, ajouta-t-elle dans un sourire.

Pourtant, Bill n'avait encore jamais vu une telle concentration d'hommes séduisants, deux fois plus jeunes que lui, pour la plupart. Quoi qu'il en soit, ce genre de considérations ne l'intéressait pas ; il n'était pas libre : il était amoureux d'Isabelle.

— Avez-vous une petite amie ? reprit Helena.

— Oui.

— Allez-vous l'épouser ?

— Non.

Il eut soudain envie de s'ouvrir à elle. A quoi bon garder des secrets, dans un endroit comme celui-ci ?

— Elle est mariée et elle n'a pas l'intention de divorcer. De toute façon, c'est mieux ainsi.

— Que voulez-vous dire par là ?

Elle le considéra avec attention, ratant du même coup un des plus beaux points du match. Un vacarme assourdissant régnait dans la salle, mais Helena semblait beaucoup plus intéressée par les dernières paroles de Bill.

— Je n'ai pas envie de l'ennuyer avec mes soucis, elle en a déjà suffisamment de son côté. Son fils est gravement malade ; elle n'a pas besoin d'un mari en fauteuil roulant, expliqua-t-il comme si cela coulait de source.

— Pourquoi ? Qu'est-ce que ça peut bien faire ? Vous ne devriez pas vous attacher à ça. Est-ce ce qu'elle pense, elle aussi ?

— Je ne crois pas. Mais c'est mon sentiment. Je n'ai aucunement l'intention d'être un fardeau pour elle.

— C'est gentil de votre part. Et que faites-vous d'eux ?

Elle désigna les joueurs qui évoluaient sur le terrain

aussi vite que le leur permettaient leurs fauteuils, s'évitant de justesse, se percutant parfois, riant, dégoulinant de sueur. Ils avaient l'air de bien s'amuser.

— Est-ce qu'ils ressemblent à des fardeaux ?

— Je ne suis pas marié avec eux ; si c'était le cas, ils pourraient le devenir, oui. Regardez-moi, Helena, je ne peux plus danser, je ne peux même pas tenir debout, je ne peux plus me promener, j'ignore encore si je vais pouvoir reprendre mon travail. Il est hors de question qu'une autre personne supporte toutes ces contraintes.

Et il passa sous silence l'échec cuisant qu'il avait essuyé en essayant de faire l'amour.

— Que faisiez-vous dans la vie ? Du patinage artistique ? lança Helena en levant les sourcils.

C'était une fille intelligente ; il appréciait déjà ses traits d'esprit.

— Je travaille dans la politique.

— Est-ce quelque chose qu'on ne peut pas faire assis ? J'avoue que je l'ignorais.

— Vous savez très bien ce que je veux dire.

— Oui, je sais. Je ressentais la même chose, avant, jusqu'à ce que je me rende compte que c'est complètement idiot. Moi non plus, je ne sais pas si je vais pouvoir retravailler. Mais une chose est sûre : je ne vais certainement pas renoncer à vivre pleinement ma vie, je vaux mieux que ça. Et puis, je peux faire plein d'autres choses. Je ne suis pas encore trop moche, dit-elle modestement.

Bill leva les yeux au ciel, comme il l'aurait fait avec une vieille amie. Les liens d'amitié se tissaient vite ici. Ils étaient tous dans le même bateau et le traumatisme qu'ils avaient subi les rapprochait inévitablement.

— J'ai toute ma tête, même si je m'exprime bizarrement. Si ça ne plaît pas à quelqu'un, qu'il aille se faire voir. Mon fiancé se moque bien de tout ça et si ce n'était pas le cas, je ne voudrais plus de lui. Vous voulez mon avis ? Laissez la femme que vous aimez se faire sa propre opinion.

— Ce n'est pas aussi simple que ça.

— Comment donc ? fit Helena en reportant son attention sur Bill. Assurez-vous que votre décision n'est pas motivée par de fausses raisons. Je mettrais ma main à couper que si elle est vraiment digne de votre amour, ce dont je ne doute pas un instant, votre handicap lui sera bien égal.

Elle avait raison, Bill le savait pertinemment. Mais il y avait aussi Teddy. Quoi qu'il en soit, il avait décidé de ne plus la revoir s'il était condamné à passer le restant de ses jours dans un fauteuil roulant. C'était une décision qu'il avait prise à l'insu d'Isabelle.

— Ne vous infligez pas pareille mutilation, Helena, je m'en voudrais énormément, répliqua-t-il d'un ton faussement léger.

— Pardon ?

— Votre main à couper... vous êtes si jolie comme ça.

La jeune femme partit d'un éclat de rire.

— Du calme, mon cher. Vous êtes amoureux, et je suis fiancée.

— Quel dommage !

Ils regardèrent la fin du match comme deux amis de toujours.

L'équipe de Joe remporta la partie et ce dernier ne tarda pas à les rejoindre, trempé de sueur mais heureux comme un pape. C'était vraiment un beau garçon, remarqua de nouveau Bill tandis que leur petit groupe se dirigeait vers la cafétéria pour prendre un verre. Les autres joueurs et leurs supporters s'y trouvaient déjà. Ils avaient passé une excellente soirée. Quand Helena les quitta pour regagner sa chambre, Joe gratifia Bill d'un sourire taquin.

— Alors, ça y est, elle rompt ses fiançailles ? On a tous essayé de la séduire, ici.

— J'y travaille, mais ce n'est pas encore fait.

Il plaisantait, bien sûr. Helena était très amoureuse de son fiancé — un type formidable, au dire de Joe. Le jour de leur mariage, Helena était bien décidée à remonter la nef sur ses deux jambes. Bill espérait qu'elle y parviendrait : tout en elle respirait la détermination et la ténacité. C'était une jeune femme exceptionnelle.

— Sa sœur vient souvent la voir, raconta Joe tandis qu'ils regagnaient à leur tour leurs chambres. La pauvre est moche comme un pou.

Bill éclata de rire.

— Elles ne doivent pas avoir la même mère, un truc comme ça. Helena me l'a présentée, un jour, et je suis tombé des nues. Cela dit, elle est très sympa.

Ils échangèrent un regard éloquent, typiquement masculin, et Bill ne put s'empêcher de rire encore.

— Ce sont des choses qui arrivent.

— Alors, vous jouerez avec nous, la prochaine fois ?

— Je crois que je préfère ma place de spectateur.

Les paroles d'Helena résonnaient encore dans sa tête. Il ne partageait pas son opinion. Il refusait d'imposer à quiconque les contraintes découlant de son état de santé actuel. Surtout pas à Isabelle, même s'ils ne se voyaient qu'une ou deux fois par an. Elle n'avait certainement pas besoin d'un souci de plus.

— Ça vous dit de faire un tour à New York demain ? J'y vais avec quelques copains. On a prévu de dîner au restaurant avant d'aller au cinéma.

— Je serais ravi de me joindre à vous, mais j'attends mes filles demain. Elles sont à l'université et elles doivent passer me voir dans la journée.

Olivia étudiait à Georgetown, et Jane à l'université de New York.

— Quel âge ont-elles ? demanda Joe, piqué dans sa curiosité.

Il n'avait pas eu de petite amie depuis le décès de sa fiancée, mais il commençait à s'intéresser de nouveau aux filles.

— Dix-neuf et vingt et un ans. J'aimerais te les présenter si tu es encore là quand elles viendront.

— On ne part pas avant dix-huit heures, répondit Joe comme ils arrivaient devant la porte de Bill. J'ai une compétition de natation demain, mais je vous verrai sûrement après.

A l'université, il avait été capitaine de l'équipe de natation.

— Je te trouverai bien quelque part, lança Bill avant de lui souhaiter une bonne nuit.

Il n'avait pas eu le temps d'appeler Isabelle ce soir-là. Il était cinq heures à Paris. S'il attendait une heure de plus, il pourrait l'appeler.

Il se mit au lit et se plongea dans un livre, luttant contre le sommeil. A minuit pile, il décrocha le téléphone et composa le numéro d'Isabelle. Elle répondit aussitôt et sembla soulagée d'entendre sa voix.

— Tout va bien ? Je me suis fait du souci.

— Je vais très bien. Je suis allé voir un match de basket, ce soir. Ils me tuent à petit feu, ici. Mais c'est un endroit très impressionnant.

Il lui parla des gens qu'il avait rencontrés, des histoires qu'il avait entendues et des exercices qu'il avait faits.

— Seigneur, je serais bien incapable d'en faire autant, commenta Isabelle, impressionnée.

— Pour être franc, je ne sais pas si je vais tenir le coup longtemps. On n'a qu'un jour de repos dans la

semaine. Mes filles viennent demain ; je suis impatient de les voir.

Cela faisait deux mois qu'il ne les avait pas vues et
elles lui manquaient terriblement. A sa grande surprise, Cynthia lui manquait également. Au bout de
trente ans de vie commune, la présence de Cynthia
était devenue une habitude dont il avait un mal fou
à se défaire, même si cette habitude ne trouvait plus
sa place dans sa vie.

— Et toi, chérie, comment vas-tu ?

— Bien. Je viens juste de me lever. Teddy dort
encore.

Ils bavardèrent encore un moment, puis Isabelle
raccrocha en entendant son fils s'agiter. Elle lui donna
ses médicaments et il se rendormit aussitôt. Elle regagna alors sa chambre, s'habilla et se perdit dans la
contemplation du jardin, l'esprit tourné vers Bill. Elle
ne le verrait pas avant longtemps, cela l'attristait, mais
c'était pour la bonne cause. Sa rééducation pourrait
durer une année entière.

Allongé dans son lit, ce soir-là, Bill pensa à Isabelle
avant de s'endormir, un léger sourire aux lèvres. Alors
qu'il commençait à s'assoupir, les paroles d'Helena lui
revinrent à l'esprit. Il comprenait son opinion mais
s'obstinait à ne pas vouloir la partager. Son cas était
différent. Il n'avait pas le droit de partager la vie d'Isabelle — ou de quiconque — tant qu'il ne pourrait
pas marcher. C'était une conviction profonde, bien

qu'en total désaccord avec ce qu'il voyait ici. Mais Helena était jeune et belle, et c'était une femme... Elle ne pouvait pas comprendre ce qu'il ressentait... En tant qu'homme, les choses étaient différentes.

S'il ne retrouvait pas l'usage de ses jambes, il n'aurait pas sa place dans la vie d'Isabelle. C'était une certitude à la fois simple et inéluctable.

14

Olivia et Jane furent ravies de voir leur père le lendemain ; elles affirmèrent toutes les deux qu'il semblait en pleine forme. Il leur fit visiter les locaux et le parc, les présenta aux personnes qu'il avait rencontrées, puis trouva un endroit tranquille où ils s'installèrent pour profiter du bon air de septembre. C'était un bel après-midi ensoleillé ; les deux jeunes filles bavardèrent avec entrain — elles avaient tant de choses à lui raconter. Elles parlèrent beaucoup de leur mère et avouèrent à Bill qu'il leur manquait. Si seulement il voulait bien revenir à la maison... Le divorce continuait à les affecter mais heureusement, elles étaient toutes deux très prises par leurs études.

Ils se rendirent à la cafétéria en fin d'après-midi, juste avant le départ d'Olivia et Jane, et y croisèrent Joe. Bill fit les présentations ; le courant passa aussitôt entre les trois jeunes gens. Olivia connaissait un garçon avec qui il était allé à l'école à Minneapolis. Le monde étudiant était décidément petit. Il demanda à Jane ce qu'elle pensait de l'université de New York. Il envisageait de faire ses études de droit là-bas. Au dire de Jane, c'était une université formidable ; Bill les laissa discuter à bâtons rompus. Joe se joignit à eux quand ils commandèrent un hamburger et les trois jeunes abordèrent tous les sujets qui les passionnaient. Qu'il soit en fauteuil roulant ne semblait pas les gêner du tout. En fait, aucune des filles ne parut le remarquer ; lorsqu'ils quittèrent la cafétéria pour regagner les chambres, Olivia tint compagnie à son père tandis que Jane marchait à côté de Joe. Sous le charme, ce dernier lui demanda si elle voulait aller au cinéma ce soir-là avec quelques amis. Hélas, elle avait déjà d'autres projets, mais elle parut sincèrement désolée. Il pourrait toujours l'appeler une autre fois, ou bien elle l'appellerait, elle. Tous deux semblaient avoir beaucoup de choses à partager et Joe resta jusqu'à ce que les filles décident de partir. Là, il s'éclipsa pour les laisser en famille. Lorsqu'il fut parti, Bill chanta ses louanges ; il appréciait beaucoup Joe : c'était un jeune homme poli, intelligent et plein de délicatesse.

— Il est sympa, commenta simplement Jane tandis qu'Olivia éclatait de rire.

— Sympa ? Ce type est une bombe, oui !

Bill ne put s'empêcher de sourire ; c'était amusant de les entendre se parler ainsi.

Les filles avaient prévu de passer la nuit chez leur

mère ; Bill regagna sa chambre tout de suite après leur départ. Joe l'attendait devant sa porte. Il avait l'air préoccupé.

— J'aimerais vous demander quelque chose, commença-t-il d'un ton hésitant.

— Bien sûr, Joe, de quoi s'agit-il ? l'encouragea Bill, songeant déjà à un autre match de basket.

— Je voulais savoir si... enfin... je pensais que...

Cette fois, c'était du sérieux. D'ordinaire vif et sûr de lui, le jeune homme semblait tout à coup à court de mots. Il rougit jusqu'à la racine des cheveux.

— Oh là, ça doit être de la plus haute importance, le taquina-t-il. Je jurerais que tu veux m'emprunter ma voiture. Malheureusement, je n'en ai pas et d'ailleurs, aucun de nous n'est en état de conduire.

Joe ne put s'empêcher de rire.

— En fait, je me demandais si vous verriez un inconvénient à ce que...

Il inspira avant de se jeter à l'eau :

— A ce que j'appelle Jane, un de ces jours ? Je ne le ferai pas si cela vous dérange et de toute façon elle n'aura peut-être pas envie de me revoir... enfin, je veux dire... vous savez... c'est juste que...

— Je trouve que c'est une idée formidable.

Jane avait eu un petit ami pendant deux ans, un garçon qu'ils détestaient tous. Pour le plus grand bonheur de Bill, ils avaient rompu l'année précédente et il n'y avait eu personne d'autre depuis.

— D'après mes sources, elle est libre comme l'air, mais on ne me tient pas toujours au courant des derniers rebondissements dans ce domaine-là. Il faudra que tu voies ça avec elle.

— Elle m'a dit que je pouvais l'appeler et elle m'a donné le numéro de sa mère ainsi que son numéro à l'université. Mais je voulais d'abord m'assurer que cela ne vous posait pas de problème.

Bill fut touché par sa délicatesse.

— Les choses démarrent plutôt bien, on dirait, commenta-t-il en souriant. Mieux qu'avec la sœur d'Helena, en tout cas, non ?

— Vous plaisantez, j'espère ! On ne peut pas les comparer. Jane est formidable ! Je veux dire... La sœur d'Helena est une gentille fille, mais...

— Je sais, elle ressemble à un pou.

— Ne le répétez surtout pas à Helena, fit Joe d'un air inquiet. Elle est très sympa, très intelligente aussi.

— Je ne dirai rien, promis. En revanche, je suis flatté que tu apprécies Jane. Je suis très fier de mes deux filles.

Joe n'en fut pas étonné. Olivia lui plaisait aussi, mais elle paraissait plus réfléchie, plus mature, plus réservée aussi. Il se sentait parfaitement à l'aise avec Jane. En même temps, sa beauté le chavirait.

— Je l'appellerai peut-être ce soir.

— A toi de voir, fit Bill d'un ton paternel. Cela ne me regarde plus, désormais. Jane est une grande fille.

Il était heureux pour eux. Jane avait besoin d'un garçon gentil, cultivé et ouvert, et Joe méritait sa part de bonheur après le terrible choc qu'il avait subi. Pas une seconde il ne songea au handicap de ce dernier, alors que lui-même s'interdisait de revoir Isabelle simplement parce qu'il était comme Joe, cloué dans un fauteuil roulant. Malgré tout, il ne fit pas le moindre parallèle entre leurs situations.

Les deux sœurs sortirent de l'hôpital enchantées et elles appelèrent Bill avant de retourner à l'université, le lendemain. Jane ne parla pas de Joe, et Bill ne lui posa pas de question. Il ne voulait surtout pas s'immiscer dans leur vie privée. Cynthia prit ensuite le téléphone ; elle souhaitait venir le voir dans la semaine. Bill hésita un court instant avant d'accepter. Ne lui avait-il pas dit qu'ils resteraient amis ? Comme pour les filles, cela faisait deux mois qu'il ne l'avait pas vue.

Cynthia vint dîner avec lui le mardi soir. Le spectacle qui s'offrit à elle lorsqu'ils pénétrèrent dans la cafétéria la laissa sans voix. Qu'elles soient debout, assises dans des fauteuils roulants ou allongées sur des brancards, toutes les personnes présentes riaient ou souriaient ; toutes avaient l'air heureuses et bavardaient avec entrain. C'était sans conteste un des endroits les plus animés qu'il lui ait été donné de découvrir.

Helena vint le saluer et il la présenta à Cynthia.

— Qui est-ce ? demanda cette dernière après le départ de la jeune femme. Elle est éblouissante.

— C'est un mannequin.

— C'est aussi ta petite amie ? lança-t-elle, les yeux étincelants de jalousie.

Bill ne put s'empêcher de rire.

— Elle est fiancée.

— Voilà un homme heureux, commenta Cynthia, visiblement soulagée.

— C'est exactement mon avis, renchérit Bill en riant.

Ils regagnèrent sa chambre après le repas et bavardèrent un moment. Cynthia semblait en forme, mais le divorce demeurait encore un sujet délicat pour elle.

— Es-tu vraiment sûr de toi ? lui demanda-t-elle une dernière fois. Ça me paraît tellement ridicule de faire ça à notre âge, après toutes ces années de vie commune.

— Il ne reste rien de notre mariage, Cyn, tu le sais aussi bien que moi, fit observer Bill.

— C'est faux. Regarde-nous. Cela fait des heures que nous parlons, tous les deux. Je t'aime toujours, Bill. Ne pouvons-nous pas nous accorder une autre chance ?

— Je n'ai plus rien à t'offrir, répondit-il sincèrement. Je t'aime aussi, mais nous sommes incapables de nous rendre heureux. Même si on essayait de repartir sur de nouvelles bases, ça ne marcherait pas, à long terme. Si je recommence à travailler, je devrai de nouveau m'absenter, tu m'en voudras et tu mèneras ta vie de ton côté, dit-il en faisant discrètement allusion à ses liaisons. Et si je ne peux pas reprendre le travail, je me morfondrai toute la journée à la maison tandis que la vie continuera pour toi, et cette fois c'est moi qui t'en tiendrai rigueur. Je suis bien mieux tout seul, crois-moi. Et toi aussi, en attendant de trouver l'homme idéal, bien sûr.

— C'était toi, mon homme idéal, remarqua tristement Cynthia.

Elle ne pouvait pas démentir ses propos. Malgré tout, elle avait quelques scrupules à le laisser se débrouiller seul.

— Ça, je n'en suis pas certain. Ne crois-tu pas que les choses auraient mieux fonctionné, si ça avait été le cas ?

— C'est ma faute, je me suis conduite comme une idiote. Mais j'ai mûri, depuis.

— Nous avons mûri tous les deux. Alors conduisons-nous en adultes, d'accord ?

Elle ne répondit pas et poussa un long soupir. Bill avait pris sa décision. Il était clair qu'il ne reviendrait pas dessus. C'était tout lui.

— Et Isabelle ? demanda-t-elle soudain.

— Isabelle ? Il n'y a rien à dire sur elle.

— Pourquoi ? insista Cynthia, surprise.

Il était très épris d'elle, c'était évident. Avait-il éga-

lement renoncé à son amour ? Que lui arrivait-il ?
Etait-il en train de sombrer dans la déprime ?

— Isabelle est mariée et moi je suis ici. Il n'y a
rien à ajouter.

— Ça ne te ressemble pas de baisser les bras aussi
vite. Que t'arrive-t-il, enfin ? Si tu veux mon avis, elle
doit être malheureuse comme les pierres aux côtés de
son iceberg de mari. Il m'a tout l'air d'un affreux
bonhomme.

— C'en est un, en effet. Mais je crois t'avoir parlé
de ce fils gravement malade dont elle doit prendre
soin. C'est à cause de lui qu'elle reste avec Forrester ;
Teddy ne supporterait pas le choc. En plus, elle ne
pourrait pas assumer ses besoins d'un point de vue
financier. Crois-moi, Cyn, c'est une histoire compliquée. Mais je ne vois pas l'utilité de parler de tout ça.
Je n'ai pas l'intention de lui faire supporter mes
propres soucis, elle en a déjà suffisamment comme ça.
Elle mérite mieux que ce que j'ai à lui offrir. Tout
comme toi.

Cynthia le dévisagea avec attention.

— Est-ce pour cette raison que tu tenais tant à
divorcer ? articula-t-elle en proie à une angoisse
soudaine.

— En partie, oui, répondit-il avec franchise. Mais
ce n'est pas la seule. J'ai pris cette décision pour moi,
d'abord. Quant à Isabelle, j'ai choisi de prendre mes
distances pour son propre bonheur. A moins qu'un
miracle ne se produise dans cet hôpital.

— Souviens-toi de ce que les médecins t'ont dit, à Londres. N'espère pas de miracle ; tu ne sortiras pas d'ici en rollers, Bill. Je t'en prie, ne te fais pas souffrir inutilement.

— J'en suis conscient. Le plus petit résultat sera déjà une victoire. Simplement, je ne reverrai pas Isabelle tant que je serai dans cet état.

— L'as-tu mise au courant, au moins ?

Cynthia partageait sa tristesse. C'était terrible de quitter l'être aimé pour cette raison-là, bien pire en tout cas que les raisons qui l'avaient poussé à demander le divorce. Bien qu'elle eût encore du mal à l'admettre, Cynthia commençait à penser qu'il avait eu raison de franchir le pas. Ils avaient eu leur chance, tous les deux, et ils ne l'avaient pas saisie. Leur histoire appartenait au passé, désormais.

— Sait-elle pourquoi tu as décidé de mettre un terme à votre relation ? insista Cynthia, sincèrement désolée.

Bill secoua la tête.

— Elle ne sait encore rien de mes intentions. De toute façon, si nous ne pouvons pas nous voir, notre relation s'étiolera forcément avec la distance qui nous sépare. Je vais sans doute rester ici un bon moment. Elle a sa vie, à Paris. Elle finira par s'en remettre.

— Je n'en suis pas si sûre. Sa vie sera terriblement monotone, sans toi. Et toi, réussiras-tu à l'oublier ? Ce doit être une femme merveilleuse pour que tu en sois amoureux à ce point... Je suis sûre qu'elle se moque bien de ce fichu fauteuil roulant ! Crois-moi, Bill, tu vaux bien mieux que la plupart de tous ces types debout sur leurs deux jambes.

Ses paroles lui rappelèrent celles d'Helena.

— L'amour ne se résume pas à cela, Dieu merci, conclut-elle avec véhémence.

— Peut-être pas. Mais je ne lui demanderai jamais un tel sacrifice. De toute façon, elle ne quittera pas Forrester.

Après le départ de Cynthia, Bill s'enferma dans un silence morose. Pourquoi s'obstinait-on à lui répéter que son handicap n'avait pas d'importance ? Il ne pouvait pas en faire abstraction, et il savait qu'à long terme, Isabelle en pâtirait. Il refusait de s'engager dans cette voie, que ce fût avec elle ou quelqu'un d'autre, quoi qu'en dise Cynthia. Elle ne pouvait pas comprendre ; elle-même n'aurait jamais supporté une telle situation. Elle aurait fini par le détester pour tout ce qu'il n'était plus, tout ce qu'il ne pouvait plus faire. Non... jamais il n'imposerait cela à Isabelle, même si cela signifiait qu'il devrait lui mentir, lui faire croire qu'il ne l'aimait plus. Sa décision était prise : il ne retournerait pas à Paris s'il ne pouvait pas descendre de l'avion sur ses deux jambes. Et comme Cynthia le lui avait judicieusement fait remarquer, il ne fallait pas s'attendre à un miracle. Au point où il en était, seul un pèlerinage à Lourdes pourrait éventuellement résoudre son problème...

Le temps s'écoula à une vitesse prodigieuse au centre de rééducation. Bill était constamment occupé, tellement absorbé par son programme qu'il avait à peine le temps de souffler.

Il appréciait la plupart des médecins qui s'occupaient de lui ; jeunes et intelligents, ils débordaient de vitalité et s'intéressaient sincèrement à leurs patients. Leur compétence et leur efficacité l'impressionnèrent dès le début. Toutefois il y en avait une dont il se méfiait, et son premier rendez-vous avec elle le contraria vivement. Il s'agissait de Linda Harcourt, une sexologue. Bill lui déclara tout de go que ses consultations ne lui seraient d'aucune utilité.

— Pourquoi ? demanda-t-elle en le dévisageant avec attention.

C'était une très belle femme, dotée d'une silhouette irréprochable et d'un visage qui respirait l'intelligence. Elle devait avoir à peu près son âge.

— Avez-vous l'intention de faire une croix sur votre sexualité ? reprit-elle dans un sourire. A moins que tout aille bien de ce côté-là... ?

Bill songea un instant à lui mentir, mais l'honnêteté qu'il lut dans son regard l'en empêcha. Il n'avait pas envie de lui parler de ses problèmes, mais il comprit à sa façon de l'observer qu'il baisserait dans son estime s'il se dérobait. Pourquoi se souciait-il tant de son opinion ? Il l'ignorait, c'était ainsi, tout simplement. C'était le genre de personne qui attirait l'attention et forçait le respect. Elle parlait sans détour, d'une manière franche et directe. Et, comme ses collègues, elle était attentionnée et chaleureuse.

— J'ai lu dans votre dossier que vous étiez marié. Votre femme accepterait-elle de me rencontrer ?

Linda Harcourt était quasiment certaine que ses blessures avaient affecté ses capacités sexuelles. S'il ne voulait pas en discuter avec elle, son épouse se montrerait peut-être moins réticente. Il n'était pas rare que les hommes aient du mal à se confier à elle, au début, et il lui arrivait souvent d'aborder le sujet en douceur, par l'intermédiaire de leurs femmes. Mais Bill s'empressa de secouer la tête.

— Je suis en train de divorcer.

— Intéressant. Est-ce l'accident qui vous a poussé au divorce ?

Bill détourna les yeux. Il hésita quelques instants avant de secouer de nouveau la tête.

— Pas vraiment. Nous aurions dû nous séparer il y a longtemps. Disons que l'accident a un peu précipité les choses.

Linda Harcourt décida d'entrer dans le vif du sujet.

— Avez-vous eu un rapport, depuis l'accident, ou avez-vous essayé d'en avoir un ? demanda-t-elle avec une telle désinvolture que Bill se surprit à lui répondre naturellement.

— Oui.

La sexologue s'exprimait avec douceur mais sans

compassion exagérée. Elle avait besoin de données concrètes pour avancer.

— Comment cela s'est-il passé ?

— Pour moi ? fit Bill en ponctuant ses paroles d'un petit rire désabusé.

Linda Harcourt savait déjà ce qui allait suivre.

— En fait, il ne s'est rien passé du tout.

— Vous n'avez pas eu d'érection, pas d'éjaculation, ou ni l'une ni l'autre ? demanda-t-elle avec le plus grand naturel, un peu comme si elle lui demandait s'il prenait du sucre ou du lait dans son café.

La réponse sortit plus facilement qu'il ne l'aurait cru.

— Ni l'une ni l'autre. Nous n'en sommes pas arrivés là.

— Avez-vous ressenti quelque chose ?

Il acquiesça d'un signe de tête.

— Etaient-ce des sensations atténuées ou distinctes ?

— Distinctes. Pourtant, je n'ai pas eu d'érection ; je ressentais tout pourtant... enfin, presque tout. Mais ça n'a pas marché.

— Il faut savoir être patient. D'après ce que vous me dites, je pense que vous retrouverez à terme une activité sexuelle quasiment normale. Dans ce domaine, beaucoup de choses se passent dans la tête. Le succès dépend souvent de l'inventivité.

Les conseils de la sexologue le déprimaient. Il

n'avait pas envie de se montrer inventif. En fait, il n'avait plus du tout envie d'essayer. Avec qui, de toute façon ? Isabelle était à Paris, et de plus, il ne voulait pas risquer un autre fiasco. Il n'avait aucune envie de coucher avec Cynthia ; c'eût été encore plus humiliant d'essayer avec elle, alors qu'il n'en était plus amoureux.

— Avez-vous une compagne ? reprit le docteur Harcourt.

— Non.

— Ce n'est pas grave. Nous allons d'abord parler de tout ça et ensuite, vous pourrez faire quelques expériences, de votre côté. Comme je vous l'ai déjà dit, l'acte sexuel ne dépend pas seulement de vos capacités physiques ; il y a aussi les sentiments et la manière dont vous abordez la chose.

— Je ne veux pas l'aborder du tout, déclara-t-il d'un ton abrupt. Pour le moment, ce n'est pas un point important à mes yeux.

— Pour le moment ou pour toujours ? fit-elle en plantant son regard dans le sien.

Bill hocha la tête.

— Vous m'avez parfaitement compris, docteur. Je n'ai aucune intention de me ridiculiser de nouveau.

— Imaginez un instant que tout rentre dans l'ordre. Je ne pense pas qu'il soit raisonnable de faire une croix sur la sexualité à votre âge.

— Ce sont des choses qui arrivent, pourtant. De toute façon, mon travail m'occupe énormément.

— Le mien aussi, dit-elle dans un sourire en lui tendant un livre par-dessus son bureau.

C'était un ouvrage apparemment très correct, à connotation médicale. Bill hésita pourtant avant de le prendre.

— Lecture imposée. Attendez-vous à une interrogation la semaine prochaine.

Devant l'air paniqué de Bill, elle laissa échapper un rire amusé.

— Je plaisante, rassurez-vous. Je pense toutefois qu'il pourra vous aider.

Sa première consultation était terminée. Elle connaissait son point de vue sur le sujet, était au courant de l'expérience malheureuse qu'il avait vécue après l'accident et lui avait donné un ouvrage qui devrait l'intéresser. Son travail avec Bill allait s'étaler sur plusieurs mois, mais ses premières conclusions étaient encourageantes.

Bill ne partageait pas son optimisme. En arrivant dans sa chambre, il jeta le livre sur son lit d'un geste rageur et resta un long moment assis devant la fenêtre, le regard perdu dans le vide. Il ne voulait plus voir cette sexologue, il ne voulait pas apprendre à devenir « inventif ». Il ne souhaitait qu'une chose : être un homme à part entière, et si cela s'avérait impossible, il n'hésiterait pas à abandonner tout ce qui lui était cher : Isabelle. Il n'avait aucune intention de rencontrer d'autres femmes afin de tester ses capacités. Il comptait bien préserver le peu de dignité qu'il lui restait encore.

Il ne parla pas à Isabelle de son entrevue avec Linda Harcourt. C'était la seule partie du programme qu'il n'avait pas envie de partager avec elle. Cette consultation l'avait beaucoup contrarié et ce ne fut que quelques jours plus tard qu'il se résolut à ouvrir le livre qu'elle lui avait remis. A sa grande surprise, celui-ci regorgeait d'informations intéressantes. D'après ce qu'il lut, sa première expérience était très fréquente ; on constatait des améliorations tout au long du processus de guérison. Malgré tout, il était toujours sceptique en refermant le livre, persuadé d'appartenir à la vaste catégorie d'hommes qui éprouvaient des sensations mais ne les maîtrisaient pas, incapables par conséquent de satisfaire leur partenaire.

Lorsqu'il revit Linda Harcourt une semaine plus tard, il lui répéta qu'il préférait faire une croix sur cet aspect-là de sa vie. Il n'avait pas besoin de ses consultations. Elle lui remit deux autres livres et lui proposa une dernière entrevue. Elle souhaitait son avis sur ces ouvrages qu'elle n'avait pas encore eu le temps de lire. Bill appréciait la finesse de cette femme, sa franchise et sa décontraction. Mais il n'avait pas envie de parler de sa vie intime avec elle. Pour lui, les choses étaient simples : il était devenu une sorte d'eunuque, voilà tout. L'humiliation, l'échec et la déception ne l'intéressaient pas. Il préférait encore passer le restant de sa vie seul.

Quelques-uns de ses collègues de travail ne tardèrent pas à savoir qu'il se trouvait au centre de rééducation. Certains se déplacèrent de Washington pour lui rendre visite tandis que d'autres vinrent de New York. Son handicap les laissait totalement indifférents, et ils passaient des heures à discuter avec lui, recevant ses avis et ses précieux conseils. Lorsque Noël arriva, les demandes étaient devenues quasi permanentes. Désireux de se concentrer d'abord sur son programme de rééducation, il s'efforça de ne pas trop s'impliquer dans le travail, mais ses anciens collègues ne l'entendaient pas de cette oreille. Ils firent tout pour le replonger dans le monde de la politique. C'était flatteur, certes, et Bill se délecta des derniers commérages concernant les stratégies et les campagnes en cours de certains candidats. Comme par le passé, tous désiraient son appui afin de s'assurer les meilleurs résultats.

Bill avait accepté de passer Noël à Greenwich avec Cynthia, Jane et Olivia. Une limousine le conduirait là-bas le jour du réveillon, et il avait promis aux filles de rester jusqu'au lendemain. Cynthia lui avait déjà dit qu'il pourrait s'installer dans une des chambres d'amis. Les filles lui avaient raconté qu'elle avait un nouvel homme dans sa vie. Bill était heureux pour elle ; tout semblait aller pour le mieux.

La voiture arriva à seize heures. Une heure plus tard, le chauffeur s'engageait dans l'allée qui conduisait à la vieille demeure familiale. C'était une bâtisse imposante, pleine de charme, et une soudaine bouffée de nostalgie l'envahit lorsqu'il la vit. Il se sentit mieux dès qu'il aperçut les filles.

Elles étaient en train de décorer le sapin au salon. Des chants de Noël résonnaient dans la pièce, et Cynthia semblait en pleine forme. Cela faisait des années qu'il ne l'avait pas vue aussi radieuse. Quand il se tourna vers Olivia et Jane pour leur dire bonjour, ses yeux s'arrondirent de surprise. Joe Andrews était assis dans son fauteuil, auprès d'elles.

— Comment as-tu atterri ici ? demanda Bill, incrédule.

Il l'avait croisé l'après-midi même dans la salle à manger. Joe partit d'un petit rire gêné. A son grand soulagement, Bill ne semblait pas contrarié. Au même instant, Jane s'approcha de lui et lui prit la main.

— Jane est passée me chercher en sortant de ses cours, expliqua Joe. Nous voulions vous faire une surprise.

Les deux jeunes gens rayonnaient de bonheur. Bill les regarda d'un air intrigué. Joe n'avait pas reparlé de Jane depuis leur première rencontre. Apparemment, ils avaient mis à profit ces trois derniers mois pour mieux se connaître.

— Eh bien, c'est réussi, plaisanta Bill en les gratifiant d'un sourire heureux.

Ils dînèrent tous ensemble avant d'aller à la messe

de minuit. Le lendemain matin, Joe et Bill arrivèrent au salon côte à côte, dans leurs fauteuils roulants. Au même instant, les filles dévalèrent l'escalier. Cynthia avait déjà préparé le petit déjeuner. Son ami se joignit à eux pour le déjeuner. C'était un homme intelligent et sympathique. Veuf et père de quatre grands enfants, il semblait très amoureux de Cynthia, ce qui ne put que réjouir Bill. A sa grande surprise, il n'éprouva ni jalousie ni rancœur. Il avait décidément pris la bonne décision en demandant le divorce.

Il regagna l'hôpital dans la soirée en compagnie de Joe, et tous deux parlèrent avec entrain du merveilleux Noël qu'ils avaient passé. Le bonheur de Bill aurait été parfait si Isabelle avait été là. Il l'avait appelée à plusieurs reprises, et elle lui avait assuré à chaque fois que tout allait bien. Malgré tout, il avait perçu dans sa voix une note de tristesse teintée d'appréhension. Gordon lui avait mené la vie dure, ces deux derniers mois. Il la punissait pour l'hypothétique liaison qu'elle avait eue avec Bill, comme si l'accident n'avait pas suffi. Quant à Teddy, sa santé continuait à se dégrader. Sophie était rentrée pour le réveillon, mais elle partait skier à Courchevel avec des amis dès le lendemain.

— Cela ne vous dérange pas que Jane sorte avec moi ? demanda soudain Joe d'un ton circonspect.

Bill secoua la tête en souriant.

— Elle a bien mérité un gentil garçon comme toi... Quant à toi, tu mérites mieux qu'un pou.

Ils éclatèrent de rire au souvenir de son fameux rendez-vous avec la sœur d'Helena. Cette dernière était allée passer Noël à New York avec son fiancé. Ils avaient tous échangé de petits cadeaux avant de partir.

Pour Bill, l'histoire de Jane et Joe n'était qu'une amourette sans lendemain. Ils étaient trop jeunes pour songer à quelque chose de sérieux. Mais il était heureux de les voir ensemble. Olivia lui avait confié qu'elle avait également un nouveau petit ami. Il travaillait pour un sénateur que Bill connaissait bien. Il s'aperçut tout à coup que toutes les personnes qui l'entouraient vivaient en couple. Il était le seul célibataire. Il était toujours amoureux d'Isabelle, naturellement, mais elle était tellement loin, de l'autre côté de l'Atlantique, près de Gordon et de ses enfants. Pour la première fois depuis très longtemps, il se sentit seul et déprimé en regagnant sa chambre. Joe avait rejoint ses amis dès leur arrivée ; il attendait la visite de Jane le lendemain. Bill se coucha et essaya de lire, mais il était incapable de se concentrer. Ce fut un véritable soulagement lorsque Jane l'appela, tard dans la soirée.

— Tu es en colère contre moi, papa ? commença-t-elle d'un ton hésitant.

Elle avait pris la même voix que lorsqu'elle lui avait annoncé qu'elle avait embouti sa voiture, alors qu'elle était encore au lycée. Bill ne put s'empêcher de rire.

— Bien sûr que non. Pourquoi ? Je devrais ?

Un sourire flottait sur ses lèvres en l'imaginant à

l'autre bout du fil. Ils avaient passé d'excellents moments, tous ensemble.

— Disons que j'avais un peu peur de ta réaction, pour Joe et moi.

— Que ressens-tu pour lui ?

Il regrettait de ne pas avoir eu cette conversation un peu plus tôt, à la maison ; il aurait aimé voir son visage pendant qu'ils parlaient. Sa voix, en tout cas, était empreinte de gravité.

— Je l'aime beaucoup. C'est la première fois que je rencontre un garçon comme lui.

— Je l'apprécie beaucoup, moi aussi. Il a subi de terribles épreuves, tu sais.

L'accident, sa paralysie, le décès de sa fiancée et de son frère jumeau. Une vie qui bascule pour toujours.

— Je sais. Il m'a tout raconté. Tu te rends compte, papa, la fille qu'il aimait est morte dans ses bras. Il dit qu'il ne se le pardonnera jamais.

— Il n'est pas responsable de l'accident. Il se sent coupable parce qu'il est toujours vivant, alors que d'autres sont morts dans le même accident. Ce sentiment de culpabilité disparaîtra, avec le temps.

— Je veux être à ses côtés, papa.

Un long silence suivit ses paroles.

— Qu'essaies-tu de me dire, au juste, Janie ?

Une pensée surgit tout à coup dans l'esprit de Bill. Avaient-ils l'intention de se marier, tous les deux ? Non, ce ne serait pas une bonne idée. Ils étaient trop

411

jeunes, et Joe avait encore une longue route à parcourir. Il ne retrouverait jamais l'usage de ses jambes,
c'était une certitude dans son cas. Ce serait une responsabilité bien trop lourde à assumer pour Jane. Il
ne voyait aucun inconvénient à ce qu'ils vivent une
petite histoire d'amour, d'un an ou deux — pourquoi
pas. Mais un engagement plus durable lui paraissait
voué à l'échec.

— Ce que j'essaie de te dire, papa, c'est que c'est
sérieux, entre Joe et moi.

— Je commence à capter le message. Est-ce que
Joe ressent la même chose, de son côté ?

— Je crois bien, oui. On n'a pas encore vraiment
abordé le sujet, tous les deux, mais c'est un garçon
sérieux.

C'était précisément cette qualité que Bill appréciait
chez Joe. Pourtant, l'idée d'une relation plus durable
ne l'enchantait guère.

— Si tu veux mon avis, je ne crois pas que vous
devriez vous lancer dans quelque chose de trop sérieux
pour le moment. Vous êtes encore étudiants et...
enfin, nous en reparlerons plus tard.

Il changea de sujet et ils évoquèrent de nouveau le
Noël enchanteur qu'ils avaient passé tous ensemble,
comme au bon vieux temps, même mieux encore. Il
n'y avait eu aucune tension entre Cynthia et lui. Son
nouvel ami lui avait beaucoup plu. Jane promit de
passer lui dire bonjour lorsqu'elle viendrait voir Joe,
le lendemain.

Après avoir raccroché, Bill songea longuement à leur conversation. Il parla de Jane et de Joe à Isabelle quand il l'appela un peu plus tard.

— Je n'ai pas du tout envie qu'elle se mette en tête de l'épouser, expliqua-t-il avec franchise. C'est dommage, parce que c'est un garçon formidable...

— Alors pourquoi ne pourraient-ils pas se marier ? C'est de leur âge, après tout. Ils sont jeunes, certes, mais Jane me semble très mûre. Et lui a traversé tant d'épreuves, le pauvre.

— Ce serait une catastrophe pour Jane, Isabelle. Elle a besoin de quelqu'un qui puisse la suivre partout. Elle aime skier, courir, faire du vélo. Elle voudra avoir des enfants, un jour ou l'autre. Joe est condamné à passer le restant de ses jours dans ce fichu fauteuil. Elle mérite mieux que ça.

Joe aussi méritait le meilleur, Bill en était conscient, mais il n'avait pas le choix. Alors que Jane l'avait, elle.

— C'est terrible de dire ça, protesta Isabelle. Qu'est-ce que cela peut faire qu'elle aille skier avec des amis ou qu'elle danse avec un autre ? Tu refuserais qu'ils se marient, même s'ils s'aiment passionnément, simplement parce qu'il ne peut pas faire du vélo ? Je n'arrive pas à croire que tu tiennes ce genre de propos. Franchement, ça m'étonne beaucoup de toi.

— Je sais de quoi je parle, au contraire, insista-t-il d'un air buté en fronçant les sourcils.

— C'est faux !

C'était leur toute première dispute.

— J'espère que la mère de Jane se montrera plus intelligente, continua-t-elle. Je n'avais encore jamais entendu quelque chose d'aussi stupide. Si tu veux un conseil, garde-toi d'en parler à Jane ; elle ne te le pardonnerait jamais, et elle aurait bien raison.

La conversation s'orienta vers d'autres sujets et la tension retomba. Bill lui raconta le Noël qu'il avait passé en compagnie de Cynthia et de leurs filles, veillant à ne pas prononcer le nom du nouvel ami de son ex-femme, puisque Isabelle ne savait rien de leur divorce. Gordon partait skier à Saint-Moritz le lendemain avec des amis. Elle restait à la maison avec Teddy, et ils fêteraient la nouvelle année tous les deux, car Sophie était déjà partie.

L'indifférence de Gordon à l'égard de son épouse ne cessait de révolter Bill. D'un autre côté, quand il n'était pas là, elle échappait à ses tortures psychologiques. Son absence était presque un soulagement pour elle. Ils restèrent un long moment au téléphone, ce soir-là. Bill avait besoin de se confier ; il se sentait vulnérable et triste. Cela faisait quatre mois qu'il ne l'avait pas vue et elle lui manquait cruellement.

Lorsqu'ils eurent raccroché, Bill songea à ce que lui avait dit Isabelle au sujet de Jane et Joe. Il ne partageait pas son avis ; elle ne savait pas de quoi elle parlait et n'imaginait même pas les épreuves qui attendaient les deux jeunes gens. Il désirait une vie plus simple pour Jane, malgré l'affection qu'il portait à Joe. C'était la première fois qu'il s'opposait aussi farouchement à Isabelle. Elle était trop gentille, trop idéaliste pour appréhender pleinement la situation. Bill n'hésiterait pas à confier ses réticences à Jane, si cela devenait nécessaire. Heureusement, ils ne semblaient pas désireux de précipiter les choses. Avec un peu de chance, ils retrouveraient la raison avant de commettre une erreur.

Il s'endormit en pensant à leur arbre de Noël. Et pour la première fois depuis très longtemps, il rêva à la lumière blanche. Il marchait vers elle, main dans la main avec Isabelle. Elle se tourna vers lui et il l'embrassa. L'arrivée de Jane et Joe le perturba. Ils avançaient lentement vers eux, Joe assis dans son fauteuil tandis que Jane marchait à côté de lui. Une expression tourmentée voilait son visage. Elle s'immobilisa à côté de Bill et plongea son regard dans le sien.

« Pourquoi ne m'as-tu pas dit que ce serait aussi difficile ? » demanda-t-elle à mi-voix.

15

Après le départ de Sophie et de Gordon, un calme pesant s'abattit sur la maison. Isabelle passa l'après-midi au chevet de Teddy. C'était une journée sombre, les températures étaient très basses pour la saison. L'air s'infiltrait par toutes les fenêtres et elle avait emmitouflé Teddy dans un gros pull, passé sur son pyjama, avant de rabattre sa couette.

Il avait passé un bon Noël et reçu quantité de livres et de jeux. Isabelle lui avait offert un gros ours en peluche pour lui tenir compagnie. Que n'aurait-elle pas donné pour lui offrir une meilleure santé... Car la sienne était une source constante d'inquiétude.

Bill l'appela plus souvent, profitant de l'absence de Gordon. A son tour, Isabelle lui téléphona une ou deux fois. Elle repensait avec beaucoup de nostalgie à leur séjour à l'hôpital... Là-bas, ils pouvaient se parler autant qu'ils le désiraient, à n'importe quel moment du jour et de la nuit. Ici, elle n'avait aucune envie de sortir ou de voir des amis.

416

En ouvrant le courrier après le départ de Gordon, elle eut la surprise de découvrir une invitation qui leur était adressée à tous les deux. Elle provenait d'un couple très en vue à Paris. La femme dirigeait une maison de couture, et son mari, un aristocrate beaucoup plus âgé qu'elle, avait longtemps été à la tête d'une importante banque d'affaires. Isabelle ne se souvenait pas de les avoir rencontrés personnellement. Sans doute Gordon avait-il fait leur connaissance au cours d'une de ces soirées auxquelles il ne la conviait plus. A moins qu'il n'ait rencontré le mari par l'intermédiaire de la banque. Il s'agissait d'un somptueux faire-part pour le mariage de leur fille qui se déroulerait au mois de janvier. Isabelle enverrait un cadeau à la mariée. L'invitation sortit rapidement de son esprit. Cela faisait longtemps qu'elle ne se rendait plus à ce genre de mondanités.

Pendant les jours qui suivirent, elle partagea son temps entre Teddy et ses conversations avec Bill. Il passait le réveillon du Jour de l'An à l'hôpital où le programme des festivités s'annonçait chargé. Il promit de l'appeler à minuit, heure de Paris, pour lui souhaiter la bonne année et elle lui téléphonerait ensuite à minuit, heure de New York, pour que leurs vœux soient tout à fait réussis. Elle attendait son appel lorsque la sonnerie du téléphone retentit. Une voix de femme s'éleva à l'autre bout du fil. Une voix teintée de surprise.

— Oh, suis-je bête ! s'écria la femme. Je suis désolée, j'ai composé le mauvais numéro. J'appelais juste
pour dire que j'avais raté mon avion.

Sur ces explications confuses, elle raccrocha. Qui
était cette femme qui semblait légèrement ivre ? Où
l'attendait-on ? Le mystère demeura entier pour Isabelle. Sans aucun doute, il s'agissait d'une erreur.

Elle venait à peine de raccrocher quand le téléphone sonna de nouveau. Cette fois, c'était Bill.
Fidèle à sa promesse, il l'appelait pour lui souhaiter
une bonne année à l'heure de Paris. Teddy dormait
déjà. Isabelle le rappela six heures plus tard, alors que
les douze coups de minuit résonnaient à New York.
Ce double échange de vœux les amusa comme des
enfants. Un peu plus tard, elle descendit pour se préparer une tasse de thé qu'elle but en lisant le journal.
Puis elle remonta à l'étage. L'infirmière de Teddy
était en congé et elle se réjouissait de s'occuper de lui
toute seule.

Il dormit tard et Isabelle reprit sa lecture du journal. A sa grande surprise, le nom de Gordon apparaissait dans une des rubriques mondaines ; l'article
parlait de son séjour à Saint-Moritz où il devait
rejoindre quelques amis, parmi lesquels se trouvaient
l'Aga Khan, le prince Charles et plusieurs autres per-
sonnalités. Tout à coup, son regard fut attiré par un
autre nom : la comtesse de Ligne devait également
passer le réveillon du Jour de l'An avec eux. C'était

elle qui leur avait adressé le faire-part de mariage. Ainsi, Gordon et elle étaient amis. Sans qu'elle puisse s'expliquer pourquoi, l'appel téléphonique de cette femme qui avait raté son avion lui revint en mémoire. Et là, bizarrement, elle sentit des picotements dans la nuque. Pourquoi aurait-elle appelé chez eux ? Et pourquoi donc Isabelle était-elle tout à coup persuadée qu'il s'agissait de la comtesse Louise de Ligne ? Quand bien même c'était elle, elle avait simplement essayé d'avertir ses amis qu'elle avait eu un léger contretemps. Rien de plus. Pourtant, la coïncidence la hanta toute la journée. A dix-huit heures, Isabelle décida de tenter le tout pour le tout. La seule façon d'en avoir le cœur net était d'entendre la voix de Louise de Ligne. Elle appela les Renseignements et obtint son numéro sans aucune difficulté.

Isabelle hésita longuement. Finalement, elle composa le numéro. On répondit aussitôt.

— Allô ? Oui ?

— Madame de Ligne ? fit Isabelle.

— Oui.

— J'appelle pour confirmer votre vol à destination de Saint-Moritz, enchaîna Isabelle, se demandant ce qu'elle pourrait bien dire après ça.

— Je vous ai dit il y a une heure que je ne pouvais pas partir avant demain. Mon mari est très souffrant, expliqua son interlocutrice d'un ton irrité.

Isabelle avait la réponse à sa question. C'était bien la même voix que celle qu'elle avait entendue la veille.

— Oh, je suis sincèrement désolée. Sans doute avez-vous parlé à ma collègue. Veuillez m'excuser, madame de Ligne.

— Dois-je confirmer de nouveau ? demanda la comtesse avec hauteur.

C'était curieux, elle possédait le même ton à la fois hautain et arrogant que Gordon.

— Non, non, c'est inutile. Je vous souhaite un agréable voyage, conclut Isabelle avant de raccrocher.

Pour une raison qu'elle ne s'expliquait pas, elle tremblait de tout son corps. Depuis le début, cette femme avait éveillé ses soupçons. Pourquoi avait-elle appelé Gordon la veille ? Elle ne voulait surtout pas tirer de conclusions hâtives et pourtant, la réponse à cette question lui semblait évidente. Son intuition lui soufflait que Gordon et elle étaient amants. Elle avait voulu l'appeler à Saint-Moritz mais, légèrement ivre, elle s'était trompée de numéro et avait composé à la place celui de son domicile parisien.

— Qui était-ce ? demanda Teddy en entrant dans la chambre de sa mère, ce qui n'était pas dans ses habitudes.

Il eut un choc en voyant le visage blême d'Isabelle.

— Quelque chose ne va pas ?

— Non, je... j'ai essayé d'appeler papa, mais il était sorti.

— Il est sans doute allé skier, à moins qu'il ne soit en train de manger au restaurant, observa Teddy d'un ton posé.

Isabelle hocha la tête. Lorsque Bill appela un peu plus tard, elle lui confia ses soupçons.

— Tout cela me semble un peu tiré par les cheveux, commença-t-il prudemment. Mais les femmes possèdent une sorte de sixième sens pour ce genre de choses. Je fais davantage confiance à ton intuition qu'à ma logique. Soit dit en passant, j'ai toujours su quand Cynthia prenait un amant. Son attitude changeait brusquement, elle était plus gaie, plus chaleureuse. Sans doute s'amusait-elle plus avec ses amis qu'avec moi.

C'était arrivé souvent, et il ne s'était quasiment jamais trompé.

— Je ne sais pas trop pourquoi j'ai appelé, fit observer Isabelle. Ça aurait pu être une erreur, tout simplement, mais je l'ai trouvée trop obséquieuse. Si elle s'était vraiment trompée de numéro, elle n'aurait pas perdu son temps en explications. Et puis, pourquoi nous inviterait-elle au mariage de sa fille ?

— Si tes soupçons sont fondés, il lui aura probablement dit que tu ne viendras pas ; en revanche, elle compte sur la présence de Gordon. Ses bonnes manières l'auront trahie, commenta Bill d'un ton ironique. Elle aurait mieux fait de l'inviter tout seul.

— Je devrais accepter l'invitation, rien que pour les inquiéter.

— Qu'éprouves-tu, au juste ? voulut savoir Bill, curieux de ses réactions.

Bien qu'ils ne soient plus qu'un couple fantôme, Gordon n'en demeurait pas moins son mari. Il se montrait tellement dur avec elle depuis l'accident qu'elle était presque heureuse d'avoir quelque chose à lui reprocher. C'était un terrible constat, mais elle n'y pouvait rien. Il se posait en mari trahi et bafoué depuis son retour, et Isabelle commençait à en avoir assez d'être traitée comme une criminelle sous son propre toit.

— Je ne sais pas, répondit-elle franchement. Je suis furieuse, blessée, soulagée, humiliée... un peu tout à la fois. D'un autre côté, je me trompe peut-être... Et s'ils étaient simplement amis ?

— Ce serait bien d'en avoir le cœur net, en effet.

— Par quel moyen ? Même si j'ai raison, Gordon ne le reconnaîtra jamais. J'ignore tout de sa vie en dehors de la maison.

— Tu n'as qu'à faire appel à un détective, suggéra Bill, toujours pragmatique.

— Ce ne serait pas très élégant. En outre, il serait furieux s'il venait à l'apprendre. Il s'acharnerait encore plus sur moi pour tenter de se disculper.

Bill se rallia à ses arguments.

— Tu n'as plus qu'à rester en alerte. Peut-être y aura-t-il d'autres articles après Saint-Moritz.

— Gordon est trop intelligent pour s'exhiber avec elle, objecta Isabelle, songeuse.

Lorsqu'ils eurent raccroché, une idée lui vint à l'esprit. Elle connaissait quelqu'un dans le monde de la haute couture. C'était une amie d'école, mais Isabelle ne l'avait pas revue depuis la naissance de Teddy. Elle s'appelait Nathalie Vivier ; elles avaient été très proches, adolescentes.

Les Renseignements lui communiquèrent le numéro de Nathalie. Isabelle savait qu'elle était très respectée dans le cercle fermé de la mode. Elle occupait les mêmes fonctions que Louise dans une maison concurrente. Isabelle eut soudain l'impression de s'attaquer à un grand secret ; pour le percer à jour, il lui fallait d'abord glaner des renseignements sur Louise de Ligne. En douze heures de temps, c'était devenu une véritable obsession pour elle.

Elle attendit une heure décente pour décrocher son téléphone. On était samedi, et Nathalie répondit aussitôt. Cette dernière tomba des nues en entendant Isabelle.

— Seigneur... ça fait une éternité... comment va ton petit garçon ?

Isabelle lui exposa les problèmes de santé de Teddy, ce fils qui était devenu toute sa vie.

— J'étais sûre qu'il y avait eu quelque chose. Tout le monde raconte que tu vis en recluse. Tu peins toujours ?

— Je n'ai pas le temps.

Elles échangèrent quelques nouvelles. La mère de Nathalie était morte, son père s'était remarié ; elle avait vécu avec un sénateur pendant dix ans, mais ce dernier était retourné auprès de sa femme gravement malade. Elle ne s'était pas mariée, n'avait pas d'enfant et se consacrait entièrement à son travail qu'elle adorait.

C'était un peu comme si elles s'étaient quittées la veille, le temps n'avait en rien altéré leur amitié. Elles s'étaient éloignées peu à peu après le mariage d'Isabelle. Nathalie n'avait jamais aimé Gordon ; elle le trouvait hautain, arrogant, et restait persuadée qu'il avait épousé Isabelle uniquement pour ses relations. Il ne lui avait jamais inspiré confiance.

— J'ai une chose terrible à te demander. Tu n'es pas obligée de me répondre, Nat, mais j'ai besoin d'un renseignement et je crois que tu es la seule à pouvoir m'aider.

Il y eut un long silence à l'autre bout du fil. Jusqu'où pourrait-elle aller dans la franchise ? songea Nathalie. Le coup de téléphone d'Isabelle ne la surprenait pas outre mesure. Ce qui l'étonnait davantage, c'est qu'elle ait attendu tout ce temps.

— Que puis-je faire pour toi ?

— J'aimerais que tu me renseignes sur quelqu'un. Je ne soufflerai mot à personne de notre conversation, c'est promis. En revanche, j'aimerais que tu me dises la vérité. Que sais-tu au sujet de Louise de Ligne ?

Nathalie laissa échapper un petit soupir. Isabelle désirait la vérité, elle l'aurait.

— C'est une femme talentueuse, capricieuse, magnifique — bien qu'un peu plus âgée que nous —, parfois très impolie. Pas froide, impolie. Très ambitieuse aussi. On raconte que c'est elle qui finance en partie la maison où elle travaille. Je crois que son mari lui a offert une bonne part des actions de la boîte. Il est presque centenaire, complètement gâteux et très malade. C'est elle qui héritera de sa fortune à sa mort. C'est sa deuxième épouse et il paraît que les enfants issus de son premier mariage la détestent. Elle a été suffisamment fine pour les évincer de l'héritage, autant que faire se peut, bien sûr. D'ailleurs, elle n'hésite pas à le crier sur tous les toits. Il avait quatre-vingts ans quand elle l'a épousé — on ne se demande pas pourquoi —, et elle s'est empressée de se faire faire un enfant pour assurer son avenir. Il n'en a plus pour longtemps, à présent. Il fait partie des plus grosses fortunes de France.

Tous ces renseignements étaient certes intéressants, mais Isabelle restait sur sa faim.

— Que sais-tu d'autre ?

— Isabelle, tiens-tu vraiment à te faire du mal ? La vie est suffisamment éprouvante comme ça, crois-moi. Pourquoi me demandes-tu tout ça ?

— Parce que je veux connaître la vérité. Tu sais autre chose, n'est-ce pas ?

Il y eut un autre silence, puis un autre soupir.

— Ce n'est pas vraiment un secret. Presque tout Paris est au courant.

Isabelle sentit les battements de son cœur s'accélérer.

— A-t-elle une liaison avec Gordon ? demanda-t-elle d'un trait.

A l'autre bout du fil, Nathalie partit d'un éclat de rire. Malgré les années, Isabelle avait conservé toute sa naïveté. C'était précisément ce qu'elle avait toujours apprécié chez elle. Elle dégageait une espèce d'innocence qui ne pouvait laisser insensible. Les révélations de Nathalie la feraient grandir d'un coup. Peut-être était-il temps.

— C'est la maîtresse de Gordon depuis dix ou douze ans. Ils vont partout ensemble. Je suis étonnée que personne ne t'en ait parlé. Cela fait des années qu'ils sortent tous les deux, sans se cacher. Tout le monde est au courant de leur liaison.

— Je ne connais plus personne, articula Isabelle, interloquée. Tu es sérieuse ?

— Très. Il la couvre de bijoux, il lui a même offert une voiture. Je crois qu'ils ont un appartement, rive gauche. Rue du Bac, il me semble. L'été, ils passent leurs vacances à l'hôtel du Cap. Je les ai croisés à Saint-Tropez, l'an dernier.

Ainsi, Gordon avait une autre vie... une vie dont elle ignorait tout. C'était encore pire que ce qu'elle avait imaginé.

— Il te quitte, c'est ça ? reprit Nathalie. A ta place, je le saignerais à blanc. D'après ce qu'on m'a dit, il a déjà dépensé une petite fortune pour elle.

— Je n'arrive pas à le croire, Nathalie. Comment est-ce possible ? Tu en es sûre ?

— Certaine. Si tu ne me crois pas, tu n'as qu'à appeler dix de tes anciennes connaissances, elles te diront toutes la même chose. Cela fait des années qu'ils forment un couple, aux yeux de tous ceux qu'ils côtoient.

— Pour répondre à ta question, non, Gordon n'a pas décidé de me quitter. J'ai eu comme une intuition hier, mais j'étais à mille lieues d'imaginer ça...

Dans le pire des scénarios, elle avait envisagé une liaison toute récente, ou bien une aventure sans lendemain, mais certainement pas une autre vie qui durait depuis douze ans, pendant qu'elle restait cloîtrée chez elle à s'occuper de son fils.

— Il n'aurait aucune raison de te quitter pour le moment. Quand il le fera, ce sera pour épouser Louise de Ligne. Elle est riche, extrêmement influente, mais elle ne peut rien faire tant que son mari est en vie. Qui sait, peut-être se sera-t-elle lassée de Gordon d'ici là. En attendant, reste sur tes gardes. C'est une peste finie. Si tu représentes une menace pour elle, elle ne te lâchera pas. Je l'ai vue à l'action dans le milieu de la haute couture. C'est un phénomène, crois-moi. Elle était petite main quand elle a rencontré son mari ; subjugué, il a fait d'elle une comtesse et lui a offert ce poste en or. Je suis obligée de reconnaître qu'elle est ultra-compétente. En revanche, elle ne fait qu'une

427

bouchée de ceux qui ont le malheur de se mettre sur sa route. Pour toi, ce sera pareil. Si elle jette son dévolu sur Gordon, elle n'hésitera pas à venir le prendre juste sous ton nez.

N'était-ce pas déjà fait ?

— Je ne représente aucun danger pour elle, fit observer Isabelle d'un ton lugubre.

Cela faisait des années qu'elle passait pour une sombre idiote aux yeux de tous... et comme si cela ne suffisait pas, Gordon continuait à se montrer d'une extrême cruauté envers elle. C'était absolument odieux.

— Elle ne partagera peut-être pas ton avis ; je suis désolée, Isabelle.

Nathalie avait toujours beaucoup aimé Isabelle ; elle aurait cent fois préféré ne pas avoir à lui révéler cette sombre histoire.

De son côté, Isabelle avait encore du mal à assimiler ce qu'elle venait d'apprendre. Gordon menait une double vie ; en dehors de la rue de Grenelle, il avait une autre femme, une autre maison. Peut-être était-ce sa faute ; focalisée sur Teddy, elle n'avait pas su s'occuper de lui. D'après Nathalie, leur liaison durait depuis une douzaine d'années. C'était à peu près à cette époque que Gordon l'avait chassée de sa chambre, de son cœur... de sa vie. Tout cadrait parfaitement.

— Tu serais bien mieux sans lui, Isabelle, crois-moi, déclara Nathalie. Elle le serait aussi, d'ailleurs. Ton mari est un monstre d'égoïsme, il n'a besoin de personne pour être heureux. En fait, j'ai toujours pensé qu'il détestait les femmes.

Isabelle lui raconta l'accident, se gardant toutefois de lui parler de Bill. Avant de se quitter, elles promirent de se rappeler bientôt.

Isabelle était heureuse de savoir la vérité, si douloureuse fût-elle. Elle demeura un long moment immobile, le regard vide, avant de se décider à appeler Bill. Elle le tira d'un sommeil profond, trop impatiente de lui annoncer la nouvelle.

Elle lui raconta tout d'un trait pendant qu'il se réveillait. Quand elle eut terminé, il était assis dans son lit et fixait le mur d'un air hébété, sous le choc. C'était une histoire typiquement française. Aux Etats-Unis, il était rare qu'une liaison extraconjugale dure tant de temps. On divorçait avant. En l'occurrence, la comtesse était obligée d'attendre le décès de son mari pour toucher son héritage.

— Bon sang, quelle histoire... Tu es sûre que c'est vrai ?

Au fond, cette nouvelle ne faisait que confirmer sa première impression : Gordon était une véritable ordure.

— Nathalie sait tout sur tout le monde. Mais pourquoi ne m'a-t-on pas mise au courant ?

C'était très humiliant d'imaginer que le Tout-Paris savait alors qu'elle, pauvre naïve, ne se doutait de rien.

LE BAISER

— Les gens devaient croire que tu étais au courant, et ils préféraient ne pas remuer le couteau dans la plaie. J'ai l'impression que c'est assez fréquent en Europe, bien que ce genre de situation existe aussi chez nous.

Personne ne lui avait jamais parlé des infidélités de Cynthia ; il n'avait dû se fier qu'à sa propre intuition.

— C'est tout de même plus rare, avec la banalisation du divorce, fit observer Isabelle. Que dois-je faire, à ton avis ?

— Que *veux*-tu faire ? rectifia judicieusement Bill.

— Je ne sais pas. J'adorerais lui jeter la vérité au visage dès qu'il rentrera, ou même l'appeler, là, tout de suite, à Saint-Moritz, mais ce n'est pas la solution.

Gordon se défendrait bec et ongles, si elle l'attaquait. Elle n'en doutait pas une seconde.

— Je te conseille plutôt de ne rien dire ; tu n'auras qu'à tout déballer la prochaine fois qu'il s'en prendra à toi. As-tu envie de le quitter ?

Elle en mourait d'envie, oui ! Malheureusement, elle se sentait toujours prise entre deux feux. Teddy ne supporterait pas un tel changement ; et puis elle n'avait aucune garantie que Gordon lui verserait une pension suffisante pour assumer ses soins. De toute façon, il n'avait certainement pas hâte de divorcer, compte tenu de la situation familiale de sa maîtresse et de la réputation irréprochable qu'il avait à défendre au sein de la banque. Bill avait raison : pour le moment, il semblait préférable de se taire et d'attendre. Cela lui laisserait le temps de mettre un peu d'ordre dans ses pensées, de prendre les décisions qui s'imposaient.

— En tout cas, tu disposes désormais d'une arme redoutable, fit-il observer. Je crois que tu devrais sagement attendre le moment opportun pour le toucher en plein cœur.

— Si tout le monde est au courant, notre divorce ne causerait pas de remous... qu'en penses-tu ?

— Détrompe-toi. C'est une chose d'entretenir une maîtresse. C'en est une autre d'assumer une épouse déchaînée qui n'hésite pas à faire de terrifiantes révélations aux médias, qui réclame d'énormes sommes d'argent et qui alerte l'opinion publique. Pour l'amour du ciel, Isabelle, tu ressembles à la Vierge Marie, avec ton fils malade ! J'ai déjà rencontré ce genre de situation dans mon travail. Si un de mes candidats se fourrait dans un guêpier pareil, je lui conseillerais de disparaître de la scène politique pour un temps, de rester sagement avec son épouse et de se racheter une conduite, en aidant les orphelins ou en adoptant des bonnes sœurs aveugles, que sais-je encore, ajouta-t-il avec une pointe d'humour. Jamais je ne le pousserais à tout déballer sur la place publique avant de demander le divorce. Gordon préférera que l'histoire se tasse gentiment, crois-moi, et tout dépend de toi, mon amour. La balle est dans ton camp, sa tête repose entre tes mains. Il cherchera à tout prix à éviter le scandale, il te quittera quand elle aura retrouvé sa liberté et, connaissant le personnage, il ne fera preuve d'aucune gentillesse ni d'aucune bienveillance à ton égard. Au contraire, il continuera à te culpabiliser. Sois très prudente, chérie : si tu le pousses dans ses retranchements, il ne te fera pas de cadeau. Je connais bien ce genre de type, il ne s'avouera jamais vaincu, il ne disparaîtra pas tranquillement de ta vie, non : il t'anéantira d'abord. Il se peut que votre mariage lui soit encore utile ; de son côté aussi, la comtesse de Ligne préfère probablement vous voir mariés, afin de préserver sa respectabilité. Elle ne désire certainement pas contrarier son vieil époux avec ses frasques, alors qu'elle n'a jamais été aussi près du but. Les choses sont plus compliquées que ce que tu sembles croire, Isabelle, alors je t'en prie, reste sur tes gardes et ne le brusque surtout pas.

C'était un conseil plein de sagesse qu'Isabelle accepta volontiers, malgré la confusion qui régnait dans son esprit. Combien de nuits Gordon avait-il passées en compagnie de la comtesse, dans leur appartement de la rue du Bac ? Cela ne faisait pas longtemps qu'elle avait commencé à remarquer ses absences nocturnes. Elle songea alors à tous ces voyages qu'il faisait avec des amis, à ces vacances qu'il prenait soi-disant seul, aux soirées auxquelles il se rendait, aux endroits qu'il visitait... Nathalie avait raison, ses sorties en « célibataire » dataient d'une bonne dizaine d'années.

— C'est une révélation intéressante, n'est-ce pas ? murmura-t-elle, encore sous le choc.

Elle avait soudain l'impression de vivre aux côtés d'un parfait inconnu. Louise de Ligne faisait partie de la jet-set ; elle était distinguée, ultra-sophistiquée... Et tout s'était passé sous son nez, sans qu'elle s'aperçoive de rien, pendant toutes ces années !

— J'ai besoin d'y réfléchir encore, fit Bill d'un ton songeur. Ne fais rien pour le moment, répéta-t-il, craignant des représailles de la part de Gordon.

— Promis.

— N'oublie pas : si tu le provoques, il s'empressera de riposter. Je n'ai aucun doute là-dessus.

Isabelle l'approuvait entièrement. Gordon pouvait se montrer incroyablement vicieux quand il se sentait attaqué.

Lorsque ce dernier rentra quelques jours plus tard, il semblait en pleine forme, bronzé et détendu. Il se montra étonnamment gentil avec Isabelle et s'enquit même de la santé de Teddy. Isabelle se contenta de répondre à ces questions.

Elle ne se permit qu'une petite facétie en lui tendant son courrier. D'un ton désinvolte, elle mentionna l'invitation qu'ils avaient reçue de la part du comte et de la comtesse de Ligne. Elle avait envoyé une réponse positive, ajouta-t-elle en guettant la réaction de Gordon. Il resta parfaitement impassible.

— Le médecin de Teddy m'a conseillé de sortir davantage, et je crois qu'il a raison, expliqua-t-elle d'un air candide. Comme le faire-part nous était adressé à tous les deux, j'ai pensé que tu ne verrais pas d'inconvénient à ce que j'y aille aussi.

— Je n'y vois aucun inconvénient, répliqua Gordon avec une telle nonchalance que, l'espace d'un instant, le doute s'immisça en Isabelle.

Au même instant, Gordon se tourna vers elle et l'enveloppa d'un regard étrange.

— Ces gens-là sont ennuyeux comme la pluie ; ils sont assez âgés, tu comprends. Si tu veux recommencer à sortir un peu, je te conseille de choisir une occasion plus divertissante. Ce n'est pas là-bas que tu t'amuseras, conclut-il avec une sollicitude feinte.

— Ils ne doivent pas être si vieux que ça pour avoir encore une fille à marier, fit observer Isabelle d'un ton innocent.

Gordon haussa les épaules.

— Ce doit être une vieille fille, moche et inintéressante au possible. Si tu veux mon avis, ce mariage n'aura rien de passionnant.

Gordon n'avait aucune envie qu'elle s'y rende, c'était évident. Pour la première fois depuis des années, Isabelle s'amusa beaucoup de leur échange.

— Tu as raison, je risque de m'y ennuyer. Puis-je annuler ma réponse sans paraître trop impolie ?

— Je m'en occupe, ne t'inquiète pas. Au fait, où se trouve l'invitation ?

— Sur mon bureau.

— Je la prendrai en sortant et je demanderai à ma secrétaire de rédiger un petit mot.

— Merci, Gordon. Je leur enverrai un joli cadeau pour m'excuser.

— Elisabeth s'en chargera aussi ; tu as suffisamment de choses à faire.

Elle le remercia d'un ton doux, et il partit aussitôt au bureau, le faire-part à la main. Bill rit de bon cœur quand elle lui relata l'épisode.

— Tu es une vraie chipie. Mais n'oublie surtout pas ce que je t'ai dit. Méfie-toi de lui, il est rusé comme un renard. Il soupçonne peut-être déjà quelque chose ; après tout, si ce n'est un secret pour personne, quelqu'un pourrait très bien t'avoir tout raconté.

— Ne t'inquiète pas, je ne prendrai aucun risque.

Les jours suivants, Isabelle se contenta de surveiller ses allées et venues le soir et au petit matin. Elle découvrit ainsi que Gordon passait rarement la nuit à la maison ; sans doute rejoignait-il Louise de Ligne à leur appartement de la rue du Bac.

Isabelle et Gordon jouèrent au chat et à la souris pendant tout un mois, sans que leur situation changeât d'un iota. Gordon avait une autre femme, un autre foyer, une autre existence à part entière ; à maints égards, il semblait davantage marié à sa maîtresse qu'à son épouse légitime. De la même manière, Isabelle se sentait plus proche de Bill que de son mari.

Cela faisait cinq mois que Bill avait commencé sa rééducation, et il se sentait plus solide, plus en forme que jamais. Sa nuque ne lui causait plus de problème, ses épaules étaient plus musclées, ses hanches s'étaient affinées, et quand on le voyait nager dans la piscine, il ressemblait à un homme en pleine santé. Ses jambes avaient retrouvé une grande partie de leur sensibilité, il évoluait plus aisément dans son fauteuil roulant, mais il ne pouvait ni marcher ni même se tenir debout. Ses jambes se dérobaient sous lui dès qu'il tentait de se lever. Les prothèses s'avérèrent inefficaces ; il tombait encore plus vite quand il les portait. La promesse qu'il s'était faite concernant Isabelle planait au-dessus de sa tête, comme une ombre menaçante.

Malgré ses réticences initiales, il continuait à voir le Dr Harcourt. Il avait pourtant fait une croix définitive sur sa vie sexuelle, traumatisé par son expérience malheureuse. Mais il appréciait ses discussions avec Linda Harcourt. Celle-ci continuait à lui prêter des ouvrages sur le sujet, mais il n'était toujours pas convaincu.

Pour couronner le tout, Jane et Joe lui annoncèrent au mois de mars leur intention de se fiancer. Bien qu'il appréciât beaucoup Joe, Bill n'approuvait pas leur décision. Il en discuta longuement au téléphone avec Cynthia. Elle se montrait beaucoup plus compréhensive que lui. Finalement, Bill eut une longue conversation avec sa fille quand elle lui rendit visite.

— Papa, Joe et moi savons ce que nous faisons. Nous ne sommes plus des enfants. Je fréquente ce centre depuis sept mois. Je sais à quoi m'attendre.

A la suite de ses blessures, Joe était incontinent, il prenait des médicaments tous les jours et n'avait l'usage que d'un seul bras. Ses handicaps étaient plus importants que ceux de Bill. Il avait été admis à la faculté de droit pour la rentrée prochaine, et ses capacités intellectuelles étaient impressionnantes. Les médecins le croyaient capable d'avoir des enfants, plus tard, mais ils ne pouvaient encore rien affirmer. Linda expliqua à Bill que certains patients, bien qu'incapables d'avoir des rapports sexuels, pouvaient toutefois avoir des enfants par fécondation *in vitro*. Sur ce plan, la situation de Joe demeurait encore incertaine, mais sa jeunesse était un atout incontestable.

— Je regrette, Jane, tu ne sais pas à quoi tu t'engages, objecta Bill. Joe sera entièrement dépendant de toi, autant sur le plan physique qu'affectif.

— Ce n'est pas vrai. Joe s'occupe merveilleusement bien de moi, il veille sur moi comme aucun autre, à part toi. Il veut être avocat, il a investi en Bourse tout l'argent qu'il a reçu après l'accident. Il paraît qu'il a réalisé d'excellents investissements ; l'agent de change de maman a jeté un coup d'œil à son portefeuille d'actions. D'après lui, Joe a géré son argent comme un professionnel. Qu'il ne puisse pas faire de varappe ou danser la valse est le cadet de mes soucis.

— Peut-être changeras-tu d'avis un jour.

— Ton mariage avec maman n'a pas tenu le coup, alors que tu étais parfaitement valide. Franchement, je ne vois pas ce que cela change... Nous avons toutes les chances de notre côté.

— Joe est handicapé, Jane. Les contraintes qu'il supporte finiront par te peser, à toi aussi. Notre mariage n'a pas tenu le coup, comme tu dis, alors que j'étais valide, mais crois-moi, jamais je n'envisagerais de me marier dans mon état.

— C'est pathétique. Je n'arrive pas à croire que tu penses vraiment ce que tu dis.

Bill se rembrunit. Il regrettait presque de l'avoir présentée à Joe. Il avait d'abord cru à une amourette sans lendemain, mais il s'était trompé. Au cours des semaines qui suivirent, il eut plusieurs discussions animées avec Isabelle et Cynthia ainsi que ses deux filles. Il se décida finalement à parler à Joe. Il savait que ce dernier allait essayer de le convaincre et pourtant, ses propos le prirent de court.

— Je sais ce que vous pensez, Bill, commença le jeune homme.

Jane lui avait tout raconté ; elle était furieuse contre son père et songeait à partir avec Joe sans tenir compte de son avis. Mais celui-ci respectait trop Bill pour choisir cette solution.

— Je ne peux pas dire que vous avez tort ; je ne peux pas non plus prétendre que tout sera facile pour nous ; nous savons tous les deux que ce serait un mensonge. J'en suis conscient, plus encore que Jane. Nous sommes jeunes, c'est vrai aussi. Ce n'est pas toujours facile de vivre en couple. Mes parents sont divorcés, tout comme Cynthia et vous. La vie n'offre pas de garantie, rien n'est jamais sûr à cent pour cent. Nous partageons quelque chose de très spécial, Jane et moi, et je crois sincèrement que notre couple résistera à toutes les épreuves. Je ferai tout pour la protéger, l'aimer et la chérir.

Des larmes brillaient dans ses yeux et Bill se détourna, craignant de se laisser attendrir.

— D'un autre côté, reprit Joe, je vous respecte trop pour m'opposer à votre volonté. J'ai confiance dans votre jugement, d'habitude, mais en l'occurrence, je pense sincèrement que vous vous trompez. Je ne vois pas pourquoi nous n'aurions pas droit à une vie normale, à un mariage heureux, comme tout le monde. Ce n'est pas parce que je ne peux ni marcher ni me servir de mon bras gauche qu'il m'est interdit d'aimer. Toutefois, si vous n'approuvez pas notre union, je raconterai à Jane que j'ai changé d'avis, après mûre réflexion. Si c'est réellement ce que vous souhaitez, je préférerais qu'elle me déteste moi plutôt que vous. Vous êtes son père, après tout, et elle a certainement davantage besoin de vous que de moi. Je ne veux pas entrer de force dans votre famille si vous ne voulez pas de moi. C'est à vous de décider.

Une sensation de nausée envahit Bill. Comme il aurait aimé que les espoirs de Joe soient fondés... Mais la vie ne les épargnerait pas, tous les deux, et il tenait par-dessus tout à protéger sa fille. Il rêvait d'un homme avec qui elle pourrait se promener main dans la main, dans la lumière du soleil couchant.

— Que ferez-vous s'il s'avère que vous ne pouvez pas avoir d'enfant, tous les deux ? demanda Bill.

— Nous en adopterons. Nous avons déjà abordé la question. C'est toujours un point d'interrogation pour un couple. Nombreux sont ceux qui se trouvent confrontés à ce problème, en dehors de tout autre handicap. Nous agirons dans le sens de notre bonheur commun.

Que demander de plus à un futur gendre ? Joe était un jeune homme honnête et chaleureux, fou amoureux de Jane, brillant, cultivé, bien élevé, financièrement indépendant... mais il était aussi condamné à passer sa vie dans un fauteuil roulant. C'était la décision la plus difficile que Bill ait jamais eu à prendre. Il continua à écouter Joe ; finalement, il lui ouvrit les bras et les deux hommes s'étreignirent avec ferveur.

— C'est d'accord, petit chenapan, balbutia Bill d'une voix tremblante tandis que les larmes embuaient ses yeux. Allez-y, foncez. Mais si jamais tu la rends malheureuse, j'aurai ta peau.

— J'ai bien l'intention de consacrer le restant de mes jours à faire le bonheur de Jane, promit Joe.

C'était tout ce qu'un père souhaitait entendre de la part du futur époux de sa fille. Ils essuyèrent leurs larmes et échangèrent un sourire pendant que Bill sortait de son mini-bar une demi-bouteille de vin.

— Quand comptez-vous célébrer le mariage ? s'enquit-il en emplissant deux verres.

Il avait l'impression d'avoir escaladé les plus hauts sommets des Alpes en une demi-heure, et Joe était aussi exténué que lui.

— En juin ou juillet. Je vais faire mes études de droit à l'université de New York ; nous demanderons un logement afin de ne pas perturber le cours de ses études.

Jane fêterait ses vingt ans à l'automne ; elle entrerait en année de licence à l'université. Joe, lui, avait vingt-trois ans. Ils étaient jeunes et, comme d'autres qui étaient passés par là avant eux, ils espéraient bien réussir. Bill ne souhaitait qu'une seule chose : qu'ils fassent partie des heureux élus.

— Quand dois-tu sortir d'ici ?

— Dans un ou deux mois. Je suis arrivé il y a un an, et ils estiment que je suis prêt à quitter le centre. Je pensais retourner un peu chez moi, à Minneapolis.

Bill hocha la tête ; c'était une sage décision. Si Joe n'avait pas été paralysé, il aurait été fou de joie. Quoi qu'il en soit, il leur avait donné sa bénédiction.

Ils célébrèrent dignement l'événement et Joe appela Jane dès qu'il eut regagné sa chambre. Il se sentait vidé de toutes ses forces. Il était terrorisé en allant voir Bill, mais tout s'était étonnamment bien passé. En entendant la bonne nouvelle, Jane fondit en larmes. La bénédiction de son père valait plus que tout l'or du monde. A l'instar de Joe, elle ne se serait pas mariée s'il la leur avait refusée.

Cinq minutes après le départ de Joe, Bill reçut un appel de sa fille. Partagée entre le rire et les larmes, elle le remercia chaleureusement. Dès qu'elle eut raccroché, ce fut Cynthia qui appela.

— Tu as pris la bonne décision. J'étais un peu inquiète, je l'avoue, mais tu as fait ce qu'il fallait faire.

Elle paraissait très calme, très réfléchie. En l'espace d'un an, ils avaient tous beaucoup mûri.

— Comment peux-tu en être aussi sûre ? fit Bill, encore tenaillé par un brin d'inquiétude.

— Je le sens, c'est tout. Tout comme toi, d'ailleurs, sauf que tu as peur. Il veillera bien sur elle.

C'était l'essentiel, à leurs yeux. Le reste reposait entre les mains du destin.

— Il a plutôt intérêt. Il aura affaire à moi s'il ne tient pas sa promesse.

— Je suis fière de toi, tu sais.

— Il n'y a pas de quoi. C'est un garçon formidable, je ne pouvais tout de même pas lui refuser la main de ma fille.

— Je suis heureuse, conclut-elle.

Isabelle prononça les mêmes mots lorsqu'elle

appela un peu plus tard pour savoir comment s'était déroulée leur discussion.

— Je ne t'aurais pas pardonné si tu avais dit non, ajouta-t-elle avec fougue.

Elle y avait pensé toute la nuit et s'était levée à quatre heures du matin pour l'appeler. Tout le monde attendait avec impatience le résultat de leur entrevue. Il n'y avait rien de plus fort que l'amour, et Joe et Jane s'aimaient éperdument. Bill espérait seulement que la vie ne serait pas trop dure avec eux. Joe avait déjà eu son content de malheur.

Le printemps était arrivé à Paris ; en trois mois, la situation d'Isabelle n'avait absolument pas évolué. Elle n'avait toujours pas parlé à Gordon, préférant attendre le moment propice. Pour elle, tout avait brutalement changé. L'amour qu'elle éprouvait pour Bill n'était plus une source de culpabilité et elle évitait autant que possible de croiser Gordon. Elle n'avait plus de comptes à lui rendre, n'attendait plus rien de lui. Il était comme un étranger qui vivait sous le même toit qu'elle. Bill redoutait constamment que Gordon perçût son changement d'attitude. Apparemment, il ne s'était encore rendu compte de rien.

Bill continuait à l'appeler tous les jours. Il lui faudrait bientôt prendre une décision concernant leur avenir. Cela faisait à présent sept mois qu'il séjournait au centre de rééducation, et bien qu'il se sentît plus fort et plus résistant, aucune autre amélioration n'était apparue. Son séjour devait initialement durer un an, mais tous les médecins s'accordaient à dire qu'il serait bientôt prêt à sortir. Bill songeait à partir en mai. Ils avaient fait le maximum. Il n'y avait pas eu de miracle, les médecins n'envisageaient aucune autre intervention ; il passerait le restant de ses jours dans un fauteuil roulant. C'était ainsi, mieux valait l'accepter. Pour Bill, c'était un coup très dur. Sa paraplégie signifiait qu'il ne reverrait plus jamais Isabelle. A tout prendre, il aurait préféré mourir plutôt que de lui imposer son handicap. D'ailleurs, il eut l'impression de mourir quand les médecins lui annoncèrent que sa rééducation touchait à sa fin. Il n'avait pas encore annoncé sa décision à Isabelle mais il le ferait bientôt, avant de changer d'avis. En douceur, il sortirait de sa vie.

Ses amis continuaient de l'appeler de Washington ; un sénateur réputé lui avait déjà demandé d'organiser sa campagne électorale en juin. Il visait la présidentielle dans quatre ans et il estimait que Bill était l'homme de la situation. Ce dernier avait presque accepté la mission.

Il en avait parlé avec Isabelle, qui l'encourageait à reprendre le travail. Ce serait bon pour son moral. Sa réticence à quitter le centre ne lui avait pas échappé. Pour Bill, c'était un peu comme quitter le cocon maternel.

Isabelle s'était totalement remise de l'accident. Ses

444

analyses étaient normales, ses maux de tête moins fréquents. La seule trace qu'elle gardait était une longue cicatrice très fine sur son bras gauche, à l'endroit où l'artère sectionnée avait été suturée. Il ne lui restait rien d'autre, à part l'amour qui s'était épanoui entre elle et Bill, à l'hôpital. Il continuait à lui manquer cruellement, et elle lui avait demandé à plusieurs reprises de venir la voir quand sa rééducation serait terminée. Bill demeurait vague à ce sujet. Bien sûr, c'était un long voyage, il faudrait attendre encore un peu, mais Isabelle espérait de tout son cœur qu'il ne tarderait pas à venir. Cela faisait sept mois qu'elle ne l'avait pas vu — une éternité. Pour Bill aussi.

Le temps passait, et il ne cessait de penser à Isabelle. Il mourait d'envie de la voir. D'un autre côté, cela n'aurait pas été honnête de sa part. Sa vie bascula une nouvelle fois lorsqu'il sut avec certitude qu'il ne marcherait plus. Même leurs conversations téléphoniques le mettaient mal à l'aise. Il avait l'horrible impression de la trahir, compte tenu de la décision qu'il avait prise. Il n'avait rien à lui offrir, trop peu en tout cas, mis à part un soutien moral. Il redoutait surtout qu'elle le prît en pitié si elle découvrait la vérité. Il n'aurait pas supporté une once de compassion de la part d'Isabelle. S'il décidait de sortir de sa vie, dans son intérêt à elle, il devrait lui faire croire qu'il avait récupéré toutes ses capacités. Sinon, elle s'imaginerait qu'il avait besoin d'elle et elle ne le laisserait pas partir.

445

L'idée de ne plus la voir, de ne plus lui parler, lui brisait le cœur. Il s'apprêtait à lui causer un chagrin immense mais, à long terme, ce serait la meilleure solution. Pour elle, en tout cas. Il l'aurait attendue toute sa vie si seulement il avait pu lui offrir quelque chose de solide. Hélas, le sort en avait décidé autrement : cloué dans son fauteuil, il ne réussirait pas à faire son bonheur. Il ne pourrait même pas lui faire l'amour. Joe et Jane faisaient une folie en se lançant dans une telle aventure ; lui-même ne s'en sentait pas la carrure. Jamais il ne demanderait à Isabelle pareil sacrifice. C'était une bataille quotidienne que Bill livrait avec sa conscience.

En dehors de Bill, Isabelle avait une autre grande joie dans sa vie : Teddy, dont l'état de santé s'était nettement amélioré au cours des deux derniers mois. Etait-ce grâce au temps, était-ce le simple fait du hasard ? Le résultat était là : il se sentait en bien meilleure forme, au point de descendre dîner souvent avec sa mère, dans la salle à manger. Au mois d'avril, pour la première fois depuis des années, Isabelle l'emmena se promener au bois de Boulogne. Au retour, ils dégustèrent une glace au Jardin d'Acclimatation. Elle était aux anges quand elle raconta leur après-midi à Bill. Cela faisait tant de temps qu'ils n'étaient pas sortis ainsi, tous les deux ! Le 1er mai, Teddy fêta son quinzième anniversaire, et Isabelle remercia le Seigneur de lui avoir donné ce fils en cadeau.

Bill l'appela le lendemain après-midi, résolu à préparer doucement le terrain pour la décision qu'il s'était imposée. Il lui mentit pour la première fois. Il y avait longuement songé, et il avait la certitude d'agir pour le bien d'Isabelle. Il l'aimait assez pour se sacrifier. Teddy allait mieux et Gordon la laissait tranquille depuis quelques mois. Il n'était quasiment jamais à la maison. Il devait profiter de cette relative accalmie pour mener son plan à exécution. La mort dans l'âme, il l'appela pour lui annoncer une excellente nouvelle. Il s'efforça de prendre un ton convaincant. Elle le connaissait tellement bien... Et si elle se doutait de quelque chose ? Par miracle, elle le crut quand il lui raconta qu'il avait fait ses premiers pas ce jour-là. La connexion entre son cerveau et ses jambes était enfin rétablie. En apprenant la nouvelle, Isabelle fondit en larmes ; elle était tellement heureuse pour lui ! Le cœur de Bill se serra douloureusement. Il devait être fort, c'était le bon choix. N'avait-il pas longuement retourné le problème dans sa tête, sans trouver d'autre issue que celle-ci ? Il n'avait pas le droit de gâcher la vie d'Isabelle, pas le droit de lui imposer ses propres contraintes. Il ne voulait pas de sa pitié, ne voulait ni de son aide ni de ses soins. Il ne pouvait plus marcher, soit ! Il disparaîtrait de sa vie. Ce mensonge était le premier pas vers le seul cadeau qu'il pouvait désormais lui offrir : la liberté. C'était un peu comme ouvrir la cage d'un bel oiseau.

Ils restèrent un long moment au téléphone. Euphorique, Isabelle le bombarda de questions. Qu'avait-il ressenti ? De la peur, de la joie, de l'excitation ? Bill joua le jeu, puis consolida son histoire les jours suivants. Une sensation de nausée l'assaillait à chaque fois qu'il composait le numéro d'Isabelle. C'était terrible de lui mentir ainsi. Elle représentait tout ce dont il avait toujours rêvé. C'était la femme de sa vie, il l'aimait de toutes ses forces. Suffisamment en tout cas pour ne pas s'imposer à elle. Il n'était plus digne de son amour.

En dehors de leurs conversations, Bill commençait à planifier sa nouvelle vie à Washington. Il avait finalement accepté de prendre en charge la campagne du sénateur à la fin du mois de juin.

Avant cela, il lui faudrait trouver un appartement et s'entretenir longuement avec son futur client afin de rassembler tous les renseignements nécessaires à l'organisation de sa campagne. Le mariage de Joe et Jane aurait lieu courant juin. Jane serait entourée d'une demi-douzaine de demoiselles d'honneur, en plus d'Olivia qui lui servirait de témoin. La réception se tiendrait à la maison de Greenwich. Une marquise pouvant abriter trois cents invités serait installée dans le jardin. Les préparatifs avaient déjà commencé. Au bord de la crise de nerfs, Cynthia jonglait tant bien que mal avec les traiteurs, les fleuristes et les essayages chez la couturière.

Joe et Jane, quant à eux, vivaient sur leur petit nuage. Ils avaient fait une demande de logement auprès de l'université de New York. Jane avait fait la connaissance de ses futurs beaux-parents à Minneapolis. Ils passeraient leur lune de miel en Italie. En écoutant Joe pendant leurs séances de rééducation, Bill éprouvait un malaise croissant vis-à-vis d'Isabelle. Pourtant, sa décision était prise, il avait fait le bon choix. Le seul et l'unique. Il ne lui restait plus qu'à l'annoncer à la principale intéressée.

— Quelque chose ne va pas ? lui demanda Joe alors qu'ils regagnaient leurs chambres après une consultation. Je vous trouve bien silencieux, ces temps-ci.

Joe s'inquiétait sincèrement pour Bill. Ce dernier lui paraissait étrangement calme, presque distant. Il savait que Bill avait atteint le maximum de ses capacités de récupération. C'était un moment éprouvant qu'ils vivaient tous difficilement.

— Je m'apprête à replonger dans la vraie vie. J'ai déjà une tonne de choses à régler juste après le mariage, expliqua Bill d'un ton vague.

Joe resta sur sa faim. Cela faisait un mois que son futur beau-père ne s'investissait plus dans son programme de rééducation. Il avait cessé de se rendre aux consultations de Linda Harcourt. Il n'avait plus rien à lui dire ; les ouvrages qu'elle continuait à lui prêter ne l'intéressaient plus. A quoi bon insister, puisqu'il ne vivrait jamais auprès de la femme qu'il aimait ? Il avait accepté de rester un mois de plus au centre, mais il était déjà ailleurs. Etrangement calme, perdu dans ses pensées, il était moins attentif à son entourage. La dépression le guettait.

A la fin du mois de mai, Bill croisa Helena à la sortie de la cafétéria. En pleurs, elle faillit le renverser avant de poursuivre son chemin à vive allure.

— Hé, ça s'appelle un délit de fuite ! s'écria Bill.

Elle ralentit, s'immobilisa enfin. Puis elle enfouit son visage dans ses mains et se mit à sangloter. Bill la rejoignit. Quand son fauteuil fut à côté du sien, il lui effleura l'épaule.

— Je peux peut-être t'aider ?

Elle secoua la tête sans mot dire. Au bout de quelques instants, elle leva sur lui un regard désespéré. Comme elle écartait la main de son visage, Bill remarqua qu'elle ne portait plus sa bague de fiançailles, le gros diamant qui avait attiré son attention neuf mois plus tôt. Le reste était facile à deviner.

— As-tu envie de parler un peu ?

Cette fois, elle acquiesça d'un signe de tête et ils se dirigèrent ensemble vers la chambre de Bill. Là, il lui tendit un paquet de mouchoirs en papier. Helena se moucha avant de le remercier d'un pâle sourire.

— Excusez-moi, je suis dans un triste état.

Elle était toujours aussi belle, même en pleurs... même dans un fauteuil roulant.

— Dois-je deviner, ou bien veux-tu m'en parler ?

— C'est Sergio. Il m'a appelée tout à l'heure. Je le trouvais bizarre, depuis quelque temps. Il voyage beaucoup pour son travail, il est à Milan en ce moment. On a repoussé la date du mariage il y a quelques mois, parce qu'il avait besoin de réfléchir encore un peu... Zut, Bill, ça fait quand même six ans que nous sommes ensemble... Nous nous sommes fiancés juste après l'accident. Maintenant que j'y pense, je crois qu'il a accepté de se fiancer uniquement parce qu'il se sentait responsable de ce qui m'est arrivé. Je posais pour lui le jour de l'accident ; il n'arrêtait pas de me dire de reculer, reculer encore, jusqu'à ce que je tombe dans l'escalier... et puis là... il vient de m'annoncer qu'il ne veut plus se marier, que c'est trop dur, que je réclame trop d'attention. Il dit qu'il a besoin d'une femme plus autonome. C'est à cause de ça ! articula-t-elle en frappant violemment les bras de son fauteuil.

Elle éclata en sanglots, et Bill glissa un bras autour de ses épaules. Sa diction s'était considérablement améliorée en neuf mois, mais le reste n'avait pas évolué et n'évoluerait jamais. C'était exactement ce que Bill redoutait pour Joe et Jane ; c'était également pour cette raison qu'il tenait à se détacher d'Isabelle, avant qu'elle finisse par le détester pour tout ce qu'il n'était plus, tout ce qu'il ne pouvait plus faire.

— Il a sans doute pris peur, fit-il observer d'un ton posé.

A vingt-neuf ans, Sergio faisait partie des photographes de mode les plus talentueux. Les plus jolies filles du monde tombaient sous son charme. Certes, ce n'était pas très délicat de sa part de ne pas tenir la promesse qu'il avait faite à Helena, mais s'il estimait qu'il ne supporterait pas cette situation, mieux valait encore qu'il l'avoue maintenant. Bill s'efforça de l'expliquer gentiment à Helena.

— S'il ne se sent pas assez solide, Helena, il a bien fait de le dire tout de suite. Imagine un peu qu'il s'en aperçoive une fois que vous serez mariés... Il vaut mieux que tu saches dès maintenant à quoi t'en tenir. Sergio n'est pas celui qu'il te faut, voilà tout.

La défection de Sergio ne faisait que confirmer ce qu'il pensait déjà : les gens « bien portants » n'avaient rien à faire avec ceux qui l'étaient moins.

— Crois-moi, Helena, un jour viendra où tu te réjouiras qu'il ait pris cette décision.

A ces mots, les sanglots de la jeune femme redoublèrent. Les paroles de Bill la dépassaient. Elle aimait Sergio, et elle croyait qu'il l'aimait aussi. Le mariage était déjà organisé... la robe, le traiteur, le photographe, l'orchestre. Mais un mariage ne se résumait pas à ça, surtout dans leur cas.

— Pourquoi devrais-je m'en réjouir ?

— Je suis sûr que tu n'as pas envie d'être un fardeau pour lui. Il finirait par te détester.

— Je ne me considère pas comme un fardeau !

452

protesta Helena, piquée au vif. Je ne suis pas différente de ce que j'étais avant l'accident ! Je suis toujours la même.

Joe et Jane auraient applaudi son discours. Bill, lui,
resta de marbre.

— Aucun de nous n'est plus le même. C'est
impossible. Nous vivons dans un monde de
contraintes. Il y a un tas de choses que nous ne pour-
rons plus jamais faire, conclut-il en songeant à
Isabelle.

— Quoi, par exemple ? Danser ? Skier ? Faire du
roller ? Quelle importance, au fond ?

Elle se moucha de nouveau.

— Ça en a pour Sergio, apparemment. Voilà ce
que j'essaie de te dire. Il s'est montré honnête avec
toi. Tu dois au moins lui reconnaître ça.

— Je ne lui reconnais rien du tout. C'est une belle
ordure. Je n'ai rien fait de mal, moi.

— Non. Tu as juste manqué de chance. Comme
nous tous, ici.

— Qu'essayez-vous de me dire, au juste ? Que personne ne nous aimera jamais, parce que nous sommes
dans un petit fauteuil ? Si c'est ça, permettez-moi de
vous dire que vous avez tort, et que c'est injuste de
dire ça ! Que faites-vous de Joe et Jane, dans ce cas ?
Ils s'aiment, eux !

— Tu es assez mûre pour ne pas commettre la
même erreur qu'eux, répliqua Bill.

A vingt-huit ans, Helena désirait fonder une famille, avoir des enfants avec un mari aimant.

— Car je persiste à croire qu'ils font une grosse erreur, poursuivit Bill. Ils finiront par la payer un jour. Un jour où Jane fera exactement ce que Sergio vient de faire. Que se passera-t-il, alors ? D'ici là, ils auront un ou deux enfants, et plusieurs vies seront gâchées à cause de leur manque de lucidité.

— C'est vraiment ce que vous pensez ? Que personne ne nous aimera, personne ne voudra vivre avec nous ? Tout ça, c'est faux, vous le savez bien. Je l'espère, en tout cas. Nous avons le droit de vivre de la même façon que tous.

— Peut-être pas, fit Bill d'un air sombre. Je parle pour moi, en tout cas. Personnellement, je ne me sens pas le droit d'imposer ça — il désigna d'un geste vague leurs deux fauteuils roulants — à qui que ce soit. Ce ne serait pas honnête de ma part.

Tous deux savaient qu'il faisait allusion à Isabelle, et Helena parut encore plus contrariée.

— Avez-vous vu le psy récemment, Bill ? s'enquit-elle d'un ton inquiet. Je crois que ça vous ferait du bien, parce que vous êtes complètement à côté de la plaque. Sergio n'est qu'un pauvre type et vous avez peut-être raison, il vaut mieux qu'il me lâche maintenant, mais si vous voulez mon avis, ça n'a rien à voir avec ça, dit-elle en montrant à son tour les deux fauteuils. M'aime-t-il vraiment ? Elle est là, la vraie question. Peut-être a-t-il peur que je ne fasse pas une bonne épouse, que je ne sois pas assez bien pour lui.

— C'est exactement ce que j'essaie de te dire, intervint Bill d'un air suffisant.

Helena le foudroya du regard.

— Non, Bill. Vous mélangez tout. A vous entendre, nous aurions perdu le droit d'être aimés le jour où nous nous sommes retrouvés dans ce fichu fauteuil. Je ne partage pas votre avis. Il y a plein de gens, dehors, qui se ficheront pas mal de nous voir debout ou assis. Je n'ai pas choisi d'être comme ça. Croyez-moi, je préférerais courir partout en talons aiguille. Hélas, ce n'est pas possible. Et alors ? Qu'est-ce que ça peut bien faire ? Dois-je comprendre que vous seriez incapable d'aimer une femme clouée dans un fauteuil ? Etes-vous si petit que ça ? Excusez-moi, je n'arrive pas à le croire, conclut-elle en le fixant avec attention.

— Peut-être pas, éluda Bill, mal à l'aise.

Il y avait une part de vérité dans les paroles d'Helena. Si Isabelle s'était retrouvée à sa place, il l'aurait aimée de la même manière, peut-être même davantage. Mais ce n'était pas la question.

— Je crois simplement que certaines personnes ne sont pas suffisamment solides pour supporter ça. Et même si elles le sont, il faut réfléchir longuement avant de leur faire ça. A-t-on réellement envie de leur faire subir notre vie pleine de contraintes, ou bien les aime-t-on suffisamment pour les abandonner à temps ?

Il parlait de son cas personnel, c'était évident, et Helena parut troublée.

— Si je vous suis bien, l'idéal serait qu'on nous regroupe tous sur un iceberg perdu au milieu de nulle part... ça résoudrait le problème. Nous ne causerions plus de souci, les gens ne seraient plus obligés de se montrer gentils, aimants, compatissants. Humains, au fond. Vous savez quoi ? J'admire profondément Jane et Joe. Ils ont foi l'un en l'autre et ils s'aiment, c'est le bien le plus précieux au monde. Tout le reste, fauteuil ou béquilles, tout ça n'a aucune espèce d'importance ! Pour moi, en tout cas. L'homme que j'épouserai pourra bien être sourd, aveugle et muet... tant que nous nous aimerons, et que ce sera un type bien, le reste ne comptera pas. Je me moque de cette histoire de fauteuil !

— Parfait. Dans ce cas, épouse-moi, plaisanta Bill comme Helena s'adossait en esquissant un sourire tremblant.

— Pas question, vous êtes insupportable, répliqua-t-elle avec un petit rire. Votre conception de la vie est trop négative pour moi. Je pense sincèrement que vous devriez parler au psy avant de partir, Bill, ou vous risquez de faire une grosse bêtise.

— Comme quoi, par exemple ? demanda Bill, sur la défensive.

— Vous pourriez, par exemple, abandonner les gens qui vous aiment sous le prétexte que vous ne voulez pas devenir un fardeau pour eux. Pourquoi ne les laissez-vous pas décider eux-mêmes ce qui est bon pour eux ? Vous n'avez pas le droit de penser à leur place, ni de choisir ce qu'il leur faut ou non.

— Je suis peut-être mieux placé qu'eux. Quand on aime quelqu'un, on essaie toujours de le protéger de lui-même.

— C'est impossible, déclara Helena, catégorique.

Elle avait beaucoup travaillé sur elle au cours de son séjour au centre et surmonté du même coup de nombreuses angoisses. Contrairement à Bill. Ce dernier avait passé son temps à soulever des poids, évitant délibérément les consultations chez le psychothérapeute. Helena n'était pas dupe.

— Tout le monde a le droit de faire ses propres choix. On ne peut dénier ça à personne. C'est une question de respect.

— Tu as peut-être raison, admit Bill d'un air songeur. Je n'ai pas encore toutes les réponses aux innombrables questions qui me trottent dans la tête. D'un autre côté, je suis plus âgé que toi. Si j'étais jeune, je serais sans doute plus audacieux. Tu as peut-être raison, Sergio est une ordure. Alors dis-toi que si c'est le cas, tu seras bien mieux sans lui.

— Là-dessus, je suis d'accord, admit-elle tristement. Mais ça fait mal quand même.

— C'est vrai. La vie est ainsi faite, hélas. Il y a tant de choses qui font mal à en crever. Autant se débarrasser le plus tôt possible de ceux qui finissent inévitablement par te décevoir, conclut-il tandis qu'Helena opinait de la tête.

En prononçant ces mots, il songeait à Cynthia et il n'était pas question, à l'époque, d'accident ni de fauteuil roulant.

— J'imagine que Sergio fait partie de cette catégorie-là, observa la jeune femme avec philosophie.

— La prochaine fois, tu auras peut-être une plus petite bague, mais quelqu'un qui tiendra la route.

Elle hocha de nouveau la tête et ils parlèrent encore un moment. Avant de partir, Helena lui conseilla de nouveau d'aller voir le psy. Lorsque Isabelle appela plus tard dans la soirée, il eut du mal à masquer son désarroi. La jeune femme avait été si convaincante en parlant de tous ces gens qui aimaient leur conjoint sans se soucier un seul instant de son handicap que le doute avait réussi à s'immiscer en lui. En même temps, Helena était une femme, jeune de surcroît ; elle n'aurait certainement pas de mal à trouver un homme qui accepte de s'occuper d'elle. En tant qu'homme, Bill avait envie d'offrir davantage à la femme qu'il aimait.

— Tu as l'air fatigué, observa Isabelle. Tu as encore trop marché, aujourd'hui, c'est ça ?

Elle n'avait pas douté un seul instant de sa sincérité. En proie à un vif sentiment de culpabilité, Bill baissa les yeux sur son fauteuil. Avec ce mensonge, il avait définitivement fait une croix sur leur relation. Et malgré sa discussion avec Helena, il n'avait pas l'intention de revenir en arrière. Quand lui annonce-rait-il sa décision ? Cette question ne cessait de le hanter.

— Sans doute, oui. J'ai encore tout un tas de choses à faire ici, avant mon départ, répondit-il d'un ton laconique.

— Ils ont fait un travail formidable, souligna Isabelle.

La douceur, la gentillesse qui teintaient sa voix lui transpercèrent le cœur. Une fois encore, il dut se répé-ter qu'il agissait dans l'intérêt d'Isabelle. Helena lui aurait sans doute reproché de décider à sa place, mais il la connaissait bien. Jamais elle n'aurait osé l'aban-donner si elle avait su la vérité, et sa compassion était bien la dernière chose qu'il souhaitait recevoir.

Depuis plusieurs jours, Isabelle sentait au timbre de sa voix que quelque chose n'allait pas. Il lui sem-blait tout à coup distant, malheureux, très différent en tout cas du Bill qu'elle connaissait jusqu'alors. Sans doute éprouvait-il un peu d'appréhension à l'idée de devoir quitter l'environnement surprotégé du centre de rééducation. Mais à présent qu'il avait retrouvé l'usage de ses jambes, sa réinsertion serait plus facile. Isabelle se sentait profondément soulagée pour lui.

— Où en sont les préparatifs du mariage ? demanda-t-elle quelques minutes plus tard, désireuse de lui changer les idées.

— Cynthia est en train de devenir folle. Personnellement, je préfère me tenir à l'écart de toute cette agitation. Je me contente de régler les factures — c'est ce qu'il y a de plus facile. Comment va Teddy ? enchaîna Bill.

Il changeait très souvent de sujet, comme si les conversations plus profondes le mettaient mal à l'aise. C'était très inhabituel de sa part, après tout ce qu'ils avaient échangé pendant cinq ans. Isabelle le connaissait bien, à présent, mieux qu'il ne le croyait.

— Il est en pleine forme.

Sa réponse rassura Bill. Jamais il n'aurait pu rompre si Teddy avait montré des signes de faiblesse. Loin d'imaginer qu'elle était en train de sceller son destin, Isabelle ajouta :

— Il ne s'est jamais senti aussi bien.

— Tant mieux.

Il lui annonça ensuite qu'il comptait se rendre à Washington la semaine suivante pour trouver un appartement. Isabelle ne put s'empêcher de lui demander de nouveau s'il prévoyait de venir bientôt à Paris.

— Peut-être pourrais-tu venir après le mariage, si tu n'es pas trop fatigué. Juste pour quelques jours, avant de reprendre le travail.

C'était beaucoup lui demander, Isabelle en avait conscience, mais elle redoutait qu'il ne puisse plus venir une fois qu'il aurait recommencé à travailler. Il avait toujours eu un emploi du temps extrêmement chargé.

— Il faut que j'y réfléchisse. Il se peut que je me mette à plancher sur la campagne aussitôt après le mariage.

C'était encore un mensonge. Il ne commençait à travailler qu'à la fin du mois de juin et aurait eu tout le temps d'aller la voir... mais il ne marchait pas. Enfermé dans le mensonge, il ne pouvait plus revenir en arrière.

— On verra, conclut-il simplement.

Lorsqu'ils eurent raccroché, Isabelle continua à penser à Bill. Une sourde appréhension la tenaillait. Elle avait la nette impression qu'il faisait tout pour l'éviter. Pourquoi ? Du jour au lendemain, il était devenu distant, presque froid. Avait-elle dit quelque chose qui l'avait blessé ? Non, Bill ne semblait pas contrarié, il était moins gai, moins chaleureux. Cela faisait neuf mois qu'ils ne s'étaient pas vus, et elle ne savait toujours pas s'il avait l'intention de venir la voir. De son côté, elle ne pouvait envisager de laisser Teddy pour aller le retrouver à New York ou Washington.

Lorsque arriva le jour du mariage, Isabelle était paniquée. Il avait laissé passer plusieurs jours sans l'appeler, et quand elle lui en fit la remarque, il répondit simplement qu'il était débordé. Il avait trouvé un appartement à Washington et rencontré le jeune sénateur. Il parla avec enthousiasme de leur projet de campagne. Deux jours après le mariage, Bill ne l'avait toujours pas rappelée. Pour une raison obscure, presque instinctive, Isabelle n'osa pas décrocher son téléphone. Bill la tenait délibérément à l'écart de sa vie, c'était évident.

Ce fut un beau mariage. Tous les invités essuyèrent une larme lorsque Jane et Joe échangèrent leurs vœux. Devant l'autel, le tableau était très émouvant : ils se tenaient par la main, Joe dans son fauteuil roulant, et Jane debout à côté de lui. Assis à côté de Cynthia, à l'extrémité du premier banc, Bill pleura.

— Tout va bien ? lui demanda son ex-femme au cours de la réception. Tu as l'air tendu.

Elle le trouvait étrangement silencieux depuis le début de la cérémonie.

— J'ai déjà la tête au travail. Je retourne à Washington dans quelques jours. Tu me connais, n'est-ce pas ?

Il semblait en pleine forme, physiquement, mais Cynthia sentait bien que quelque chose le tracassait.

— Tu sembles contrarié.

Peut-être était-il simplement bouleversé d'assister au mariage de sa fille chérie. Olivia vint s'asseoir près de lui. Lorsque vint le moment pour Jane d'ouvrir le bal, elle dansa avec son grand-père, à la place de son père, sous le regard plein d'amour de Joe. Bill assista à la scène, submergé par un sentiment d'intense frustration. C'était un mariage magnifique, la réception était très réussie. Les convives semblaient beaucoup s'amuser. En regagnant le centre de rééducation, ce soir-là, les pensées de Bill se tournèrent vers Isabelle.

Il resta cloîtré dans sa chambre deux jours de suite, délaissant même ses séances de kiné. Forçant son courage, il se résolut finalement à appeler Isabelle. Elle se faisait beaucoup de souci pour lui. Ces deux derniers jours, le téléphone avait sonné plusieurs fois dans sa chambre, mais il n'avait pas répondu, persuadé qu'il s'agissait d'Isabelle. Il n'avait pas bougé de son lit, songeant à elle, tenaillé par l'envie de disparaître.

— Où étais-tu passé ? demanda-t-elle d'un ton angoissé dès qu'elle entendit sa voix. J'ai cru que tu étais parti en lune de miel avec eux.

Elle essayait de plaisanter, mais Bill entendit à sa voix qu'elle était inquiète et blessée, et il s'en voulut de la faire souffrir ainsi. Hélas, ce n'était rien par rapport au chagrin qu'il s'apprêtait à lui causer. Il n'arrivait toujours pas à concevoir que, dans quelques minutes, Isabelle ne ferait plus partie de sa vie. C'était le dernier cadeau qu'il pouvait encore lui offrir.

— Comment s'est passé le mariage ? reprit-elle d'un ton plus léger.

Bill étouffa un soupir.

463

— La cérémonie fut très émouvante. Tout le monde a versé sa petite larme. La réception s'est merveilleusement bien passée.

— Raconte-moi.

Teddy dormait encore ; il se reposait beaucoup en ce moment, et Isabelle avait du temps pour elle. Bill lui raconta le mariage. Puis il se tut et respira profondément avant de se jeter à l'eau.

— Isabelle, j'ai quelque chose à te dire.

Pendant une fraction de seconde, le cœur d'Isabelle cessa de battre. Quelque chose de terrible était sur le point de se produire, elle le sentait déjà.

— Ça ne me dit rien qui vaille...

Elle retint son souffle, dans l'attente du coup fatal.

— Nous avons renouvelé nos vœux, Cynthia et moi.

Un long silence accueillit ses paroles.

— Que dois-je comprendre, au juste ? demanda-t-elle d'un ton poli, alors qu'une terrible envie de hurler la tenaillait.

— Nous avons prononcé une nouvelle fois nos vœux de mariage.

C'était son deuxième mensonge.

— Beaucoup de choses ont changé, en quelques mois. Nous pensons que c'est important pour les filles.

L'une était mariée et l'autre avait vingt-deux ans. Qu'est-ce que cela pouvait bien leur faire que leurs parents renouvellent leurs vœux de mariage ? Isabelle s'abstint toutefois de poser la question. Ils l'avaient fait, n'était-ce pas là l'essentiel ?

— Quand avez-vous pris cette décision ?

Elle tremblait de tout son corps, mais sa voix restait étrangement posée.

— Il y a quelques semaines.

Bill s'efforçait de ne pas penser au mal qu'il lui faisait.

— Je sentais bien que quelque chose n'allait pas, reprit Isabelle. Est-ce pour cela que tu ne te décidais pas à venir me voir ? Bill, qu'est-ce que cela veut dire pour nous, au juste ?

— Je crois que nous devrions cesser de nous parler.

Ses paroles lui firent l'effet d'un coup de poignard. Le souffle coupé, elle chancela légèrement. L'air refusait d'emplir ses poumons, et pour la première fois depuis l'accident, elle sentait distinctement les battements saccadés de son cœur. Sous le choc, elle était incapable d'articuler le moindre son. Jamais elle n'aurait imaginé cela. En même temps, elle ne pouvait pas lui en vouloir. Pour le bien-être de son fils, elle-même avait refusé de quitter Gordon. A part leurs conversations téléphoniques, elle n'avait rien à offrir à Bill. Malgré la douleur cuisante qui la submergeait, elle comprenait sa décision. Et elle l'aimait suffisamment pour lui souhaiter d'être heureux.

— Je ne sais pas quoi dire. Je suis heureuse pour toi, Bill.

Il avait retrouvé l'usage de ses jambes, redonné un nouvel élan à son mariage. Qu'il soit heureux ainsi.

Elle pleurait au bout du fil, et Bill eut soudain envie de mourir. Il avait agi ainsi pour le bonheur d'Isabelle, même si elle n'en était pas consciente. C'était son amour qui l'avait conduit à une telle extrémité. C'était aussi le dernier sacrifice qu'il pouvait faire pour elle.

— Prends bien soin de toi, Isabelle. Ne te laisse pas impressionner par Gordon. Garde précieusement l'arme que tu possèdes contre lui, et s'il décide d'attaquer, utilise-la. Il te laissera en paix, après ça. Tant que le mari de Louise sera en vie, il ne voudra pas divorcer.

Il avait longuement réfléchi à leur situation et continuait de s'inquiéter pour elle. Si Gordon recommençait à la harceler, il n'en saurait plus rien. Il ne pourrait plus la protéger des attaques de son mari, sauf par son amour... mais c'était bien peu, à présent.

— C'est très gentil de ta part de t'inquiéter pour moi, fit Isabelle, encore sous le choc. Je ne comprends pas... Tu ne m'avais pas dit que les choses allaient mieux entre Cynthia et toi. Que s'est-il passé, au juste ? Quand est-ce arrivé ?

— Je ne sais pas. Peut-être quand les jeunes ont décidé de se marier... Cynthia et moi avons voulu repartir sur de nouvelles bases.

En réalité, leur divorce avait été prononcé en mars,

juste après que Jane et Joe eurent annoncé leurs fiançailles. Cela faisait neuf mois que Cynthia avait rencontré son nouvel ami, et leur relation semblait très
sérieuse. Bill s'en réjouissait.

— Je ne veux que ton bonheur, Bill, déclara Isabelle avec une incroyable grandeur d'âme. Où qu'il se
trouve. Sache aussi que je t'aime. De tout mon cœur.

— Je sais.

Des larmes ruisselaient sur les joues de Bill. Au prix
d'un effort, il parvint à maîtriser le timbre de sa voix.
La liberté et le bonheur d'Isabelle dépendaient de sa
force de volonté.

— Je t'aime aussi, Isabelle.

Il aurait voulu lui dire qu'il l'aimerait toujours,
mais c'était impossible.

— Veille bien sur toi. Si jamais tu as besoin de
quoi que ce soit, appelle-moi. Je serai toujours là
pour toi.

— Cynthia n'aimerait pas beaucoup ça, à mon
avis.

— C'est long, trente ans de vie commune. On ne
peut pas faire une croix dessus aussi facilement.

C'était pourtant ce qu'il avait fait, pour des raisons
en partie similaires. Mais son cœur appartenait à Isabelle. Pour toujours et à jamais. Bien qu'il fût le seul
à le savoir.

— Tu vas terriblement me manquer, murmura-
t-elle, secouée par un sanglot. Mais je tiens à ce que

tu sois heureux... très heureux... Bill. Tu mérites ton bonheur.

Bill ferma les yeux. A cet instant précis, il aurait plutôt mérité d'aller brûler en enfer. Mais il agissait pour le bien d'Isabelle. Elle s'en apercevrait un jour.

— Au revoir, dit-il simplement avant de reposer le combiné.

Isabelle raccrocha d'un geste mécanique. Puis elle éclata en sanglots. De longs sanglots rauques, déchirants, comme si quelqu'un venait de mourir. *Elle* venait de mourir.

— Que se passe-t-il, maman ?

Teddy accourut dans sa chambre, terrifié. Il l'avait entendue du couloir. C'était la première fois qu'il la voyait dans un état pareil. A bout de souffle, il se précipita vers elle.

Incapable de parler, Isabelle laissa passer quelques instants. Teddy l'observait d'un air angoissé. Au prix d'un immense effort, elle se ressaisit.

— Je viens d'apprendre la mort d'un vieil ami.

Elle n'avait trouvé que cette explication et, dans un sens, ce n'était pas entièrement faux. Bill était comme mort, pour elle. Disparu. Parti à tout jamais. Elle n'arrivait pas à imaginer ce que serait sa vie sans lui, sans leurs longues conversations. Sa décision était tombée comme un couperet dans une existence qui lui apportait déjà si peu de satisfactions. Il ne lui restait plus que ses enfants, à présent. Consciente du regard de Teddy fixé sur elle, elle se leva, attrapa son manteau et s'approcha de lui pour le serrer dans ses bras.

— Tout va bien, ne t'en fais pas. Je suis triste, c'est tout. J'ai besoin de prendre l'air.

Elle le raccompagna jusqu'à sa chambre, l'aida à s'installer dans son lit. Puis elle sortit et marcha pendant plusieurs heures. Il était presque midi lorsqu'elle rentra. Sa pâleur cadavérique n'échappa pas à l'infirmière de Teddy.

— Vous ne vous sentez pas bien, madame Forrester ? demanda cette dernière d'un ton inquiet.

Isabelle hocha la tête en esquissant un pauvre sourire. Ses yeux ressemblaient à deux halos de tristesse.

— Si, si, je vais bien, mentit-elle.

L'après-midi, alors qu'elle faisait la lecture à son fils, deux traînées de larmes coulèrent sans interruption le long de ses joues. Teddy lui caressait doucement la main. Il ne savait que dire. En le serrant dans ses bras pour lui souhaiter une bonne nuit, elle étouffa un sanglot.

— Je suis désolé, maman, murmura Teddy en resserrant son étreinte.

Elle hocha la tête, un triste sourire aux lèvres.

— Moi aussi, mon chéri.

Bill occupait toutes ses pensées. Pour la première fois, elle se sentait glisser lentement dans un abîme de désespoir. Sans crier gare, il lui avait repris la joie, le rire, l'amour et le réconfort qu'il lui apportait quand tout allait de travers. A présent, elle n'avait plus personne à qui se confier. Elle était condamnée à rester auprès de Gordon, et cela n'avait plus d'importance. Plus rien n'avait d'importance. Elle ne vivrait plus que pour Teddy et Sophie. Jusqu'à la fin de ses jours.

Dans sa chambre, Bill resta allongé dans le noir. Il n'avait pas bougé depuis qu'il avait raccroché. Il ne ferma pas l'œil de la nuit. Immobile, comme pétrifié, il pleura toutes les larmes de son corps. Il avait pris la bonne décision. C'était sa seule consolation.

16

Pour Isabelle, les jours s'étirèrent à n'en plus finir une fois que Bill fut sorti de sa vie. Elle perdit toute notion du temps ; il n'y avait pour elle aucune source de réconfort, à aucun moment. Elle continua à s'occuper de Teddy, comme elle l'avait toujours fait. C'était elle, à présent, qui avait l'air malade. Elle ne mangeait pas, ne dormait plus, parlait peu, même si elle faisait un petit effort pour Teddy. Elle avait l'impression d'être tombée au fond d'un gouffre sombre et froid. Elle mourait d'envie d'entendre la voix de Bill, mais elle ne savait même pas où le joindre. Il devait être à Washington, à présent. Cynthia l'avait-elle suivi là-bas ? A quoi bon se torturer ainsi ? Où qu'il se trouve, il n'était plus à elle ; il ne l'avait jamais été, elle le savait désormais. Bill avait été une sorte de cadeau qu'on lui avait repris, et elle était heureuse de l'avoir rencontré. Malgré tout, la douleur qui l'assaillait jour après jour était si intense qu'elle se demandait encore si elle y survivrait. La perte de Bill était bien plus éprouvante que le traumatisme qu'elle avait subi après l'accident. C'était son âme, cette fois, qui était touchée.

Même Gordon remarqua qu'elle n'allait pas bien, durant le peu de temps qu'il passait à la maison. Et quand Sophie la vit, en rentrant de l'université, elle fut saisie d'une peur panique. Isabelle semblait mourante.

— Es-tu souffrante, Isabelle ? lui demanda finalement son mari un matin alors qu'ils prenaient le petit déjeuner.

Isabelle avait perdu tellement de poids que ses vêtements flottaient lamentablement autour de sa silhouette amaigrie.

— Je ne me sens pas très bien depuis quelque temps. Je souffre de migraines, mentit-elle pour justifier son teint blafard.

— Ce sont sans doute des séquelles de l'accident, déclara Gordon. J'aimerais que tu appelles le médecin.

C'était la première marque d'intérêt qu'il lui témoignait depuis plusieurs mois.

— Je dois m'absenter la semaine prochaine ; tu devrais t'en occuper avant mon départ.

Partait-il avec Louise de Ligne ? L'été dernier, alors qu'elle était à l'hôpital avec Bill, Gordon avait probablement passé le plus clair de son temps avec sa maîtresse. Son absence avait été une bénédiction pour lui, elle n'en doutait plus un instant. Cela expliquait aussi pourquoi il n'était pas revenu la voir après l'accident. Ce n'était ni sa faute ni celle de Bill. De toute façon, cela n'avait plus d'importance. Ils vivaient ainsi depuis des années. Elle n'avait plus envie de se rebeller.

— Où pars-tu ? demanda-t-elle en s'efforçant de paraître intéressée.

Plus rien ne la captivait, ces temps-ci. Elle préférait se consacrer entièrement à Teddy. L'arrivée de Sophie, venue passer quelques jours à la maison, lui apportait une bouffée de réconfort.

— J'ai des clients à voir dans le Sud.

Un client nommé Louise de Ligne, à n'en pas douter, songea Isabelle avec ironie.

— N'oublie pas d'appeler le médecin, aujourd'hui, lui rappela-t-il en partant.

Isabelle n'en fit rien. Le diagnostic était simple : elle avait le cœur brisé, et son malaise n'avait rien à voir avec l'accident. Un an s'était écoulé depuis cette soirée fatidique. Et maintenant, Bill ne faisait plus partie de sa vie... Elle avait encore du mal à y croire. Il lui arrivait parfois de regretter de ne pas avoir péri dans l'accident. Cette souffrance intolérable lui aurait au moins été épargnée. Combien de temps durerait-elle ? Prendrait-elle fin un jour ? Chaque jour était plus douloureux que le précédent. Elle n'avait plus d'espoir, aucune attente, aucun projet... Bill avait tout emporté avec lui, ne lui laissant que des souvenirs et un chagrin infini. Malgré tout, elle n'éprouvait aucun ressentiment à son égard. Elle l'aimait toujours. Parfois, elle se faisait l'impression d'un animal qui, après avoir perdu son compagnon, était en quête d'un endroit tranquille pour mourir en paix.

— Que se passe-t-il, maman ? demanda Sophie d'un ton anxieux lorsqu'elles se retrouvèrent un peu plus tard, devant la chambre de Teddy.

— Rien du tout, chérie. Je suis juste un peu fatiguée.

Elle avait une mine épouvantable, tout le monde l'avait remarqué. Cet après-midi-là, Sophie en avait discuté avec Marthe, l'infirmière de Teddy. Selon Teddy, elle était tombée malade en apprenant le décès d'un de ses amis. Mais Sophie et l'infirmière sentaient bien qu'il y avait autre chose — quelque chose de plus grave encore, et tous trois se faisaient beaucoup de souci pour elle.

Quand Gordon la questionna ce soir-là, Isabelle expliqua que le médecin n'avait rien trouvé d'anormal. Elle ne l'avait même pas appelé. De toute façon, il ne se donnerait pas la peine de vérifier.

D'instinct, Gordon songea à une peine de cœur, une grosse déception sentimentale. Aussitôt, son esprit se tourna vers Bill, mais il rejeta rapidement l'idée. Après les menaces à peine voilées qu'il avait adressées à Isabelle, elle n'avait probablement pas osé poursuivre sa relation avec Bill Robinson.

Il ne pouvait imaginer la force de son amour pour Bill. En fait, il connaissait très mal son épouse.

Le lendemain, il partit pour le sud de la France, laissant derrière lui le numéro de l'hôtel du Cap. Il s'absentait pour trois semaines, et son départ fut un véritable soulagement pour Isabelle. Elle n'aurait plus à justifier sa faiblesse ni sa mine abattue. La solitude lui convenait à merveille.

A son retour, il la trouva encore plus affaiblie que lorsqu'il était parti. Par rapport à lui qui rentrait bronzé et en pleine forme, Isabelle semblait souffrir d'une maladie incurable. Teddy et elle paraissaient aussi malades l'un que l'autre. Sophie fondit en larmes lorsqu'elle voulut confier ses inquiétudes à son père. Ce dernier lui répondit qu'Isabelle avait vu le médecin quelques semaines plus tôt et qu'il n'avait rien décelé de particulier. Gordon se contentait volontiers de ces explications. Il n'avait aucune envie d'abriter un deuxième malade sous son toit. Il s'absenta de nouveau au mois d'août, pour un long voyage d'affaires en Italie et en Espagne. Sophie était partie voir des amis qui habitaient en Bretagne. Isabelle fut heureuse de se retrouver seule avec Teddy. Elle reprit ses séances de lecture, s'efforçant de prendre sur elle pour ne pas inquiéter son fils. Elle ne serait plus jamais la même. Elle s'était remise plus facilement de l'accident que de sa séparation avec Bill. Elle pensait à lui chaque matin, en se réveillant, regrettant d'être toujours en vie.

Ce fut un peu plus tard que Teddy contracta une mauvaise grippe. Elle débuta par un gros rhume avant de tomber directement sur les bronches. Il eut de fortes poussées de fièvre, et le médecin lui prescrivit aussitôt des antibiotiques pour enrayer l'infection. Mais la fièvre refusa de tomber, en dépit des efforts déployés par Isabelle et l'infirmière. Le troisième jour, il pouvait à peine respirer. Le médecin s'étonna de l'inefficacité du traitement. Deux jours plus tard, il diagnostiqua une pneumonie. Son état se dégradait rapidement. On l'hospitalisa sur-le-champ, et Isabelle resta à son chevet. Elle songea un instant à appeler Gordon mais se ravisa. Elle l'aurait certainement dérangé ; les problèmes de santé de son fils ne l'avaient jamais inquiété.

— Est-ce que je vais mourir ? demanda Teddy en la considérant de ses grands yeux, tandis qu'elle lui caressait les cheveux.

Elle avait couvert son front et entouré ses poignets de serviettes humides. Les infirmières du service appréciaient son aide.

— Bien sûr que non ! Tu vas vite te remettre, ne t'inquiète pas. Ce n'est qu'un vilain virus qui disparaîtra bientôt.

Ce soir-là, pourtant, sa température grimpa jusqu'à 41. Isabelle se décida à appeler Gordon le lendemain.

— C'est une espèce de virus, je n'en sais pas plus, expliqua-t-elle. Il va très mal.

Elle était épuisée, à bout de forces.

— Il va toujours mal, répliqua Gordon avec une pointe d'irritation dans la voix.

Il était en Toscane, soi-disant en voyage d'affaires. Mais Isabelle l'imaginait plutôt en vacances avec sa maîtresse. De toute façon, cela n'avait aucune importance. Elle avait bien d'autres soucis en tête.

— Je ne vois pas ce que je peux faire d'où je suis, conclut-il.

— Je tenais seulement à t'avertir, répliqua Isabelle, regrettant de l'avoir appelé.

— Préviens-moi si son état empire.

Pour quoi faire ? songea Isabelle, partagée entre le chagrin et la colère. Dois-je te prévenir s'il meurt ? Ou dois-je te laisser terminer tes vacances en paix ? Mais elle garda pour elle ces questions amères.

Elle patienta encore deux jours avant de prévenir Sophie. Teddy délirait en permanence, et Isabelle s'efforçait de le calmer, en proie à une panique grandissante. On lui administrait un traitement antibiotique par intraveineuse, mais ses poumons faiblissaient, et le médecin s'inquiétait pour son cœur. Terrifiée, Isabelle voyait approcher l'instant qu'elle avait toujours redouté. Sophie rentra de Bretagne le soir même. Toutes deux passèrent la nuit au chevet de Teddy, main dans la main, pendant qu'il sommeillait. A moitié endormi, il tint à plusieurs reprises des propos inintelligibles.

Il semblait plus calme lorsqu'il se réveilla le lendemain matin. C'était une journée chaude et moite ; son front était brûlant, mais il se plaignit d'avoir froid. Le médecin et les infirmières l'examinèrent souvent, ce jour-là. Tard dans la soirée, le médecin vint trouver Isabelle. Teddy n'allait pas bien du tout. Son état se détériorait à vue d'œil.

— Que voulez-vous dire ?

— C'est son cœur qui m'inquiète le plus. Il n'est pas assez solide pour supporter une telle pression. Votre fils est très malade.

Isabelle savait déjà tout cela. Pourquoi donc ne pouvaient-ils rien faire pour lui ? La semaine qui suivit fut terriblement éprouvante. Teddy naviguait entre la vie et la mort. Epuisées nerveusement et physiquement, Sophie et Isabelle avaient aussi mauvaise mine que lui. Gordon n'appela pas une seule fois pour demander des nouvelles de son fils. Sans doute pensait-il que Teddy était guéri. Au début de la troisième semaine, ce dernier glissa dans le coma. Il avait été victime de plusieurs crises cardiaques et la pneumonie n'était toujours pas enrayée. En proie à un désespoir indicible, Isabelle alla s'asseoir dans le couloir et fondit en larmes. Puis elle regagna sa place au chevet de son fils. Ce soir-là, elle appela Gordon.

Elle ne s'était pas trompée : il avait supposé que

Teddy allait mieux et les explications d'Isabelle le stupéfièrent.

— Je désirais te prévenir au cas où tu souhaiterais rentrer à Paris.

— Est-ce nécessaire, à ton avis ?

L'idée ne semblait guère l'enchanter, mais il paraissait inquiet malgré tout.

— C'est à toi de voir. Il est dans un état grave.

Il n'avait pas repris conscience depuis la veille au soir, et le médecin ignorait s'il reviendrait à lui. Gordon la pria de l'appeler le lendemain, avant de raccrocher.

Isabelle et Sophie passèrent la nuit auprès de Teddy. A cinq heures du matin, il ouvrit les yeux et leur sourit. Toutes deux pleurèrent de soulagement. C'était bon signe. L'infirmière leur annonça que sa température avait encore atteint des sommets au cours de la nuit. Malgré tout, Teddy était conscient ; il leur parlait. Au bout d'un moment, le médecin fit son apparition. Il secoua la tête, l'air sombre. Le cœur de Teddy était en train de lâcher. Le moment qu'avait craint Isabelle pendant toute la vie de son fils était là. L'accablement assombrit ses traits. Bizarrement, elle se sentait presque sereine en attendant le dénouement fatal.

Il lui parlait d'une voix claire, serrant sa main dans la sienne. Il gratifia Sophie d'un sourire angélique. Isabelle l'embrassa sur la joue. Sa peau était sèche et brûlante avant d'être baignée par ses larmes. Elle ne pouvait plus s'empêcher de pleurer.

— Je t'aime, mon bébé.

Il avait toujours été si affectueux, si patient, si doux. Il avait enduré toute une vie de souffrances sans jamais se plaindre. La main enfouie dans celle d'Isabelle, il glissa à plusieurs reprises dans un sommeil étrangement paisible. Isabelle avait envie de s'accrocher à lui de toutes ses forces pour l'empêcher de sombrer dans le gouffre au bord duquel volait déjà son âme. Elle ne supportait pas l'idée de le perdre. Hélas, il n'y avait rien qu'elle puisse faire pour arrêter le cours du temps.

Tout à coup, il ouvrit les yeux et la regarda en esquissant un sourire.

— Je suis heureux, maman, murmura-t-il d'une voix posée avant de se tourner vers sa sœur : Je t'aime, Sophie.

Dans un soupir imperceptible, il s'éteignit. Isabelle et Sophie lui tenaient encore la main. Simplement, paisiblement, son âme s'était libérée de ce corps qui l'avait tourmenté toute sa vie. Secouée de sanglots, Isabelle le prit dans ses bras et le serra fort contre elle. Sophie observait la scène en pleurant. Isabelle se tourna alors vers elle et la prit dans ses bras. Teddy était tellement beau, allongé sur son lit... Après l'avoir enlacé et embrassé une dernière fois, elles quittèrent la chambre. Il faisait beau et chaud dehors, et Isabelle émergea dans la rue, bouleversée. Elle n'arrivait pas à croire qu'il était parti. Définitivement. C'était inimaginable, inconcevable, intolérable. Toute sa vie, elle se souviendrait de l'expression qu'il arborait juste avant de mourir : une expression empreinte d'une infinie douceur. Debout sur le trottoir, la mère et la fille s'étreignirent avec ferveur, secouées de longs sanglots.

Elles prirent un taxi pour rentrer chez elles. Les pleurs d'Isabelle redoublèrent d'intensité lorsqu'elle pénétra dans la chambre de Teddy. Il ressemblait tellement au Petit Prince de Saint-Exupéry ! Et maintenant, il avait rejoint son monde à lui, un monde qu'il n'aurait jamais dû quitter. Mais il lui avait donné tant de bonheur au cours de sa brève existence !

Elle prépara une tasse de thé pour Sophie, puis appela Gordon. Un calme extraordinaire l'habitait. La nouvelle le désarçonna. Il serait là dans la soirée. Il ne pleura pas, ne manifesta aucune compassion. Isabelle songea un instant à appeler Bill. A quoi bon, au fond ? Il était volontairement sorti de sa vie, et il n'avait jamais rencontré Teddy. Prenant sur elle, elle renonça à son idée. Elle n'avait plus le droit de s'immiscer dans sa vie.

Accompagnée de Sophie, elle se rendit au funérarium dans l'après-midi afin de préparer l'enterrement de son fils. Elles choisirent un cercueil blanc, tout simple, et Isabelle commanda une couronne de fleurs,

481

un mélange de muguet et de roses blanches. Personne n'assisterait à l'enterrement, à part eux trois et les infirmières de Teddy. Il n'était jamais allé à l'école et n'avait pas d'amis. Isabelle songea à la vie de recluse qu'elle avait menée avec lui. Pour lui. Qu'allait-elle devenir, maintenant qu'il n'était plus là ? Un flot de larmes baignait son visage. Sophie était également inconsolable. Gordon arriva de Rome tard dans la soirée. Son expression était sombre et grave.

Ils allèrent ensemble au funérarium le lendemain. A la demande expresse d'Isabelle, le cercueil avait été fermé. Elle n'aurait pas supporté de le voir ainsi, même s'il était toujours aussi beau. Gordon avait refusé de le voir une dernière fois. Sa décision n'avait pas surpris Isabelle. Il n'avait jamais accepté la fragilité chronique de ce fils qu'il connaissait à peine. Et maintenant, il était trop tard.

Ce soir-là ils dînèrent tous les trois dans la grande salle à manger. Isabelle demeura silencieuse pendant que Gordon et Sophie discutaient de choses et d'autres. Personne ne prononça le nom de Teddy ; c'était encore trop douloureux. Tout de suite après le repas, Isabelle regagna sa chambre et s'allongea. Toutes ses pensées allaient vers cet enfant qu'elle avait porté, cet enfant qui avait souffert toute sa vie. Teddy était comme un papillon qui venait de leur échapper pour s'envoler loin, ailleurs. L'amour qu'elle lui portait l'emplissait tout entière.

LE BAISER

Le lendemain, la messe d'enterrement eut lieu dans la petite chapelle de leur église. L'oraison funèbre avait été écrite par un prêtre qui ne connaissait pas le jeune défunt ; il écorcha son prénom à plusieurs reprises. Mais ce fut la brève cérémonie au cimetière qui anéantit Isabelle. Elle ne voulait pas le laisser là, et elle dut lutter contre l'envie de se jeter sur le cercueil. Elle le caressa un long moment avant de se décider à partir, emportant avec elle une délicate rose blanche qu'elle presserait dans un livre. Elle avait l'impression d'évoluer dans un brouillard, presque d'émerger d'un nouveau coma. Elle pouvait à peine respirer, à peine bouger quand ils regagnèrent la maison de la rue de Grenelle. La douleur était insupportable.

En fin d'après-midi, Gordon la rejoignit dans sa chambre. Il la dévisagea longuement, sourcils froncés. Elle était allongée sur son lit. Son teint était d'une pâleur mortelle.

— Je me demande ce qui ne va pas, chez toi, commença-t-il sur un ton plus agacé qu'inquiet.

La présence d'Isabelle l'insupportait de plus en plus. Pourquoi ne se faisait-elle pas soigner, si elle était malade ?

— On aurait presque pu t'enterrer aux côtés de Teddy. Quel est ton problème, Isabelle ?

— Je viens de perdre mon fils.

Elle posa sur lui un regard éperdu de chagrin. Elle n'arrivait pas à croire qu'il lui parlait ainsi.

483

— Moi aussi, figure-toi. Mais ça fait des mois que tu as l'air d'une morte.

— Vraiment ? Désolée.

Elle détourna les yeux. Elle ne voulait pas le voir et souhaitait qu'il s'en aille au plus vite.

— C'est très dur pour Sophie de te voir dans cet état.

— C'est très dur pour moi d'avoir perdu mon fils, articula-t-elle d'une voix atone.

— Nous avons eu des années pour nous y préparer. C'est un choc, certes, surtout après le traumatisme que tu as déjà subi l'an dernier.

Isabelle le considéra d'un air abasourdi. Comment pouvait-il se montrer aussi froid, aussi insensible ? A le voir, personne n'aurait pensé qu'il venait d'enterrer son fils. Il ressemblait davantage à un visiteur de passage qu'à un membre de la famille. Il n'avait rien, en tout cas, d'un père aimant. Il contempla longuement Isabelle avant de lui poser une question déroutante.

— Que comptes-tu faire, maintenant ?

— A quel sujet ?

Parlait-il de la chambre de Teddy, de ses affaires ? Ou de sa vie à elle ? Elle n'avait pas encore eu le courage d'y penser.

— Tu n'as fait que t'occuper de Teddy ces quinze dernières années. Tu ne vas tout de même pas faire une croix sur ta vie parce qu'il est mort.

Pourquoi pas ? songea-t-elle, submergée par une

nouvelle vague de détresse. Avec un peu de chance, elle finirait peut-être par mourir bientôt, elle aussi. A quoi bon continuer à vivre sans Teddy et sans Bill ? Il ne lui restait plus que Sophie, désormais.

— Tu sais, je crois que tu devrais partir un peu avec Sophie quand elle reprendra ses cours à Grenoble. Il ne faut pas que tu restes dans cette maison. Je suis sûr que cela te ferait le plus grand bien de prendre un peu l'air.

Isabelle tomba des nues. En l'éloignant de Paris, sous un prétexte tout à fait plausible, il pourrait vivre tranquillement avec sa maîtresse. C'était une idée de génie.

— Tu plaisantes, j'espère ? lança-t-elle en réprimant un rire nerveux.

Il ne s'inquiétait pas du tout pour sa santé, non. Il avait plutôt hâte de se débarrasser d'elle, de peur peut-être qu'elle ne tentât de regagner sa place d'épouse, maintenant que Teddy n'était plus là.

— Qu'irais-je faire là-bas, tu peux me le dire ? Je ne crois pas que Sophie serait enchantée à l'idée d'avoir sa mère dans les jambes, et c'est bien normal.

— Enfin, Isabelle, tu ne peux pas continuer à errer ici comme une âme en peine, répliqua Gordon d'un ton impatient.

— C'est ce que je fais, à tes yeux ?

La discussion monta d'un ton. Isabelle en avait assez de cette mascarade ; cela n'avait que trop duré.

Et elle ne quitterait certainement pas sa maison pour laisser le champ libre à Gordon et sa maîtresse ! Une douleur indicible l'accablait, mais elle n'avait aucune envie d'ennuyer Sophie pendant qu'elle faisait le deuil de son fils. C'était une question de dignité.

— J'ignore ce que tu fais de ton temps, déclara Gordon avec sécheresse, quand tu ne t'occupes pas de cet enfant.

— « Cet enfant » était ton fils, et il est mort maintenant. Un peu de respect, je t'en prie. Pour lui. Et pour moi.

Jamais encore elle ne lui avait parlé sur ce ton. La colère durcit les traits de Gordon.

— Ne me dis pas ce que je dois faire ou non, Isabelle. Si mes souvenirs sont bons, je me suis montré très clément à ton égard, l'an dernier, après ton accident. Que les choses soient claires : je ne supporterai pas tes frasques plus longtemps.

— Ah bon ? fit Isabelle tandis que ses yeux brillaient d'un éclat dangereux. De quoi veux-tu parler, au juste ?

— Tu sais parfaitement de quoi je veux parler. J'ai fermé les yeux sur ta liaison avec Bill Robinson. Estime-toi heureuse que je n'aie pas demandé le divorce.

La guerre était déclarée. Pour la première fois, Isabelle n'avait pas peur de Gordon. Elle avait beaucoup souffert ces derniers temps et, avec la mort de Teddy, Gordon avait perdu son emprise sur elle.

— Et toi, estime-toi heureux que j'aie supporté vingt années durant ton comportement tyrannique et la cruelle froideur dont tu faisais preuve à l'égard de ton fils.

Isabelle ne s'attendait pas à une confrontation si rapide, mais elle était prête à se battre. Elle se souvint des paroles de Bill quand il l'avait appelée pour la dernière fois. Il lui avait conseillé de garder précieusement l'arme dont elle disposait jusqu'à ce que Gordon décide de passer à l'attaque. C'était chose faite. Le jour même de l'enterrement de Teddy. C'était un manque de respect terrifiant, mais au fond, Isabelle n'était pas surprise.

Gordon parut sur le point de la gifler, mais il n'osa pas aller jusque-là.

— Je t'interdis de me parler ainsi, Isabelle. Si tu ne fais pas attention, tu risques fort de te retrouver à la rue, avec rien d'autre que tes yeux pour pleurer.

— Tu ne me fais plus peur, Gordon.

Elle n'avait plus rien à perdre. Elle n'avait plus besoin de protéger Teddy, et ce serait presque un soulagement si Gordon décidait de divorcer.

— Tu ne me fais plus peur du tout, répéta-t-elle avec force.

— Puis-je savoir où tu iras, si je te mets à la porte ? siffla Gordon.

Impassible, Isabelle soutint son regard furieux.

— Peut-être aurez-vous l'amabilité, la comtesse de

Ligne et toi, de me prêter pour un temps votre appartement de la rue du Bac ? Car je suppose qu'elle viendra vivre ici, si tu me mets à la porte... ?

Elle avait parlé d'un ton posé, et même légèrement guindé, qui contrastait avec la violence de ses propos. Comme un fauve blessé, Gordon laissa échapper un grognement de colère. Il était tellement furieux qu'il tremblait de tout son corps.

— Tu racontes n'importe quoi ! hurla-t-il, déstabilisé par le coup qu'il venait de recevoir.

— Peut-être, toujours est-il qu'une bonne moitié de Paris est au courant... depuis plus de dix ans, déjà. Elle a appelé ici par erreur, le soir de la Saint-Sylvestre. Je crois qu'elle avait un peu trop bu. Son erreur m'aura au moins permis d'ouvrir les yeux. Alors, je t'en prie, Gordon, ne me parle pas de Bill Robinson. Il n'a rien à voir là-dedans.

— Fait-il toujours partie de ta vie ?

Il n'avait aucun droit de lui poser cette question, mais elle lui répondit tout de même.

— Non. En revanche, je crois savoir que la comtesse fait partie intégrante de la tienne. Je suppose qu'elle était en Italie avec toi. On m'a dit qu'elle restera auprès de son mari tant qu'il sera en vie. C'est une situation difficile pour toi, j'imagine. Comment comptais-tu te débarrasser de moi, après ça, Gordon ? M'expédier à Grenoble avec Sophie n'aurait été qu'une solution temporaire.

— Tu as perdu la tête, ma pauvre ! La disparition de ton fils te fait dire n'importe quoi. Désolé, je refuse d'en entendre davantage, lança Gordon en se dirigeant vers la porte.

— Non, coupa Isabelle d'un ton glacial. J'ai le cœur brisé, c'est vrai, mais j'ai encore toute ma tête. Même si j'ai été suffisamment stupide pour ne pas voir ce qui se tramait dans mon dos, pendant toutes ces années... Tu ne dormais même plus à la maison, et moi, terrorisée par ton emprise, je ne voyais rien du tout. Mais cette époque est révolue, Gordon.

— Sors de chez moi ! explosa-t-il, tremblant de colère.

— Je partirai dès que je serai prête. En attendant, je te suggère d'aller rejoindre ta maîtresse.

Il sortit de sa chambre d'un pas rageur. Quelques minutes plus tard, la porte d'entrée claqua violemment. Ils venaient de vivre une scène d'une incroyable violence. A cet instant seulement, Isabelle prit conscience que Gordon l'avait quittée. Aussi étrange que cela puisse paraître, elle s'en moquait totalement. C'était comme si la perte de Teddy l'avait libérée. A part Sophie, plus rien ne comptait pour elle. Bill l'avait quittée, puis Teddy. En partant à son tour, Gordon avait mis un terme à des années de mensonges, de frustration et de désespoir.

— Que t'a-t-il dit, maman ? demanda doucement Sophie.

Isabelle ne l'avait pas entendue entrer. Elle s'était glissée dans la chambre après le départ de son père. L'angoisse se lisait sur son visage. Jamais encore elle n'avait entendu ses parents se disputer aussi violemment.

— Ça n'a pas d'importance, répondit Isabelle en se laissant tomber sur son lit.

Elle était à la fois exténuée et soulagée.

— Je ne suis pas de ton avis. Maman, il est odieux avec toi. C'est mon père, je l'aime, mais je ne supporte plus qu'il se montre aussi méchant avec toi.

Le comportement de son père était scandaleux, particulièrement ce jour-là, alors qu'ils venaient d'enterrer Teddy. Isabelle considéra sa fille d'un air songeur.

— Il m'a mise à la porte.

Un calme étonnant l'habitait. Sophie était en droit de savoir ce qui s'était passé.

— Es-tu obligée de partir ?

Les yeux de Sophie lui mangeaient le visage. Isabelle réfléchit à la question. Sa fille avait l'air terrorisée alors qu'elle-même n'éprouvait aucune peur.

— Je crois, oui. La maison lui appartient.

Ainsi, leur mariage prendrait fin le jour de l'enterrement de Teddy. C'était dans l'ordre des choses. Tout était fini.

— Où iras-tu ?

Des larmes brillaient dans les yeux de Sophie.

— Je vais chercher un appartement. J'aurais dû le

490

faire depuis longtemps, mais je n'aurais pas pu m'occuper de Teddy sans son aide financière.

Sophie hocha la tête. Tout s'effondrait autour d'Isabelle.

Elle avait tant perdu, en si peu de temps : Bill, Teddy, sa maison, son mariage. Tout ce qu'elle avait aimé, chéri, admiré, tout ce en quoi elle croyait était parti en fumée. Il ne lui restait plus qu'à repartir de zéro. Comme elle continuait à la regarder, Sophie s'approcha et la prit dans ses bras. Elles s'étreignirent longuement, sans parler.

C'était Teddy qui l'avait finalement libérée de Gordon. Teddy qui l'avait prise par la main pour l'éloigner de son mari. Bill avait échoué, et il l'avait quittée le premier. Elle n'aurait jamais eu le courage de franchir le pas toute seule. Teddy, en se libérant de cette enveloppe corporelle qui l'avait tant fait souffrir, avait finalement libéré sa mère de l'existence morne et triste qu'elle menait jusqu'alors. Elle avait l'impression de le sentir tout à côté d'elle, heureux d'avoir réussi. Après tout ce qu'elle avait fait pour lui pendant quinze ans, il lui avait offert un dernier cadeau.

La liberté.

17

Gordon demeura absent plusieurs jours. Isabelle savait où le trouver — rue du Bac, dans l'appartement qu'il partageait avec la comtesse de Ligne —, mais elle n'avait aucune envie de le voir. Ils n'avaient plus rien à se dire.

Elle déambula tristement dans la maison durant deux jours, s'efforçant d'assimiler les derniers événements. Elle resta des heures prostrée dans la chambre de Teddy, en larmes. De temps en temps, un sourire illuminait son visage ravagé par la tristesse, quand elle se souvenait de certaines choses qu'il avait dites ou faites. Elle semblait perdue dans un autre monde. Un soir, alors qu'il était déjà tard, elle entreprit de rassembler les affaires de Teddy. Il avait peu de choses dans sa chambre, comme s'il s'était senti de passage sur cette terre. Il possédait surtout des livres et des puzzles, des jouets de son enfance, toute une armoire de vêtements de nuit, quelques objets religieux que les infirmières lui avaient offerts au fil des ans. Isabelle enfouit son visage dans ses vêtements et son oreiller avant de les ranger. Les seules choses auxquelles il accordait de l'importance étaient les portraits de Sophie et de sa mère. Il y avait aussi une magnifique photo de mariage d'Isabelle et Gordon. C'était la seule photo qu'il avait de son père.

Elle passa la nuit à tout ranger dans des cartons qu'elle empila soigneusement dans la chambre de Teddy, et lorsque Sophie se leva au matin, elle avait fini. Alors seulement, elle regagna sa chambre et se coucha.

Gordon l'appela en fin d'après-midi. Il voulait connaître ses intentions.

— Je n'ai pas encore eu le temps d'y réfléchir. J'ai emballé les affaires de Teddy.

— Pourquoi n'as-tu pas demandé aux infirmières de s'en charger ? Tu verses dans le morbide.

Elle avait tenu à s'en occuper en personne, par respect pour ce fils qu'elle avait tant aimé. Mais ça, Gordon ne pouvait pas le comprendre. Il n'avait jamais aimé personne d'autre que lui-même. Quelle était la nature de sa relation avec Louise de Ligne ? Sans doute l'avait-il choisie pour son titre et son rang social. Exactement comme avec Isabelle, vingt ans plus tôt. Les gens ne l'intéressaient pas pour ce qu'ils étaient vraiment. Il n'avait cure des sentiments des uns et des autres.

— Tu as été odieuse, l'autre soir, reprit-il d'un ton accusateur.

Il ne l'intimidait plus. Gordon avait été secoué en apprenant qu'Isabelle était au courant de sa liaison avec Louise. Qu'elle ait finalement découvert son infidélité après toutes ces années le stupéfiait. Quand il l'avait interrogée, Louise avait reconnu avoir appelé chez lui par mégarde, le soir du réveillon. C'était une erreur toute bête, mais elle avait exposé au grand jour dix années de mensonges soigneusement orchestrés. Bien sûr, il n'avait pas osé le lui reprocher.

— Nous supportons cette situation depuis trop longtemps ; c'est devenu invivable, fit observer Isabelle. J'ai toujours cru que tu étais froid envers moi parce que je n'avais pas réussi à te rendre heureux ; que c'était ma faute parce que je me consacrais entièrement à Teddy. En fait, ni lui ni moi n'y étions pour rien. Tu n'avais pas envie de rester auprès de nous, c'est tout.

— Tu y es pour quelque chose, détrompe-toi, coupa Gordon. Si tu avais pris le temps d'être une bonne épouse, cela ne serait jamais arrivé.

Isabelle reconnut bien là sa mauvaise foi coutumière.

— Je pense m'être conduite en parfaite épouse pour toi, Gordon. J'ai toujours été là quand tu as eu besoin de moi. Je t'aimais sincèrement quand je t'ai épousé. C'est toi qui as commencé à me repousser, à

494

ériger des murs entre nous, toi qui as décidé de faire chambre à part et qui n'as cessé de me repousser. Je n'y suis pour rien, tu le sais pertinemment.

— C'est trop facile. Je n'aurais jamais agi ainsi avec toi si tu avais appris ta leçon dès le départ.

Ainsi, il était le professeur et elle, la mauvaise élève ! Tout l'amour, la loyauté, la générosité dont elle avait fait preuve à son égard ne comptaient pas pour lui. Elle n'avait pas répondu à ses attentes, malgré ses efforts. Une fois qu'il avait exploité tout ce qu'elle avait à lui apporter, il lui avait tourné le dos. Et il agirait de la même manière avec la comtesse de Ligne, Isabelle en était persuadée. Gordon était incapable d'aimer. Il était narcissique à l'extrême.

— Je ne te trouve pas dans ton état normal, depuis l'accident, reprit ce dernier.

Isabelle entrevit soudain le tableau qu'il allait tenter de brosser à leur entourage : elle souffrait de séquelles psychologiques importantes depuis son coma, elle était bizarre, il ne la reconnaissait plus. La mort de son fils avait achevé de la perturber. L'excuse parfaite pour se débarrasser d'elle. Gordon était un monstre. Isabelle aurait été terrifiée peu de temps auparavant. Mais cette époque était révolue.

— Je compte sur toi pour prendre rapidement des mesures, conclut-il d'un ton glacial.

Isabelle représentait une menace pour lui. Plus vite il en serait débarrassé, mieux cela vaudrait. Dans un sens, cette dernière partageait son avis : ils n'avaient plus rien à faire ensemble. Leur union avait assez duré.

— Je partirai dès que j'aurai trouvé un appartement, Gordon, déclara-t-elle d'un ton las. Tu es conscient, j'imagine, de ce qu'on penserait de toi si tu me jetais à la rue aussitôt après la mort de Teddy.

— Je pourrais toujours raconter que tu n'avais plus toute ta tête et que tu es partie pour des raisons qui m'échappent. La mort de Teddy et ton traumatisme crânien auront eu raison de ta santé mentale...

Il avait déjà tout prévu. Louise de Ligne l'avait-elle aidé à échafauder ce plan brillant ?

— Penses-tu sincèrement qu'on te croira ? Ceux qui me connaissent savent bien que je ne suis pas *la folle de Chaillot*[1]. Je suis la femme que tu as trompée et tyrannisée des années durant. Un jour, tout le monde découvrira ta véritable personnalité, comme tes enfants l'ont déjà fait. Tu ne duperas pas ton entourage *ad vitam aeternam*, Gordon.

Sa trahison lui avait malgré tout porté un coup terrible. Le sort continuait à s'acharner sur elle. Bill l'avait abandonnée au bout de cinq ans, Gordon la quittait définitivement, et Teddy était parti lui aussi. D'une oreille distraite, elle entendit Gordon la menacer d'anéantir sa réputation si elle tentait de se rebif-

---

1. En français dans le texte. (N.d.l.T.)

fer. Une évidence s'imposa à elle : jamais elle ne se remettrait d'avoir été trahie par ceux qu'elle avait jadis tant aimés. La vie s'avérait foncièrement injuste. Les fins heureuses n'existaient pas pour elle. Elle ne demandait qu'une chose : la paix.

— Fais-moi signe dès que tu seras prête à quitter la maison. J'ai appelé mon avocat aujourd'hui. Tu ne devrais pas tarder à recevoir les papiers du divorce.

Gordon n'avait pas perdu de temps. Le comte de Ligne était peut-être à l'article de la mort et tout se précipitait. Bien sûr, il eût été préférable pour Gordon qu'elle acceptât de partir à Grenoble. Ainsi, il aurait pu prétendre une dépression, une fatigue intense, une rechute peut-être. Si elle était restée invisible, il aurait pu raconter n'importe quoi. Mais elle ne lui accorderait pas ce plaisir. Il lui faudrait également trouver un avocat. Les dernières paroles de Gordon sonnèrent comme un avertissement :

— Quand tu feras tes valises, Isabelle, veille à n'emporter que ce qui t'appartient, c'est-à-dire uniquement les affaires que tu avais avec toi en emménageant. Tout le reste est à moi.

— C'est bien mon intention, répliqua-t-elle froidement.

Toutes ces histoires lui parurent tout à coup dérisoires. Elle ne prendrait que ses vêtements, les affaires de Teddy, quelques-uns des tableaux et des objets anciens que lui avaient légués ses parents, et les bijoux qu'elle avait reçus de Gordon. Le reste lui importait peu, et elle prenait les bijoux uniquement pour pouvoir les donner ensuite à Sophie.

— Je t'avertirai dès que j'aurai trouvé un nouveau logement.

Elle passa les semaines suivantes à chercher un appartement. Les choses furent plus faciles après le départ de Sophie. La jeune fille était tellement bouleversée par les récents événements qu'Isabelle préférait ne pas la contrarier davantage avec ses visites d'appartement. A la fin du mois de septembre, elle dénicha enfin un logement très correct pour elles deux. Il se trouvait rue de Varenne, pas très loin de la rue de Grenelle. En bon état, l'appartement comprenait deux chambres, un grand salon lumineux et une petite salle à manger. Il y avait aussi une cuisine avec une remise attenante, et une terrasse qui surplombait le musée Rodin. Situé au troisième étage d'un vieil hôtel particulier, il était loué avec un garage fermé, aménagé dans les anciennes étables. Une élégance désuète émanait de la bâtisse ; à l'instar d'un grand nombre de belles demeures situées sur la rive gauche, au fil des générations, les propriétaires avaient eu du mal à entretenir son faste. L'ascenseur qui conduisait aux étages ressemblait à une cage d'oiseau, l'appartement était doté de hauts plafonds et de superbes parquets patinés jusqu'à l'usure. Les propriétaires appartenaient à une famille noble qu'Isabelle avait déjà rencontrée. C'était une bonne adresse dans un voisinage agréable ; elle se sentirait en sécurité, ici. Les meubles qu'elle avait hérités de ses parents suffiraient tout juste à meubler son nouveau logement. Elle appela l'avocat de Gordon dès qu'elle eut signé le bail ; elle avait prévu de déménager deux semaines plus tard. Puis elle téléphona à Sophie.

La réaction de cette dernière fut mitigée. Elle était heureuse que sa mère ait enfin trouvé quelque chose mais en même temps, l'idée de vivre ailleurs que dans la maison de la rue de Grenelle la troublait. Elle continuerait à y séjourner quand elle rendrait visite à son père. Sans sa mère et Teddy, la demeure lui semblerait bien triste.

Isabelle avait déjà reçu les papiers du divorce. Gordon lui proposait une pension alimentaire dérisoire, qui ne reflétait en rien le train de vie qu'ils avaient mené durant vingt et un ans. L'avocat lui conseilla de chercher du travail. Isabelle y avait déjà songé ; il était hors de question qu'elle continue à dépendre de Gordon. Celui-ci avait remporté la partie, ce fut un nouveau coup pour elle. Mais à la vérité, elle ne voulait plus rien avoir à faire avec lui. Les soupçons qu'elle nourrissait du vivant de Teddy se confirmèrent : il n'aurait pas hésité à les mettre sur la paille si elle avait décidé de le quitter avant. A présent, elle ne demandait rien d'autre qu'une petite somme qui lui permettrait de faire face en cas de problème inattendu ou de maladie.

La proposition de Gordon scandalisa l'avocat d'Isabelle. Il lui conseilla de se battre pour obtenir son dû, et peut-être même la maison de la rue de Grenelle. Mais c'eût été une piètre victoire. Elle ne désirait plus qu'une seule chose : sortir définitivement de sa vie.

Elle s'installa rue de Varenne à la mi-octobre. L'appartement s'avéra plein de charme lorsqu'elle l'eut arrangé à son goût. Elle eut un pincement au cœur quand elle entra pour la dernière fois dans les pièces où Teddy avait passé toute sa vie, la chambre où elle lui tenait si souvent compagnie. Mais elle emportait avec elle tous ces précieux souvenirs et, sur un dernier regard, elle s'éloigna tandis que Joséphine, la gouvernante, pleurait sur le perron. Isabelle lui avait fait promettre de venir lui rendre visite dans son nouvel appartement.

Sophie ne cacha pas sa surprise lorsqu'elle rentra pour le week-end de la Toussaint. Elle avait quatre jours de congé.

— C'est magnifique, maman ! s'écria-t-elle avec entrain en découvrant sa chambre.

Isabelle avait retrouvé des rouleaux de tissu qu'elle avait mis de côté pour décorer la chambre — de la soie lavande ornée de bouquets de lilas et de violettes. Les murs avaient été repeints en ivoire, soulignés d'un fin liseré lavande. C'était un décor idéal pour une jeune fille. Pour sa chambre, elle avait choisi du jaune ; le salon regorgeait d'objets anciens qui avaient appartenu à sa mère — des pièces très délicates de style Louis XV et Louis XVI. Cela ne faisait que deux semaines qu'elle avait emménagé, mais elle se sentait déjà chez elle. Elle s'y trouvait même plus à l'aise que dans la maison de la rue de Grenelle. Cet appartement était le sien.

A sa grande surprise, Isabelle s'habitua rapidement à sa nouvelle vie. Gordon ne lui manquait pas. Teddy occupait toutes ses pensées, la douleur était toujours aussi aiguë. Son installation l'avait distraite quelque temps, mais sa présence lui manquait terriblement. Il était parti, pour toujours. Malgré ce changement de décor, Bill continuait lui aussi à hanter son esprit. Elle n'arrivait toujours pas à se faire à l'idée qu'elle ne le reverrait plus. Ils avaient conversé quasiment tous les jours pendant cinq longues années, il l'avait conseillée, réconfortée, il avait été son mentor, son meilleur ami... Comment avait-il pu l'abandonner aussi lâchement ? A bien y réfléchir, c'était le revers le plus cruel qu'elle eût jamais connu. Parviendrait-elle un jour à l'oublier ? Elle en doutait. Jamais elle ne pourrait aimer un autre homme, jamais plus elle n'accorderait sa confiance. En la rejetant, il avait anéanti ses dernières illusions d'une vie meilleure, plus que Gordon dont elle n'attendait plus rien depuis longtemps. C'était ainsi, hélas ; elle serait bien obligée d'apprendre à vivre sans lui.

Deux semaines après son installation rue de Varenne, juste avant l'arrivée de Sophie, elle découvrit une photo de Bill dans le *Herald Tribune*. L'article parlait des prochaines élections et de son rôle actif dans une importante campagne sénatoriale. Le journaliste se montrait très élogieux à son égard. Assise devant le journal, Isabelle observa longuement le cliché. Il paraissait en pleine forme. On le voyait au milieu d'un groupe d'hommes ; le candidat dont il orchestrait la campagne se tenait à côté de lui. L'article mentionnait brièvement le dramatique accident de voiture dont il avait été victime l'année précédente. Après une longue convalescence, il revenait en force dans le monde de la politique. Apparemment, Bill avait retrouvé l'usage de ses jambes en même temps qu'une santé de fer. Deux jours durant, Isabelle garda le journal ouvert, contemplant la photo à plusieurs reprises. Consciente de se faire du mal inutilement, elle finit par s'en débarrasser.

Sophie venait de repartir à l'université, après le week-end prolongé de la Toussaint, quand Isabelle vit Bill à la télévision, sur la chaîne américaine CNN. Assis à une longue table, il participait à une séance au Sénat de Washington. Les questions soulevées étaient très techniques — ennuyeuses, pour Isabelle —, mais elle fut comme hypnotisée dès l'instant où elle vit son visage. Elle avait passé une mauvaise journée, hantée par le souvenir de Teddy, et avait finalement décidé d'aller se coucher. Dans sa chambre, elle avait allumé la télévision, dans l'espoir de se changer les idées. Elle garda les yeux rivés sur lui tandis qu'il s'adressait à la commission avec entrain. Tout à coup, il se tourna vers la caméra et la regarda bien en face. Isabelle eut soudain l'impression qu'il s'adressait à elle.

— Espèce d'ordure, murmura-t-elle d'une voix étranglée.

Elle aurait aimé pouvoir le regarder avec détachement, lui souhaiter tout le bonheur de la terre auprès de Cynthia... mais c'était au-dessus de ses forces. Ses blessures étaient encore à vif. Elle se souvenait de chacune des paroles qu'il avait prononcées pour lui annoncer la fin de leur histoire. Elle n'avait pas mérité ça, elle l'aimait tant... ils avaient été si heureux, ensemble. Ces souvenirs ravivèrent en elle une vive douleur tandis que sur l'écran, la caméra changeait d'angle pour filmer Bill qui s'éloignait en fauteuil roulant. Isabelle resta bouche bée. Il lui avait pourtant affirmé qu'il avait retrouvé l'usage de ses jambes ! A l'évidence, il lui avait menti. Pourquoi ? Quelles étaient ses motivations lorsqu'il lui avait annoncé cette fausse nouvelle ? En le regardant disparaître de l'écran, elle se souvint de ce qu'il lui avait laissé entendre au tout début, alors qu'ils étaient encore à l'hôpital. A mots couverts, il lui avait fait comprendre qu'il ne lui imposerait pas son handicap, s'il était condamné à passer le restant de sa vie dans un fauteuil roulant. En aucun cas il ne deviendrait un fardeau pour elle. Il ne lui avait pas explicitement confié sa décision, mais elle avait compris le message. A l'époque, elle avait mis cela sur le compte d'un moment de découragement. Elle n'avait pas pris ses paroles au sérieux, persuadée qu'il dramatisait les choses sous le coup d'une angoisse passagère. Ensuite, elle avait oublié. Bill avait soi-disant récupéré toutes ses capacités. Mais à présent, tout s'expliquait. Elle repensa à ce qu'il lui avait dit. Et si ce n'était pas son seul mensonge ?

Assise dans son lit, elle réfléchit longuement à sa découverte. Comment savoir ce qu'il en était ? Elle brûlait d'envie de l'appeler pour le mettre au pied du mur. Mais, s'il avait voulu lui dire la vérité, il l'aurait fait cinq mois plus tôt, au lieu de lui mentir. Une grande confusion régnait dans son esprit. Rabattant sa couverture, elle se leva et arpenta sa chambre tandis que la télévision continuait de ronronner. Elle l'éteignit pour mieux se concentrer, puis jeta un coup d'œil à sa montre. Il était midi à Washington — six heures du soir, à Paris. Tout à coup, une idée lui traversa l'esprit et elle courut à la cuisine pour s'emparer du téléphone.

Elle appela les Renseignements à Washington et demanda le numéro de son cabinet. On le lui communiqua sans difficulté. Lorsqu'une voix aimable répondit, elle demanda à parler à l'assistant de

M. Robinson. A ce dernier, elle expliqua que M. Robinson lui avait demandé de l'appeler car il souhaitait soutenir les actions d'alphabétisation des enfants qu'elle menait dans le Sud profond des Etats-Unis. Elle capta aussitôt l'attention du secrétaire : l'alphabétisation des enfants sur tout le territoire américain était le cheval de bataille de Bill, et il encourageait tous ses candidats à épouser cette cause juste.

— Nous désirons les inviter, sa femme et lui, à notre assemblée annuelle qui se tiendra en décembre prochain, expliqua-t-elle. Nous aimerions beaucoup que Mme Robinson accepte d'être notre présidente d'honneur.

A l'autre bout du fil, elle entendit l'assistant retenir son souffle.

— M. Robinson serait probablement ravi d'assister à votre réunion, répondit-il enfin. Donnez-moi la date précise, que je vérifie son emploi du temps. En revanche, je crains que... euh... que Mme Robinson ne puisse présider l'assemblée. Enfin, il se peut malgré tout qu'elle accepte mais... ils sont divorcés, vous comprenez, lâcha-t-il avec une pointe d'embarras dans la voix. Elle doit se remarier le mois prochain. Mais je peux vous donner son numéro de téléphone, si vous voulez l'appeler. Sinon, je suis sûr que M. Robinson sera ravi de présider votre assemblée. Vous n'avez qu'à

LE BAISER

m'envoyer vos coordonnées en me précisant la date précise de la réunion.

— Entendu ; je vous envoie tout cela aujourd'hui même.

Crispée sur le combiné, la main d'Isabelle tremblait violemment. Elle ferma les yeux. Bill lui avait menti par deux fois. Cynthia et lui n'étaient plus ensemble, et il ne pouvait pas marcher. Sa décision de rompre lui parut tout à coup d'une clarté limpide : il l'avait libérée, dans ce qu'il estimait être son intérêt, sous le prétexte extravagant qu'il lui devait au moins cela, par amour pour elle. Mais peut-être ne l'aimait-il plus... Cette question-là restait entière.

— Merci infiniment, murmura-t-elle dans un souffle.

— Rappelez-moi la date, s'il vous plaît ?

— L'assemblée se tiendra le 12 décembre.

— Je vais le noter tout de suite et j'avertirai M. Robinson.

— Merci.

— Puis-je vous demander votre nom ? Excusez-moi... je n'ai pas bien entendu, ajouta-t-il poliment.

— Bien sûr. Sally Jones.

— Merci encore de votre appel, mademoiselle Jones.

Après avoir raccroché, Isabelle alla s'asseoir sur son lit et resta un long moment immobile, plongée dans ses pensées. En l'espace d'un instant, tout venait encore de basculer. Mais cette fois, elle n'avait plus envie de se laisser mourir, au contraire : pour la première fois en cinq mois, elle se sentait revivre.

Il était minuit lorsqu'elle prit enfin une décision. Elle décrocha le téléphone et réserva une place d'avion pour le lendemain après-midi. Les élections avaient lieu dans quatre jours, le moment était terriblement mal choisi, mais elle ne pouvait attendre plus longtemps. Puis elle appela Sophie et lui annonça son intention de passer quelques jours à Washington.

— Pourquoi ? demanda la jeune fille, agréablement surprise.

Sa mère avait traversé des moments si éprouvants qu'elle était ravie de la voir partir en voyage. C'était un signe encourageant.

— Je vais rendre visite à un vieil ami, expliqua Isabelle.

— Je le connais ?

La voix de sa mère lui paraissait bizarre ; elle semblait à la fois heureuse, excitée et anxieuse.

— C'est Bill Robinson. J'étais avec lui au moment de l'accident.

A l'autre bout du fil, Sophie esquissa un sourire.

— Je sais, maman. Il s'est montré très gentil avec moi quand je t'ai rendu visite à l'hôpital. Il a deux filles et une femme très sympathique.

— C'est à peu près ça.

507

Moins la femme...

— Il avait l'air de beaucoup t'aimer, fit observer Sophie d'un ton innocent.

Un sourire étira les lèvres d'Isabelle.

— Je l'aime beaucoup, moi aussi. Je t'appellerai pour te donner les coordonnées de mon hôtel, d'accord ? Je serai bientôt de retour.

— Prends tout ton temps. Je ne reviendrai pas à la maison avant Noël. Amuse-toi bien.

— Merci.

Elle ne ferma pas l'œil de la nuit et se rendit à l'aéroport pour midi. L'excitation qui la tenaillait grandit pendant le vol. Elle ignorait encore comment elle allait l'approcher, et même ce qu'elle lui dirait quand elle le verrait. Peut-être serait-il furieux contre elle. Après tout, il avait été parfaitement clair et catégorique lors de leur dernière conversation : il ne voulait plus la voir. Mais il avait eu tort. Il s'était trompé du tout au tout en décidant de rompre. Il n'avait pas besoin de se sacrifier pour elle... Qu'il marchât ou non n'avait aucune importance, son handicap ne comptait pas à ses yeux. Il fallait absolument qu'il le sache. Ce ne serait pas facile, elle en était consciente. Bill pouvait se montrer très entêté. Elle se souvint alors de sa première réaction, quand Jane et Joe lui avaient confié leur intention de se marier.

Quand l'avion atterrit à Washington, Isabelle

ferma les yeux et fit une prière silencieuse. Pourvu qu'il accepte de l'écouter... Ce n'était pas gagné, mais elle était bien décidée à se battre jusqu'au bout.

L'adresse du bureau de Bill se trouvait dans sa poche. Frissonnant dans la brise fraîche, elle monta dans un taxi et indiqua au chauffeur l'adresse de l'hôtel Four Seasons de Georgetown, où elle avait réservé une chambre avant de partir. Il ne lui restait plus qu'à aller retrouver Bill.

18

Il était presque seize heures quand Isabelle se retrouva dans sa chambre d'hôtel. Elle ne devait pas perdre de temps si elle voulait savoir où serait Bill ce soir. A moins qu'elle ne se rende directement à son bureau. Elle était folle d'être venue jusqu'ici... Mille et un scénarios défilaient dans sa tête... Lequel d'entre eux choisirait-elle ? Les yeux rivés sur le téléphone, elle eut soudain l'impression d'avoir commis une terrible erreur. Et si Bill ne l'aimait plus ? Finalement, au bout d'une demi-heure de panique totale, elle décrocha le combiné.

Une secrétaire répondit, et Isabelle s'efforça de prendre un ton professionnel.

— Bonjour, je travaille pour la sécurité. A quelle heure doit-on attendre M. Robinson, ce soir ? demanda-t-elle en essayant de prendre l'accent américain.

— Oh, mon Dieu, je n'en sais rien, répondit la

jeune femme d'un ton encore plus préoccupé que celui d'Isabelle. Ils doivent assister à six manifestations, ce soir. Qui êtes-vous, exactement ?

— Je fais partie de la sécurité. Vous savez, pour le dîner.

— Oh, oui, bien sûr... mince alors... je croyais qu'il avait annulé... non, c'est vrai... parfait : il arrivera vers vingt et une heures... il vous prie de l'excuser pour son retard, mais il ne peut pas se libérer plus tôt. Ce sera la quatrième réception de la soirée, et il ne pourra pas rester longtemps. Vous savez qu'il est en fauteuil roulant, n'est-ce pas ?

— Oui, tout est consigné dans mon dossier, fit Isabelle avec une assurance feinte.

— Pensez à libérer une place à table afin qu'il puisse s'installer directement ; il n'aime pas attirer l'attention sur lui. Et il ne veut pas être photographié dans son fauteuil. M. Robinson et le sénateur Johnson arriveront par une porte latérale et ils repartiront par le même chemin.

— Très bien, fit Isabelle alors qu'elle ignorait toujours l'essentiel : l'endroit où se déroulait le dîner.

— Le sénateur Johnson a ses propres agents de sécurité ; ils vous retrouveront à l'entrée du Kennedy Center, comme la dernière fois...

« Merci, mon Dieu », soupira Isabelle en son for intérieur. Le Kennedy Center.

— Portera-t-il un smoking ? C'est juste pour que

nous puissions le repérer rapidement, ajouta-t-elle, désireuse de savoir comment elle devait s'habiller.

— Non, il est désolé... mais je suis sûre que cela ne posera pas de problème.

— Aucun problème.

Elles passèrent en revue d'autres détails, au grand dam d'Isabelle qui n'écoutait même plus ce que lui disait la secrétaire. Elle avait obtenu les renseignements qu'elle désirait : Bill serait au Kennedy Center, ce soir, à vingt et une heures, et il en sortirait une heure plus tard pour se rendre à une autre manifestation. Elle pouvait soit le croiser au moment où il arriverait, soit quand il partirait ; elle pouvait aussi faire une scène au beau milieu du repas, se cacher sous sa table, le menacer d'un revolver... Innombrables, les scénarios lui paraissaient tous farfelus. Elle était pourtant bien décidée à saisir sa chance.

Après mûre réflexion, elle choisit de l'aborder dehors, quand il quitterait le dîner. Il serait donc vingt-deux heures. Elle avait six heures devant elle. Les six heures les plus longues de sa vie. Elle appela le réceptionniste et réserva une limousine pour la soirée. Puis elle attendit dans sa chambre, songeant à ce qu'elle lui dirait... s'il lui laissait l'occasion de parler. Si Bill avait rompu cinq mois plus tôt en lui mentant par deux fois, c'est parce qu'il ne voulait pas s'imposer à elle, dans son état ; Isabelle avait enfin vu clair dans son jeu. En revanche, elle ignorait encore par quel moyen elle réussirait à le convaincre de revenir sur sa décision. Elle ne disposerait que de quelques minutes, avec le sénateur à côté d'eux, avant qu'il ne s'éloigne vers une autre destination. « Je t'aime » lui semblait être un bon début, mais il le savait déjà, et cela ne l'avait pas empêché de mettre un terme à leur histoire. Pourquoi aurait-il changé d'avis depuis ?

Il y avait tant de choses qu'il ignorait — le décès de Teddy, son divorce d'avec Gordon, son déménagement. Il ne savait pas non plus qu'il lui avait brisé le cœur en disparaissant de sa vie. Surtout, il ne savait pas qu'elle se moquait comme d'une guigne de son fauteuil roulant. Tout ce qu'elle voulait, c'était vivre auprès de lui et l'aimer pour le restant de ses jours.

Etait-ce bien raisonnable de le déranger en pleine tournée électorale ? Elle aurait plutôt dû l'appeler, ou passer le voir à son bureau... Le scrutin avait lieu dans trois jours, il devait être débordé. Elle aurait pu attendre un peu, au risque de le voir quitter la ville et lui échapper bêtement... Non, sa décision était prise ; ils n'avaient que trop attendu.

Elle fut incapable d'avaler quoi que ce soit, ce soir-là. Elle essaya de se reposer un peu, mais le sommeil lui résista. Finalement, elle prit un bain et se prépara. A vingt et une heures trente, elle se trouvait dans une limousine qui filait en direction du Kennedy Center. Une bouffée de panique l'assaillit lorsque le chauffeur se gara devant l'entrée latérale. Et si Bill était déjà parti ? Folle d'inquiétude, elle sortit de la voiture et alla près de la porte, de façon à pouvoir surveiller les allées et venues. Il faisait un froid glacial, mais Isabelle n'en avait cure. Et soudain, comme un présage terrifiant, il se mit à neiger.

De gros flocons tombèrent lentement du ciel, s'accrochèrent à ses vêtements, à ses cils et ses cheveux, tourbillonnant sous l'assaut du vent. A vingt-deux heures quinze, la porte était toujours fermée, et Isabelle était quasiment sûre qu'il avait utilisé une autre issue. Peut-être y avait-il eu un changement de dernière minute. Elle portait un gros manteau noir, un chapeau beige, des gants et des bottes en daim noir. Elle grelottait pourtant, et son manteau était couvert de flocons.

A vingt-deux heures trente, elle avait perdu tout espoir. Il lui faudrait trouver un autre moyen de le voir, mettre rapidement sur pied un autre stratagème. Elle décida toutefois de rester jusqu'à vingt-trois heures, juste pour se donner bonne conscience. Bill et le sénateur devaient être partis depuis longtemps ; ils étaient attendus ailleurs, à cette heure-ci.

A onze heures moins dix, il y eut une agitation soudaine près de la porte. Deux policiers en civil facilement reconnaissables sortirent du bâtiment, suivis d'un agent de sécurité muni d'une oreillette. Un homme plutôt séduisant lui emboîta le pas. Tête baissée contre le vent, il se dirigea vers une voiture qui attendait, surgie de nulle part. Isabelle ne l'avait même pas entendu arriver. Elle crut reconnaître le sénateur et l'observa pendant quelques instants avant de reporter son attention sur la porte. Personne d'autre ne sortit. Bill était-il venu ? Et s'il avait décidé de rester plus longtemps ? Tout à coup, la porte s'ouvrit de nouveau et un fauteuil roulant sortit lentement du bâtiment. Plusieurs personnes parlaient à Bill, et ce dernier hochait la tête d'un air concentré. C'était lui qui faisait rouler son fauteuil. Il portait un manteau sombre et une grosse écharpe. Isabelle le reconnut aussitôt. Elle sentit son cœur s'emballer tandis qu'elle le regardait se diriger vers les marches. D'un geste vif, il bifurqua en direction de la rampe d'accès qui descendait vers elle. Il ne l'avait pas vue ; le petit groupe qui l'entourait rebroussa chemin et regagna rapidement le bâtiment. Le sénateur et ses gardes du corps s'étaient engouffrés dans la limousine. Ils l'attendaient.

Avec l'impression de prendre sa vie à bras le corps, elle se dirigea vers lui et monta à sa rencontre. Elle le rejoignit à mi-chemin, lui bloquant le passage. Il courbait la tête pour se protéger des assauts du vent et ne vit que ses jambes et le bas de son manteau.

— Excusez-moi, marmonna-t-il.

Mais Isabelle ne bougea pas. Bill l'entendit avant de voir son visage.

— Tu m'as menti, lança la voix qu'il avait tant

rêvé d'entendre au cours des cinq derniers mois — cette voix qu'il avait bannie de sa vie à jamais.

Il leva les yeux, rencontra son regard. Incapable d'articuler le moindre mot, il la dévisagea, comme frappé par la foudre. Au prix d'un immense effort, il se ressaisit enfin.

— Bonsoir, Isabelle. Quelle coïncidence de te voir ici !

Sans doute avait-elle accompagné Gordon dans un de ses déplacements. Il ne se donna pas la peine de justifier la présence du fauteuil roulant.

— Il ne s'agit pas d'une coïncidence, rectifia Isabelle. Je suis venue spécialement de Paris pour te voir.

Bill ne sut que répondre. Le vent leur giflait le visage, et les flocons de neige tombaient lentement sur le chapeau d'Isabelle. Elle ressemblait à une carte de Noël, ou à une princesse russe. Elle était si belle... Son cœur se serra douloureusement dans sa poitrine, mais il s'efforça de ne rien laisser paraître de ses émotions. Il était passé maître dans l'art de la dissimulation, ces derniers temps.

— Je dois te laisser. Cynthia m'attend dans la voiture.

Ce fut la seule excuse qui lui vint à l'esprit pour s'éclipser rapidement, avant que sa volonté faiblisse.

— C'est faux, objecta Isabelle en resserrant autour d'elle les pans de son manteau. Tu as divorcé. Tu m'as également menti à ce sujet.

— Je t'ai menti, c'est vrai. Sauf quand je t'ai dit que tout était fini entre nous. Ça, c'est la vérité.

Son visage était impassible ; ce fut son regard qui le trahit.

— Pourquoi as-tu pris cette décision, Bill ?

Isabelle était en quête de la vérité ; s'il était capable de lui dire en la regardant droit dans les yeux qu'il ne l'aimait plus, alors elle partirait.

— Ce sont des choses qui arrivent, dans la vie, éluda-t-il. Comment va Teddy ? enchaîna-t-il, désireux de briser la tension qui s'était installée entre eux.

La réponse d'Isabelle lui coupa le souffle.

— Il est mort il y a deux mois. D'une mauvaise grippe. Je regrette que tu n'aies pas pu faire sa connaissance, conclut-elle tristement en s'efforçant de garder le contrôle de ses émotions.

— Je le regrette aussi, dit-il à mi-voix, sincèrement bouleversé.

Une vague de culpabilité s'abattit sur lui ; il n'avait même pas été là pour la soutenir dans cette douloureuse épreuve...

— Est-ce que tu vas bien ?

Il brûlait d'envie de lui tendre la main, de la serrer dans ses bras, mais il n'osa pas. Il se sentait mal à l'aise, presque honteux d'avoir été démasqué, lui qui croyait dur comme fer que leurs chemins ne se croiseraient plus, qu'Isabelle ne saurait jamais rien des mensonges qu'il lui avait racontés.

— Pas encore, mais je finirai par aller mieux. Il me manque terriblement. Tout comme toi, ajouta-t-elle d'une voix empreinte de mélancolie. Et toi, comment vas-tu ?

Pensait-il encore à elle ? Regrettait-il sa décision ? Elle avait tant de choses à lui demander, mais il semblait impatient de partir. Le sénateur l'attendait toujours dans la voiture.

— Très bien. Mieux que jamais, en fait. Comme tu peux le voir, j'ai repris le travail. Les élections ont lieu dans trois jours.

Il jeta un coup d'œil à sa montre. Ils avaient pris une heure de retard sur leur programme.

— Il faut vraiment que je te laisse, déclara-t-il d'un air contrit.

— Je t'aime, Bill, murmura Isabelle.

A cet instant, elle se sentit terriblement vulnérable, mais elle était venue jusqu'ici pour ça : lui dire et lui répéter qu'elle l'aimait. Il fallait qu'il le sache.

— Je me fiche complètement que tu ne puisses pas faire de rollers ou que tu ne puisses plus danser. De toute façon, je n'ai jamais été très bonne danseuse.

Il la gratifia d'un sourire empreint de nostalgie ; les secondes s'égrenèrent avec une incroyable lenteur. Finalement, il tendit la main vers elle et effleura la sienne.

— C'est vrai, Isabelle ? Tu es venue jusqu'ici spécialement pour me voir ?

Il avait parlé d'une voix très douce ; de cette voix dont elle se souvenait si distinctement. Elle ne put qu'acquiescer d'un signe de tête, tandis qu'un flot de larmes emplissait ses yeux. D'une main gantée, elle en essuya une qui roulait sur sa joue.

— Je t'ai vu sur CNN hier, et j'ai cru comprendre pourquoi tu avais décidé de rompre. Je voulais que tu saches que ton état n'a pas d'importance pour moi.

— Je sais... je sais que tu t'en moques, mais pas moi. Et c'est là l'essentiel. Je ne permettrai pas que tu sacrifies ta vie pour moi. Je t'aime trop pour t'imposer ça, ajouta-t-il en baissant les yeux sur son fauteuil. Même si tu finis par quitter Gordon, un jour. Surtout si tu le quittes. A propos, j'espère qu'il n'est pas trop dur envers toi... ?

Isabelle était venue seule au Kennedy Center. Elle avait sans doute réussi à échapper à la vigilance de son mari, à moins que ce dernier ne fût resté à l'hôtel.

La question de Bill lui arracha un sourire.

— J'ai suivi ton conseil : j'ai utilisé mon arme le jour de l'enterrement de Teddy. Et il m'a mise à la porte. J'habite maintenant dans un appartement de la rue de Varenne.

Ils avaient vécu l'un et l'autre de nombreux changements en peu de temps, mais cela ne modifiait en rien la décision qu'il avait prise. Au contraire, revoir Isabelle le confortait dans son choix. Elle était libre comme l'air, à présent, et elle méritait bien plus que ce qu'il avait à lui offrir.

519

— Tu t'es bien débrouillée. Je suis heureux pour toi, dit-il simplement.

— Je sais que tu es pressé, remarqua Isabelle en balayant les flocons qui tourbillonnaient devant ses yeux. Je suis descendue au Four Seasons. Appelle-moi, si tu as envie de parler.

Bill secoua la tête. Ses cheveux étaient couverts de neige. Il devait être transi de froid.

— Je ne t'appellerai pas, Isabelle. Nous avons pris la bonne décision, il y a cinq mois. J'ai fait le bon choix. Dans notre intérêt à tous les deux. A nous de vivre avec, maintenant.

— Je ne suis pas d'accord avec toi, tu t'es complètement fourvoyé. Nous avons le droit de nous aimer, Bill, et même si tu restes en dehors de ma vie, je continuerai à t'aimer. Pour toujours.

— Tu finiras par m'oublier, déclara Bill.

Isabelle secoua vigoureusement la tête avant de s'écarter. Il l'enveloppa d'un long regard.

— Prends bien soin de toi.

Il aurait aimé lui dire à quel point il était désolé pour Teddy, mais quelque chose le retint. Tout était déjà dit. Sans un regard en arrière, il descendit la rampe et monta dans la voiture. Il présenta ses excuses au sénateur, prétextant avoir croisé une vieille amie. L'air sombre, il se mura dans le silence pendant tout le reste du trajet.

Il était minuit passé quand Bill rentra chez lui. Il

n'appela pas Isabelle. La nouvelle de la mort de Teddy l'avait retourné. C'était terrible pour elle. En revanche, il avait été soulagé d'apprendre qu'elle s'était séparée de Gordon. Elle retrouverait bientôt quelqu'un, c'était évident. Il ne l'avait encore jamais vue aussi belle, ni aussi triste que tout à l'heure, sous la neige. En allant se coucher ce soir-là, il fut incapable de songer à autre chose qu'à Isabelle.

Assise dans sa chambre d'hôtel, Isabelle pensait à Bill. Il neigeait toujours, au-dehors. Il ne l'appellerait pas. Elle avait lu sur son visage qu'il ne reviendrait pas sur sa décision. Seul son regard lui avait prouvé qu'il tenait encore à elle. Il ne lui restait plus qu'à respecter son choix. Malgré ses mensonges, c'était bien ce qu'il souhaitait. Elle avait vu juste : il n'y avait pas de fin heureuse dans la vraie vie. Il y avait des leçons durement apprises et des désillusions. Elle avait eu sa part de tout cela.

Elle resta éveillée une bonne partie de la nuit, et quand elle s'endormit finalement, ce fut pour rêver de lui. Elle dormait profondément lorsque la sonnerie du téléphone retentit. Il était quatre heures du matin, et c'était Bill. Encore à moitié endormie, elle reconnut aussitôt sa voix.

— Je suis désolé d'appeler à cette heure-ci. Tu dormais ?

Il semblait aussi tourmenté qu'elle avant qu'elle s'endorme.

— Depuis peu de temps.

Elle fut tout à fait réveillée dès l'instant où elle entendit sa voix douloureusement familière. Tout à coup, une pensée la traversa.

— Où es-tu ?

A l'autre bout du fil, Bill marqua une hésitation.

— En bas. Dans le hall de l'hôtel. Je suis aussi fou que toi, tu vois, mais j'ignore la date de ton départ et je dois me rendre à New York demain. Puisque tu as fait tout ce chemin, je crois que nous devrions parler.

— Je suis heureuse que tu sois venu. Veux-tu me rejoindre dans ma chambre ?

Elle se coiffa rapidement, se brossa les dents et s'aspergea le visage d'eau froide. Cinq minutes plus tard, un coup fut frappé à sa porte. Assis dans son fauteuil, Bill l'enveloppa d'un regard intense avant d'entrer dans la chambre. Isabelle referma doucement la porte derrière lui. Une folle envie de lui tendre la main, de le toucher la submergeait.

— Excuse-moi de venir te déranger à cette heure, Isabelle. Je n'arrivais pas à dormir. J'ai eu un choc en te voyant, tout à l'heure. J'ai encore du mal à croire que tu aies fait ça.

Sa venue le touchait et le contrariait en même temps. Une myriade de sentiments qu'il croyait oubliés depuis quelques mois s'étaient rappelés à son souvenir dès qu'il avait posé les yeux sur elle, à la sortie du Kennedy Center.

— Je suis vraiment désolé, pour Teddy. Que s'est-il passé ?

Isabelle s'assit sur le sofa, en face de lui, et relata brièvement les derniers jours de la vie de son fils. Elle parlait d'une voix étranglée, tandis que son regard s'embuait. Une grosse larme roula sur sa joue et elle l'essuya rapidement. Sur une impulsion, Bill lui prit la main.

— Je suis désolé, répéta-t-il dans un murmure.

Elle esquissa un sourire tremblant.

— Moi aussi. On peut penser que ce fut un soulagement pour lui, mais il aura également vécu des moments heureux. Il me manque tellement ! Je ne m'étais encore jamais rendu compte à quel point ma vie reposait sur lui. Je ne sais plus quoi faire de mes journées, maintenant qu'il n'est plus là et que Sophie est à l'université.

— Tu finiras par t'y habituer. C'est un changement énorme pour toi.

Tant de choses avaient changé dans la vie d'Isabelle. Il y avait eu son déménagement, son divorce, la mort de son fils... Et aussi Bill, qui l'avait rejetée.

— Je ne sais pas quoi te dire, reprit ce dernier d'un air abattu. Je ne pensais pas que nos chemins se croiseraient de nouveau. Je ne le souhaitais pas, en tout cas. J'estime que je n'ai pas le droit de gâcher ta vie, Isabelle. Tu mérites beaucoup plus que ce que j'ai à t'offrir. Il te faut un homme exceptionnel, un homme entier... pas une moitié d'homme.

— Mais tu *es* entier, murmura-t-elle, les yeux rivés aux siens.

Elle ne savait pas vraiment ce qu'il essayait de lui dire ; ou plutôt, elle ne voulait pas le savoir. Cela ressemblait à d'autres adieux, d'autres prétextes. Cette fois, au moins, ce n'étaient plus des mensonges, mais sa façon de percevoir leur situation. Même si, aux yeux d'Isabelle, sa perception s'avérait totalement faussée.

— Nous savons tous les deux que ce n'est pas vrai.

Il n'osa pas lui rappeler l'échec cuisant qu'il avait essuyé en essayant de lui faire l'amour, à Londres. Contrairement à son gendre, il considérait son état comme un obstacle majeur dans une vie de couple. Ce serait injuste et malhonnête de faire supporter à Isabelle les handicaps dont il souffrait. Les paroles d'Helena lui revinrent à l'esprit. Celle-ci était encore jeune, pleine d'idéaux. L'amour était peut-être réservé aux jeunes, après tout. S'il était venu voir Isabelle en pleine nuit, c'était pour lui expliquer son point de vue et lui dire au revoir décemment. Il lui devait au moins ça.

— Je voulais juste te dire au revoir... Je suis désolé. Je n'aurais jamais dû te pousser à faire ce voyage à Londres. J'ai l'impression que tout est ma faute, depuis le début.

— Tu m'as offert l'amour, le vrai, observa Isabelle avec douceur. Tu n'as pas à t'excuser pour ça, Bill.

— Je suis désolé de ne pas pouvoir t'offrir davantage...

Il posa sur elle un regard plein de larmes, serrant sa main dans la sienne.

— Je suis désolé pour tout, conclut-il tristement.

Isabelle se pencha vers lui pour l'embrasser et il l'attira doucement à lui, jusqu'à ce qu'elle se retrouve sur ses genoux. Leur baiser débordait de passion et de tendresse tandis qu'affluait le souvenir de ce qu'ils avaient espéré, à peine goûté et perdu trop vite. Bill serra Isabelle dans ses bras et, l'espace d'un instant, il oublia tous ses problèmes tandis qu'un flot de désir intense le submergeait. Irrésistible, la force de leurs sentiments les entraîna dans un tourbillon vertigineux. Tout à coup, Bill n'eut plus peur de rien. Ils étaient tous deux à bout de souffle lorsqu'il mit un terme à leur baiser. Sans mot dire, Isabelle l'aida à s'allonger sur le sofa. Avec une douceur infinie, elle le déshabilla tandis qu'il la débarrassait de sa nuisette en satin.

Il hésita un court instant. Mais c'était trop tard, il ne pouvait plus reculer. Il la désirait de toutes ses forces, de toute son âme. Combien de fois avaient-ils rêvé de ce moment, chacun de leur côté ? Bill n'avait encore jamais éprouvé de passion aussi intense — c'était une passion avide, gorgée de sensualité, tout à fait nouvelle pour lui. Il se sentait renaître au contact d'Isabelle. Ensemble, ils sombrèrent avec délice dans un tourbillon de volupté.

Un peu plus tard, Bill serra Isabelle dans ses bras. Un sourire flottait sur ses lèvres. Ses peurs s'étaient volatilisées, balayées par la tendresse et l'amour de sa compagne. Tous deux venaient de connaître un moment d'extase parfait. Et même si Bill ne pouvait pas marcher, il se sentait enfin entier.

— Mmm, soupira Isabelle en se blottissant contre lui. C'était merveilleux.

Le sourire de Bill s'élargit. Il avait l'impression d'avoir de nouveau vingt ans.

— C'est toi qui es merveilleuse.

Une heure plus tard, elle le conduisit à la salle de bains ; il en sortit douché et habillé. En croisant son regard, Isabelle fut envahie d'une sourde angoisse.

— J'ai perdu la tête en venant ici, commença-t-il d'un air sombre, tiraillé entre la culpabilité et ses craintes qui resurgissaient. Je n'aurais jamais dû faire ça.

Il ne voulait surtout pas lui donner de faux espoirs ; malgré l'étreinte passionnée qu'ils venaient de vivre, il demeurait convaincu qu'Isabelle méritait mieux qu'un homme cloué dans un fauteuil roulant. La triste réalité était revenue en force, alors qu'il prenait sa douche. Il ne pouvait pas lui demander un tel sacrifice.

— Je ne vois pas pourquoi nous n'aurions pas dû faire ça, objecta Isabelle, étonnamment calme. Nous sommes deux adultes libres de toute attache. Tu es divorcé, je le suis presque. Nous n'avons pas de jeunes enfants qui pourraient pâtir de la situation. Pourquoi se créer des problèmes qui n'existent pas ? La vie est suffisamment compliquée comme ça, inutile d'en rajouter. Et surtout, ajouta-t-elle avec gravité en plongeant son regard dans le sien, la vie est courte et précieuse. Nous aurions pu mourir dans l'accident ou, pire encore, l'un de nous aurait pu disparaître, laissant l'autre se débattre seul avec sa douleur. Mais nous sommes tous les deux bien vivants. Ne gâchons pas la bénédiction qui nous a été accordée.

— Je n'ai rien d'une bénédiction, Isabelle, objecta Bill d'un ton ferme. Partager la vie d'un paraplégique n'a rien d'une bénédiction.

— Partager la vie de l'être aimé en est une.

Ils avaient traversé de douloureuses épreuves ensemble ; pourquoi n'auraient-ils pas droit à leur petite part de bonheur, à présent que tout était fini ? Elle l'aimait tel qu'il était, sans réserve, sans condition.

— Je n'ai pas le droit de te laisser gâcher ta vie, Isabelle, répéta Bill avec force. Ce qui s'est passé tout à l'heure n'entre pas en ligne de compte. Je me suis comporté comme un être irresponsable.

— Tu t'es comporté en être humain, Bill. Ne cesseras-tu donc jamais de tout analyser ? Ne peux-tu pas être heureux, tout simplement, au lieu de te torturer en permanence ?

Un pâle sourire joua sur les lèvres de Bill. Elle disait la vérité, en partie du moins.

— Tu as la fâcheuse habitude de tout compliquer, reprit-elle avec fougue, alors que tout pourrait être très simple. Nous nous aimons, n'est-ce pas suffisant ?

— L'amour ne suffit pas, parfois. Tu ne sais pas à quoi tu t'exposerais, Isabelle.

— Si, je le sais parfaitement.

Il était presque six heures du matin ; Bill serait bientôt obligé de partir.

— Je me suis occupée de Teddy durant quinze ans. Je sais ce que cela représente d'aimer et de soigner un malade. Toi, tu n'es pas malade. Au contraire, tu es solide et robuste. Tu ne peux pas marcher. Tant pis. Cela n'a pas d'importance pour moi. Tout comme cela m'aurait été bien égal si tu n'avais pas pu faire l'amour. C'est un cadeau exquis, mais j'aurais été capable de m'en passer. Ce qui nous unit tous les deux vaut bien plus que tout ça, à mes yeux.

— Je ne peux pas te laisser faire ça, déclara Bill, rembruni. Je ne suis pas prêt. J'étais venu te dire au revoir, c'est toujours mon intention.

— C'est ridicule, Bill... C'est un tel gâchis. Moi non plus, je ne te laisserai pas faire ça.

— Tu n'auras pas le choix. Je ne veux plus te voir.

Une détermination farouche faisait vibrer sa voix.

— Si je comprends bien, tu nous condamnes tous les deux à passer le restant de nos jours seuls, tu nous laisses pleurer notre bonheur perdu et rêver de ce que nous aurions pu vivre si tu n'avais pas été aussi buté ? Pourquoi ? Excuse-moi, je ne comprends pas le but de ta démarche. Très bien, je te l'accorde, notre vie de couple ne sera pas toujours facile ; elle ne sera pas « parfaite » ; mais la perfection n'est pas de ce monde, n'est-ce pas ? A mes yeux, en tout cas, tous les moments que je vivrai avec toi seront parfaits. Je crois que nous avons reçu notre lot de malheurs, Bill, accordons-nous le droit d'être heureux. Pour l'amour du ciel, ouvre les yeux, je t'en supplie...

Des larmes ruisselaient sur ses joues tandis qu'elle tentait de lui faire entendre raison. Hélas, Bill resta inflexible.

— Je suis désolé, murmura-t-il en effleurant ses cheveux d'un baiser.

Il se dirigea vers la porte avant de se retourner une dernière fois vers elle.

— Pourquoi es-tu venu ici ? sanglota Isabelle. Pourquoi ? Juste pour nous torturer, pour révéler la force de notre amour avant de tout reprendre ? Maintenant, il ne nous reste plus qu'à vivre dans le regret et la tristesse, c'est ça ? Pourquoi, Bill, alors que nous nous aimons ? Nous pourrions être si heureux, ensemble... Est-ce trop difficile pour toi d'accepter ça ?

— Je ne t'aime peut-être pas assez, répondit Bill tristement. Ou je ne m'aime pas assez, moi. Et puis, tu ne serais peut-être pas capable de m'aimer autant que tu le crois.

— Cesse de compliquer les choses, je t'en prie ! Il n'y a pourtant rien de plus simple : je t'aime, Bill, c'est tout ce qui compte. Et quelle que soit la force de ton amour, il me suffira.

— Ce que j'ai à t'offrir ne te suffira pas, c'est là tout le problème.

Une expression tourmentée voila son visage tandis qu'il luttait de toutes ses forces contre l'envie de retourner auprès d'elle pour la serrer dans ses bras.

— Laisse-moi faire mes propres choix. Laisse-moi être juge de mes sentiments. Tu n'as pas le droit de prendre une telle décision à ma place.

— Si, justement.

Sur un dernier regard, il quitta la pièce. L'instant d'après, la porte claqua derrière lui. Pétrifiée de chagrin, Isabelle n'esquissa pas le moindre geste.

19

Isabelle passa quatre jours à Washington. Le sénateur remporta les élections, et elle fut heureuse pour
Bill. Elle le vit au journal télévisé, tranquillement assis
dans son fauteuil roulant, incarnant le pouvoir discret. Il ne l'appela pas, et elle s'interdit de le joindre.
Elle respectait ses sentiments et comprenait sa décision, même si elle ne partageait pas son opinion. Son
cœur saignait dès qu'elle songeait au bonheur qu'ils
auraient pu connaître ensemble, mais elle devait
apprendre à vivre ainsi.

Elle appela Sophie le lendemain des élections —
un mardi soir — pour lui annoncer qu'elle rentrait à
Paris. La voix d'Isabelle trahissait sa tristesse.

— As-tu vu ton ami ? s'enquit Sophie.

— Oui. Il est en pleine forme.

— A-t-il retrouvé l'usage de ses jambes ?

— Non.

— Pour être franche, ça ne m'étonne pas. Il était

dans un triste état quand je l'ai vu à l'hôpital. Comme toi, d'ailleurs.

— Il va très bien, sinon. Je serai à la maison demain soir, chérie. Si tu as besoin de moi... De toute façon, je te verrai bientôt.

— Je t'appellerai ce week-end, maman. Tu as passé un bon séjour ? s'inquiéta encore Sophie.

Même à distance, la tristesse de sa mère ne lui avait pas échappé.

— Pas vraiment, avoua Isabelle. Mais je suis heureuse d'avoir fait le déplacement.

Ces quelques jours à Washington l'avaient obligée à accepter ce qu'elle avait refusé de comprendre jusqu'alors. Elle avait profité de son séjour pour aller dans plusieurs musées et quelques galeries d'art. Isabelle projetait de se remettre à la restauration de tableaux, d'ici à un an, et elle prenait un immense plaisir à se replonger dans le milieu artistique. Inévitablement, cela lui rappela son séjour à Londres, en compagnie de Bill. En fait, la moindre chose le rappelait à son souvenir. Les tableaux, les musées, le Harry's Bar, la danse, la musique, les rires, l'air qu'elle respirait. Un jour, peut-être, tout cela prendrait fin. Elle l'espérait, en tout cas. Si Bill ne voulait pas faire partie de sa vie, elle devrait s'efforcer de l'oublier le plus vite possible. Peut-être même cesserait-elle de l'aimer, un jour... qui sait ? Ce serait presque un soulagement.

Le mercredi matin, elle rassembla ses affaires et

appela le groom. Son avion décollait à treize heures ; elle quitta l'hôtel trois heures plus tôt. Alors qu'elle fermait la porte derrière elle, la sonnerie du téléphone retentit. Elle rouvrit la porte, se précipita dans la chambre. Trop tard : le téléphone s'était tu. Pendant qu'elle réglait sa note, le réceptionniste lui signala qu'il venait d'appeler pour s'enquérir de son heure de départ. La chambre était déjà réservée, après elle.

Le trajet jusqu'à l'aéroport parut durer une éternité. Il avait encore neigé la veille au soir et la ville était splendide, recouverte d'un épais manteau blanc. A l'aéroport, elle alla tout de suite à l'enregistrement puis décida d'acheter un peu de lecture, en prévision du vol qui l'attendait. Une sensation de paix teintée de mélancolie l'habitait, en même temps qu'un étrange sentiment de liberté. Elle avait enfin accepté le départ de Bill et, pour cela au moins, elle était heureuse d'être venue. En réglant ses achats, elle s'efforça de le chasser de ses pensées. Elle était en train de remercier la caissière lorsqu'une voix s'éleva juste dans son dos.

— Sais-tu que tu es un peu folle ? Personnellement, je l'ai toujours su.

Isabelle ferma les yeux. Ce n'était pas possible, elle était en train de rêver... Mais lorsqu'elle pivota sur ses talons, elle découvrit Bill, juste devant elle.

— Non seulement tu es un peu folle, mais en plus, tu as tort, reprit-il posément.

Il était tellement séduisant, tellement sûr de lui, qu'elle sourit malgré elle.

— Est-ce que tu me suis, ou pars-tu en voyage, toi aussi ?

Son cœur battait la chamade. Etait-ce une coïncidence ou un miracle ?

— Je t'ai appelée à l'hôtel, mais tu étais déjà partie.

— C'est drôle, j'ai dû rater ton appel, fit Isabelle d'un ton faussement désinvolte.

Serrant les magazines qu'elle venait d'acheter, ses mains tremblaient légèrement.

— Le réceptionniste m'a dit qu'il avait essayé de me joindre, lui aussi.

— J'ai dû appeler juste après. Je suis sûr d'avoir pris la bonne décision, ajouta-t-il en s'écartant légèrement du passage.

Les gens se pressaient autour d'eux, mais ils n'en avaient cure. Leurs regards se soudèrent. Isabelle était très pâle, et Bill avait les traits tirés.

— Tu mérites mieux que ça.

— C'est ce que tu crois, je sais, murmura Isabelle, assaillie par une nouvelle vague de douleur — combien de fois lui assénerait-il ces mots qui lui faisaient si mal ? Mais pour moi, il n'y aura pas mieux que ça. J'ai perdu Teddy, je t'ai perdu, toi. Je n'ai plus rien à perdre, à part Sophie. Je ne comprends pas qu'on puisse tourner le dos à l'amour quand il se présente. Ça devrait être interdit. L'amour est un bien

534

rare, infiniment précieux. Mais apparemment, tu ne partages pas cette opinion.

Il y eut un silence. Jamais elle ne réussirait à le faire changer d'avis. Il camperait sur ses positions, et elle aussi.

— J'aimerais pouvoir t'offrir plus que ça. Tu as besoin d'un homme qui puisse te poursuivre dans toute la maison en riant, et qui te fasse danser pour le réveillon du Jour de l'An.

— J'ai besoin de beaucoup plus que ça. J'ai besoin d'un homme que j'aime et qui m'aime en retour, quelqu'un que je respecte, que je chéris et qui me fera rire tous les jours de ma vie. Je suis capable d'aimer dans n'importe quelle posture, assise ou debout. Ce n'est pas ton cas, semble-t-il, conclut-elle avec un soupçon de résignation.

— Qu'est-ce qui te fait dire ça ?

— M'aimerais-tu si j'étais assise dans ce fauteuil, à ta place ?

Des larmes brillaient dans ses yeux, sa voix n'était plus qu'un murmure. Bill hocha la tête. Au bout d'un moment, il répondit à voix haute, et tout devint clair pour lui.

— Oui, je t'aimerais tout autant.

— Tu dois avoir une piètre opinion de moi, si tu ne me crois pas capable d'en faire autant.

Sans mot dire, il l'attira sur ses genoux et la regarda avec intensité. Puis il l'enlaça et prit ses lèvres dans un baiser passionné. Quand il se détacha d'elle, Isabelle était à bout de souffle.

— Pourquoi as-tu fait ça, Bill ? demanda-t-elle à mi-voix. Etait-ce un bonjour, ou un au revoir ?

— C'est à toi de décider. Tu sais ce que j'en pense. Je t'aime. Tu as le droit de faire tes propres choix.

Il y avait bien longtemps qu'Helena lui avait tenu ces propos, et elle avait raison, il venait de s'en rendre compte. Il avait essayé de protéger Isabelle, mais cela ne dépendait plus de lui, maintenant. Elle avait le droit de choisir sa vie... et la sienne, cette fois.

— Bonjour, murmura Isabelle dans un sourire tremblant.

Elle se pencha vers lui pour réclamer un autre baiser, tandis que Bill resserrait son étreinte.

Photocomposition Nord Compo
Villeneuve-d'Ascq (Nord)

Achevé d'imprimer par GGP Media, Pössneck
en septembre 2002
pour le compte de France Loisirs, Paris

No. d'éditeur: 37546
Dépôt légal: novembre 2002
Imprimé en Allemagne